암컷 참매 머리 묘사. 스티브 그림. 캔버스에 혼합 재료. 2018

자유를
향한
비상

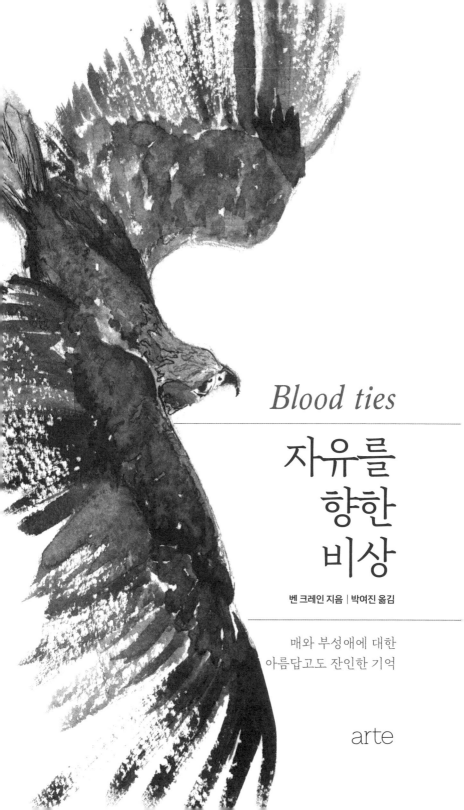

Blood ties

자유를
향한
비상

벤 크레인 지음 | 박여진 옮김

매와 부성애에 대한
아름답고도 잔인한 기억

arte

공간을 준 피트에게
방법을 알려준 스티브와 홀리에게
가슴 벅찬 환희를 준 E와 J에게

차례

매와 소년 그리고 자유의 이야기

따스한 자궁 같은 오두막 안, 어른거리는 난로 불빛에 새들의 흐릿한 그림자가 벽에 드리운다. 장갑을 낀 손에 날렵하고 가벼우며 아름다운 무늬의 깃털을 가진 암컷 새매가 앉아 있다. 왼쪽에는 몸집은 더 작지만 아름다움은 결코 뒤지지 않는 수컷 새매가 앉아 있다. 두 매에게서 고요하고 차분하며 절제된 분위기가 풍긴다. 정확한 균형과 섬세한 깃털, 피부, 근육, 뼈에 거미줄처럼 휘감긴 무자비한 본능. 두 매를 보니 용수철 인형이 불쑥 튀어나오는 장난감 상자를 열기 직전의 그 가늘고 매끄러운 순간이 생각난다. 두 매는 야생에서 상처 입은 채 내게 왔다. 덕분에 두 매가 합법적으로 나의 소유가 되는 드문 기쁨을 누린다.

널리 알려진 사실은 아니지만 매에게서는 냄새가 난다.

사고를 당한 후 암컷 새매의 숨결에 쇠 냄새와 시큼한 생선 냄새, 암모니아 냄새가 뒤섞였다. 찐득거리는 악취가 내 피부와 코에 들러붙었다. 수컷은 새장에 갇혀 세상을 등진 채 윤기를 잃어버렸고 강제로 붙들린 새의 퀴퀴하게 썩은 냄새를 풍겼다.

모든 매의 깃털은 보호용 광택이 건강하게 흐르며, 비에 젖지 않는 방수 기능을 장착하고 있다. 완벽한 깃털을 지닌 매의 활기는 신성하다. 꼼꼼하게 치료를 마친 두 매는 이제 묵직한 곰팡내, 부드러운 흙냄새, 시들어가는 복숭아 냄새, 마른 나뭇가지에 달라붙은 이끼 냄새를 풍긴다. 이렇게 좋은 냄새를 풍긴다는 것은 의심할 여지없이 두 매가 건강을 회복했고 자유롭게 떠날 준비가 되었다는 의미다.

두 새매의 재활과 방생은 두 번째 단계이자 강박적 여정의 정점이다. 자연 세계와의 본능적이고 직접적인 관계를 찾아 떠났던 여정. 깊은 감동의 순간들에 수도 없이 빠졌던 여정.

나는 검독수리들이 산허리의 화강암 바위에서 날아올라 오스트리아의 여러 성 위를 지나 눈보라가 몰아치는 독일과 북유럽을 가로지르는 광경을 보았다. 영하 32도의 혹한에 사우스다코타의 수 인디언Sioux Indian 부족이 사는 지역 근처에서 몸집이 작고 무늬가 있으며 잘 훈련된 매 한 마리를 보았다. 그 매는 수십 미터 상공에서 몸을 구부리고 빙빙 맴돌다가 극도로 빠르게 하강해 꿩 한 마리를 낚아채더니 땅 위에 떨어트리고는 언 핏방울과 석류처럼 붉은 살점을 눈 위로 흩뿌렸다. 크로아티아의 여름날 새벽, 흐릿하고 뜨거운 열기 속에서 야생 새매가 푸른 하늘을 가르며 빠른 속도로 메추라기를 추격하자 얼룩무늬의 갈색 메추라기들이 작은 방사형 폭죽이 폭발하듯 후드득 흩어지는 광경도 보았다. 사우스다코타의 혹독한 겨울날 거친 바람 속에서 가장 강한 매도 보았다. 희귀하게도 거의 검은색을 띤 야생의 백송고리가 은빛 잔물결이 반짝이는 거대한 호수 위를 유령처럼 날고 있었다. 텍사스에서는 야생 해리스매 가족을 따라간 적도 있다. 예민하고 영리한 사냥꾼인 해리스매들이 흰 모래와 파도가 거세게 이는 멕시코 만의 바다와 맞닿은 사막에서 덤불 속으로 달아나는 토끼들을 맹렬하게 추격하고 있었다. 내가 작은 아메리카황조롱이를 잡은 곳도 텍사스였다. 코발트색 어깨에 빛나는 청동색 꽁지깃을 하고 있던 아메리카황조롱이는 벌새보다 더 밝은 색이었는데 놓아주기 전에 나를 세게 물었다.

여러 여정 가운데 2007년 파키스탄에서 매잡이•들과 함께 보낸 시간은 맹금류에 대한 나의 고정관념을 크게 바꾸었다. 다른 토착 원주민들과 마찬가지로 그 부족 매잡이들이 매를 부리는 방식은 수천 년 동안 그대로 보존되고 있다. 그들의 매사냥 방식은 내가 본 그 어떤 방식보다도 가장 순수하다. 대체로 가난한 생계형 농부인 그들에게 매 훈련은 생존의 일부다. 그들에게 매 훈련은 정체성과도 깊은 관련이 있으며 매를 부리는 행위 자체는 사는 곳의 환경과 균형을 이룬다.

그들과 시간을 보내면서 나는 서구 사회에 거의 알려지지 않은 세계를 접했다. 언어 장벽과 극복하기 어려운 문화와 관습의 차이에도 불구하고 우리는 매를 훈련하는 법을 공유하면서 즉시 같은 혈족이자 친구가 되었고 서로를 존중하게 되었다.

그들에게 배운 내용을 지금까지도 나는 오두막에서 매를 훈련하고 재활하는 데 적용하고 있다. 파키스탄 매잡이의 매 훈련 방식은 고대로부터 서서히 발전해왔으며 대단히 정교하다. 즉 그들이 훈련한 매의 아름다운 어깨 위에 인류의 매사냥 역사가 깃들어 있다. 어쩌면 그 매들은 내가 가졌던 가장 중요한 매인지도 모른다. 그 매들은 무엇으로도 대체할 수 없으며 헤아릴 수

• 매를 훈련하고 매와 함께 사냥을 하는 사람

없이 귀중하다. 나는 그 매들을 자유롭게 놓아주고 싶어 안달이 날 지경이다.

부디 다시는 못 만나기를.

돌이켜보면 내가 매잡이가 되는 것은 피할 수 없는 운명이었다. 어린 시절 우리 가족은 인종, 문화, 심지어 삶의 행보와 가족의 이야기까지 남들과는 달랐다. 아버지는 젊은 시절 유럽을 거쳐 인도까지 다니며 히피 문화를 따랐다. 아버지는 미국을 여행했고 호주 오지에 있는 광산 업체에서 일하기도 했다. 아버지는 커다란 떡갈나무 상자에 여행 기념품들을 모았다. 나는 상자 안에 들어가 몇 시간이고 아버지가 모은 이국의 낯선 물건들을 만지며 구경하곤 했다. 화석이 된 나무, 건조된 복어, 노랗게 물든 엷은 황갈색의 뾰족한 침이 달린 공, 딩고의 송곳니, 구슬, 나무로 만든 부적들, 수많은 흑백 사진들. 그 무렵 내 마음에 들어온 사진이 한 장 있었다. 사막에서 두 젊은 남자가 새끼 독수리로 보이는 새 두 마리를 들고 있는 사진이었다. 두 남자가 각각 새의 날개를 한쪽씩 쫙 펼쳐 들고 있었는데 날개를 다 편 새의 크기는 두 남자의 허리 높이까지 올라왔다.

내 어머니와 아버지의 육아 방식은 순응주의적이지 않고 자유로웠으며 늘 혼란스러웠다. 모든 규칙들은 유동적이고 즉흥적으로 바뀌기 일쑤였으며 실용적인 농담이 일상적으로 오갔다. 한번은 부모님이 내게 알을 낳을 수 있는 능력이 있다는 확신을 주었다. 둥지가 만들어졌다. 나는 스파이더맨 팬티를 입은 채 부모님이 시키는 대로 그 둥지에 앉아 마치 알을 품은 어미처럼, 다섯 살짜리 인간과 매의 중간 모습으로 알이 나오기만을 기다렸다. 그때를 떠올리면 아직도 내 배 속에서 긴장된 기대감의 굴곡이 느껴진다.

우리 가족이 살던 오두막은 영국의 시골 마을 깊숙한 곳에 있었다. 어릴 때부터 자연과 가까이 살면서 예술성과 창의성을 길렀던 나는 주로 나의 상상 속이나 집 밖에서 시간을 보냈다. 수많은 굴과 은신처를 만들고, 나뭇가지와 나뭇잎 더미를 엮어가며 나만의 세상을 재단하고 만들어갔다. 불을 피우고 사냥을 하고 동물을 잡는 덫도 놓았다. 손으로 물을 휘휘 저으며 민물송어 잡는 법도 스스로 터득했다. 잡은 송어는 내장을 제거해 뜨거운 기름에 단숨에 튀겨 점심으로 먹곤 했다. 봄과 여름에는 굼벵이무족도마뱀, 영원, 개구리, 두꺼비, 올챙이 등을 잡아 양동이를 채우곤 했다. 말벌집에 돌을 던지면 크고 포악한 벌들이 황토색 구름처럼 무리를 이루어 쏟아져 나와 위협적으로 윙윙거렸다. 유령거미 다리에 실을 묶어 하늘로 던진 다음 거미가 땅으로 떨어지면 다시 하늘로 던지는 놀이만으로도 몇 시간이고 즐겁게 놀 수 있었다. 다친 두더지를 철제 상자에 넣어주고 마당을 파서 잡은 벌레들을 먹여주며 계속 보살폈던 적도 있다. 두더지의 게걸스러운 식욕을 감당할 수 없던 나는 결국 두더지를 놓아주었다. 부드러운 은색 털로 뒤덮인 통통한 발과 분홍색 발바닥, 헤엄치듯 땅을 헤집고 들어가던 그 발의 감촉이 아직도 선명하게 남아 있다. 테니스공 크기만 한 새끼 토끼들이 집 마루며 문간에 수도 없이 찾아오곤 했다. 몇몇은 살아남았지만 나머지는 스트레스와 지저분한 환경을 견디지 못하고 혹은 고양이에게 물려 죽었다. 어느 우울한 겨울 오후, 군데군데 눈이 묻은 어린 나무들과 앙상한 나무들 사이에서 문착 사슴이 소리를 지르고 있었다. 마루 위에는 삼지창 모양의 발자국이 하나 찍혀 있었다. 머릿속에서 온갖 생각이 샘솟았다. 사슴의 낯선 비명으로 미루어 보아 괴물이 있는 건 아닐지 겁이 났다. 나는 소리가 난 쪽으로 달려갔다. 지나칠 정도로 호기심이 많았지만 원인과 결과를 정확하게 따지는 사고방식이 결여되어 있던 나는 쓰러진 나무에 손을 넣었다. 그리고 손바닥 크기만 한 새끼 다람쥐를 꺼냈다. 녀석은 몸이 차갑게 식은 채 거의 죽어가고 있었다. 나는 다람쥐의 체온을 높여주기 위해 유일하게 따뜻한 온기가 있던 내 젖은 운동화에 다람쥐를 넣었다. 그리고 집까지 맨발로 약 800미터가량을 달렸다. 발이 여기저기 긁히고 물집이 잡혔다. 나는 다람쥐에게 소젖을 먹였지만 위태롭게 꺼져가던 생명을 구하지는 못했다. 또 한번은 풀이 무성하게 자란 마당에서 어미를 부르며 종종걸음 치던 새끼 유럽자고새 스무 마리를 빌려왔다. 새끼 자고새들의 모양과 질감은 호박벌과 비슷했다. 나는 그 새들에게 새 집을 지어주고 내 오리털 점퍼도 깔아주었다. 따뜻하게 해주려고 헤어드라이어를 이용해 온풍을 쐬어주기도 했다. 숲에서 발각되기라도 하면 상자에 담겨 지역 사냥꾼의 손에 들어간다. 사냥꾼들은 새끼 자고새들을 길러 숲에 풀어준 다음 총으로 쏘며 사냥을 했다. 참으로 기괴한 양육 논리였다. 더 작은 새들은 상황이 나은 편이었다. 둥지에서 떨어지는 새들이 있는가 하면 고양이에게 물리는 새들도 있었다. 나는 그중 한 마리를 내 손으로 직접 길렀다. 새는 커튼 위 높은 곳에 자리 잡고 있다가 방 안에 기어 다니는 벌레와 내가 손으로 집어 주는 구더기를 먹으려고 날아서 내려왔다. 그때마다 매우 강력한 포식자의 모습을 보였다.

　어른이 된 후의 내 삶은 평탄치 않았다.

나는 장기적인 인간관계나 친밀한 친분을 유지하지 못한다. 군중이나 사람이 많이 모인 집단을 싫어하고 오랜 시간 홀로 보내는 것을 훨씬 더 좋아한다. 겉으로 보기에 나는 극단적으로 예민하다. 의사소통 방식이 장황하고 과장되며, 여과장치가 없어서 말에 담긴 함축적인 의미나 드러나지 않은 뜻을 파악하는 데 며칠씩 걸리곤 한다. 사람들과 이야기를 나눌 때면 하나의 대화를 다양하게 해석한다. 나는 사람들과 눈을 마주치지 않으며, 쉽게 주의가 산만해지고 자주 불안해한다. 공포와 근심의 수준이 걷잡을 수 없이 높아질 때도 많다. 낯선 이들 사이에서 나는 거의 대부분 투쟁도피반응•상태다. 무의식중에 도가 지나친 행동을 하고, 선을 넘고, 부적절한 말을 불쑥 내뱉기도 다반사다. 이 모든 것들이 나를 충동적이고 혼란스러운 사람으로 보이게 한다.

또한 나는 흥미로운 주제를 집요하게 파고들어 그 주제 위주로 일상을 꾸린다. 내 일상을 흔들거나 부수면 나는 혼란과 좌절에 빠진다. 이런 주제에 빠지면 모든 것을 다 포기하고서라도 거기에 매몰되는 바람에 나 자신은 물론 가까운 지인들까지 지치게 만든다.

나는 태생적인 아웃사이더다. 마음을 편하게 먹는 것 자체가 불가능하고 의미 있는 유대감을 쌓는 일이 대단히 힘들다. 하지만 자연은 내게 평화의 공간이자 내 감정을 어루만져주는 아늑한 통로이며 끊임없이 중재자 역할을 해준다. 그 공간에서 나는 있는 그대로의 내 모습을 드러내고 소통할 수 있다.

• 긴박한 상황에서 자동적으로 나타나는 생리적 각성 상태로, 그 상황과 맞서 싸울지 도피할 것인지를 준비하는 반응

내 마음은 자연에 무한히 넋을 잃고 내 눈은 자연에서 편안함을 느낀다. 자연 세계에 내재된 자유와 다양성이 나를 사로잡는다. 매혹적인 프랙탈* 마디와 다채로운 소리들, 아주 세세한 것들이 펼치는 아찔한 향연과 동물, 식물, 요소, 맛, 질감 등을 구성하는 섬세한 패턴 등이 나를 완벽하게 사로잡는다. 종종걸음을 치고, 헤엄치고, 흡수하고, 어슬렁거리고, 솟아오르고, 바람에 날리고, 부화하고, 밀고, 튀고, 날고, 돌고, 숨 쉬는 모든 것들에 나는 매료된다. 접히고 펼쳐지고, 살고 죽고, 생존하고 사라지는 수십 억 개의 아이디어들이 다양한 형태로 펼쳐지는 그 무한한 창의력을 사랑한다. 자연 세상은 다양성이 구현되는 완벽한 놀이터다. 저절로 그리고 홀로 샘솟는 힘이자, 두려움이나 경계가 없는 공간이고, 내 고집에서 벗어나 살아 있음을 확인하는 교육의 장이다. 나는 자연 속에 살면서 가장 중요하고, 의미 있으며, 지속적인 관계를 맺고 있다. 자연이 없는 곳에서는 무력하게 길을 잃은 느낌이다.

내가 맹금류를 발견한 것은 계시였다. 처음 매를 잡았을 때의 그 놀랍도록 강렬하고 선명한 느낌은 충격적이었다. 내면에 금이 가는 소리가 들리는 듯했다. 내가 그토록 찾아 헤매던 그 느낌이었다.

시간이 흐르면서 매의 세세한 특징들이 서서히 눈에 들어왔다. 내가 느꼈던 강렬한 유대감이 이해가 되었다. 매는 매우 순수한 생명체다. 대단히 예민하고, 지능이 높고, 경계심이 많으며, 생의 대부분을 고독하게 살아간다. 매는 매 순간 현재를 살며,

---

* 작은 부분이 전체 구조와 비슷한 형태로 끊임없이 되풀이되는 구조. 가령 동물의 혈관이나 나뭇가지, 산맥의 산들, 창문에 성에가 올라오는 모습 등

어중간하게 애매한 면이 없으며, 타고난 본능에 따라 행동하고 반응한다. 일관성과 조심성 없이 매를 대하면 매는 자연으로 돌아가버린다. 매와 인간 사이의 좋은 관계에는 명확하고 내밀한 척도가 있는데 이 척도는 인간이 아니라 매가 정한다. 매는 동요하지 않고, 괴롭힘을 당하거나 억압당하지 않으며 타협도 하지 않는다. 매는 내재된 자신만의 논리가 있으며 대단히 구체적인 것들을 바란다. 매와 탄탄한 관계를 쌓고 싶다면 인간의 모든 자아를 매가 원하는 것에 철저히 맞춰야 한다. 매를 훈련할 때는 그들에게 굴복해 그들의 세계로 들어가서 그들의 눈으로 세상을 이해해야 하며 인내와 깊은 공감에서 우러나온 평등함으로 그들을 대해야 한다.

이 중 하나라도 모자라면 매와 유대감을 쌓지 못한다.

파키스탄의 매잡이들을 본 후, 그리고 다른 매잡이들의 삶에 동참한 후 자연과의 일체감과 매에 대한 내 생각의 단면들이 모두 제자리를 찾았다. 그들은 모든 것을 한데 모으는 방식으로 살아가고 있었다. 그들 사이에서 나는 정도의 차이는 있지만 나 자신을 성찰하는 태도를 견지하게 되었다. 동양과 서양, 고대와 현대의 통합을 통해 맹금류와 그들의 사냥터, 대화법을 더 잘 이해하게 되었고 나는 그것을 구체적으로 실천하기 시작했다. 파키스탄에서의 경험 덕분에 매를 훈련하고 매로 사냥을 하는 것이 문화를 초월해 경험의 조각들을 잇는 작업이고, 서로 지지하고 의존하는 작업이라는 사실을 깨달았다. 가장 고차원적이고, 가장 지속적이며, 가장 탁월한 매 훈련법은 지역과 상관없이 기본적으로 동일한 고대의 방식에서 비롯된다. 그 지역 토종 야생 매를 날려 토종 먹잇감을 사냥하는 것이다.

어쩌면 내가 파키스탄에서 깨달은 가장 중요한 교훈은 그들의 매 훈련법에 깃든 단순함과 자유인지도 모른다. 매잡이들의 삶은 궁극적으로 매 위주로 돌아가고 있었다. 모든 삶이 매와 직접 관련이 있는 지점과 공간에서 시작하고 끝난다. 오직 필요한 것만 취하고 흔적을 남기지 않으며, 5000년간 이어져 내려온 형식과 유머를 목도한다는 것은 참으로 아름다운 일이었다. 이를 통해 나는 내게 깊숙이 내재된 사냥 본능이 도덕적으로 옳다는 사실을 깨달았다. 매를 이용해 사냥하는 방식은 잔인하거나, 기이하거나, 파괴적이지 않다. 자연을 그대로 모방하고 자연과 조화를 이루는 방법이다. 매를 이용해 음식을 모으는 것은 완전하게 균형이 잡힌 안정적인 선물이자 특권이다.

남아시아에서 돌아온 나는 조금씩 변화하기 시작했다. 나의 여정을 펼치고 풀어내 효과적인 논리로 만드는 과정이었다. 여정 자체에 저장된 경험은 한 톨의 씨앗과도 같다. 그 안에 담긴 부드러운 지식의 낟알은 시간이 지나 발아되기만을 기다리고 있다. 여행을 다녀온 지 거의 4년 후인 2010년, 끔찍하고도 충격적인 사건 소식을 들었다. 그 종족, 그 마을, 그 아이들, 그 개들, 그 매들이 전례 없는 홍수의 피해를 당했다는 소식이었다. 기후변화의 직접적인 영향이 그들의 삶과 호흡, 농업 역사, 매사냥을 단 며칠 만에 파괴시켰다. 이 사건으로 나는 마음속 깊이 분노했고 그 분노는 아직도 남아 있다. 그 일은 시간이 지나면 쉽게 잊히는 단순히 추상적인 소식이 아니었다. 나는 나만의 특별한 방식으로 그들을 잊지 않기로 했고 더 넓은 세계를 다니며 경험을 넓혀나갔다. 그리고 마침내 그 부족 매잡이들의 방식과 매사냥 기술은 내 삶을 변화시켰다.

이러한 변화를 미리 계획하거나 이미 고려했던 생활방식을 선택한 것이 아니다. 그런 것이 아니었다. 파키스탄에 홍수 재앙이 들이닥친 그해에 기이하고도 예기치 못한 상황과 근본적인 계기가 느닷없이 내게 닥친 것이다.

내가 살아온 이야기를 멀리 떨어져서 보면 내 아들이 태어났던 때를 기점으로 내 감정은 가파르게 하강하기 시작한다. 대부분 사람들이 축하하고 기뻐해주던 그때 나는 남들과는 다른, 더 어둡고 더 격렬한 심리적 여정의 길로 들어섰다. 그때까지만 해도 내 성격에서 미처 몰랐던 부분들로 인해 실패와 좌절이 마음속 깊숙이 자리 잡고 활개 치기 시작했다. 당시 나는 추락하는 내 자신을 인지하지 못했고 너무도 무력해서 자유낙하를 막을 방도가 없었다. 도리어 사회를 분노하게 하고 두렵게 만드는 내 행동에만 골몰했다. 나는 내 아들에게서 멀리 떨어졌다. 어떻게 해야겠다는 생각도, 언제 돌아오겠다는 기약도 없이.

매를 훈련하는 일이나 야생의 매를 치료하고 돌봐주어 다시 돌려보내는 일이 당시 내게 도움이 되었다거나 그들을 구해줌으로써 나 자신을 구원했다고 말하는 것은 솔직하지 못하다. 그건 소설 속 이야기다. 고통과 죄책감이 최악으로 치닫던 때, 나는 아들과 매를 모두 버리고 내 삶이 되어버린 감정의 잔해들로부터 자유로워지기 위해 악전고투하고 있었다. 내게 자유는 회전축이었다. 자유 속에서 내 정신을 맑고 차분하게 지속할 수 있었고, 자연 세계에 대한 깊은 애정이 재건과 갱생을 위한 안정적 틀을 제공해주었다. 이 틀을 토대로 나는 계속 기어오르고, 삶을 재조정하고, 점과 점을 이어나갔다. 나의 여정, 내가 만났던 매잡이들의 삶, 내 존재는 더 이상 따로 분리된 이야기가 아니었다. 나 자신을 이해하는 자유분방한 지침이자 이미 오래전에 시작했어야 하는 방식으로 통합되었다. 나는 자연을 향한 나의 감정을 이해했고, 맹금류를 향한 감정과 내 아들에 대한 감정이 나란히 흘러가고 있다는 걸 느꼈다. 나는 그 감정들이 동전의 양면과도 같다는 사실을 깨달았다. 하나를 향해 품은 깊은 사랑과 따스한 관찰은 또 다른 대상을 향한 깊은 사랑을 깨우쳐주고 열어주었다. 이 깨달음을 통해 나는 내 아들과 그의 어머니와의 관계를 조심스럽게 재정립하기 시작했다. 아버지가 된다는 것에 대한 두려움을 극복하는 법을 배웠고 내 아들을 통해 그리고 아들을 위해 나 자신을 긍정적으로 표현하는 법을 알게 되었다. 어쩌면 이것이 내 이야기의 핵심인지도 모른다.

지금 내 인생은 매와 계절, 매가 있는 풍경, 매가 사냥해온 사냥감들로 정의된다. 마침내 나는 다시 회복할 수 있고 야생 새매를 자유롭게 놓아줄 수 있으며, 파키스탄에서 보았던 것과 같은 방식으로 그리고 같은 이유로 참매를 사냥할 수 있다는 것을 발견했다.

나는 불필요하다고 생각되는 모든 것들을 벗어버렸다. 보수좋은 직업과 케임브리지대학교 대학원에서 받은 교사자격증을 포기했다. 나는 가능한 한 단순하게 산다. 예술가로 그리고 여름 한철 시골 땅을 부려 얻는 수입은 지극히 적다. 내 작은집은 작은 마을 외곽을 따라 난 오래되고 울퉁불퉁한 길 아래에 있다. 대단한 재산도 없고, 빚도 없고, 신용카드도 없으며 낡은 노트북을 제외하고는 현대적인 문물도 거의 없다. 이중유리창도, 중앙난방시설도 없다. 그저 방에 커다란 화목 난로만 하나 있을 뿐이다. 추울 때는 땔감을 모아 불을 지핀다. 전기는 거의 사용하지 않으며, 텔레비전도 없고, 전화선도 없고, 와이파이도 없고, 인터넷도 없고, 주의를 산만하게 하는 것도 없다. 배가 고프면 들판에 나가 매사냥을 한다. 사냥에 실패하면 덫을 놓아 동물을 잡거나 물고기를 잡는다. 과일 나무 몇 그루와 먹을 수 있는 채소가 열리는 작은 묘목 세 그루도 있다. 다행히 냉장고는 있어서 지역 생산자들이 여는 장터에서 내가 재배하지 않는 제철 채소를 사다 보관해두고 먹는다. 필요한 것이 있으면 집에서 약 5킬로미터 정도 떨어진 마을 상점과 우체국에 들르거나 10킬로미터 정도 떨어진 슈퍼마켓에 들른다.

누구나 추구하는 삶은 아니다. 나는 비바람과 계절을 직접 느낀다. 가을과 겨울은 춥고 어둡고 길다. 하지만 봄이 오면 지붕 위에 둥지를 튼 새들이 지저귀고 새끼들을 낳는다. 어찌나 많이 낳는지 오두막 전체가 온통 새들이 지저귀는 소리로 가득하다. 여름밤에는 집 앞 계단에 앉아 저녁 어스름을 헤집으며 휙휙 날고 뛰어다니는 네 종류의 토종 박쥐들을 관찰한다. 약 800미터 앞에는 여우며 개구리, 유럽산 두꺼비, 큰 갈기 영원, 풀뱀, 야생 새매, 둥지를 틀고 있는 참매들이 있다. 문가에는 파리들이 날아다니고 한쪽 귀퉁이에 집을 짓고 그 파리들을 노리는 거미들도 있다. 지붕에는 쥐들이 있고, 굴뚝 뒤에는 겨울잠을 자는 고슴도치들도 있다. 그 근처를 매, 개구리매, 붉은솔개, 말똥가리, 황조롱이, 쇠황조롱이 등이 빙글빙글 돈다. 흰담비와 족제비들도 주기적으로 껑충거리며 휙휙 지나가는 바람에 사냥할 때면 최면에 걸린 기분이다. 들판과 작은 관목 숲에는 꿩, 토끼, 마도요, 댕기물떼새, 종달새 등이 있다. 3월이면 산토끼들이 마치 권투시합을 하듯 앞발로 서로를 툭툭 친다. 시냇물에는 온갖 곤충들과 산란 중인 브라운 송어, 연어, 수십 종의 오리들이 가득하다. 흐르는 냇물에 떠밀려 쌓인 작은 둑에는 물총새가 둥지를 튼다. 사르가소해에서 온 새끼 뱀장어들이 반투명의 은색 비늘을 반짝이며 무리 지어 둑 쪽으로 올라가 내가 사는 오두막 근처의 모래톱이 쌓인 연못까지 헤엄쳐온다. 이 지역 토종 가재인 몸집이 작은 민물 가재들이 저수지의 바위 밑에 몸을 꼭꼭 숨기고 있다. 역시 토종인 딱따구리가 쌩하고 재빠르게 회전하며 비행한다. 회색 깃을 두른 듯한 멋쟁이새, 방울새, 수십 마리의 바위종다리 등이 마당에서 고개를 까닥거린다. 내가 사는 오두막은 수천 마리의 회색기러기, 캐나다기러기, 분홍발기러기들이 이동하는 경로에 자리잡고 있어서 지붕 위로 기러기들이 낮은 소리로 크게 울어대는 소리가 들리곤 한다. 이 자연 세계는 풍요롭고, 터질 듯 충만하며, 마당 안팎으로 온갖 울음소리로 가득 차 있다.

　　매와 함께 그리고 매를 위해 살았던 삶은 늘 진화했고, 늘 놀라웠다. 무엇보다 그것은 자연의 순환 주기를 토대로 한 감각적 경험이었으며, 잠재력을 일깨워주는 늘 활기찬 삶이었다. 나를 기꺼이 풍경 속으로, 자연 속으로 들여보내 언제나 생각하고, 느끼고, 궁금해하도록 이끄는 삶.

1장
파키스탄으로 가는 길

매에 다는 방울은 작고 특별한 의미가 있다.

　좋은 매는 어마어마하게 먼 거리에 있다가도 두터운 은신처에서 침묵하고 위장한 채 숨어 있는 먹이를 찾아내 죽인다. 매잡이가 도착할 때까지 높은 음의 방울 소리는 매가 있는 곳과 매를 잃어버린 곳 사이를 이어주는 생명줄 역할을 한다.

　먼 옛날에는 매잡이들이 모든 장비를 손수 만들었다. 장갑, 매사냥용 가방, 미끼, 회전 이음쇠, 횃대, 눈가리개, 방울 등 모두 고유의 맞춤식 수제 장비들이었다. 지금은 기계로 대량생산 되면서 손으로 만든 방울의 개성보다 편리함이 중요해졌다. 매잡이들 사이에서 직접 만든 장비는 대단히 귀하게 여겨진다. 특히 이제는 사라진 전통 기술을 이용해 제작할 경우에는 더더욱 그러하다. 나는 자연스레 방울을 만드는 방법에 사로잡혔고, 각 부품들을 조립하는 방법도 알지 못한 채 성급하게 모든 부품들을 주문했다.

　일주일이 넘도록 직관에 의지하고 실수를 통해 배워가며 방울 만드는 일에 미친 듯이 몰두했다. 미세한 금속 먼지들이 집을 뒤덮었고 마룻바닥을 걸을 때마다 면도날처럼 날카로운 금속 가루들에 베어 발에 상처가 났다. 결국 카펫을 통째로 태웠다. 안전 장비들이 귀찮아 그냥 작업에 몰두한 탓에 드레멜Dremel 전동드릴에서 별처럼 흩뿌려진 금속 가루들이 내 이마에 깊숙이 박혔다. 붉어진 살 아래로 금속 가루가 남긴 짙고 검은 점들이 문신처럼 새겨졌다. 어떤 방울들은 아름답고 제 기능도 잘했다. 또 어떤 방울들은 만들자마자 분리되며 망가졌다. 나는 방울들을 다듬고 견고하게 마무리하기 위해 도서관에 가서 책도 보고 소셜 미디어에 의견을 구하기도 했다.

아랍권 국가와 무슬림 국가에서는 오래전부터 매사냥을 해왔고 매와 상당히 친밀하게 지내왔다. 매는 그들의 삶의 방식 한가운데를 관통하고 있었다. 서구 사회가 매나 독수리를 이용한 사냥의 잠재성을 알게 된 것보다 훨씬 오래전부터 무슬림 세계는 매사냥을 완벽하고 수준 높은 과학으로 변모시켰다. 그들은 무역 경로를 통해 매사냥 방식을 유럽으로 전파했다. 예언자 마호메트도 매사냥에 매우 열심이었다고 전해진다. 그렇게 보면 동양에서 가장 오래되고 가장 전통적인 방식의 매사냥 방울들이 여전히 수제로 제작되고 있는 것도 당연한 일이다.

매사냥 모임에서 자료를 찾던 중 나는 정교한 조각을 새기고 보석을 박은 방울 사진을 발견했다. 대단히 예술적이고 섬세했으며 상상을 초월할 만큼 아름다웠다. 그 방울을 파는 남자는 파키스탄 출신의 매잡이였다. 나는 살만 알리Salman Ali라는 이름의 그 판매자에게 이메일을 보냈다. 몇 차례 이메일을 주고받은 후 나는 그에게 직접 가서 방울을 만드는 과정을 봐도 괜찮겠냐고 물었다. 그가 승낙했다. 그리하여 2007년 나는 은행 계좌

잔고를 탈탈 털어 항공권을 예약했다. 지극히 단순하고도 충동적인 여행이었다.

나는 파키스탄까지 왕복하는 비행시간이 이삼일 정도 걸릴 것이라고 생각했다. 호텔을 예약하고 그곳에서 한 일주일 정도 머물 계획이었다. 하지만 카라치Karachi 외곽에 사는 살만은 자신의 집에 머물면서 파키스탄에서 더 오랜 시간을 보내고 신드 주Sindh province에서 함께 참매를 날리자고 제안했다. 우린 방울을 만드는 사람을 만나기 위해 라호르Lahore에도 같이 가기로 했다. 그때까지만 해도 살만의 관대한 인심이 어떤 결과를 가져올지 전혀 예상하지 못했다. 나는 말 그대로 낯선 무슬림 사람과 함께 동행했고 내 안위는 온전히 그의 손에 달려 있었다.

이메일을 주고받은 지 몇 달 후, 말쑥하게 옷을 차려입은 근육질의 살만과 공항에서 만났다. 우리는 악수를 나눈 후 부유한 사람들이 사는 외곽 지역에 자리한 그의 집으로 향했다. 어디가 어딘지 방향감각도 없고 시차 때문에 몹시 피곤했던 탓에 나는 이내 긴 잠에 빠져들었다. 다음 날 아침, 우리는 아담하고 단정한 안마당에 있는 커다란 무화과나무 그늘 아래서 함께 차를 마셨다. 살만은 사방에 담장이 둘러진 뜰에 소박하게 매 재활 시설을 만들어두었다. 그의 어깨 너머로 몸집이 작은 수컷 세이커매, 사케렛매, 러거새매, 샤힌이라는 아름다운 이름을 지닌 붉은 목덜미의 송골매가 횃대 위에 앉아 있었다.

이 네 종류의 매들은 아라비아 반도에서 명성이 높은 종들로 몸값이 한 마리에 3만 5천 파운드(한화 약 5천만 원)가 넘는 것도 있다. 수세기에 걸쳐 세이커매와 러거새매는 상당히 많이 포획되어 다른 곳으로 수출되거나 동물 시장에서 불법으로 거래되고, 걸프 지역의 부유한 이들에게 은밀하게 팔리곤 했다. 그 과정에서 많은 매들이 죽었고, 증가하던 서식지도 줄어들면서 모든 매의 생존이 위협을 받게 되었다.

살만의 재활 시설에 거주하는 이 매들은 건강을 회복하면 다시 방생되어 어쩌면 오래도록 건강하게 번식하며 살 수 있을 것이다. 혹은 안타깝게도 다시 불법 포획되어 동물 시장에서 거래될지도 모른다. 살만은 매가 건강하게 다시 삶을 회복할 가능성이 지극히 미미하더라도 거기에 시간과 노력을 들일 가치가 충분하다고 생각한다.

건강한 매는 대단히 위협적이고 존재감이 강하다. 동그란 두 눈은 선명한 짙은 색이고, 두 다리는 깨끗하고 강인하며 도마뱀의 비늘 같은 모양이 나 있다. 발가락은 삼지창 형태로 갈라져 있어서 공중에서도 전속력으로 비행해 먹잇감을 단숨에 낚아챌 수 있다. 부리는 매끄럽고 짧으며 위쪽이 둥글게 구부러져 있다. 건강한 매의 날렵한 모습은 여름날 농작물 위에 내려앉는 따스한 공기 같다. 머리끝부터 꼬리 끝까지 그 자태를 가만히 들여다보면 깃털의 윤곽이 부드러운 톱니 모양으로 완만하게 굽이치는 걸 알 수 있다. 끊어진 곳도, 쪼개져 분리된 단면도 없다. 건강한 매의 깃털은 뒤집힌 눈물방울 모양이다.

살만의 뜰에 있는 매들은 처참하고 더러운 겉모습에 칙칙한 색을 하고 있었다. 그 매들은 특유의 기이한 인상을 풍겼는데 어딘지 모르게 비틀어진 자세로 삐딱하게 서서 지치고 흐리멍덩한 눈을 하고 있었다. 보통 매의 절반 정도로 보이는 체구는 무언가에 억눌린 듯 한없이 슬퍼 보였다. 찬찬히 관찰해 보니 망가진 곳이 많았다. 부러진 깃털, 금이 간 부리, 궤양이 생기고 얽은 자국들, 딱지와 상처가 가득한 다리, 보기에도 괴로운 겉모습의 상처들은 빙산의 일각에 불과했다.

수리매와 매•는 죽음이 가까워지기 전까지는 절대 약한 모습을 보이지 않는다. 이는 야생의 세계에서 다른 포식자들의 먹잇감이 되는 것을 피하기 위한 태생적 안전장치다. 눈에 보이는 상처 뒤에 숨겨진 더 깊은 병의 원인을 파악하고 이해하려면 예리한 관찰력과 숙련된 경험이 필요하다.

맹금류를 제대로 치료하려면 먹이를 지속적으로 주어야 한다. 수리매나 매의 병을 치유하려면 여러 달이 걸릴 수도 있는데 이때도 먹이를 매일 주어야 한다. 영국에서는 대부분 알을 낳는 가금류 업체에서 맹금류 식품을 생산한다. 청결하게 관리된 단백질과 박테리아가 제거된 저렴한 식품이 마우스 클릭 한 번이면 집 앞까지 배달된다. 냉동 상태로 오는 음식은 해동만 시키면 바로 줄 수 있으며 유해 박테리아에 의한 교차 오염의 염려를 하지 않아도 된다.

살만은 거리의 비둘기를 먹이로 활용하고 있었다. 먹이로 줄 비둘기가 떨어져서 우리는 비둘기를 구하러 동물시장으로 갔다. 중세 시대를 연상시키는 어두운 통로에 수백 개의 철제 우리들이 약 6미터 높이로 벌집처럼 빼곡하게 쌓여 있었다. 원숭이, 새, 매, 설치류, 올빼미, 도마뱀 등이 시끄럽고, 냄새나고, 역겨운 찜통 같은 좁은 우리에 갇혀 있었다. 철망으로 된 우리여서 배설물이 그대로 아래층 우리로 떨어졌고 아래 동물들은 위 동물들의 배설물을 고스란히 맞고 있었다. 누군가 바짓가랑이를 당기는

• 수리과에 속하는 매를 수리매hawk라고 하며 참매goshawk도 여기에 속한다. 그냥 매falcon는 매목 매과에 속하는 새를 지칭한다.

기분이 들어서 내려다보니 통통하게 살찐 쥐들이 내 부츠 위를 오가고 있었다.

우리는 푸드득대며 날갯짓하는 비둘기들이 가득 든 비닐 자루를 차에 실었다. 오후에는 한 마리 한 마리 질병이 있는지 검사하며 도축했다. 어느 앙상한 비둘기 사체에는 심장 주변으로 누렇게 썩은 고름이 잔뜩 고여 있었다. 살만은 그 비둘기를 멀리 던졌다. 집 뒤쪽 매 우리 주변에 놓아둔 덫에 참새들도 몇 마리 잡혔다. 식사를 마친 매들은 느긋해졌고 우리는 미리 준비해둔 아카시아 풀(천연 항생제)을 매의 상처 난 다리에 바르고는 약효가 나타나도록 그대로 두었다.

자정 무렵에 살만은 내게 간단히 짐을 꾸리라고 했다. 우리는 버스정류소로 향했다.

우리가 탄 버스가 칠흑 같은 어둠을 뚫고 도심 경계를 벗어나 몇 시간째 달리고 있다. 동이 틀 무렵, 비몽사몽간에 신드 주가 어렴풋이 보인다. 광활한 들판에서 가마들이 불과 연기를 내뿜으며 진흙을 단단하고 쓸모 있는 벽돌로 구워내고 있다. 그 땅은 불모지처럼 보인다.

우리는 종점에서 내려 택시를 타고 작은 마을 근처 도로가에 내린다. 그새 풍경이 바뀌어서 왼쪽에서 오른쪽으로 거대한 이랑들이 있는 비옥한 땅이 평평하게 펼쳐진다. 용수로들이 수평으로 뻗어 있고, 가까운 곳에서부터 저 멀리까지 나무와 관목이 점점이 흩어져 있다. 우리 앞에 별 특징 없는 낮은 벽이 있고, 그 중간에 종려나무 뒤로 숨겨진 문이 있다.

안으로 들어가자 직사각형의 넓은 공간이 펼쳐진다. 소박한 집들이 모퉁이에 무질서하게 세워져 있다. 담벼락을 따라 마구간 두 곳, 당나귀 한 마리, 변소 하나가 있다. 튼튼하게 생긴 닭 열두어 마리와 새끼들을 거느린 암캐 한 마리가 천천히 걷기도 하고 후다닥 달리기도 하며 햇살을 만끽하는 중이다.

만주르, 채니사르, 자말, 하이더. 이렇게 네 남자가 우리를 맞이한다. 남자들의 아이들이 라피아로 엮은 야전침대를 마당 중앙으로 가져와 우리는 거기에 앉는다. 세 남자가 집으로 들어가 보이지 않더니 잠시 후 각각 커다란 참매를 한 마리씩 데리고 나타난다.

남자들이 데리고 나온 매들은 보이지 않는 움직임을 찾아 주변의 환한 세상을 살피며 눈을 깜박인다. 그중 두 마리는 각각 암컷과 수컷이다. 동그랗고 노란 홍채 주위로 옅은 붉은색과 오렌지색이 번져 있는데 마치 종이에 잉크가 번진 듯 색의 농도가 섬세하게 옅어진다. 깃털은 밝은 갈색들이 다양하게 섞여 있고 날개와 등에는 청회색이 감돈다. 더 어두운 색의 푸르스름한 깃털들도 산발적으로 나 있는데, 특정한 무늬를 이루고 있지는 않다. 깃털이 다양한 색을 띠는 것은 이 새들이 성숙한 매로 성장하고 있음을 보여주는 지표다. 성숙한 매의 깃털이 나오면 새들은 보다 일반적인 매의 모습이 되면서 더욱 눈부신 자태를 갖추게 된다.

몸집이 더 작은 암컷 매는 캐러멜 빛이 감도는 깨끗한 크림색과 밝은 갈색의 깃털에 흰색 깃털이 살짝 섞여 있다. 암컷 매는 수컷 매에 비해 조용하고 위장에 더 능하다. 다 자라긴 했지만 알에서 부화한 지 여덟 달이 되지 않은 암컷 매는 아직 청소년기를 보내고 있다. 각 매의 양옆으로 삐져나온 깃털은 마치 깃털로 된 치마바지처럼 보인다. 치마바지 맨 아래로 두툼한 다리와 발이 드러나 있는데 매우 옹골지고 강건해 보인다. 약 7~8센티미터쯤 되어 보이는 중간 발가락은 성인 남자의 손가락만큼이나 굵다. 마치 낫처럼 구부러진 검은 발톱은 길이가 발가락의 두 배다. 엷은 노란색 비늘처럼 생긴 피부 아래로 여러 가닥의 힘줄들이 발가락과 발톱을 근육과 이어주는데 이 근육이 다리 위쪽까지 연결되어 있다.

　　모두 야생에서 잡은 참매들이다. 야생의 참매를 직접 본 것은 처음이다. 매들은 훈련을 받아 길러진 모습과 길들지 않은 본능 사이를 시소처럼 오가고 있다. 인간을 만나기 전 참매들은 야생에서 자라고 진화했다. 움직이지 않을 때 그들은 아름다움과 파멸이 공존하는 역설적 모습을 드러낸다. 참매의 부드럽고 섬세하며 여린 깃털들 아래에는 그토록 치명적이리라고는 도무지 상상하기 힘든 날것의 힘이 응축되어 도사리고 있다. 참매의 존재감은 주변을 숨 막히게 압도한다. 그 차분한 겉모습은 그 매가 주변 환경을 편하게 여긴다는 분명한 징표다. 나는 단숨에 그들에게 매료된다.

　　이 야생 참매들을 보기 전에도 많은 참매들을 봤다. 하지만 모두 인공수정을 통해 부화되거나 새끼 때 인간에게 잡혀 양육된 것들이다. 인공적으로 길러진 매와 달리 이 야생 참매들은 각각 독창적인 개성과 어딘지 모를 자유로움, 인간의 통제와 지배를 훨씬 뛰어넘는 생명력을 풍긴다. 모두 완전한 자유를 누리고 있다. 그들이 가진 강건한 생명력과 처한 상황, 역사는 내 인생의 축을 바꾸어놓는다. 그 이유를 이해하려면 매 훈련법의 뿌리와 역사를 먼저 알아야 한다.

약 5000년 전, 인류 최초의 왕국들이 생겨났던 때, 최초의 문자가 생겨나기 전에, 문자로 쓰인 역사가 생기기 전에, 동전의 개념과 종이 화폐의 개념이 생기기도 훨씬 이전에, 일신교가 만들어지기 전에, 이슬람교가 생기기 2600년 전에, 기독교가 생기기 2000년 전에, 러시아 대초원에 있던 한 인간 혹은 인간 무리는 포식자인 새가 야생에서 다른 동물을 죽이는 광경을 목격했다.

맹금류를 따라 계곡을 내려가던 인간들은 매를 보았고 매는 깜짝 놀라 먹잇감을 남겨둔 채 날아가버렸다. 맹금류가 절반쯤 먹다 남긴 동물이 이제 막 숨을 거둔 채 땅 위에 뒹굴고 있었다. 인간은 그 사체를 집어 들고는 천천히 들여다보다가 거처로 가져와서 먹었다. 인간들은 그날 밤 그렇게 생존했다. 우연히 동물의 사체를 발견한 것에 만족하지 못한 인간들은 야생 매를 잡아 훈련시킨 다음 매의 사냥 본능을 이용해 인간 무리가 먹을 음식을 사냥하도록 활용할 계획을 세웠다.

그렇게 매 훈련법이 탄생되었다.

실제로 이런 일이 있었는지에 관해 문서화된 기록은 없지만 당시 맹금류를 데리고 사냥을 하던 인간의 모습이 담긴 그림은 남아 있다. 개와 말과 더불어 맹금류로 사냥을 하는 방식은 인간이 동물과 상호 협동적인 관계를 맺은 가장 오래된 사례 중 하나다. 내 앞에 있는 참매 세 마리는 끊기지 않은 이 혈통의 직계 후손이다. 이 부족 매잡이들은 러시아 대초원에서 최초의 매잡이들이 했던 것과 동일하게 덫으로 매를 잡아 훈련시키고 함께 사냥을 나간다. 이 참매들은 대륙과 대륙, 문화와 문화를 넘나드는 정보가 새겨진 궁극의 타임캡슐이다. 매의 존재와 그 훈련법은 선조들이 건네는 악수이자 거의 90세대 가까이 생존해온 밈meme•이다. 그 매들은 여전히 살아 있고, 여전히 현실적이며, 여전히 활기차다. 그들의 존재에 비하면 나는 보잘것없고 미약하다.

하이더의 작은 수컷 참매가 내 발밑 흙먼지 속에서 먹이를 쪼는 병아리를 발견한다. 나는 매의 움직임을 따라가며 관찰한다. 매는 천천히 부드럽게 고개를 돌린다. 갑자기 분위기가 확 바뀐다. 매의 깃털이 눈에 띌 정도로 바짝 긴장하다 다시 느슨해진다. 매는 활기를 띠고 하품하듯 부리를 벌린다. 이제 매는 곧 사냥에 나설 것이다.

몇 시간 후 해가 밝은 흰색 원형으로 지평선 아래로 내려가자 기온도 조금 내려간다. 매에게 시간과 변화는 매우 중요하다. 하이더가 일어나 다소 무뚝뚝한 태도로 움직인다. 채니사르는 바닥에 웅크리고 앉아 흙먼지 속에서 매의 배설물을 자세히 들여다보고 있다. 보통 배설물은 흰색 액체에 검은색 고체가 둘러싸여 있는데 이 배설물은 불투명한 흰색 액체에 청록색 거품으로 변해 있었다. 이러한 색과 질감의 변화는 매의 소화기관이 어제 식사 이후 줄곧 비어 있음을 의미한다.

단백질 부족과 공복이 매들의 입맛을 자극했다. 매들은 눈에 띌 정도로 불안해했다. 머리에 작은 벼슬처럼 올라간 깃털 가장자리가 얇고 마른 산토끼풀 가장자리처럼 들쭉날쭉하다. 매들이 고개를 까닥까닥하고 휙휙 움직이기 시작한다. 동공이 크게 확장된다. 이제 매들은 '야라크yarak••'라고 하는 아주 특별한

• 유전자가 아닌 모방이나 학습 등에 의해 다음 세대로 전달되는 문화요소

활동 상태로 접어든다.

만약 야생에서 매가 굶주림과 사냥 성공이라고 하는 극단적 상태 사이를 끊임없이 오가야 한다면, 오직 한 마리 먹이를 사냥해 하루하루 살아가야 한다면, 매는 약해지고 효율성이 떨어져 결국 죽을 것이다. 타고난 사냥꾼인 매도 사냥에 성공할 때보다 실패할 때가 더 많다. 열 번 시도하면 아홉 번은 먹잇감을 죽이는 데 실패한다. 따라서 매는 최대한 빠른 속도를 내기 위한 체력과 기민한 정신력이 필요하다. 그래야 사냥을 할 때 집중해서 가차 없이 목표물을 공략할 수 있다. 다 자란 야생 매는 지방 축적량이 풍부해서 건강한 신체와 완벽한 컨디션을 유지한다. 야생 매가 꼭 배를 채우기 위해 사냥하는 것은 아니다. 오로지 재미를 위해 사냥하기도 한다. 배고프지 않은 상태에서 비행 욕구와 살생 욕구를 갖는 것, 오직 날고자 하는 욕망만으로 비행한다는 것은 그 매가 가장 튼튼하고, 가장 강인하며, 가장 건강하다는 징표다.

그러므로 매를 훈련시키면서 야라크 상태에 도달하게 하려면 고도의 기술이 필요하다. 오직 가장 노련한 매잡이만이 매가 꾸준한 야라크 상태를 유지하게 할 수 있다. 몸이 무겁고 과체중이 되게 자라거나 덫에 잡힌 매는 인간 곁에 머무르려 하지 않으며 제 살 곳으로 날아가버린다. 야라크 상태에 도달하려면 시간과 헌신적인 노력이 필요하다. 매는 좋은 환경에서, 매일 비행해야 하며, 최소한 이틀에 한 번은 먹잇감을 잡아야 한다. 그러려면 매와 매잡이에게 시간과 공간, 넓은 들판과 풍부한 사냥감이

•• 야라크는 매가 비행과 사냥을 하기에 최적화된 상태를 의미한다.

있어야 한다.

하이더가 참매를 얼굴 가까이 가져다 댄다. 그는 매의 눈을 강렬하게 바라보면서 손가락을 가슴팍 깃털 사이로 깊숙하게 밀어 넣는다. 참매는 아무 저항 없이 꼼짝하지 않고 느긋하게 긴장을 푼다. 하이더는 매를 관찰하고 만지면서 몸무게를 재고, 매의 반응을 살피며 매에게서 나타나는 징표들을 신중하게 바라본다. 매는 하이더에게 자신이 얼마나 '야라크' 상태에 깊게 몰입했는지, 사냥 시점이 얼마나 가까워졌는지를 상세히 알려준다.

조금 후 나도 그 매를 느껴본다. 몸이 술통처럼 생겼다. 가슴에서 뼈가 만져지지 않으며 가느다란 용골 모양의 돌기만 솟아 있을 뿐이다. 근육은 다부지고 둥글둥글하며 지방이 굉장히 많다. 나는 매가 건강하다거나 사냥하기에 적합한 상태라고 느꼈던 적이 없다.

매의 활동량이 많아질수록 이곳 매 훈련장의 긴장감은 높아진다. 부족의 일가친척들이 와서 입구에서 서성인다. 매를 중심으로 한 무리는 친구와 가족, 아이들과 노인까지 가세해 규모가 점점 커진다. 푼할Punhal이라는 이름의 매잡이가 암컷 새매를 데리고 상어 이빨 무늬가 들어간 말쑥한 재킷에 정교하게 위조된 가짜 태그호이어 시계를 차고 옆 마을에서 수 킬로미터를 하루 종일 걸려 걸어왔다.

새매는 영락없이 다 자란 참매의 축소판이다. 둘 다 새매 속의 매로 성향이나 행동이 비슷하다. 두 매를 뚜렷하게 구분할 수 있는 차이점은 단거리에서 새매가 월등하게 폭발적인 속도를 낸다는 점과 두 매가 사냥하는 동물들이다. 참매는 몸집이 더 큰 새나 토끼, 산토끼 등 깡충깡충 뛰거나 날거나 달리는 동물들,

특히 몸무게가 1~2킬로그램 정도인 동물들을 잡도록 진화해왔다. 반면 새매는 이보다 몸집이 더 작은 새나 포유류를 잡는 데 딱 맞게 적응하고 진화했다.

그곳에서는 모든 동요와 농담, 수다, 일반적인 활동과 함께 매사냥이 유대감을 강화하는 중요한 공동체 활동으로 인식된다. 나는 그곳에 모인 많은 사람들이 단순히 손을 흔들어주러 온 줄 알았다. 하지만 그들은 나서서 도와주러 온 것이었다. 목표를 공유해 에너지를 북돋고, 각지에서 온 수렵인들의 채비를 도우러 온 것이다.

지프차에 타자 서로 다른 부족 구성원들끼리 매를 바꾼다. 조련사가 있긴 하지만 참매와 새매는 마을 공동체 전체의 소유다. 물을 운반하는 사람과 사냥감 몰이꾼은 매잡이만큼이나 중요한 역할을 한다. 모두가 각 사냥 그룹에서 없어서는 안 될 중요한 임무를 맡고 있다. 세어 보니 사람 열세 명에, 참매 세 마리, 새매 한 마리, 산탄총 두 자루가 차량 두 대에 빼곡하게 나뉘어 있다.

그들에게 왜 매를 공동으로 소유하는지 묻자 지극히 단순하고 논리적인 대답이 돌아온다. 만약 매가 오직 한 명의 매잡이에게만 반응한다면, 매잡이가 필요한 순간에 매를 찾지 못할 때 매를 잃어버리거나 매가 죽을 수도 있다. 특정 매가 특정 한 명의 매잡이에게 길들여진다면, 그 매잡이가 아프거나 다리가 부러지는 상황이 생길 때 다른 사람이 그 매를 날리지 못한다. 결국 매는 쓸모없게 된다. 한 명의 매잡이가 매를 다루는 것보다 열세 명의 매잡이가 똑같이 잘 다룰 수 있는 편이 훨씬 낫다.

두 대의 지프차가 그곳을 떠난다. 마을이 멀어질수록 풍경은 인간의 간섭이 덜한 야생의 모습으로 바뀌어간다. 20분 후 차가 멈춘다. 매잡이들과 사냥감 몰이꾼들이 차에서 내려 길가에서 주변을 살핀다. 살만이 고개를 끄덕이며 내게 말한다. 매는 준비가 다 되었다고.

그룹은 둘로 나뉘고, 살만과 채니사르가 커다란 암컷 새매와 함께 떠난다. 나는 하이더 팀에 남는다. 하이더 팀에는 수컷 참매 한 마리와 세 명의 보조자들이 있다. 비포장 길을 따라 험한 지대로 들어서니 부드럽고 매끄러우며 촘촘한 초목이 가슴 높이까지 자라 녹색으로 반짝이고 있다.

그곳은 매잡이들이 매우 귀중하게 여기는 수렵조•들의 거주지다. 블랙파트리지라고도 불리는 이곳의 자고새는 크기와 모양이 영국에 서식하는 유럽자고새와 비슷하다. 매우 강인하고 민첩하며 빠르게 비행한다. 참매에게 자고새는 만만치 않은 사냥감이다.

우리 그룹은 흩어져서 천천히 걷기 시작한다. 하이더가 머리 위로 참매를 높이 치켜든다. 이내 참매는 흥분하며 이전과는 전혀 다르게 행동한다. 참매는 길고 가는 다리를 쭉 펴고 머리를 앞뒤로 까닥거린다. 더 멀리 보기 위해 목을 한껏 늘이고 깃털을 탄탄하게 수축시킨다. 참매가 사납게 퍼덕이자 하이더의 장갑 낀 손과 매의 발목에 맨 가죽끈이 출렁인다. 우리 눈에 보이지 않는 무언가를 본 매는 바짝 긴장하며 목표물에 집중한다. 나는 매와 아주 가까이 있어서 매의 동공이 확장되는 것을 명확하게 볼 수 있다. 검은 동공과 선명한 대조를 이루는 노란색 바탕에

• 사냥할 수 있도록 허가된 새

가느다란 선들이 맥박처럼 뛰고 있었다. 이제 매의 동공은 평소보다 훨씬 크게, 엄지손톱만 하게 확장되며 앞에 펼쳐진 모든 빛과 움직임을 낱낱이 흡수하고 있다.

　새가 숨은 앞쪽 숲은 깊지 않다. 멀리서 흐릿한 형체의 자고새 한 마리가 열심히 빠른 속도로 날아 지나간다. 매잡이가 매를 놓자 매는 즉시 가속도를 더해 날아간다. 처음 몇 미터는 자고새가 반원 모양의 둔덕을 빠르고 완벽하게 오른다. 참매는 자고새를 따라가다 생각을 바꿔 아래로 하강해 자고새 조금 뒤쪽으로 다가간다. 매끄럽게 광택이 감도는 매의 등에 햇빛이 반사되며 순간 반짝인다.

　참매는 처음 몇 백 미터를 비행하는 동안 하늘을 향해 반복해서 고개를 돌린다. 자고새는 갑자기 착륙하기도 하고 지평선까지 전속력으로 날아가기도 한다. 참매는 영리하고 영악하게도 속도를 늦춰 불필요한 에너지 낭비를 막고 한 치의 실수도 없이 지켜보고 기다린다.

　처음에는 180미터, 그다음에는 270미터, 두 새는 거리를 유지하고 있고 자고새는 돌아서거나 방향을 바꾸지 않고 메트로놈처럼 정확하고 절제된 속도로 비행한다.

　몇 초간 비행이 이어진다. 450미터 거리에서 자고새는 지치고 두려움에 사로잡혀 매보다 더 높이 날기 위해 상승을 시도한다. 참매도 동시에 그림자처럼 따라간다. 쉬지 않고 움직이던 두 새가 마침내 마주친다. 미세하게 힘의 균형이 바뀐다. 자고새는 공황상태에 빠지고 참매는 전속력을 다해 앞으로 돌진하더니 고요하게 하늘을 가로질러 자고새의 길을 가로막는다. 두 새가 하나의 검은 점이 되면서, 서서히 한 그림자로 합쳐지더니 움직임이 급격하게 느려진다.

뜨거운 더위와 무성한 초목 사이를 전력 질주하던 나는 참매와 자고새가 떨어진 지점에 도착한다. 매의 방울 소리가 들린다. 초원의 풀숲 사이 깨끗한 흙더미 위에서 매를 찾는다. 가까이서 들여다보니 매가 자고새의 날개 앞쪽을 무자비하게 잡아 뜯고 있다. 자고새는 벗어나려고 필사적으로 퍼덕이지만 참매는 자고새의 등을 단단히 밟고 있다. 설령 자고새가 몸부림을 쳐서 달아난다 해도 제대로 날지 못할 것이고 이내 다시 잡힐 것이다. 이는 순전히 본능에 의해 움직이는 야생 매의 진화적이고 성공적인 행동이다.

잠시 후, 하이더가 도착해 내 옆에 무릎을 꿇고 앉는다. 하이더와 나는 둘 다 숨을 거칠게 몰아쉰다. 우리는 서로를 보고 미소를 짓다가 크게 웃음을 터뜨린다. 우리는 둘 다 매의 성공적인 사냥에 경외심과 유대감을 느낀다. 하이더가 작은 칼로 자고새의 목을 깔끔하게 벤다. 자고새의 목에서 산소가 포화된 짙고 붉은 피가 천천히 흘러나온다. 새가 퍼덕인다. 그러다가 마치 태엽이 다 풀려버린 장난감처럼 서서히 움직임을 멈춘다. 하이더는 매가 자고새의 가슴살을 먹도록 내버려둔다. 매는 잔인하게 사체를 잡아 뜯더니 예리하고 정확하게 살점을 꺼내 먹는다. 매가 자고새의 살점을 뜯는 동안 하이더는 매의 꼬리를 부드럽게 들어 올려 긴 꽁지깃이 구부러지거나 땅에 마찰되어 꺾이지 않도록 해준다. 매는 하이더의 간섭에 별로 신경 쓰지 않고 편안하게 식사를 한다.

자고새를 잡은 매는 편히 쉴 곳을 찾을 것이다. 사냥감을 먹은 하이더의 참매는 근처에서 가장 높은 곳을 찾는다. 주변에 높은 나무가 없는 이곳에서 매의 눈에는 180센티미터의 백인 서양 남자가 음식을 소화시키기에 가장 좋은 장소로 보인 듯하다. 매는 땅에서 푸드득 날아올라 내 어깨 위에 앉는다. 그러고는 어깨에 만족하지 못한 듯, 더 높은 곳을 찾아 내 머리 위로 올라간다. 모자 속으로 매의 날카로운 발톱 끝이 느껴지지만 공격의 징후나 의도는 느껴지지 않는다. 때마침 나머지 팀원들이 도착해 내 머리 위에 매가 앉은 걸 보더니 손뼉을 치며 즐거워한다.

사람들이 자고새를 들어 올려 자세히 살펴본다. 깃털은 갈색과 흙색, 진흙색이 복잡한 문양을 이루고 있고 노란색 반점이 섬세하게 흩어져 있다. 생명이 사라졌음에도 불구하고 대단히 매혹적인 모습이다. 자고새가 자신과 비슷하게 진화한 생명체와 공평하게 겨루다가 죽임을 당한 것은 분명 안타까우나 아무도 장담하지 못하는 일이다. 싸움은 다르게 흘러갈 수도 있었다. 오늘은 매가 운이 좋았을 뿐이다. 내가 목격한 것은 진정한 자연선택이었다.

하이더와 우리 그룹이 다시 사냥을 준비하고 있는데 신호가 들려온다. 살만의 그룹이 자고새 몇 마리를 날려 보냈다. 채니사르의 참매가 그중 한 마리를 선택해 날개를 퍼덕이다 빠르게 하늘을 가로지른다. 먼저 출발한 자고새는 대담하게 움직여 수풀이 무성하고 깊은 곳으로 쏙 숨어든다. 자고새가 숨어든 지점에 잠시 후 매잡이들이 달려온다. 매잡이들은 자고새를 들어 올려 다시 날리며 새로운 사냥을 준비한다.

자고새가 착지한 지점은 매가 진입하기 어려워 보인다. 매잡이들은 자고새를 겁주기 위해 덤불에 불을 놓는다. 순식간에 불꽃이 일며 앞쪽으로 불이 번진다. 불꽃이 튀며 강하고 활기 넘치는 소리가 난다. '쉬익' 소리와 함께 연기가 피어오르고, 앙상한 나뭇가지에서 수액이 수증기를 뿜어내면서 연기가 하늘에 자욱해지기 시작한다. 뜨거운 공기 속에서 재가 소용돌이친다. 연기 속에서 자고새가 튀어나와 후드득 날아간다. 참매가 연기를 뚫고 자고새를 쫓으며 희미하게 어른거리는 저편으로 빠르게 날아간다. 두 새는 연기와 불 너머로 사라지고 매 사냥꾼들이 두 새를 쫓아 달려간다. 잠시 후 사냥이 성공했다는 말을 들었다. 자고새는 거의 400미터가량 떨어진 곳에서 죽은 채 발견되었다. 매에게는 상당히 먼 거리다.

이후 몇 시간 동안 다른 그룹에서도 자고새를 여러 마리 풀어놓는다. 자고새는 모두 달아나고, 매는 사냥에 실패한다. 우리는 지역을 바꿔 농경지가 있는 곳으로 차를 몰고 간다. 그곳에는 인더스 강의 지류 물을 곧바로 논과 밭에 대주기 위한 관개수로들이 있다. 얕은 물이 흐르는 수로 위로 솜털 같은 녹색 덤불이 부드럽게 드리워 있다. 오리, 흰눈썹뜸부기, 백로, 왜가리, 알락해오라기, 검둥오리처럼 생긴 새 등이 물 위를 경쾌하게 오가다가 물속으로 숨는 모습이 보인다. 모두 비행에 서툰 새들이다. 참매는 이 새들이 눈에 띄면 갈대숲이나 덤불, 수로 둑의 경사진 면에 난 초목 속으로 가차 없이 내몬다. 우리가 날린 새들은 이 새들보다 빠르다. 참매의 크기와 힘은 흐트러짐 없이 일관적이다. 쫓고 쫓기는 비행의 끝에 새들은 어김없이 죽음을 맞이한다. 매는 죽은 새의 몸에서 나온 피나 살점으로만 보상을 얻는 것이 아니다. 그저 새의 몸에서 깃털을 뽑는 행위만으로도 매에게 지속적인 사냥 동기를 부여해주는 듯 보인다.

수로에서 새 한 마리가 올라와 땅 위로 가서는 우리 지프차를 방어막 삼아 그 아래로 숨어든다. 매가 날개를 접고 숨은 새를 힘으로 밀어붙이자 희생양은 흙먼지 속을 뒹굴며 차 반대편으로 밀려 나온다.

　매잡이들은 매가 하고 싶은 대로 하게 내버려둔다. 한 마리도 예외 없이 매들은 새를 죽이는 기쁨을 만끽한다. 죽은 새는 찌르레기와 비슷한 생김새에 까치 크기만 하다. 꼬리는 긴 적갈색이다. 매잡이들은 이 새를 '이맘 새imam bird'라고 불러왔다. 이맘 새가 죽자 사냥에 참가한 모든 이들이 환호성을 지른다.

　죽은 새가 늘어났지만 사람들은 지나친 감상을 배제하고 죽은 새 한 마리 한 마리를 경건하게 대한다. 죽은 새를 대할 때마다 그들은 사과나무에서 탐스러운 사과를 고르듯 잠시 멈춘다. 시간이 흘러도 비행은 멈추거나 줄어들지 않는다. 새 한 마리를 잡을 때마다 세 마리, 네 마리 혹은 다섯 마리가 달아난다. 매는 효율적인 새이지만 한 번에 잡을 수 있는 새는 한 마리뿐이다. 사냥 중간중간 쉬어가는 공간과 공백이 있다. 우리는 매의 멋진 사냥 솜씨를 칭송하며 새로운 장소로 이동한다. 딱 필요한 만큼 이상으로 사냥하지 않으므로 야생 동물 개체수가 줄어들 위험은 미미하다. 몰이꾼과 매잡이들을 지켜보다 보면 생존이 투쟁적이어야 한다는 말은 의미 없이 들린다. 활기가 넘친다. 많은 대화들이 서로 뒤덮인다. 가벼운 잡담이 풍성하고 농담이 오간다. 그들은 행복하고 느긋하며 설레고 편안하다.

　땅거미가 내려앉을 즈음까지 우리는 충분히 사냥했다. 사냥 장면은 넋이 나갈 만큼 근사했다. 우리가 지프차에 올라타는 동안 참매는 잡은 새를 먹고 매잡이의 장갑 위에서 휴식을 취한다. 어린 남자아이들과 몰이꾼이 색도 종류도 다양한 새들을 구경한다. 그들은 죽은 새를 찔러도 보고 발과 날개를 당겨도 보며 새를 샅샅이 관찰하고 있었다.

　매 훈련장으로 돌아가는 길에 우리는 마을에 들러 차를 마신다. 죽은 자고새와 사냥감들은 다른 차로 미리 보냈다. 한 시간 후 작은 벽돌 방에서 우리는 부족의 장로와 함께 모여 앉는다. 내가 신형 칼라시니코프 소총에 정신이 팔려 이리저리 감탄하며 만져보는 동안 살짝 매운 맛이 나는 고기 요리가 우리 앞에 놓인다. 믿을 수 없이 신선한 요리다. 살점이 벗겨진 짙은 색의 뼈들이 순식간에 무더기로 잔뜩 쌓인다.

　장로와 함께하는 자리에서 격식을 차리던 것과 달리 매 훈련장으로 돌아오자 분위기는 더욱 평등해진다. 전구에서 희미한 불빛이 은은하게 흘러나온다. 전구 불빛 밖은 모두 어둠으로 뒤덮여 있다. 우리는 서로 담배를 주고받으며 사냥터에서의 강렬한 경험담을 느긋하고 행복하게 나눈다. 대화와 통역을 거쳐 하루 일과가 재생된다. 친밀한 웃음과 토론, 재미난 일화 등이 오간다. 마을 주민 중 한 사람이 오후 햇빛 아래 느긋하게 쉬고 있는데 어디선가 원숭이들 한 무리가 나타나 그의 물건을 가져갔다는 일화를 들려준다. 그는 원숭이들이 마시는 물에 대마초와 비슷한 성분의 약초를 섞었고 그러자 나무 위에 있던 원숭이들이 잠이 들면서 훔쳐갔던 시계며 담요를 야자나무 아래로 떨어뜨렸다고 한다.

　채니사르가 참매를 데려와 긴 막대 위에 앉힌다. 매는 우리 머리보다 한참 높은 곳에 있다. 매는 방금 근처에 있던 고양이들 중 한 마리를 죽였다. 몸집이 크고 호전적인 참매가 다른 고양이들을 살려두었을지 어떨지는 모르겠다. 벽에 난 구멍에서 쥐 한 마리가 나오더니 참매 아래쪽에 있는 선반을 가로질러 달려간다. 고양이가 한 마리밖에 없으면 설치류 개체수가 급격하게 증가할 것이다.

살만이 내가 그의 환대에 대한 보답으로 준 선물을 꺼낸다. 매에 부착해 위치를 추적할 수 있는 가벼운 원격 추적기다. 이 장치를 달면 30킬로미터 떨어진 곳에서도 전자 신호를 수신해 매가 길을 잃거나 잘못된 방향으로 가도 추적할 수 있다. 이곳에 오기 전 나는 가장 좋은 원격 추적기를 구매했다. 최첨단 기술이 적용되어 있고, 공기처럼 가벼우며, 경고음이 울리고, 붉은색 LED 불이 들어오며, 플라스틱과 금속 재질로 마감된 제품이다. 살만은 그곳 사람들에게 추적기의 작동법과 사용 목적을 설명해주었다. 잠시 짧은 정적이 흐르고 하이더가 뭐라고 한마디 하자 웃음이 터져 나온다. 살만은 내게 '영국 매잡이들은 매를 더 잘 훈련시켜 잃어버리지 않도록 해야 한다.'고 통역해준다. 가벼운 조롱이 담긴 농담이었지만 나는 그들에게 소속감을 느낀다. 이 컴컴한 방에 옹기종기 모여 앉은 우리들을 구분할 방법은 없으며, 나 역시 그저 그들과 마찬가지로 또 한 명의 매잡이다. 무엇보다도 하이더의 말이 옳다. 영국 매잡이들은 영국의 매들을 더 잘 훈련시켜야 할지도 모른다.

피로감이 점점 밀려와 좀 쉬어야 할 것 같아 숙소로 되돌아온다. 남은 참매들을 실내로 들여와 각자 침대 가장자리에 둔다. 매들은 내일 새벽까지 우리 곁에서 잘 것이다.

이른 아침 채니사르가 작은 대나무 새장을 들고 집 밖으로 나온다. 새장에는 참매와 새매를 잡기 위한 미끼로 사용될 수컷 자고새 한 마리가 들어 있다. 나는 앉아서 차를 마시며 새장 안에 갇힌 새를 바라본다. 아름다운 새다. 칠흑 같은 검은색 깃털 아래로 마치 아스팔트 위에 쏟아진 석유처럼 무지갯빛 그림자가 어른거린다. 나는 건너편 훈련장을 바라본다. 지평선 너머로 흰색의 둥근 형체가 보인다. 10분 후 그 형상은 점차 또렷해지더니 어린 소년과 아버지의 모습으로 바뀐다. 남자아이의 작은 맨주먹에 갓 잡은 수컷 새매가 앉아 있다. 고작해야 140그램 정도밖에 되지 않는 몸집에 20센티미터 남짓한 몸길이의 새매다. 연약하고 작은 몸집이 푼할의 암컷 새매에 비해 3분의 1 정도밖에 되지 않아 보인다.

수컷 새매는 매 중에서도 가장 예민하고 훈련시키기 까다로운 새다. 속도가 빠르고 행동이 민첩하며 위장에도 능하기 때문에 야생에서는 이 새를 좀처럼 보기 어렵다. 커다란 몸집은 무섭고도 신비로운 분위기를 자아낸다. 가까이 다가가 덫을 놓는 일은 말할 것도 없고, 보이는 곳에 두는 일에도 상당한 지식과 기술이 필요하다. 살만은 저 아이와 그의 아버지가 새벽녘에 이곳에서 몇 킬로미터 떨어진 곳에서 새끼 새매를 잡았다고 한다. 소년은 더 이상 여덟 살 난 아이가 아니다. 나는 아버지와 아들이 서로 교감하는 모습을 지켜본다. 두 사람은 작은 매를 매개로 서로를 향한 사랑을 나누고 있다. 지극히 아름다운 순간이다.

새매는 극도로 날카롭고 아주 작은 자극에도 쉽게 흥분하며 성을 낸다. 만약 덫에 잡히면 어마어마하게 광분할 것이다. 매를 안전하게 운반하고, 매가 극도의 분노 상태로 치닫는 것을 막고, 날개를 퍼덕거려 자칫 날개깃이 상하지 않게 하기 위해 소년과 아버지는 '봉인sealed'이라고 불리는 방식을 이용해 새를 숙소로 데려왔다.

덫에서 풀려난 매의 눈꺼풀에 뭔가가 덮여 있었다. 가시나 바늘을 종잇장처럼 얇은 피부에 조심스레 관통시켜 작은 구멍을 내고 그 구멍을 실로 꿰었다. 매가 눈을 감도록 당긴 실을 매머리 윗부분에 단단히 매듭지었다. 수컷 새매는 말 그대로 낮의 햇볕으로부터 눈이 봉인된다. 무식한 내 눈에는 그 모습이 야만적이고 원시적이며 형언할 수 없이 잔인해 보인다. 섬뜩하고 무서운 광경에 내가 입을 다물고 조용히 사진만 찍자 주위에 사람들이 모여든다.

파키스탄에서 돌아오는 길에 나는 매우 명망이 높은 조류 전문 의사이자 매잡이인 지인에게 봉인을 하는 이유를 물었다. 그의 대답을 들은 나는 내 독선적인 태도가 부끄러워졌다. 그는 조류의 눈꺼풀에는 신경 말단이 없다고 했다. 작은 수컷 새매는 아무 고통도 느끼지 않았다. 매의 눈을 그렇게 인위적으로 감기는 방법은 잔인하고 혐오스러운 방식과는 거리가 멀다. 오히려 매의 머리 골격 구조를 세심히 관찰하고 충분히 깊이 이해해서 터득한 방식이다. 이 방식은 매를 다치게 하려는 것이 아니라 보호하기 위한 것이다. 덫을 놓는 과정도 마찬가지다.

하늘을 날고 자유로운 본능을 지닌 동물을 잡기 위해서는 인위적인 방법을 신중하게 고려해야 한다. 사실 덫을 놓는 행위는 전체적인 흐름에서 간단하면서도 작은 한 부분이다. 신드 주의 터전에서 살아가는 생명체에 접근하기 위해 겪어야 할 더 크고 신성한 무대의 핵심이 되는 아주 작은 단계인 것이다.

새매와 참매는 일 년에 세 개에서 여섯 개 정도의 알을 낳는다. 부화하고서 약 12개월 안에 새끼 중 절반이 죽는다. 깃털 부상, 질병, 포식자, 형편없는 사냥기술 등은 새끼 매들을 굶주림과 죽음에 이르게 하는 주요 원인들이다. 우리가 머물던 시설 안에 있던 참매는 초가을에 거의 다 자란 상태로 덫에 잡혔다. 이맘때쯤 매들은 둥지를 떠나 독립을 시작한다. 그러므로 덫을 놓아 매를 잡는 시기는 자연 선택의 힘이 매에게 큰 피해를 끼치기 한참 전이다. 이 시점에 매를 데려오는 것은 그해 내내 안전을 보장해주는 일종의 구명밧줄인 셈이다. 매는 부족으로부터 매일 사료를 받아먹고 은신처에서 보살핌을 받으며 죽음을 모면한다. 마침내 매를 놓아줄 때 인간은 매가 더 나은 출발점에서 시작해 더 잘 생존할 수 있도록 도와준다. 짝을 찾고, 양육할 수 있는 기회를 더 높여줌으로써 야생 매의 개체수를 늘려준다. 이런 방식으로 덫을 놓는 것은 매의 기대수명을 연장시키고 매와 인간 모두에게 자유를 주는 신중한 대화인 셈이다.

나는 소년과 그의 아버지가 작은 새끼 매의 첫 훈련 단계를 시작하기 위해 매를 데리고 어두운 방으로 들어가는 광경을 지켜본다. 모였던 사람들이 서서히 흩어지고 덫을 놓는 세부적인 방법들을 논의한다.

어떤 문화권이든 덫을 놓는 사람에게는 세 가지 기본적인 장비가 필요하다. 올가미와 그물 그리고 미끼다. 올가미를 사용할 때는 덫을 놓는 과정이 믿을 수 없을 정도로 단순하다. 덫을 놓는 사람은 5~8센티미터 정도 크기의 올가미 수백 개를 둥근 형태의 우리인 발 차트리bal–chatri에 매단다(인도어로 발 차트리는 '뒤집어진 우산'이라는 뜻이다). 발 차트리 안에 살아 있는 새를 넣는다. 적당한 장소에 덫과 미끼를 둔다. 먹잇감을 찾는 매가 새를 발견하면 우리를 덮친다. 우리 안에 있는 새는 매의 공격으로부터 안전하다. 새를 잡지 못한 매는 분노하며 공짜 먹이를 얻기 위해 반복해서 우리를 발길질한다. 그러다 발가락이 작은 올무에 걸리고 매가 달아나려고 날개를 퍼덕일 때 매의 꼬리 밑으로 올무에 걸린 매의 양다리가 점점 잡아당겨진다. 덫은 완만하게 둥근 형태로 되어 있어서 덫을 놓은 사람이 덫에 도착하기 전까지 매의 뼈가 상하거나 날개깃이 부러지는 것을 막아준다.

그물인 '드호 가자dho-gaza'를 이용할 때는 절차가 단순하면서도 효율적이다. 거미줄처럼 가는 실로 만들어진 그물은 육안으로 거의 잘 보이지 않는다. 그물은 매우 크다. 대략 가로 길이 2.4미터에 직사각형 혹은 정사각형 모양이다. 두 개의 나무 기둥을 땅에 박아 단단히 고정시키고 두 기둥 사이에 가는 끈을 빨랫줄 달 듯 단다. 그리고 트램펄린•을 세워놓은 것처럼 그물을 두 나무 기둥 사이에 늘어뜨려 가벼운 집게로 고정시킨다. 이렇게 두세 개 정도의 드호 가자 그물을 만들고 그 뒤에 미끼 새를 둔다. 손쉬운 먹이를 염탐하느라 그물을 보지 못한 참매나 새매는 퍼덕이는 미끼 새를 잡기 위해 새를 덮친다. 이때 매가 그물을 건드리면 살짝 집혀 있던 집게가 튀어나오면서 매는 그물에 엉키게 되고 땅으로 떨어진다.

이론적으로 맹금류를 덫으로 잡는 일은 단순하기 그지없다. 그러나 실전은 이론보다 훨씬 어렵다. 어딘가에 덫을 놓고 매가 잡히기를 바란다고 매가 잡히지는 않는다.

이론과 실전을 가르는 요소는 매의 생물학적 특징과 매가 사는 생태계의 맥락에서 매의 습성을 얼마나 잘 이해하고 있느

• 넓은 그물망에 스프링을 달아 그 위에서 뛸 수 있게 만든 운동 기구

냐다. 덫을 놓는 일은 까다롭고 신중하며 열정적인 행위다. 오랜 기간의 경험과 깊숙하게 자리 잡은 인간의 호기심, 그 지역 생태계에 대한 완벽한 이해가 정점에 달해야 가능하다. 덫을 잘 놓는 사람은 동물들의 보금자리와 사냥터를 잘 알고 있을 것이다. 그들은 참매나 새매가 어떻게 움직이고 활동하는지를 염두에 두고 거시적이고도 섬세한 계획을 세울 것이다. 덫을 놓는 사람은 매의 생활주기와 기분, 움직임, 안전하게 쉬는 장소 등에 관한 지식을 훤히 꿰뚫고 있어야 한다. 매가 어디에서 목욕을 하고 어느 횃대에 앉아 쉬는지, 언제 쉬는지, 먹잇감을 사냥하고 잡아 물고 먹을 때 어떤 위치에 있는지를 낱낱이 알고 있어야 한다. 덫에 너무 어린 매가 잡히면 시끄럽고 사납게 굴어서 통제하기가 어렵다. 아직 사냥 기술을 익히지 못했을 것이고 그렇다면 적당한 먹잇감을 잡는 데도 어려움을 겪을 것이다. 덫을 놓은 사람이 제대로 매를 잡았다 하더라도 매에게 상처가 있거나 눈에 보이지 않는 병이 있을 수도 있다. 만약 그렇다면 즉시 풀어주고 모든 과정을 다시 시작해야 한다. 독수리에서부터 새매에 이르기까지 모든 종류의 맹금류는 저마다 고유의 행동 방식이 있다. 한 어미에게서 나온 새끼들끼리도 세상에 반응하는 방식은 천차만별이다. 덫을 놓는 모든 행위는 잡고자 하는 매의 특성에 맞춰야 하며 매가 사냥하는 동물과 그 지역의 자연적 특성에도 맞춰야 한다. 또 그 자체가 진화를 거듭해 생긴 산물이며 세심한 관찰력과 탐구심이 필요하다. 덫을 놓는 방식은 문화권마다 조금씩 다르다. 덫은 악기와도 같아서 누가 다루느냐에 따라 그 분위기와 질감이 달라진다. 모든 도구는 동등하고 가변적이며 같은 결과를 도출한다. 장갑 낀 손에 얹어진 매가 바로 그 결과다. 가장 순수하게 연주되는 악보와 같다. 무엇보다도 덫은 이 분야의 과학이 형성되기 한참 전부터 있었던 진보적이고, 발전된 형태의 완벽한 생물학이다.

모두의 예상대로 이러한 자질을 갖추려면 다년간 축적된 지식이 필요하다. 파키스탄에서는 이 기술이 입에서 입으로, 세대에서 세대로 전승되며 살아남았다. 아버지가 여덟 살 난 아들과 함께 새벽에 함께 걷는 것은 그 시작에 불과하다.

부족의 매잡이들이 사용하는 덫에 관한 세부 정보는 철저하게 보호되고 있다. 덫을 놓아 매를 잡으려면 오랜 시간이 걸리며 더러 몇 주씩 걸리기도 한다. 나는 덫으로 매를 잡는 광경을 몹시 보고 싶었지만 살만은 지금은 적기가 아니라고 말한다. 결국 나는 파키스탄에서 돌아와 내가 직접 매를 잡을 때까지 기다려야 했다. 하지만 매 훈련장에서 들은 설명은 나중에 내가 미국에서 덫을 놓은 방법과 정확히 일치했다. 다른 나라, 다른 문화권이었지만 우리는 파키스탄에서 가장 오래된 전통 방식을 사용했다. 매 훈련법의 중첩되는 상호연결성이 드러나는 완벽한 사례다. 더욱이 내가 미국에서 썼던 방식은 무슬림 문화의 기나긴 역사의 흔적이며 무슬림 문화가 서구 사회에 미친 숨겨진 영향력이라는 점이 더욱 중요하다.

나는 수Sioux 족의 영역인 로어 브륄르Lower Brule 대초원 인근에 덫을 놓아 매를 잡았다. 일명 '비둘기 띠'라고 불리는 발 차트리라는 장치를 사용했다. 올가미가 덮인 작은 가죽 배낭을 이용한 덫이다. 먼저 긴 나일론 끈을 무거운 원통에 감아둔다. 작은 가죽 배낭을 비둘기 등에 장착해 매를 유인한다. 매는 덫을 등에 맨 먹잇감을 쉽게 공격하지만 발이 올가미에 걸려 엉켜버린다. 올가미는 무거운 원통과 끈으로 연결되어 있어서 매가 날아오르지 못하게 만든다.

　사우스다코타의 겨울은 지독히 추운 데다 바람마저 세차게 불어 기온이 영하 30도 이하로 떨어지곤 한다. 대초원의 풀과 초목은 거칠게 메마르고 얼어붙은 채 순백의 깨끗한 눈으로 뒤덮인다. 순백의 땅을 조심스레 운전해 덫을 놓을 곳까지 가는 데 꼬박 이틀이 걸렸다.

　따뜻한 사륜 자동차 안에서 덫을 준비하면서 비둘기 등에 배낭을 채웠다. 일직선으로 난 도로를 한참 운전하고 가는 동안 우리는 갓 죽은 새나 하늘을 나는 매가 없는지 살폈다. 몇몇 매들이 잇따라 나타나긴 했지만 다들 너무 늙었거나 초원의 들개나 얼룩 다람쥐를 사냥하다 다리를 다친 매들이었다.

　둘째 날 늦은 오후, T자형 송전탑 위에 젊은 매가 앉아 있었다. 멀찍이 떨어져 쌍안경으로 관찰해보니 상처나 부러진 곳 없이 아주 깨끗했다. 매로부터 약 730미터가량 떨어진 곳까지 차를 끌고 와 끈을 다시 점검한 뒤 비둘기 띠에 단단히 맸다. 그러고는 천천히 매가 있는 곳 아래를 지나면서 비둘기를 차 창문 밖으로 던졌다. 우린 즉시 그 자리를 떠났다. 비둘기가 날아오르자 연결된 끈이 끝까지 다 풀렸다. 매에게는 눈앞에 갑자기 나타난 이 먹잇감이 도저히 지나칠 수 없는 횡재였다. 매는 송전탑에서 내려와 비둘기 위를 곧장 덮치며 비둘기의 목을 움켜잡더니 단숨에 숨통을 끊었다. 우리는 매가 식사를 마칠 때까지 기다렸다. 30초 정도 지나자 매가 비둘기를 땅에 떨어트리며 위로 날아올랐다. 매는 수월하게 덫에서 벗어나 곡선으로 비행하면서 송전탑 몇 개를 지나쳐 날아갔다. 트럭에서 나와 죽은 비둘기를 살펴보니 외과 수술을 받은 듯 정확하게 가슴살 부분이 도려내져 있었고 흰 눈 위로 진한 붉은 피가 여기저기 튀어 있었다. 가혹한 계절을 지내느라 매는 몹시 배가 고팠던 것이다.

비둘기를 한 마리밖에 준비하지 못했고, 절반을 먹힌 채 죽은 미끼는 아무 소용이 없었다. 다른 방법을 궁리해야 했다. 아직 피비린내 나는 따뜻한 비둘기 사체에서 띠를 벗기고 약 0.2제곱미터 크기의 육각형 구멍이 난 철조망에 사체를 묶었다. 그 위에 발 차트리 올가미를 올린 후 평평하게 펼쳤다. 우리는 이 덫을 눈에 잘 띄는 곳에 두고는 다시 피해 있었다. 5분쯤 지나자 아까 그 매가 날아오더니 거센 바람을 맞으며 하강해 덫에 착지했다.

올가미에 얽힌 매는 두려움과 분노에 사로잡혀 거세게 요동치더니 죽은 비둘기와 덫과 함께 하늘로 날아올라 세찬 바람을 뚫고 대초원 위를 낮게 비행했다. 너무 서두르는 바람에 덫을 땅에 단단히 고정시키지 못해 벌어진 일이었다. 이대로 매를 놓친다면 매는 다리에 덫을 단 채 오랫동안 고통에 시달리다 죽을 것이다. 멀리서 보니 매는 다시 날아올라 약 270미터가량 비행하다 착지하더니 이내 다시 날아올라 더 멀리 날아갔다. 상황은 점점 걷잡을 수 없이 위험해졌고 우린 모두 당황해 어찌할 바를 몰랐다.

저대로 매를 죽게 할 수 없다는 생각에 나는 트럭에서 뛰어내려 달리기 시작했다. 매는 눈 위에 덫 자국을 어지러이 남기며 꽁꽁 언 대초원 위로 수백 미터를 날아갔다. 미친 듯 보이는 사람이 허둥지둥 달려오는 것을 본 매는 다시 날아오르더니 더욱 힘차게 날아가기 시작했다. 순간 눈에 반사된 햇빛 때문에 화이트아웃 현상이 오면서 아무것도 보이지 않았다. 간신히 집중해서 보니 매는 이미 초원을 떠나고 없었다.

초원이 완전히 평평할 것이라는 생각은 착각이다. 땅에서 보면 초원은 쟁기로 고랑을 파놓은 밭과 비슷해서 시야에 보이지 않게 아래로 깊이 꺼진 곳들이 많다. 그 폭과 너비가 워낙 광대하다 보니 평평하게 보이는 착시현상이 생기는 것이다. 사실 대초원의 고랑들은 런던의 버스 높이보다 더 깊게 패어 있다. 매가 수백 미터 바깥으로 날아갔는지 아니면 어딘가에서 다쳐 괴로워하고 있을지 알 수 없다. 나는 매의 소리에 귀 기울이다 결국 포기했다. 시간이 흐를수록 상실감과 분노가 걷잡을 수 없이 커졌다. 만약 매가 죽거나 길을 잃거나 홀로 떠돌게 된다면 그것은 전적으로 나의 잘못 때문이다.

나는 기다렸다.

보통 매가 어딘가에 숨어들면 까마귀들이 떼 지어 빙글빙글 돌기 시작한다. 달갑지 않은 포식자를 향한 자연스러운 반응이다. 하늘 높은 곳에서 세 개의 점이 북쪽, 동쪽, 서쪽의 각기 다른 지점에서 나타났다. 위협과 습격의 경고를 받은 것이리라. 나는 대충 세 점이 만나는 지점을 가늠해 그쪽으로 달리기 시작했다. 약간 비탈진 곳 위에서 덫을 매단 매가 빙글빙글 돌고 있었다. 야생 매가 있는 지점에 도착했을 때, 적갈색의 매 한 마리와 황금색 독수리 한 마리가 비탄에 잠긴 매를 훑어보고 있었다. 내가 그들을 쫓아내기 위해 소리를 지르자 새들은 내 머리 위에서 약 30미터 정도를 벗어나지 않은 채 같은 자리를 계속 맴돌았다. 나는 덫에 얽힌 매를 보호하기 위해 본능적으로 매에 연결된 끈을 잡아당겨 덫을 내 품에 꽉 안았다. 하늘을 올려다보니 독수리가 내 바로 위로 위협적인 저공비행을 하고 있었다. 하늘을 비행하는 독수리의 촉촉한 눈에 눈부신 설원이 반사되었다. 독수리와 송골매는 인간을 대할 준비도 의지도 없던 터라 그렇게 비행하다가 더 손쉬운 먹잇감을 찾아 각각 다른 방향으로 날아갔다.

내 손에서 매의 체온이 느껴지자 형언할 수 없이 벅찬 감정이 들었다. 나는 매의 몸에 얽힌 올무를 풀고 내 눈높이로 들어보았다. 여느 초원의 매처럼 크고 유려한 곡선의 납작한 머리를 하고 있었고 눈 위에 단단한 뼈가 두드러졌다. 부리는 튼튼했고 옅은 회청색을 띠고 있었다. 매가 반항하며 부리를 벌리자 그 속에서 부드러운 속살과 화살촉처럼 생긴 혀가 보였다. 매가 내뿜는 뜨겁고 축축한 숨결에서 비둘기 카르파초 요리 냄새가 났다. 깃털은 담황색과 크림색이 불규칙하게 섞여 있었고 아래쪽 순백의 깃털에 갈색 깃털이 잔잔하게 흩어져 있었다. 암컷 매는 나무랄 데 없이 깨끗했다. 패인 곳도, 상처도, 깃털이 부러진 곳도 없었다. 매의 가슴 근육은 건강한 지방으로 통통했고 다리는 팽팽하고 탄탄했다. 눈을 들여다보았으나 인간적인 감정은 전혀 느껴지지 않았으므로, 나는 매의 어떤 감정도 읽을 수 없었다. 매는 지극히 절제되고, 마치 영원할 것만 같은 정적인 분위기로 자신을 보호했다. 매는 눈 덮인 대초원의 완벽한 반향이었다. 나는 바로 사랑에 빠졌다.

트럭에서 혹시 매가 요동쳐 깃털에 부상을 입을까 봐 부드러운 탄성이 있는 옷으로 매를 돌돌 감았다. 저울에 올려 무게를 재보니 1킬로그램도 채 나가지 않았다. 북미에서 '발견한' 방식보다 훨씬 오래된 방식으로 잡은, 건강한 야생 매였다. 파키스탄의 그 부족 매잡이들이라면 그 방식이 자신들의 방식임을 바로 알 수 있을 것이다.

잡은 야생 매나 수리는 훈련을 시켜야 한다. 파키스탄에서 소년과 아버지가 잡았던 수컷 새매나 내가 대초원에서 잡은 매처럼 야생에 살던 맹금류라면 인간의 존재를 본능적으로 두려워할 것이다. 서로 도움을 주는 관계를 맺으려면 두려움이 뿌리째 뽑혀야 한다. 서구 사회에서는 거의 잊힌 기술이자 현존하는 가장 오래된 방식인 '각성'은 새가 두려움을 극복하게 해준다. 이 방식은 부족의 매잡이들이 여전히 사용하는 가장 전통적인 매 훈련법이다.

파키스탄 소년의 경우도 매를 잡고 눈을 봉인한 후 어두운 방으로 데려가 각성 과정을 시작했다. 매의 눈꺼풀에 꿴 실을 조심스럽게 풀면 빛이 전혀 들지 않는 캄캄한 방은 마치 거대한 검은 상자 같은 역할을 한다. 방은 고요해야 한다. 그렇게 사나흘 정도 부족 구성원들이 번갈아 계속 방을 드나들며 매가 잠들지 않고 깬 상태를 유지하게 한다. 셋째 날 정도가 되면 새매는 거의 최면 상태 비슷한 단계에 접어들고 이때 일시적으로 두려움이 극복된다. 일단 이런 마음 상태가 되면 매를 데리고 나와 다양한 상황에 노출시킨다. 매가 히스테릭한 반응을 보이지 않으면 이때부터 매는 매잡이에게 돌아오는 비행 훈련을 빠르게 받게 된다. 이 훈련을 마치면 자유롭게 비행하게 되고 사냥을 나간다.

덫과 마찬가지로 각성 이론도 매우 단순하지만 그 실행 방식은 천차만별이다. 각성은 100시간 가까이 걸리는 신비스러운 체험이다. 시간과 피로도를 증가시켜 매와 인간 사이에서 기이한 신경의 융합을 이끌어낸다. 눈을 봉인하는 과정이나 덫을 놓는 과정과 마찬가지로 각성은 매의 심리 상태를 속속들이 이해해 진화해온 방식이다. 내가 이 방식을 아는 이유는 나도 경험해

봤기 때문이다.

신드 주 부족 매잡이들과 달리 내가 각성을 시도했던 참매는 합법적으로 포획해 기른 매였다. 부화했을 때부터 자라는 동안 인간과 한 번도 접촉한 적이 없는 매였다. 파키스탄에서 덫을 놓아 잡은 매와 대충 비슷한 나이에 거칠고 사나웠다. 몸무게는 약 1.3킬로그램 정도 나갔고, 두려움과 분노에 크게 영향을 받은 터라 쉽게 길들지 않아 늘 잠재적인 위험이 내재해 있었다. 두려움에 사로잡혀 공격적으로 구는 암컷 참매는 마주잡은 양손을 꿰뚫을 수도 있다. 그 매가 매잡이의 얼굴이나 목을 공격하면 즉시 병원에 가서 치료를 받아야 한다. 각성을 하는 동안에는 염소 가죽 장갑과 각별한 주의도 필요하며 반드시 이전에 매를 다뤄본 경험이 있어야 한다. 각성은 혼자 하는 일이 아니다. 본질적으로 위험하고 시간이 오래 걸리기 때문에 홀로 진행해 성공하기는 어렵다. 만약 경험이 충분치 않은 초보 매잡이가 혼자 각성을 시도한다면 자기 정신을 온전히 붙잡기도 힘들어 결국 실패할 것이다. 각성은 인간의 진지한 협동 작업으로 이루어지는 과정이다.

네 남자와 두 여자로 구성된 우리 그룹은 내 어두운 오두막에서 각성 작업을 시작했다. 혹시 모를 위험이나 사고에 대비해 조류 전문 수의사와 전문 매잡이도 함께 있었다. 우리는 파키스탄의 각성 방식과 최대한 비슷하게 진행되길 바라며 각성 작업에 교대로 참여했다.

매는 겁에 질리면 몸을 부풀리고 날개를 쫙 펼쳐 몸집을 두 배로 만들어 위협한다. 첫 스물네 시간 동안 매는 흥분을 가라앉히지 못하고 크게 동요하며 거칠게 굴었다. 주먹 쥔 손을 향해 몸을 던져 날아드는가 하면 거꾸로 매달리기도 하고, 부리를 벌리며 끊임없이 적대감을 드러냈다. 우리는 매번 매를 부드럽게 들어서 장갑 낀 손 위에 올려놓았다. 우리는 모두 매와 눈을 맞추지 않았으며 매의 기분을 읽으며 아주 천천히 움직였다.

일순간 매가 더 이상 깃털을 부풀리지 않았다. 주먹을 향해 주기적으로 돌진하던 행동도 멈췄다. 모든 매에게는 눈꺼풀 안에 아주 얇고 불투명한 제3의 눈꺼풀인 순막이 있다. 매가 눈을 깜박일 때면 이 순막이 안구를 덮었다 걷힌다. 점차 기운이 빠진 참매의 순막이 천천히 걷히기 시작했다. 겉 눈꺼풀이 내려와 눈을 4분의 3 정도 가렸다. 매는 잠과 의식 사이에 아슬아슬하고 몽롱한 상태로 떠 있었다. 매의 눈꺼풀이 닫히면 다들 조용히 움직이며 장갑을 갈아 끼거나 다른 매잡이와 교대를 했다. 수상한 움직임을 눈치 챈 매가 다시 눈을 뜨고 순막이 다시 걷히면 매는 또 깬 상태로 있을 것이다. 둘째 날 오전 중반까지 매는 놀라울 정도로 침착했다. 우리는 매의 공포심을 다시 자극하지 않도록 신중하게 움직였고 매는 서서히 우리와 함께하는 상황에 인내하기 시작했다. 늦은 저녁이 되자 매는 최면에 걸린 듯 멍한 상태에 빠지기 시작했다. 마치 부드러운 거품에 갇힌 듯 매를 둘러싼 세상의 소리가 점점 작아지다가 마침내 꺼졌다. 이 변화의 과정은 대단히 매혹적이었다. 남아 있던 모든 두려움이 매의 깃털에서 잘게 부서져 증발해버리고 그 공백에 어리둥절함이 훅 하고 들어간 것 같았다. 매는 각성되었지만 꿈을 꾸는 듯 보였고 이따금 꿈에서 깬 듯 보일 때도 있었지만 이내 차분해졌고 이 차분함은 이전보다 오래 지속되었다.

우리도 몽롱하긴 마찬가지였다. 몇몇은 자고 몇몇은 졸면서 지냈기에 모두 볼이 홀쭉해졌다. 대화와 흥분도 잠잠해지고 진이 빠진 지 오래다. 우린 이어지는 침묵의 순간, 공백의 시간, 반복되는 대화, 주기적인 행동, 머리가 둔하고 멍해지는 느낌 등을 공유했다. 꾹 누르고는 있지만 순간순간 찾아오는 분노와 짜증, 뭔가 놓친 듯한 의미의 파편, 막연한 불쾌감, 불확실한 생각 등을 침착하게 유지했다. 잠을 제대로 자지 못한 우리들은 현실과 비현실의 중간에 놓여 있어 무엇이 현실이고 무엇이 상상인지 모를 모호한 불안정하고 가느다란 경계선 사이에 있었다.

셋째 날 아침이 어슴푸레 시작되었다. 모든 빛이 꺼지고 장작불만 타는 가운데 사람들은 지친 침묵 속에서 흐릿하고 모호한 보라색 그림자 속에 녹아들었다. 아침 햇살이 바깥에서 점점 강해지면서 오두막 안의 분위기도 바뀌었다. 사람들은 매에게서 떨어졌다. 모두들 안절부절못했지만 침착함을 유지했다. 우리는 안개가 피어오르는 아침의 들판을 산책했다. 작은 새들이 황홀하게 지저귀는 소리가 이른 시간의 차갑고 서늘한 공기를 요란하게 가로지르며 새벽을 깨웠다. 사람들 사이에는 귀가 먹먹할 정도로 짙은 침묵이 감돌았다. 농장 문가에 크고 튼튼한 말이 기분 좋게 콧김을 내뿜으며 걷고 있었다. 전날 공포에 질렸던 순간을 기억한 매는 몸을 앞으로 숙이고 커다란 말에게 부드럽게 부리를 갖다 댔다.

마침내 오두막 정원에서 장갑 위에 있던 매를 횃대에 앉혔다. 매는 목욕도 하고 물도 한껏 들이켰다. 야생에서 목욕은 매를 위험하게 만드는 행위다. 매는 긴장이 완전히 풀어진 상태나 안전이 완벽하게 확보된 상태에서만 목욕을 한다. 좋은 징조였다. 목욕을 마친 매는 다시 횃대 위로 홀쩍 올라갔다. 따스한 햇살이 정원과 매의 등 너머로 부챗살처럼 드리웠다. 느긋해진 매는 선 채로 아주 잠깐 잠이 들었다.

매를 장갑 위로 데려오다가 불현듯 어떤 생각이 스쳤다. 우리는 매가 장벽을 극복하도록 밀어붙였고, 다시 집중력을 되찾은 매는 두려움을 완전히 떨쳤다. 그제야 나는 '각성'이라는 용어가 어떤 또렷한 상태 혹은 매를 깨어 있게 한다는 의미에서 유래한 것이 아니라는 사실을 깨달았다. 각성은 매가 새로운 상태로 거듭나게 한다는 의미였다.

사람들과 길을 따라 걸어가는 내내 햇살이 눈부셨다. 우린 차를 타고 이동해 시골의 붐비는 술집에 들어갔다. 매는 우리 테이블 가장자리에 편안하게 앉아 술집에 있는 모든 이들의 관심을 한 몸에 받았다. 당연한 일이었다. 아이들과 어른들이 와서 이런저런 질문을 하기 시작했다. 개들이 마룻바닥에 떨어진 음식들을 주워 먹으며 이리저리 다니고 있었다. 그때 매가 갑자기 날개를 푸드덕거리면서 테이블 위의 술병을 쳤다. 술이 쏟아지고 유리로 된 술병이 단단한 바닥에 요란한 소리를 내며 떨어져 깨졌다. 매는 당황하지 않고 침착하게 다시 테이블 끝 자기 자리로 돌아가 우리가 어질러진 술병을 치우는 광경을 담담히 지켜보았다. 그날 이후 매는 차를 타고 집에 가는 시간을 무척이나 즐겼다. 매는 장갑 낀 손 위에 앉아 차창 밖 풍경을 감상하곤 했다. 각성이 끝나면 훈련의 다음 단계를 시작할 수 있다.

불면의 밤을 보낸 뒤 매의 감정은 두려움에서 차분함으로 완만하게 변한다. 이 사실을 발견한 것은 매에 관한 지식과 이해에 있어서 가장 흥미로운 위업이라고 할 수 있다. 각성은 인간이 동물을 훈련시키기 위해 사용하는 독특한 방법이며 오랜 시간

자유를 향한 비상

에 걸쳐 살아남은 방법이다. 그러므로 파키스탄에서 아버지가 어린 자식에게 덫에 잡혀 눈이 봉인된 매에게 각성시키는 법을 가르쳤던 것은 지극히 자연스러운 일이었다.

　매 훈련장으로 돌아왔을 때는 오전 중간 무렵이었다. 훈련장에서는 매 훈련과 덫에 관한 다양한 이야기가 오가고 있다. 부족의 주민들은 밭을 경작하거나 인근 종자 공장에서 일한다. 채니사르가 훈련장을 가로질러 걸어가 참매를 데려오더니 내게 함께 가자는 신호를 보낸다. 우리는 멀찍이 있는 담벼락 뒤편의 세면장에 함께 세수를 하러 간다. 연녹색 부리에 순백의 깃털을 가진 백로 세 마리가 수면 위를 응시하며 물고기를 잡고 있다. 매가 움찔거린다. 백로들이 날아갈 태세를 하더니 아치 형태로 날아간다. 채니사르가 매를 놓아주자 매가 세 마리의 목표물을 향해 날갯짓을 한다. 그중 가장 느린 백로가 요란한 소리를 내며 방향을 틀어 다시 땅으로 내려온다. 매는 그 백로 위를 스쳐 지나가다 꼬리를 쫙 펼치더니 약 6미터가량을 수직으로 급강하하며 공격 태세를 갖춘다. 도망칠 기회를 찾던 백로는 채니사르의 다리 사이로 숨는다. 참매는 어리둥절해하며 백로를 놓친다. 공황 상태에 빠진 백로는 물이 있는 곳으로 가 물 아래로 잠수를 시도한다. 하지만 백로가 잠수하기에 물은 너무 얕다. 참매는 수월하게 백로를 집어 올려 진흙탕에 내팽개친다. 채니사르는 매에게서 백로를 떼어내어 우리를 지켜보던 어린아이들에게 가져다준다. 어린 소년은 환하게 웃으며 마치 새로운 애완동물이 생긴 듯 몇 시간 동안 백로와 함께 논다. 아이는 백로의 깃털을 닦아 진흙탕에 떨어지기 전 하늘을 날 때와 같은 상태로 만들어준다.

아이는 백로에게 말을 건네며 백로를 구경하러 오는 이들 앞에서 한껏 으스댄다.

우리가 사냥을 나가기 바로 직전 아이의 형이 백로를 데려간다. 형은 동생이 보는 앞에서 백로를 죽이고 도축해 날개와 다리를 뜯어낸 뒤 아이에게 흔들어 보이며 조롱한다. 백로를 잃은 아이는 15분간 소리를 지르며 엉엉 운다.

우리는 매 사냥터에서 자고새 몇 마리를 날려보지만 참매들은 안타깝게도 사냥에 실패한다. 마지막 자고새가 멀리 날아가자 매가 쫓아간다. 우리는 아스팔트 도로를 가로질러 쫓아간다. 매를 뒤따라가는데 하이더가 하늘을 가리킨다. 머리 위에 야생 인도매 한 마리가 갑자기 방향을 틀더니 수직으로 강하한다. 인도매는 어마어마한 속도로 내려온다. 그 아래 비둘기 한 마리가 달아나다 들어 올려지더니 다시 땅으로 떨어진다. 인도매와 비둘기는 저 멀리 나무의 우듬지 너머로 사라진다. 이후 인도매도 비둘기도 다시 보지 못했지만 아마도 인도매는 사냥에 성공했을 것이다.

푼할은 자고새가 떨어진 지점까지 자신의 새매를 데리고 걸어간다. 보통은 매를 먼저 날려 사냥 본능대로 먹잇감을 추격하게 한다. 새매는 본능적으로 작은 새나 도마뱀, 쥐 등을 죽일 것이다. 새매는 자고새를 사냥할 때처럼 사냥감을 반복해서 찌르는 경우가 아주 많다. 아주 짧은 시간이라도 매가 비행에서 실수를 저지르면 자고새는 자신에게 유리한 기회를 놓치지 않는다.

몸집이 작고 날렵한 새매는 신체 대사율이 매우 높아서 바짝 긴장한 채 그 긴장감을 한꺼번에 폭발시킬 준비를 한다. 짧은 시간 안에 엄청나게 폭발적인 속도를 내는 새매는 수 초 안에 100미터를 날아간다. 끊임없이 공격하고 돌진하는 과정에서 새매는 에너지를 상당히 많이 잃는다. 푼할은 사냥을 준비하기 위해 새매의 어깨 부근에 자신의 손을 가져다 댄다. 작은 새매는 마치 주인에게 자신을 쓰다듬어달라고 배를 보이는 강아지처럼 푼할의 손에 몸을 비빈다. 푼할은 새매를 조심스레 헝겊 조각에 올린다. 푼할은 새매를 주먹에서 날리는 것이 아니라 다트게임 하듯이 매를 던지는 기술을 사용할 것이다. 매를 던져서 날려 보내는 방식은 자연이 지금처럼 훼손되지 않았을 때 개발된 기술이다. 영어로 쓰인 가장 오래된 매 관련 서적들에도 이 방식이 기술되어 있다. 푼할은 이 기술을 사용하기 위해 매를 완전히 제어한다. 그는 적절한 사냥감을 선택해 매가 사냥감을 쫓는 데 필요한 에너지를 비축하고 매의 에너지가 낭비되는 것을 막는다. 이 기술을 쓰는 매잡이를 내 눈으로 직접 본 것은 푼할이 처음이었다. 새매는 극도로 잘 흥분하고 까다로운 새이지만 푼할의 새매는 조금도 동요하거나 당황한 기색이 없었다.

푼할이 덤불에서 자고새를 찾는 동안 나는 푼할의 뒤를 따라간다. 푼할의 작은 매가 고개를 휙 돌리더니 나를 빤히 바라본다. 담요에 싸여 동그란 눈으로 차분하게 나를 바라보는 새끼 새매의 모습이 비현실적이다. 겁이 많은 새들이 수풀 아래서 이리저리 움직이자 푼할이 멈춰 선다. 우리는 매가 엉뚱한 사냥감을 쫓느라 비행에 에너지를 낭비하는 일을 최대한 막는다.

우리가 자고새를 위협하자 자고새가 날아간다. 하지만 너무 멀리 날아가는 바람에 푼할의 매와 거리가 제법 벌어진다. 이번에도 우리는 자고새가 착지하는 지점을 지켜보다가 매잡이들과 함께 흙먼지에 남은 자고새의 발자국을 추적한다. 발자국은 덤불 앞에서 멈춘다. 자고새가 덤불 속에 갇히는 바람에 굳이 매를 던질 필요가 없어졌다. 푼할이 살며시 새매를 놓아준다. 새매는 장갑 낀 푼할의 주먹 위로 올라가 준비 태세를 갖춘다. 우리가 덤불을 이리저리 휘젓자 검은 새 한 마리가 울음소리를 내며 나타난다. 새매가 맹렬하게 달려들어 자고새의 등을 거세게 움켜쥔다. 두 새가 도랑에 착지한다. 푼할이 달려가 매의 발톱 사이에 칼을 쑥 집어넣어 자고새의 가슴살을 도려낸다. 그는 내게 가까이 와서 보라고 손짓한다. 매가 먹이를 먹는 광경을 지켜보자 매가 식사를 잠시 중단하고 자신이 죽인 새 위에서 고개를 들고 나를 바라본다.

어느덧 해가 낮게 내려앉으며 땅 위로 짐승의 간처럼 붉은 빛을 드리운다. 하루가 지나간다. 내 시간도 지나간다. 우리는 매 훈련소로 돌아와 차에서 내린다. 나는 채니사르, 푼할, 구람, 하이더와 악수를 나눈다. 얇은 천 뒤로 훈련소 저 멀리에 있는 여자들의 모습이 어른거린다. 아이들이 내 다리 주위를 뛰어다닌다. 우리는 서로 사진을 찍는다. 나는 옷과 무늬가 들어간 담요, 귀한 가죽끈이 든 보따리를 선물로 받는다. 나는 모두에게 고맙다는 인사와 작별 인사를 전한다.

살만이 어둠 속을 운전해 더 많은 사람들이 사는 곳을 지나자 여러 개의 바리케이드가 보이기 시작한다. 무장한 군인들이 뇌물을 받고는 우리를 통과시킨다. 칠흑 같은 어둠을 뚫고 순백의 자동차가 우리 차를 지나쳐 앞으로 가더니 갑자기 브레이크를 밟아 우리 차 속도를 늦추게 한다. 흰색 자동차 뒷좌석에 앉은 남자들이 창문으로 우리를 잠시 보더니 속도를 높여 어둠 속으로 사라진다. 살만이 대시보드로 손을 뻗는다. 안에는 장전된 총이 있다. 그는 미소를 지으며 눈을 찡긋하며 말한다. "크레인 씨, 조금이라도 문제가 생기면 총을 쏘세요." 그 말이 진담인지 농담인지 모르겠다. 체온도 유지하고 몸도 숨기기 위해 나는 눈만 내놓은 채 무늬가 있는 담요를 푹 뒤집어쓴다.

　20분 후 작은 마을 외곽에 도착하자 아까 그 흰색 차가 도로가에 정차되어 있다. 무장한 남자 몇몇이 자동차 보닛 근처에서 담배를 피우며 이야기를 나누고 있다. 그들은 우리를 불러 모두 지프차에서 내리라고 말한다. 그러고는 우리 가방과 소지품을 뒤지기 시작한다. 원격 추적기가 나오자 그들은 먼지 속에 낯선 기술 장비를 펼쳐 놓는다. 알아듣지 못할 생소한 단어들이 오가고 경찰에게 꽤 큰 액수의 뇌물을 건넨다. 10분 후 우리는 도로에서 조금 떨어진 곳에 안전하게 묵어 갈 장소를 찾았다. 내일 아침 일찍 이곳을 떠날 참이다. 카라치 마을 외곽에 동이 트고 한참 후에야 우리는 아침 식사를 하러 맥도날드에 들어간다. 예측 가능하고, 탐욕스러우며, 위협적인 '문명화된 사회'로 돌아간다는 사실이 슬프고 실망스럽다. 인공 감미료 맛이 강하게 나는 미끈거리는 닭고기는 말할 것도 없다.

방울 만드는 사람

우리가 라호르 시의 좁은 샛길을 걷고 있는데 기도 시간을 알리는 첫 종이 울린다. 열린 문 뒤로 기껏해야 마흔 살 정도 되어 보이는 마른 체격의 남자가 작업장에서 담배를 피우고 있다. 그는 방울 만드는 남자 모신 알리Mohsin Ali다. 살만은 내게 그가 7대째 이 일을 이어받은 장인이라는 사실을 알려준다. 머릿속으로 어림잡아 계산해도 그의 가족이 이 방울을 만든 지 거의 300년 가까이 되었다는 의미다.

모신이 마룻바닥에 연장을 펼친다. 망치, 양철가위, 금속판, 머리 부분이 둥글고 다양한 크기의 쇠막대들, 반구 모양으로 움푹 팬 곳이 여러 개 있는 벽돌 모양의 놋쇠 덩어리, 납작한 연마용 줄, 땜납, 집게, 성냥 한 갑과 물 한 양동이.

그는 납작한 황동 판에서 네 개의 원을 오려낸다. 각 원은 대략 50펜스 동전 크기다. 이 금속 원들을 산소 아세틸렌 용접기로 달군 다음 물에 담근다. 극도로 뜨거운 온도에서 갑자기 차가운 물에 들어가는 담금질 과정을 거치면 금속 내부의 분자 구조가 변형되어 망치로 두드리거나 쭉 늘여 자르고 찢을 수 있는 상태가 된다.

모신은 네 개의 원 중 하나를 놋쇠 판에서 반구 모양으로 팬 부분에 맞춰 덮는다. 머리 부분이 둥근 쇠막대기를 가운데 댄 다음 금속판이 반구의 가장 오목한 곳까지 들어가도록 망치로 두드린다. 이 작업을 마치자 금속판은 콘택트렌즈를 뒤집은 것 같은 모양이 된다. 이번에는 좀 더 작은 반구에 콘택트렌즈 모양의 금속판을 올리고 아까와 똑같이 모양을 잡아가며 두드린다. 좀 더 작은 반구에 금속판을 올리고 이전보다 더 정교하게 작업한다. 이제 금속판은 콘택트렌즈 모양에서 도토리깍정이 같은 모양이 된다. 그는 나머지 세 개의 금속판에도 똑같은 작업을 한 뒤 도토리깍정이 같은 모양의 금속을 일렬로 놓는다. 그는 반구 모양의 금속들을 들여다보며 조금이라도 울퉁불퉁한 곳이 없는

지를 살핀다. 그중 가장 작고 매끈한 것을 기본 틀 삼아 나머지 세 개와 짝을 맞춘다.

반구형의 금속들을 손바닥 크기만 한 코뿔소 뿔 모양의 모루•에 올린다. 그런 다음 위쪽으로 올라갈 반구형 금속의 가장자리를 섬세하게 두드려가며 튀어나온 부분을 누른다. 네 개 중 두 개의 작업을 마친 모신은 남은 두 개의 반구 모양 금속에 구멍을 뚫은 뒤 철 막대에서 말린 병아리콩 크기만 한 육각형 금속 조각을 두 개 떼어낸다. 구멍을 뚫은 반구형 금속에 두 개의 금속 조각을 넣는다. 그러고는 구멍이 뚫리지 않은 두 개의 반구 금속을 어떤 액체로 코팅한 다음 구멍 뚫린 나머지 두 개와 합을 맞추고 깔끔하게 봉인한다.

그다음에는 놋쇠 금속판을 가늘게 잘라내 C자 모양으로 구부린다. 그리고 구멍이 뚫린 쪽 반대편, 방울의 맨 위쪽에 액체를 바른다. 조그맣게 C자 모양으로 구부린 금속을 액체를 바른 곳에 접착시키면 매의 다리에 방울을 매다는 고리가 된다.

마지막으로 긴 금속줄을 고리 부분에 겹치고 방울 둘레로 접는다. 방울이 견고하게 고정되도록 금속줄 양쪽 끝 부분을 단단하게 꼰다. 모신은 내열 타일 위에 방울을 올려놓고 산소 아세틸렌 용접기로 가열한다. 금색이던 방울 표면이 짙은 오렌지색으로 변한다. 아래쪽 방울의 구멍으로 조금 전에 바른 액체 거품과 증기가 뿜어져 나온다. 구멍이 없었다면 방울은 내부의 높아진 압력 때문에 터져버릴 것이다. 방울이 은은한 붉은색으로 달아오르자 모신은 은으로 된 철사 같은 보석 세공용 끈을 그

• 대장간에서 뜨거운 금속을 올려놓고 두드릴 때 사용하는 쇠로 된 대

위에 갖다 댄다. 그러자 은으로 된 끈은 마치 수은처럼 사라진다. 나는 미소를 짓는다. 바로 이 단 하나의 정보를 확인하기 위해서 1만 2000킬로미터 이상을 날아 온 것이다. 그동안 나는 잘못된 합금을 사용해왔다.

모신은 방울이 자연스럽게 식도록 내버려둔다. 방울을 여미고 있는 부드러운 금속줄이 제거되자 속이 빈 방울에서 둔탁한 소리가 난다. 모신이 방울을 집어 들고 쇠톱으로 구멍과 구멍 사이를 가르자 아래쪽 방울에 가느다란 선이 벌어진다. 틈이 벌어지자마자 방울에서 중간 톤의 아름다운 소리가 울린다.

모든 과정은 약 한 시간 정도 걸렸다. 모신은 완성된 두 개의 방울을 내게 공짜로 준다.

자잘한 흠집이 있는, 탁한 오렌지색이 감도는 방울이다. 이제 막 흙으로 빚고 굴려 만든 것 같은, 혹은 바닷가에서 주운 우묵한 자국이 있는 아름다운 조약돌 한 쌍 같다. 세상에 단 하나밖에 없는 완벽한 음색을 갖춘 수제 방울은 개인적인 작품이면서도 역사적 중요성을 담고 있다.

서양에서는 기계를 이용해 획일적으로 찍어내는 매 사냥용 방울 한 쌍이 대략 20파운드(한화 약 3만 원)에서 30파운드(한화 약 4만 5000원) 정도 하는 것으로 알고 있다. 이곳에서 만든 방울은 한 쌍에 채 3파운드(한화 약 5000원)도 안 된다. 나는 알리에게 수백 개의 방울을 샀다. 그리고 영국으로 돌아가 최대한 많은 매잡이들이 이 방울을 가질 수 있도록 한 쌍에 8파운드(한화 약 1만 원)에서 10파운드(한화 약 1만 5000원) 정도에 팔았다. 방울을 팔아 생긴 수익은 전액 카라치에 있는 살만에게 바로 송금했다.

몇 달 후 낯선 사람이 검은색 아우디를 타고 우리 집으로 찾아왔다. 그는 내게 몇 가지 질문을 하고 사진을 찍었다. 내가 해외에 돈을 보낸 빈도와 금액이 영국의 해외 전담 정보기관인 MI6의 관심을 끈 것이다. 그들은 내가 테러집단에 돈을 송금하고 있다고 의심했다. 여전히 내 이름과 우리집 주소가 그들의 명단에 올라 있다. 솔직히 말하자면 나는 그 사실이 굉장히 자랑스럽다.

2장

더 먼 곳으로의 여행

파키스탄의 풍경이 여전히 눈앞에 생생한데 어느덧 그곳에 다녀온 지 8~9년이 흘렀다. 늦여름, 저무는 해에 공기가 후텁지근하고 약간 끈적이긴 하지만, 금세 아늑해진다. 야생으로 복귀를 준비하는 나의 참매들은 저녁 내내 각자 저마다의 새장에 들어가 있다. 나는 그 새들을 돕기 위해 할 수 있는 모든 일을 다했다. 이제 며칠 후면 저 새들을 놓아줄 것이다.

오두막에서 약 800미터 떨어진 곳에 야생화와 풀들이 가득한 오래된 공터가 방치되어 있다. 남은 할 일이 딱히 없던 터라 나는 개들을 데리고 산책을 나가 공터 한가운데 털썩 눕는다. 길게 자란 풀이 내 몸을 간지럽힌다. 한 10분 정도 개들이 내 몸 위를 뛰어다니고, 뒹굴고, 으르렁거리고, 안달하더니 마침내 더위에 풀이 꺾였는지 한숨을 내쉬고는 얌전해진다. 스르륵 졸음이 몰려와 눈을 감고 귀를 연다. 처음에 들린 소리는 바람이 풀숲을 지나며 내는 '쏴아' 하는 단조로운 자장가 소리다. 이어 여러 종류의 새들이 멀고 가까운 곳에서 내는 다양한 소리들이 들린다. 칼새와 제비의 찌르는 듯한 지저귐 소리, 숲비둘기가 내는 오카리나 같은 소리, 검은머리물떼새가 저수지 가는 길에 찍찍거리는 소리. 종달새, 논종다리, 수컷 블랙버드 소리도 들리고 시냇물을 따라 재빠르게 비행하며 끼익끼익 소리를 내는 물총새 소리도 들린다. 나는 윙윙거리고 삑삑거리고 꽥꽥거리며 높은 음조로 지저귀는 수십 종류의 새 소리를 세어본다. 그렇게 한 시간 남짓 있으니 지저귀는 소리들이 점점 줄어들다가 돌연 조용해진다. 나는 눈을 뜨고 하늘을 응시하며 기다린다. 매가 나타난다. 매는 아주 낮게, 깃털이 자세히 보일 정도로 매우 낮게 비행한다. 창백한 색의 날개는 길고 끝이 뾰족하며 맥박처럼 얕게 파닥인다. 크림색 가슴에 부드러운 회색 줄무늬가 가로지르고 있다. 무한히 검은 눈동자 주위로 회청색 테두리가 안경처럼 둘러져 있다. 매는 개들을 노린다. 하늘에서 넓은 원을 그리면서 빠른 속도로 소용돌이 원을 그리다가 점점 더 높이 날아오른다. 그렇게 점점 작아져 점이 되더니 마침내 사라진다.

　짧은 순간이지만 늘 그렇듯 그 정도면 충분하다. 지구상에서 가장 빠른 생명체가 내 미미한 의식의 세계를 휙 스쳐 지나며 남긴 존재감만으로도 내겐 큰 축복이다.

　이 특별한 공터에서 송골매와 다른 매들을 보았다. 이 곳에는 중요한 수많은 기억들이 어려 있다. 가냘픈 황조롱이에서 몸집이 큰 황조롱이에 이르기까지, 공격력이 센 참매와 약한 참매, 총알처럼 빠른 새매 모두 내가 이 곳에서 훈련시킨 새들이다. 파키스탄에 가기 3년 전, 2004년 여름 이 공터에서 나는 나의 첫 매인 해리스매, '코디'를 훈련시키고 날렸다.

　1960년대 미국에서 영국으로 수입된 해리스매는 순식간에 인기를 끌었다. 참매나 새매와 달리 사교적이고, 훈련시키기가 쉬우며, 기르기도 쉽다. 딱히 특별한 기술 없이 기초적인 수준의 기술과 매잡이로서의 섬세한 절제력만 있으면 쉽게 기를 수 있다. 훈련이 수월하기 때문에 초보 매잡이들에게는 완벽한 매다.

공터 근처에 있는 숲에서 코디와 나는 수많은 모험을 함께했다. 토끼 사냥에 성공하기도 했고 이따금 꿩을 잡기도 했다. 어깨 높이까지 오는 덤불숲으로 둘러싸인, 엉겅퀴와 죽은 쐐기풀 숲 깊숙한 곳에서 코디는 내 머리보다 높은 곳에 있는 나뭇가지에 올라가서 땅 위의 움직임을 살피곤 했다. 내가 두터운 수풀더미를 뒤적이면 코디는 푸드덕 날아오를 먹잇감을 기다리며 이 나무에서 저 나무로 가볍게 넘나들었다. 어느 컴컴한 12월 아침, 코디는 축축한 땅에서 날개를 퍼덕거리며 불쑥 튀어 올라온 멧도요새를 잡았다. 내 손안에 들어온 멧도요새의 촉감은 부드러웠다. 낙엽더미 위로 청동색과 구리색이 감도는 아름다운 깃털이 기이하게 길고 부드러운 회색의 부리와 대조를 이루고 있었다. 케라틴으로 덮인 부리는 연체동물을 골라내기에 완벽한 빨대 모양이었다. 나는 코디에게 절반을 주고 나머지 절반은 집으로 가져와 튀겼다. 처음 먹어본 멧도요새였다. 믿을 수 없이 맛있는 음식이었다.

바로 그 숲에서 하마터면 갓 태어난 새끼 사슴을 밟을 뻔한 적도 있었다. 아직 점액이 축축하게 묻어 있고 아무 소리도 내지 못하는 생명체가 평평한 풀 한가운데 고양이처럼 웅크리고 있었다. 기껏해야 어린 산토끼 크기만 한 새끼 사슴은 사냥당하기 딱 좋은 먹잇감이었다. 하지만 나는 코디를 불러들여 내 장갑에 앉게 한 뒤 새끼 사슴에게서 멀리 떨어진 곳으로 갔다. 우리가 공터 근처 외곽을 돌자 어미 사슴이 재빨리 하늘을 올려다보더니 새끼가 있는 풀숲으로 미끄러지듯 들어갔다.

거센 바람이 부는 날, 눈 덮인 가파른 경사면에서 장갑에 묶인 끈을 풀어주자 코디는 빙글빙글 원을 그리며 내 머리 위 까마득히 높은 하늘로 올라갔다. 제자리를 지키도록 훈련받은 코디는 토끼가 헤더 꽃이 핀 둔덕을 자유롭게 뛰어다니거나 낙엽으로 뒤덮인 곳에서 불쑥 튀어나오면 사냥하는 매답게 몸을 잔뜩 웅크리곤 했다. 코디는 여러 가지 면에서 특별한 매였다. 그의 능력과 행동은 늘 나를 매료시켰고, 나는 코디 덕분에 사냥하며 얻는 단순한 만족감을 초월해 보다 아득하고 먼 세상의 문을 열고 그곳을 탐험하고픈 의욕을 얻곤 했다.

해리스매

야생 세계에서 해리스매가 거주하는 지리적 범위는 남아메리카에서 멕시코를 지나 텍사스, 캘리포니아에 이르기까지 대단히 넓다. 다양한 지역들을 가로질러 수천 킬로미터에 걸쳐 서식하는 해리스매는 어디에서나 흔히 볼 수 있는 최상위 포식자다. 가만히 들여다보면 해리스매의 생김새는 꽤 수수한 편이다. 몸집은 주로 유럽 말똥가리만 하며 다 자라면 털은 탁한 갈색이 된다. 머리는 넓적하고 평평해지고 꼬리 끝에 크림색 무늬가 생긴다. 다리는 매우 튼튼하고 여느 매보다 훨씬 긴 편이어서 마치 무대를 걷는 모델 같다. 날개와 꼬리는 폭이 넓고 튼튼해서 혹독한 더위와 추위 등의 극한 날씨를 잘 견딘다. 특히 상승기류를 타고 높이 올라가 아주 멀리 떨어진 거리에서 적당한 먹잇감을 찾는 습성이 있다.

선인장과 관목들로 둘러싸인 사막의 공간에서 해리스매는 자신이 선택한 먹잇감을 향해 짧고 느리며 치명적인 일격을 가하는 비행을 할 수 있다. 지능이 높고 기회를 포착하는 능력이 뛰어난 이 매는 작은 포유류를 죽이고, 둥지 안에 있는 새끼 새들을 낚아채며, 뱀을 집어 올리고, 짐승의 사체에서 살점을 뜯어낸다. 속도와 잔꾀, 아름다운 외모 등은 없지만 교활함이 이 모든 결핍을 상쇄한다. 해리스매처럼 집단으로 서식하며 사냥하는 매는 드물다. 두 마리가 혹은 대가족이 협동해서 사냥을 한다는 것으로 보아 서로 소통하고, 지능이 높으며 심지어 일종의 인지력도 갖추었다고 추정할 수 있다. 2005년 내가 텍사스로 간 것은 코디의 진화 역사와 생물학적 특징에 대한 호기심과 그들의 서식지를 보고 싶다는 열망 때문이었다. 그리고 이 여행은 파키스탄 여행으로 이어지는 촉발점이 되었으며 이후 4~5년 동안 지속된 집요하고도 강렬한 내 여정의 견인차가 되었다.

텍사스

텍사스에서 남쪽으로 가장 멀리 떨어져 있는 국경 지대. 멕시코에서 엎어지면 코 닿을 곳에 있는 이곳의 온도가 늦은 오후로 접어들면서 섭씨 40도까지 치솟는다. 뜨겁고 고요하다. 열기는 모든 것을 녹초로 만들고 공기마저 적막하다. 해리스매들은 대부분 커다란 그늘 아래서 무더위를 피하고 있어서 내 눈에 한 마리도 보이지 않았다. 용감하게 더위에 맞서 수백 미터 상공을 비행하는 몇몇 해리스매들이 모래알처럼 드문드문 보인다.

　길바닥에는 검은 타르 거품이 스며 나와 끈적하게 달라붙는다. 길에는 자동차들에 치여 죽은 야생동물들이 널브러져 있다. 바퀴에 뭉개진 뱀과 멧돼지, 아르마딜로의 사체가 독수리와 카라카라•, 수천 마리 구더기들의 양식이 된다. 중심도로에서 벗어나 멕시코 만 가장자리를 가로질러 사람들의 발길이 뜸한 흙길을 지나는데 평평하고 건조하며 복잡한 평야가 눈에 들어온다. 거대한 메스키트 나무와 선인장들이 빽빽하게 들어찬 그곳은 생각보다 훨씬 광활하다. 선인장 잎사귀 하나가 테니스 라켓만큼이나 크다. 납작해진 열기구 같은 모양을 한 연녹색 선인장 라켓이 한 줄기에 50~60개 정도 주렁주렁 달려 있다. 울퉁불퉁한 잎 표면에는 개미와 벌레들이 노란색이며 선홍색으로 핀 꽃과 몇 센티미터는 되어 보이는 단단한 가시 사이를 요리조리 피해 다닌다. 선인장 아래에서 잡초가 땅 위를 뒹굴다가 뭉쳐진 울퉁불퉁한 공 모양의 덤불이 저 멀리 바다로부터 불어오는 바람에 이리저리 굴러다닌다. 꿩 크기만 하고 부드러운 유선형의 몸을 한 갈색 로드러너가 비좁고 건조한 수풀 사이로 이리저리 빠져나가며 약 27미터가량을 자동차와 나란히 달린다. 야생 칠면조 무리가 길 가장자리에서 튀어나오더니 자동차 보닛 위로 올라온다. 칠면조 몇 마리가 유리 위를 뛰어다니는 바람에 하마터면 유리에 금이 갈 뻔했다.

　늦은 오후 태양의 뜨거운 열기가 조금 순해지는 시간, 야생 해리스매 가족 무리가 처음으로 눈에 띈다. 어린 매 세 마리가

• 매목 매과의 새

전신주 위에 모여 앉아 있다. 나는 자동차를 전신주 바로 아래로 가져다 댄다. 매들은 자동차에는 별 관심을 주지 않은 채 선인장 쪽을 내려다보고 있다. 커다란 암컷 매 두 마리가 저 멀리에서 천천히 선회하며 낮게 날아온다. 점점 낮아지는 태양이 대지에 물렁한 그림자를 드리우고 하늘을 나는 매들의 출렁이는 그림자가 땅 위에 있던 토끼를 겁에 질리게 한다. 패닉에 빠진 토끼는 탁 트인 모래벌판을 향해 맹렬하게 달려간다. 어린 매 한 마리가 전신주에서 쏜살같이 내려와 선인장 덤불 사이를 지나 어느 폐허 현관 아래 웅크리고 있던 토끼를 찾아낸다. 순식간에 다른 매들이 사냥에 합류하며 흙먼지를 자욱하게 일으키더니 날개를 퍼덕거리며 먹잇감을 먹기 시작한다. 나는 그 광경을 흡족하게 지켜보다가 차를 몰고 모텔로 돌아온다.

땅거미가 어둑하게 내려앉기 직전 나는 모텔 오른쪽 모퉁이를 돌아 멕시코 국경 방면으로 산책을 나간다. 저 멀리 네온사인과 간판이 이른 저녁의 열기에 흔들린다. 길에는 사람이 없다. 모두 차로 다닌다. 자동차가 뿜어내는 매연을 마시기도 싫고 경찰이 나를 불러 세우거나 차에 치여 사고를 당할까 봐 이래저래 심란한 마음에 나는 도로를 벗어난다. 땅에는 자동차에서 던졌으리라 짐작되는 뭔가가 셀로판지에 둘둘 말려 있다. 아기 주먹 크기만 한 코카인 덩어리가 든 가방이다. 나는 가방을 집어 들고 잠깐 생각하다가 풀숲에 던진다. 버려져 황폐해진 유정이 있던 자리에 철조망을 엮어 만든 울타리가 둘러져 있다. 땅 위에는 버려진 연장들과 음식물 포장지, 텅 빈 드럼통들과 녹슨 금속과 철판들이 뒹굴고 있다. 재미 삼아 바위들을 들추자 반투명한 몸의 노란색 전갈들이 보인다. 통통한 검은 거미 한 마리가 부드러운 흰색 거미줄로 공처럼 감싼 알들을 보호하기 위해 송곳니를 치켜들고는 거미줄을 오른다. 철판이 요란하게 쩽그랑거리는 소리에 놀라서 보니 비늘 같은 깃털을 한 스케일드퀘일* 무리가 날개를 퍼덕이며 야트막한 덤불 위에서 후드득거린다. 움푹 꺼진 땅에 여린 꽃잎들이 색종이 조각처럼 흩어져 보라색 난초 꽃가루처럼 모래 위를 뒹군다. 이런 삭막한 공업 단지 가장자리에서도 야생은 제자리로 돌아갈 시간을 참을성 있게 기다린다.

다음 날 아침, 날이 더워지기 전에 나는 짐을 꾸려 320킬로미터 정도 떨어진 곳에 있는 모텔로 이동했다. 프리어Freer와 헤브론빌Hebbronville 마을 근처 뒷길에서 낮은 나뭇가지 위에 앉아있는 수컷 해리스매 한 마리를 발견한다. 새는 머리를 까닥거리며 가까운 곳에 있는 나무 뒤 무언가를 응시한다. 난 가던 길을 멈추고 매를 지켜본다. 매의 행동을 읽는다. 그 해리스매는 코디처럼 먹잇감을 낚아챌 순간을 기다리며 공격 태세를 갖추고 있다. 매는 메스키트 나무 사이로 모습을 감춘다. 노란색 찌르레기한 마리가 날카로운 소리를 내며 빙글빙글 돌고 요란하게 퍼덕이며 연한 푸른색 하늘을 비행하는 해리스매를 교란시킨다. 매는 이 상황에 전혀 동요하지 않고 상공을 빙글빙글 돌다가 위로 올라가더니 나무 꼭대기에 착지한다. 매는 새끼 찌르레기들을 가져가기 위해 둥지를 파헤치기 시작한다. 찌르레기들은 두려움도 잊은 채 매의 머리를 발로 치고 깃털을 잡아당기며 매를 둥지에서 떼어내려고 안간힘을 쓴다.

그 주 후반 나는 하루 시간을 내서 농어 낚시를 하기 위해

* 메추리의 일종

광활한 호숫가로 간다. 저녁이 되자 작은 섭금류 새들의 울음소리가 정적을 깨고 마치 빛처럼 허공을 가로지른다. 나는 갓 낚은 커다란 물고기를 공원 내 군데군데 설치된 바비큐 시설에서 요리했다. 흰색으로 익은 깨끗하고 신선한 물고기는 농어 혹은 대구와 비슷한 맛이 난다. 론 스타Lone Star 맥주를 들고 텅 빈 해변을 산책한다. 물가에서 새끼 악어가 몸통 절반을 갈대에 숨기고 절반만 내놓은 채 앉아 있다. 나는 바보같이 악어를 만지려고 손을 뻗는다. 그러자 감쪽같이 숨어 있던, 소파 크기만 한 어미 악어가 호수 밖으로 몸을 드러낸다. 나는 줄행랑을 치고는 마구 분출하는 아드레날린 때문에 30분 동안 온몸을 흔들며 미친 듯이 웃는다.

마지막 날 공항으로 가는 길에 사막에 있는 교도소 앞을 지나치다가 그 앞에 트럭을 세우고 내린다. 길 가장자리로 난 배수로를 따라 걷다가 해리스매의 둥지를 보고 걸음을 멈춘다. 참견하기 좋아하는 사람이 쉽게 건드릴 수 있는 위치다. 나는 20분 동안 모든 각도에서 그 둥지에 손을 뻗으려고 온갖 노력을 기울인다. 몸을 움직일 때마다 가슴 높이까지 자란 선인장 가시에 찔려 아프다. 둥지는 촘촘한 원형 벽으로 이루어져 새끼들을 완벽하게 보호할 수 있다. 위험한 사람들을 가둬두기 완벽한 위치에 있는 교도소처럼 매의 둥지는 코요테의 습격으로부터 보호받도록 대단히 영리하게 설계되었다.

텍사스에서 영국으로 돌아오는 길에 뭔가 변화가 생겼다. 야생 해리스매가 특정 자연 환경에 완벽하게 적응하는 모습을 보고, 그 새들이 진화해온 섬세한 구조를 관찰하고, 그들의 특정 패턴과 타고난 전형적인 습성을 파악하고 나니 나와 함께 사냥을 나가는 코디에게 뭔가 중요한 것이 결핍되어 있었다는 생각이 들었다. 당시에는 그게 정확히 뭔지 딱 집어 말할 수 없었다. 그게 무엇인지를 깨닫게 된 건 파키스탄에서 향신료를 넣은 자고새 요리를 먹으며 내가 하이더에게 코디의 사냥 장면이 담긴 영상을 보여줄 때였다. 소형 캠코더에 찍힌 코디의 모습을 보던 하이더는 점잖고 온화한 말투로 코디가 독수리와 비슷하다고 말했다. 그는 어째서 영상 속 코디가 땅에서 사는지 매우 궁금해했다. 그런 모습은 매의 습성과는 어울리지 않았다. 그는 영국의 야생 매들이 훈련을 받고 매사냥에 나서기에 적합하지 않은 것은 아닌지 궁금해했다. 나는 그에게 영국 법에 따르면 매잡이들이 야생 매를 포획하거나 덫을 놓는 것이 금지되어 있다는 점을 설명해주었다. 맹금류를 포획해 사육하거나 수입하면서 생긴 도미노 효과였다.

나는 하이더에게 영국에는 자격증을 가진 사육업자들이 수백 명에 달하며 그들은 영국 토종 매가 아닌 다른 국가에서 수입된 참매와 송골매, 독수리 등 다양한 종류의 새를 기른다는 사실도 설명했다. 뉴질랜드의 뉴질랜드매, 남아메리카의 흰눈썹매, 미국의 흰머리수리, 붉은꼬리매, 해리스매, 작은 황조롱이와 초원매 등이 영국으로 수입된다. 아라비아 반도의 사막과 대륙에서 서식하는 래거새매, 러거새매, 래너매, 세이커매도 있고 아프리카의 엷은울음참매도 있으며 남아프리카의 흑참매, 페루의 두가지색새매bi-coloured sparrowhawks, 인도와 파키스탄의 시크라 등도 수입된다. 이국적이지 않은 새도 풍부하다. 야자민목독수리, 열대울음올빼미tropical screech owls, 투르크매니안수리부엉이, 가시올빼미, 큰소쩍새, 마젤란수리부엉이, 카라카라, 말레이 갈색나무올빼미Malay brown wood owls, 자칼말똥가리, 쿠카부라, 붉은꼬리매 등도 있다. 게다가 서로 다른 종의 정자와 난자를 인공수정시켜 다양한 종류의 혼합 종 새를 만들어낼 수도 있다. 송골매와 쇠황조롱이를 교배한 종은 신체뿐 아니라 이름도 섞어서 펄린perlin•으로 부른다. 백송고리는 쇠황조롱이와 북미산 초원매의 교배종이다. 세이커매, 황조롱이 등도 쇠황조롱이와 교배한다. 이 모든 교배는 자일린gylin, 페레세이커peresaker, 자이프레리 gyrprairie, 켈린kerlin 등처럼 인공적으로 이름을 붙인 인공적인 매들을 통해 이루어진다. 매에서 시작한 교배는 독수리와 참매들에게까지 확대되었다. 유럽산 참매는 아메리카 해리스매와 새매를 교배했고, 검독수리는 붉은꼬리매와, 토종은 수입한 새와 교배했다. 오직 인간의 호기심을 긁어주기 위한 목적으로 새들은 서로 섞이고 교배되었다.

하이더가 순전히 궁금해서 던진 '영국의 매들이 훈련받고 사냥하기에는 부적합한 것이 아닌가' 하는 문제는 현실에서 생길 수 있는 가능한 상황을 해체하는 단순한 질문이었고 영국으로 돌아오는 내내 내 머리를 떠나지 않았다. 텍사스에서 씨앗을 맺고, 파키스탄에서 생각을 바꾸었으며, 마침내 영국에서 다친 새매들의 재활을 돕도록 만든 것은 맹금류와 직접적인 연관이 있는 서식지와 사냥터에서 생겨난 맹금류(더 나아가서는 모든 매 사냥)의 힘이다. 아무리 나 자신을 설득하려 해도 결국 해리스매와 같이 수입된 매는 나를 딱 여기까지만 데려갈 뿐이다. 코디를

• 송골매는 'peregrine falcon'이고 쇠황조롱이는 'merlin'이다.

날리고 소유하는 것이 거짓 전제처럼 느껴지기 시작했다. 혹여 내가 의도치 않게 코디를 놓치거나 잃어버리기라도 하면 토종 매들을 죽이고 토종을 대체해 살아남을 수 있는 힘을 지닌 침입종을 세상에 내보내는 것이다. 정말 충격적이었다.

선택은 어려웠다. 코디의 건강과 행복이 최우선이었다. 설령 해리스매를 야생으로 돌려보내는 것이 합법이라 하더라도 나는 코디를 놓아주어서는 안 될 명백한 이유가 있다. 코디는 돈보다 훨씬 소중했으므로 나는 그를 팔고 싶지도 않았고 애완동물처럼 가둬두고 싶지도 않았다. 코디에게는 당연히 받아야 할 존중을 받을 수 있는 곳, 내가 2년 전 노력해왔던 것과 완전히 똑같은 방식으로 날 수 있는 장소가 필요했다. 불가피하게 해결책은 영국 바깥에 있었다.

크로아티아

지금은 매사냥이 거의 모든 지역에서 확고히 자리매김했다. 최소한 68개국에서 매사냥을 하고 있다. 인간이 바라는 조직과 유대감에 초고속 디지털 속도가 더해지면서 68개국 중 거의 모든 국가에 단체와 기관들이 생겨났다. 전 세계의 매잡이들은 소셜 미디어나 가장 두드러지는 단체인 국제 매사냥 연합International Association of Falconry, IAF을 통해 교류한다. 나도 소셜 미디어와 IAF를 통해 텍사스 지역의 매에 관해 연구도 하고 살만과 소통도 하면서 네트워크를 더 넓게 확장시켜 경험 너머에 있는 양질의 교육을 추구하려 노력한다. 또한 삶 전체를 맹금류와 더불어 사는 이들과 내게 귀중한 조언을 아낌없이 베풀어주는 낯모르는 이들, 순수한 야생의 토종 매를 날려보고 싶은 내 열망에 불을 지피는 데 한몫하는 이들과 소통한다. 그리고 코디에게 새 터전을 제공해준 이도 이 넓은 네트워크에서 만난 매잡이 중 한 명이었다. 그렇게 나는 파키스탄에서 돌아오고 몇 달 후 다시 유럽을 거쳐 크로아티아로 향했다.

2007년 늦여름, 나는 크로아티아에 있는 도시 카를로바츠의 한 카페에 앉아 있다. 길 건너편에 특이한 건물이 보인다. 깊고 움푹 팬 흔적, 끌 같은 것으로 후벼 판 것 같은 자국, 큰 원과 작게 조각된 점들이 건물 벽에 누군가 뱉어놓은 것처럼 흩뿌려져 있다. 지붕 근처 두꺼운 설화석고 벽에는 구멍 하나가 오렌지색 벽돌까지 뚫려 있다. 무늬들이 아름답다. 마치 얼어붙은 공기 방울 같기도 하고 마른 흙에 떨어지는 빗방울 같기도 하고 맑은 날 밤에 바라보는 보름달 표면 같기도 하다. 이 낯설고 아름다운 흔적은 모순되게도 매우 어두운 역사를 가진 기록이다. 마맛자국처럼 팬 흔적은 지난 발칸전쟁 당시 군인들이 자그레브로 향하던 길에 남긴 총알, 박격포, 유산탄 등의 자국이다.

크로아티아가 전쟁의 상처들을 다시 조각조각 꿰매고 있을 무렵 나는 젊고 열정적인 매잡이와 만나기로 했다. 그가 폭탄을 맞아 무너진 건물의 잔해를 들쑤셔가며 매사냥 장비와 장갑을 찾자 이웃들은 그를 보고 미쳤다며 웃었다. 하지만 빅터의 미친 열정은 그를 한번도 떠나지 않았다. 정신없을 정도로 활동적이고 어린아이 같은 열정을 가진 덕분에 그는 야생 유럽 자고새에 관한 연구로 박사학위까지 받았다. 수요가 매우 많은 참매와 우

수한 품종의 포인팅 개•도 기른다. 또한 IAF 크로아티아 대표이
기도 한다.

　영국에는 수천 마리의 해리스매가 있다. 2007년 크로아티
아에 서식하는 해리스매는 채 20마리가 되지 않았다. 나는 빅터
의 제안으로 코디를 데리고 유럽을 가로질러 오스트리아에 사
는 빅터의 친구 크리스티안 하비흐Christian Habich의 집으로 가는
길이었다. 크리스티안은 조류 수출 서류를 작성하고 크로아티아
에서 합법적으로 코디를 수입하는 절차를 마칠 때까지 코디를
데리고 있을 것이다. 카를로바츠로 가는 여정의 마지막 순간까
지도 코디는 푸르게 우거진 오스트리아식 정원에서 아침 햇살
을 받으며 차분하고 잘생긴 해리스매의 모습으로 앉아 있다. 코
디는 내가 떠난다는 사실에 관심도 없고 개의치 않는다는 표정
이다. 그저 움직이는 물체를 찾아 얕은 둔덕들과 사과나무들을
바라보고 있다. 완벽하게 도마뱀 같은 정서로 진화한 코디는 감
상적인 태도나 내가 그에게 보이는 집착과는 거리가 멀다. 나는
사진 몇 장을 찍고 코디에게 행운을 빌어준 뒤 크리스티안에게
감사의 인사를 전한다. 내가 한 일이 옳은 일이라는 사실을 알고
있다. 크로아티아에서 빅터의 보호하에 코디는 분명 나와 함께
했던 날보다 혹은 영국에서 보낼 수도 있던 날보다 더 좋은 날들
을 누릴 것이다.

　크로아티아의 여름은 타는 듯 덥다. 이 기간 동안 잘 알려지
지 않은 철새인 메추라기들이 머문다. 메추라기는 사람 손바닥

• 사냥꾼이 사냥할 때 데리고 다니는 개로 수색 활동을 하며 주로 포인터 종이 많이
사용된다.

크기 정도로 몸집이 아주 작고 얼룩덜룩한 밝은 갈색 깃털에 옅은 황토색과 검정색, 회색 점들이 드문드문 섞여 있다. 몸을 숨기기 좋은 단조로운 색 덕분에 포식자를 피해 살아남을 수 있지만 비행 속도 때문에 매사냥에 자주 이용되기도 한다. 메추라기는 철새이며 이 지역 토종 새로 파키스탄의 자고새와 더불어 사냥감 새로 많이 쓰인다. 수천 년 동안 이 새들은 터키에서 발칸반도를 거쳐 이동해 봄과 여름을 동유럽에서 머물러왔다. 동유럽에 서식하는 야생 새매와 참매는 이 무렵 신선한 음식을 풍부하게 누릴 수 있다. 크로아티아의 대다수 매 사냥꾼들은 이 사실을 잘 알고 있다.

　여름에 참매와 함께 사냥을 나가는 일은 매우 드문 일이다. 특히 온도가 30~40도에 이르는 무더운 날씨에는 더더욱 사냥을 나가지 않는다. 무더위 때문에 매의 신진대사가 느려지고 반응 속도도 더뎌지기 때문이다. 여름에 매사냥을 하려면 유능하고 경험이 풍부한 매 사냥꾼이 필요하다. 그렇지 않으면 대부분 실패한다.

　카를로바츠에서 첫날 밤을 보낸 후 새벽 4시, 빅터가 나를 깨운다. 나는 열대야 속에서 덮고 있던 얇은 면 이불에서 빠져나온다. 피부에서 나온 땀이 탁해지고 이불이 끈적거려 마치 버터를 바른 제빵용 유산지를 덮고 있는 것처럼 불편하다. 빅터는 이른 시간임에도 넘치는 열정으로 여기저기 분주히 다니며 재미있는 일에 집중하고 있다. 그의 과잉 행동은 전염성이 있어서 나까지도 침대에서 벌떡 일어나게 된다. 팀(참매)과 엘라(개)도 차에서 우리를 기다리고 있다. 빅터의 어머니가 작은 통에 진한 커피를 담아주신다. 그 커피에 얼음물을 섞어 매 사냥터로 가는 길에 마실 것이다.

카를로바츠 외곽 지역은 유럽에서 가장 덜 망가진 곳이다. 낮게 펼쳐진 농장과 초목은 울창하고 비옥하며 아름다운 대지가 펼쳐진 야생의 터와 조화를 이루고 있다. 우린 차에서 내려 두텁게 무르익은 여름 속을 걷는다. 하지만 눈길을 끄는 요소들이 많아서 메추라기를 쫓는 일은 매우 어렵다. 들판은 생명들로 가득하다. 풀벌레들이 뛰어다니고 날아다니며 요란하게 찌르륵 찌르륵 소리를 낸다. 가마우지와 잠자리들이 희게 빛나는 물방울 같은 날개를 파닥여 요란한 소리를 내면서 빙글빙글 비행한다. 부지런한 꿀벌이 주전자 모양의 보라색 꽃을 더듬거리다가 엉덩이에 꽃가루를 잔뜩 묻히고는 다시 날아간다. 내 손바닥 절반 크기만 한 커다란 거미들이 높게 자란 풀숲에 걸쳐진 거미줄을 출렁이며 기어간다. 거미의 부드럽고 통통한 배는 반짝이는 노란색으로 덮여 있다. 가까이서 들여다보니 매끄러운 광택이 흐르는 검은색 다리는 한번 찔려보고 싶은 충동이 들 정도로 몹시도 매혹적이다. 바닥에는 딱딱한 껍질의 벌레들이 이리저리 움직이고 있다. 녹색, 갈색, 검은색, 무지개 색의 조그만 갑옷 부대들이 건조한 흙 위에 아주 미세한 발자국을 남긴다. 땅딸막한 다리를 한 기니피그 한 마리가 뿌옇게 흙먼지를 일으키며 풀숲 터널 속으로 달아난다. 허리 높이까지 자란 풀과 씨앗들이 소매 끝에 달라붙고 이른 아침 이슬은 피부를 적신다. 발은 축축하고 덥다. 화사한 노란색 꽃가지가 파란색 수레국화 위로 훌쩍 높이 솟아 있다. 붉은색, 분홍색, 오렌지색의 섬세한 무늬가 있는 연한 녹색 줄기가 다양한 농도와 색조로 뻗어 있다. 먼 산에는 자주색 꽃무더기가 가느다란 검은색으로 아득하게 펼쳐진 지평선 위로 올라와 있다. 계곡과 강과 시냇물이 맑고 따스하게 흐른다. 버려진 병원 건물의 그림자가 드리운 곳에 사슴 한 마리가 누워 있다. 야생 참매 한 마리도 보인다. 새매와 송골매가 재빠르게 따라간다. 빅터가 말하길, 저 멀리 북쪽 깊은 숲으로 들어가면 스라소니와 곰과 늑대 등을 볼 수 있다고 한다.

우리는 메추라기 두 마리로 사냥 기회를 만든다. 엘라가 왼쪽에서 오른쪽으로 왔다 갔다 하며 냄새를 추적한다. 메추라기는 개가 올 때까지 기다려주지 않는다. 메추라기는 거의 초자연적인 속도로 날아올라 하늘 높이 올라가더니 저 멀리로 비행한다. 메추라기와 참매 사이의 거리가 북의 가죽을 가르듯 벌어진다. 비행은 눈 깜박할 사이에 끝난다. 두 번째 메추라기도 빠르다. 개가 쫓아가서 잠시 멈췄다가 다시 앞으로 다가가 메추라기를 포위한다. 우린 왼쪽으로 이동한다. 갑자기 메추라기가 땅에서 솟구치더니 곧장 내 쪽을 향해 날아와 후드득 날갯짓을 하며 어깨를 스치고 하늘로 날아간다. 메추라기들이 완승을 거둔다. 그저 놀라울 따름이다.

오전 8시가 되자 기온이 섭씨 30도가 넘는다. 너무 더워서 우린 사냥을 중단하고 차를 가지고 두가 레자Duga Reza 계곡의 강으로 이동한다. 불안스레 흔들리는 엉성한 다리 아래 오래된 제분소가 있고 그 아래로 열대의 청록색을 띤 물이 흐른다. 나는 수경을 쓰고 물에 풍덩 들어가 자갈밭과 피라미 떼가 헤엄치는 얕은 물속을 잠수한다. 어뢰처럼 생긴 은빛 물고기 한 무리가 입을 벌려 먹이를 먹고 있다. 조금 깊게 약 12미터 지점까지 잠수하자 오랜 시간 침식되어 그릇처럼 움푹 팬 모양의 바위를 수중식물들이 두툼한 담요처럼 감싸고 있다. 이 바위에서 강꼬치고기와 농어가 숨어서 기습 공격을 준비하고 있다. 처브, 로치, 돌잉어, 송어 등 수많은 종류의 물고기들이 자유롭게 헤엄치며 먹이를 먹고 있다. 물고기 한두 마리가 몸을 부르르 떨며 수컷 물고기의 정액 덩어리인 이리에 알을 낳는다. 물뱀 한 마리가 빠른 속도로 헤엄치며 물과 함께 구불구불 흘러간다. 나는 헤엄을 멈추고 신발 끈처럼 가는 물뱀을 지그시 바라본다. 물뱀이 방향을 돌리면서 내 코끝에 부딪힌다. 엄지손톱 크기만 한 호리호리한 머리 한가운데에 크고 둥글납작한 원판처럼 생긴 눈이 있다.

늦은 오후, 나는 질리도록 수영을 하고 난 후 인근 바에 가서 크랜베리를 곁들인 곰 고기 스테이크를 주문한다. 두 시간 후, 와인을 실컷 마시고 취기에 용기가 생겨 침대처럼 생긴 공기주입식 보트를 타고 강 하류로 원정 여행을 떠난다. 나는 가라앉은 통나무 근처 그늘로 낚싯줄을 드리운다. 무모하게도 폭포가 떨어지는 가파른 절벽까지 가다가 날카로운 바위에 긁혀 보트가 찢어진다. 내 몸도 가라앉고 낚싯대와 릴이 천천히 물에 가라앉는 것을 속수무책으로 보고만 있다. 강가로 헤엄쳐 나오는 건 어렵지 않다. 나는 망가진 보트를 강둑으로 끌어올려 뒤집어 놓은 뒤 낙원에 발이 묶인 채 털썩 주저앉는다.

다음 날 나는 미래와 조우한다. 내가 처음으로 회복시킨 야생 새매다. 그 새매는 벌목꾼들이 쓰러트린 나무에 있던 둥지에서 떨어졌다. 나머지 형제자매들은 다 죽었다. 전직 군인이었던 빅터의 친구 즐라트코Zlatko가 깃털이 듬성듬성 난 새매를 보살피기 위해 데려갔다. 빅터와 즐라트코는 그 새매에게 보크Bok라는 이름을 붙여주었다. 크로아티아어로 '안녕'이란 뜻이다. 보크는 푼할이 새매를 길들일 때 그랬던 것처럼 실내에서 스물네 시간 인간들에게 둘러싸여 지낸다.

　우린 응달에 둘러앉아 전쟁에서 '잘못 배치된' 무기와 '잃어버린' 무기에 대해 이야기한다. 9밀리미터 총알을 식탁 위에서 앞뒤로 굴리던 즐라트코가 보크를 횃대에 올린다. 양손으로 보크를 감싸 쥐자 보크의 격렬한 심장 박동이 느껴진다. 나는 보크의 머리에 후 하고 바람을 분다. 보크는 전혀 동요지도 않고 미동도 없으며 심지어 따분해하는 듯하다. 건강한 새매의 냄새를 직접 맡은 것은 처음이다. 그리고 손안에 새매를 잡은 것도 처음이다.

　보크를 만나기 전, 내가 처음 만난 새매는 나와 조금 떨어진 자연에서 빠르게 나를 스쳐 지나갔다. 파키스탄으로 가기 위해 짐을 꾸리고 준비하는데 갑작스러운 총소리가 허공을 갈랐다. 창밖을 내다보니 겁에 질린 찌르레기를 쫓는 검은 추적자 새매가 쌩하고 소리를 내며 정원에 난 길을 따라 비행하고 있다. 새매는 찌르레기를 죽일 심산으로 후다닥 날아올라 굵은 삼베를 둘러놓은 울타리를 휙 넘는다. 찰나의 정적이 흐르고 나는 새매가 먹이를 놓치는 광경을 느린 동작으로 상상해 재연해본다. 시간을 되감자 두 새가 벽을 타고 자라난 담쟁이넝쿨에서 동작을 멈춘 채 있다. 재생 버튼을 누르자 시간이 다시 흐르며 찌르레기가 먼저 날아간다. 다섯 걸음쯤 떨어진 곳에서 죽음을 직감한 찌르레기는 새매가 자신을 향해 다가오자 머리를 땅에 박고 빙글빙글 돈다. 두 새가 엎치락뒤치락하며 담쟁이넝쿨까지 간다. 순간 찌르레기는 영리하게도 아래쪽에 있는 수풀로 달아난다. 내 존재 때문에 주의력이 흐트러진 새매는 날개를 쫙 벌리고는 나를 똑바로 응시한다. 그러고는 가버린다. 두 새의 속도, 끈기, 노련한 싸움 기술은 내 마음을 흔들었다.

크로아티아에서 돌아온 나는 두 번째로 뚜렷하고 의미심장하게 새매를 목격했다. 마치 내게 어떤 행동을 촉구하기라도 하듯, 나를 놀리고 시험하기라도 하듯 새매가 내 눈앞에 나타난 것이다.

약 400년 전 우리 마을 근처에 농부들, 짐수레들, 성직자들, 시골사람들, 말들, 매들이 이용했던 작은 길이 있었다. 그 길 중간 즈음에 튜브처럼 둥글게 구부러져 높게 자란 나무와 가시나무가 있고 덤불들이 얼기설기 얽혀 있다. 새매들이 나무를 지나 길을 가로질러 갑자기 등장하면 그 튜브처럼 생긴 곳에 있던 작은 새들은 기겁하고 놀란다. 달아날 각도가 잘 나오지 않는 곳이라 새들은 요령을 발휘해 하늘로 날아오른다. 유일하게 남은 흔적은 햇빛 속을 맴도는 가볍디 가벼운 깃털뿐이다.

이 터널을 지나가다 비둘기를 바닥에 쓰러트려 잡고 있는 암컷 새매를 보았다. 정적이 감도는 가운데 살점과 깃털들이 흩날리고 있었다. 새매는 식사에 너무 열중하느라 내가 바짝 가까이 다가가도록 내 존재를 눈치채지 못했다. 개가 나타나는 바람에 식사를 망치고 달아나기 전까지 3~4초 동안은 오롯이 새매의 시간이었다. 개가 나타난 후 새매는 비둘기를 남겨둔 채 하늘로 날아올랐다. 나는 비둘기 사체를 집어 들어 몸통에 엉겨 붙은 나뭇가지와 나뭇잎들을 털어내고 내 주머니에 넣었다. 집으로 돌아와 주방에서 가슴살을 도려내고 다리 부위를 잘라냈다. 비둘기는 따뜻하고 부드러웠다. 난 고기 두 점을 개에게도 떼어주었다. 나머지 부위는 냄비에 넣었다. 30초 정도 익히니 날것의 살이 레어 상태의 고기가 되었다. 토종 야생 새매 덕분에 나는 자연에서 패스트푸드를 얻었다. 이번에는 이 명징한 신호를 무시하기 어려웠다.

매잡이로서 내 마음과 생각을 말하자면, 유럽의 새매는 완벽한 매의 화신이다. 어디에나 존재하고, 적응력이 월등히 뛰어나며, 무자비한 사냥꾼은 조류 생태계를 지속하는 방식으로 진화해왔다. 짧은 날개와 긴 꼬리 덕분에 빠르게 움직일 수 있고 숲이나 덤불이 빽빽하게 덮인 곳에서 방향을 획획 바꾸는 비행 방식을 활용해 울창한 숲과 관목들이 울타리처럼 늘어선 곳에서도 가장 뛰어난 사냥꾼이 될 수 있다. 유럽 새매의 반응 속도는 빛처럼 빠르고 눈동자는 신비로울 정도로 적응력이 뛰어나서 끈기와 전략만 있다면 모든 목표물을 잡을 수 있다. 매우 긴 다리 아래로 산등성이처럼 둥글게 구부러진 발은 어떤 사냥감의 깃털도 놓치지 않고 꽉 움켜쥔다. 대단히 영리하고 기회 포착에 능하며 에너지를 비축해두는 능력까지 갖춘 새매는 덩치 큰 먹잇감을 잡으면 정원 연못으로 가져가 익사시킨 후 먹는다. 언젠가 장거리를 운전하고 오는 길이었다. 곧게 난 시골길에서 암컷 새매가 나무 위에서 주위를 쓱 훑어보더니 내 차 보닛 위 약 15센티미터까지 내려왔다. 새매는 영리하게도 새들이 푸드덕거리며 날아가는 것을 막기 위해 자동차의 움직임과 소리 속에 자신을 숨겼다. 새매의 전략은 주효했다. 새매는 어떤 낌새도 알아차리지 못한 새들이 모여 있는 겨울나무 그루터기 왼쪽을 공략했다.

잘 살펴보면 새매들은 실소가 나올 정도로 몸집이 작다. 흡사 어린아이가 상상해서 그린 만화 속 주인공 같은 생김새다. 암컷 새매는 다리가 기껏해야 연필 정도 굵기밖에 되지 않고 수컷 새매의 발과 발톱은 이쑤시개처럼 가늘다. 위협적이라고 보기에는 지나치게 몸이 작아서 장갑을 끼지 않은 맨손으로 수컷 새매를 앉히고 싶다는 생각이 들기도 한다. 하지만 장갑 없이 흥분한 새매를 손 위에 앉히면 발톱이 사람의 엄지손톱 사이를 파고들어 전기에 감전된 듯한 통증을 유발해 60킬로그램이 넘는 남자를 쓰러트릴 수 있다.

매잡이의 입장에서 새매는 매우 기묘한 존재다. 역사적으로 보면 새매는 오직 여성과 성직자들만이 날렸으며 남성들에게는 그다지 중요한 취급을 받지 못했다. 남성 세계에서는 참매와 송골매, 독수리 등이 남성의 힘과 지위를 상징했다. 매사냥과 관련해서 영어로 쓰인 옛날 책들을 보면 새매 훈련법이 나와 있다. 약 500여 년 전에 쓰인 《새매를 다스리는 법에 관한 완벽한 지침서 The Perfect Booke for Kepinge of Sparhawks》가 16세기에 지어진 집 벽 내부에서 봉인된 채 발견되었다. 여성이 쓴 책일 수도 있고 신분은 낮지만 글을 읽고 쓸 줄 알았던 매 사냥꾼이 쓴 책일 수도 있다. 저자나 출처에 관해 일절 언급되지 않은 책은 비밀스럽게 보관되어 왔다. 가부장적 중세 왕족 사회에서 사회적으로 무시당하고 하찮게 여겨지긴 했지만 당시로서는 드물게 글을 쓸 줄 알았던 저자들은 새매를 수수께끼 같은 존재로 묘사했다.

현대 사회에서도 새매를 꾸준히 기르고 날려온 사람들은 매우 드물다. 수백 년 동안 새매는 소수의 비주류 사람들의 매였으며, 매잡이들 사이에서도 하위문화로 존재해왔다. 새매를 소유한 이는 다른 이들에게 그 이유를 해명해야 한다. 새매를 훈련하려면 극도의 노력과 집중력, 시간과 위험 부담이 든다. 한 치의 실수도 용납되지 않는다. 새매는 빨리 죽고, 순식간에 놓칠 수 있으며, 약하고, 용서가 없으며, 극단적으로 변덕스럽다. 하지만 한번이라도 새매를 경험하고 나면, 새매의 삶을 알게 되면 새매는 더없이 매력적이고 세상 어디에도 없는 유일무이한 존재가 된다. 새매는 최고의 기량과 기술을 가지고 있으며 몸집을 초월해 쾌락적인 비행에 몰입한다. 그중에서도 새매를 특별하게 만드는 것이 있다. 전 세계 매 사냥꾼들이 사용하는 가장 중요한 토종 맹금류라는 사실이다.

내가 비둘기를 집어 들고 집에 와 요리해서 먹은 그 순간부터 무수히 많은 새매들이 내 삶에 들어왔고, 나는 새매 종에게 깊은 친밀감을 느꼈다. 야생의 새매와 그들의 친척뻘 되는 다친 매들을 재활시키고 날리면서 얻은 지식과 새매를 훈련하고 공부하고 날리면서 쌓은 경험을 통해 나는 다른 종의 매, 다른 매잡이들, 다른 지역으로 내 경험을 넓히는 여정을 이어갔다.

오스트리아

크로아티아로 가는 길에 비행기를 갈아타기 위해 오스트리아에서 이틀 머물렀다. 나와 동행했던 크리스티안은 현대 매잡이와 매사냥 역사상 가장 의미 있고 중요한 발전으로 여겨지는 프로젝트에 대해 언급했다. 자연과 가장 가까운 곳에서 일하는 사람들은 야생동물의 서식지가 파괴되고 환경이 변하는 것을 가장 먼저 목격한다. 야생에서 맹금류와 함께 사냥을 하는 매잡이들은 인구 증가가 자연에 직접적으로 미치는 영향을 몸소 체감한다. 억압적이고 압제적인 많은 국가에서, 심지어 자유롭고 민주적이라고 여겨지는 국가에서조차 동식물 서식지와 맹금류, 맹금류의 사냥터와 사냥감에 접근하는 것을 제한하는 새로운 법안이 정치적 이득을 위해 채택되고 있다. 우리는 법을 따르는 방법 외에는 별다른 선택이 없는 경우가 많다.

키가 크고 매사에 신중하며 꼼꼼한 성격인 크리스티안은 다른 IAF 대표들과 함께 매사냥을 유네스코로부터 정식 인정받기 위한 작업을 추진해오고 있다. 매사냥이 무형문화유산으로 인정받으면 법적인 보호를 받을 수 있을 것이다. 더불어 사냥 같은 '유혈 스포츠'를 금지하는 법의 영향을 받지 않을 것이며 매사냥을 사냥감과 사냥터에 관한 법의 허점을 노린 행위라고 보는 세간의 시선도 줄어들 것이다. 유네스코에 내민 제안은 진보적인 법안이라는 측면에서 인상적이었다. 크리스티안이 언급한 프로젝트에는 매사냥의 유네스코 등재 외에도 세계적으로 가장 성대한 매사냥 축제 개최도 포함되어 있었다. IAF 회원들이 모두 참석해 매사냥 역사를 사진으로 정리한 책을 출간하고 IAF 회원국 68개국의 후원을 받는 축제였다.

크리스티안은 오스트리아와 독일의 국경까지 운전하는 내내 유네스코 등재 프로젝트와 축제 개최, 책 출간 등 전반에 대해 설명했다. 그리고 그곳에서 두 친구를 내게 소개해주었다. 유럽에서 가장 영향력 있는 독수리 사냥꾼 두 사람, 남편 조지프 히블러Josef Hiebeler와 아내 모니카 히블러Monika Hiebeler는 팀으로 활동하고 있었다. 크로아티아에서 돌아온 지 두 달 만에 나는 히블러 부부에게로 가서 그들의 독수리들과 함께 시간을 보냈다.

독수리

독수리 사냥은 오래되었다.

카자흐스탄에는 아주 오래된 청동 조각상이 존재한다. 이 조각상은 기원전 2500년경에 만들어졌을 것으로 추정되며 어떤 형태로든 매사냥이 있었음을 입증해주는 가장 오래된 증거다. 이 조각상은 독수리 사냥꾼, 카자흐스탄어로 베르쿠치 Berkutchi의 상이다. 베르쿠치는 야생의 어린 동물들을 덫 등을 이용해 잡은 후 길들인 최초의 인간이다. 그들은 부족의 매잡이들뿐 아니라 전 세계 모든 매잡이 전통에서 쓰는 각성 기술 및 여러 기술들을 사용했다. 이런 역사 덕분에 독수리 사냥을 모든 매사냥의 원천이라고 보는 이들이 많다.

카자흐스탄의 독수리 사냥은 유구한 역사와 전통이 있지만 이와 달리 유럽의 독수리 사냥은 상대적으로 현대에 들어 등장했다. 매사냥 역사학자 마틴 홀린스헤드Martin Hollinshead는 《독수리 사냥: 독일과 오스트리아의 독수리 사냥 발전Hunting Eagle: The Development of German and Austrian Eagle Falconry》에서 유럽에서 아돌프 히틀러와 나치 체제하에서 독수리 사냥꾼의 수가 부쩍 증가한 것에 대해 수상하게 여긴다. 제2차 세계대전이 절정에 달했을 때, (역사상 존재했던 전제국가의 독재자나 왕, 여왕 등과 마찬가지로) 제3제국의 정치적 홍보수단으로 활용된 학자들은 독수리와 맹금류를 전체주의 권력을 향한 욕망을 암시하는 상징적 의미로 선택했다.

나치 체제하에서 독일에 매사냥이 번창했다. 그린란드와 아

이슬란드로 흰 매를 찾으러 가는 큰 행사들이 열렸고, 1937년에는 베를린 사냥 전시회도 열리면서 독일의 매사냥이 전 세계적으로 조명을 받았다. … 또한 나치하에서 독일은 거대한 새장인 '라이히팔켄호프Reichsfalkenhof'를 만들어 뽐낼 수도 있었다. 이 새장에는 당연히 지구상에서 가장 강렬한 인상을 주는 사냥매들이 들어 있었다. … 독수리는 국가적 상징이었다. 독수리가 상징하는 역사적 힘과 권력이 독일 건물과 깃발 등에서 펄럭였다. 라이히팔켄호프에 이 무수한 이야기의 주인 공이자 두려움 없는 용맹한 전사인 독수리가, 전설과 신화의 그 새가 활기를 불어넣었을 것이다.

전쟁이 끝나자 독수리는 인종혐오의 상징이라는 이미지를 지우고 사냥용 새로 남게 되었다. 전통적인 모임들도 계속 유지되었다. 조지프 히블러의 독수리 날리는 방식도 1970년대부터 지속되어온 이들 모임을 통해 영향력을 갖게 되었다. 나치 체제 이전에도 야외에서 열리는 큰 모임이 존재해왔으며, 늘 공식적인 행사를 개최해왔다. 수많은 매잡이들이 각 국가를 상징하는 전통 의상과 모자, 외투 등을 입고 행사에 참여했다. 나는 히블러가 개최하는 모임에 참석하기 전에 슬로바키아와 독일 국경에서 열린 모임에 참여해 검독수리가 사슴을 사냥하는 것도 보았다. 히블러의 영향력도 확인하고 유럽의 베르쿠치들에게 존경심도 보여주기 위해서였다.

슬로바키아

나무로 된 작은 오두막집 온도는 영하의 온도 한참 아래를 밑돌고 있다. 두껍게 드리운 안개에 얼음 결정의 수증기가 떠다니면서 며칠 동안 하늘은 알루미늄 같은 회색빛이었다. 인간의 키보다 높은 신선한 공기층에서 만들어진 눈이 굵게 뭉쳐 내리기 시작한다. 땔감도 구하고 우물에서 물도 길을 겸 아침 숲속을 거닌다. 폐쇄공포증을 유발할 정도로 빽빽한 숲에서 맑은 소나무 향기가 스며 나온다. 발아래로 눈이 뽀드득거리며 뭉개지고 희미한 햇빛 줄기가 나뭇가지들을 가로질러 눈 위에서 분홍색, 겨자색, 파란색, 녹색으로 반사된다. 산토끼며 여우, 사슴, 밍크, 담비 등이 눈밭 위에 어지러이 남긴 흔적과 발자국이 나무들 사이로 흩어져 있다. 이곳은 독수리를 위한 최고의 사냥터이며 근사한 고독감이 오롯이 느껴지는 공간이다.

내가 머무는 오두막은 작은 마을 외곽에 자리 잡고 있다. 긴밀한 유대감으로 맺어진 이 마을 공동체를 보면 가장 어두운 동유럽 설화가 떠오른다. 좀처럼 웃지 않으며 낯선 이방인이 나타나면 뚫어져라 쳐다보는 가난한 주민들이 생각난다. 이곳에는 전기시설이 없어서 은은한 열기와 흐릿한 불빛을 내는 난로에만 의존해야 한다. 식탁 위에 남아 있는 과실주가 혹독하고 무자비한 추위를 견뎌내기에 조금이나마 도움이 된다. 오두막집의 공기는 퀴퀴하고 악취가 난다. 지금까지 아무런 움직임이나 사냥도 없다. 우린 날씨가 바뀌기만을 기다린다.

다음 날 오전, 오래된 단층짜리 공동 주민 회관의 공기가 담배 연기로 자욱하다. 싸구려 포마이카• 탁자가 펼쳐져 있고 그 위에 향신료를 듬뿍 넣고 건조해서 저장한 소시지, 빵, 피클, 네덜란드산 진인 슈냅스, 헝가리 브랜디인 슬리보비츠, 맥주 등이 놓여 있다. 30~40명의 매잡이들이 탁자 주위에 모여 음식을 먹으며 서로 이야기를 나누고 있다. 장갑 낀 손에는 저마다 다양한 종류의 매가 있다. 방 한쪽 귀퉁이에 놓인 이동식 횃대 위에 혹은 의자 등받이에 암컷 검독수리와 수컷 검독수리 네댓 마리가 주위에는 신경 쓰지 않고 올라가 있다. 독수리를 이렇게 가까이 보는 것은 처음이다. 방의 크기에 비해 독수리의 크기는 압도적이다. 내가 몇 가지 질문을 한다. 어쩌면 통역이 되지 않았는지도 모른다. 베르쿠치가 고개를 끄덕이더니 독수리를 가리킨다. 허락을 받은 나는 더 가까이서 보기 위해 독수리가 있는 곳으로 향한다.

어떤 피조물들은 정말 크다. 독수리의 양 날개를 펼치면 그 길이가 1.8미터 혹은 그 이상 된다. 날개를 완전히 접고 각자 자리에 앉아 있는 독수리의 크기는 약 1.2미터가량이고, 어깨는 인간의 상반신만큼이나 넓다. 다리는 거의 인간의 손목만큼 굵고 발과 발톱은 어지간한 접시 지름 정도 길이다. 가장 큰 독수리의 몸무게는 5~6킬로그램 정도 된다. 나는 독수리에게 약 1미터까지 다가간다. 더 이상 가까이 가는 것은 독수리의 사적인 영역을 침범하는 무례한 행위일지도 모른다는 생각이 든다. 독수리에게서 팽팽한 긴장감이 느껴진다. 유황 맛이 나고 축축한 전선에 흐르는 백만 볼트의 전기가 윙윙대는 소리 같은 긴장감이다. 독수리들의 압도적인 분위기는 눈으로 측정할 수 있는 크기와 무게

• 내열 플라스틱의 합성수지 제품을 만드는 브랜드

를 초월한 듯 보인다. 독수리의 진정한 힘은 겉으로 보이는 것 너머에 존재한다. 내가 생각하는 그 힘은 상상조차 할 수 없는, 흔들리지 않는 고요한 잠재적 파괴력이다.

나는 몇 년 동안 온갖 종류의 매들과 함께하면서 그들에게 공격도 당하고 상처를 입기도 했다. 하지만 진정으로 두려움을 느꼈던 적은 한 번도 없었다. 나는 내가 경계를 잘 조절할 수 있다는 사실을 알고 있었다. 독수리 무리와 함께 있자니 그런 감정이, 차분함과 무의식적인 자신감이 어디론가 증발해버린다. 독수리들은 눈가리개를 한 채 침착하게 앉아 있다. 나는 그 독수리들이 잘 훈련받은 새들이며 위협적으로 굴지 않는다는 사실을 잘 알고 있다. 하지만 나는 독수리들 앞에서 자신감이 없어지고 위축된다. 그들은 상처받기 쉽고, 나약하며, 작은 내 육체를 정면으로 마주하게 해준다. 모든 독수리는 극단적인 폭력의 가장자리를 춤추듯 넘나들며 상대를 움츠러들게 한다. 자연이 선사한 섬세한 청동색 물결무늬 목덜미와 금빛 깃털 왕관을 쓴 날개 달린 사자이자 호랑이다.

겨울 축제들이 이어지면서 서서히 독수리들은 쉬지 않고 '야라크' 상태가 된다. 한두 마리가 울기 시작한다. 낯선 소리가 벽을 튕겨 나온다. 그토록 큰 몸집의 동물이 여성스럽게 높은 톤의 소리를 섬세하게 낸다는 것이 낯설게 느껴진다. 거대한 암컷 독수리가 위치를 바꾸고 몸을 조금씩 움직이더니 파란색 플라스틱 의자 등받이를 다시 움켜잡는다. 독수리의 발톱 옆으로 의자 등받이에 나선형 나사 자국이 깊게 팬다.

회관에 모인 사람들은 매를 기르는 사람과 독수리를 기르는 사람, 그리고 참매를 기르는 사람으로 나뉜다. 나는 독수리들과 함께 소나무 숲 옆으로 난 길을 걷는다. 드넓은 경작지가 둘러싼 이곳은 마을 중심지나 사람들이 사는 곳과는 멀리 떨어져 있다. 독수리를 부리는 사람은 반드시 공간이 필요하다. 독수리의 크기는 모든 요소들을 증폭시킨다. 비행 거리도 길어지고, 사냥감 동물의 크기도 커지며, 소리도 커지고, 분위기도 고조되고 구조물 등도 모두 되도록 가장 크게 증축된다. 사람들이 100여 미터가량 길게 늘어서서 준비를 하는 동안 우리도 앞으로 걸어 나아간다. 사슴 몇 마리가 우리를 보고 화들짝 놀라 바람이 부는 방향으로 움직이기 시작한다. 이리저리 숨기도 하고 쓰러진 나무 주위를 십자 모양으로 건너뛰기도 하면서 민첩한 동작으로 숲과 눈 덮인 그루터기 사이로 요리조리 달아난다.

독수리가 풀려난다. 날개를 펼치고 상대를 기만하듯 느릿느릿 비행하는 모습이 백조 혹은 왜가리 같다. 독수리는 마치 당밀 속으로 깃털을 밀어 넣듯 천천히 움직인다. 하지만 나의 착각이다. 포식자와 피식자는 거의 시속 80킬로미터 혹은 그 이상의 속도로 쫓고 쫓긴다. 그들은 채 20초도 되지 않는 시간에 500미터, 600미터, 700미터가 넘는 거리를 옆도 보지 않고 맹렬하게 이동한다. 섬세한 지적 능력을 갖춘 사슴이 방향을 틀어 나무 간격이 가장 촘촘한 곳을 선택한다. 독수리가 가까이 접근해 공격을 시도하지만 날개가 나뭇가지에 걸리자 독수리는 좌절한 채 땅에 착지해 위협적으로 흥분한다.

많은 사슴들이 계속 달아난다. 절호의 기회는 오후 늦게야 찾아온다. 공터로 들어서던 나는 혼자 있는 노루와 마주친다. 나는 그 자리에 가만히 멈춰 선다. 꼼꼼히 관찰할 수 있을 정도로 가까운 거리다. 정교하고 우아한 머리에 맑은 갈색 눈동자, 검은 코의 노루다. 노루는 얽히고설킨 초목 위를 올려다보다 나를 바라본다. 너무 가까운 거리였기에 나는 노루의 주의를 끌지 않기 위해 최대한 조용히 자리를 지킨다. 그때 독수리 사냥꾼이 움직이면서 마른 나뭇가지가 부러지는 소리가 들린다. 노루는 높이 껑충 뛰어오르더니 낮은 수풀 사이로 마구 달려간다. 그러다 딸기나무 덤불에 걸리자 노루는 우아함을 잃은 채 공황상태에 빠져 비틀대며 넘어진다. 공포와 절망에 사로잡힌 노루는 다시 한번 똑바로 일어나기 위해 몸을 세운다. 하지만 여전히 덤불에서 빠져나오지 못하자 몸을 이리저리 비틀고 뒹굴더니 등을 땅에 댄다. 호리호리한 다리와 발굽이 허공을 향해 버둥거린다. 독수리가 노루 위로 날아오더니 날개를 접고 '쿵' 하는 둔탁한 소리를 내며 노루와 부딪친다. 노루의 비명소리가 불쾌감과 충격을 그대로 전달하며 날카롭고 크게 울려 퍼진다. 둘은 싸우기 시작한다. 노루는 필사적으로 독수리 위로 기어오르려고 몸부림을 친다. 그러자 아래쪽에 있던 독수리가 노루의 얼굴을 가격해 구멍을 뚫는다. 노루가 내 앞으로 나동그라지더니 다시 일어나 숲을 향해 오른쪽에서 왼쪽으로 달려가 다른 베르쿠치와 그들의 독수리가 있는 곳으로 들어간다. 다른 독수리들도 줄에서 풀려난다. 앙상한 소나무 사이를 뛰어가는 노루의 모습이 조이트로프•로 들여다보듯 순간순간 끊겨 보인다. 노루는 그렇게 나무 하나 하나를 지나쳐 달아난다.

　　날이 저물기 시작하자 사냥꾼들은 저마다 사냥을 정리하고 천천히 돌아간다. 우리는 다시 회관에 모여 그날 얻은 사냥감들

• 초기 애니메이션 기구로 연속 동작이 있는 그림을 종이 띠에 그려 원통형에 설치한 뒤 바깥쪽에 세로로 난 가는 틈으로 보면 그림들이 움직이는 것처럼 보이는 장치

을 보며 짧게 자축한다. 꿩, 자고새, 토끼가 사냥에 성공한 사냥꾼 앞에 놓인다. 두 남자가 앞으로 나와 놋쇠 나팔과 사냥용 뿔 나팔을 분다. 으스스한 소리다. 날카롭게 연주되던 음이 선율을 이뤄 흐르더니 부드럽고, 기이하고, 날카롭고, 즐겁고, 슬픈 가락으로 이어진다. 마치 버둥대던 노루 같기도 하고 비행하던 독수리 같기도 한 음악이다. 동물의 사체 위에 약초와 풀들이 덮인다. 그 자리에서 사냥감을 도축해 일부 고기를 선물처럼 나눠 갖는다. 축하 연설과 축배가 이어진다. 자리를 뜨고 나오려는데 두 명의 경험 많은 베르쿠치가 보다 친밀하고 보다 덜 형식적인 그들 지역 모임에 나를 초대한다.

독일

독일로 건너간 다음 날 이른 아침, 뜨거운 커피에서 무럭무럭 김이 올라오는 걸 바라보며 호텔 앞 정원에 서 있다. 아래를 내려다보며 장화 뒤꿈치로 단단하게 굳은 눈을 부순 다음 발가락으로 부서진 눈을 가루로 으깬다. 눈은 마치 크렘 브륄레* 같은 모양이 된다. 비둘기 한 마리가 느닷없이 내 발 앞에 떨어진다. 비둘기를 바라본다. 비둘기는 어지러운 듯 기절했다가 일어나더니 약 20센티미터 두께로 쌓인 눈 위에 만화 같은 발자국을 남긴다. 뒤뚱뒤뚱 비틀거리며 걷던 비둘기가 깃털에서 부스러기 같은 것을 털어내며 고개를 꼿꼿이 세우는 모습에 웃음이 나온다. 나는

---

* 차가운 크림 위에 녹여서 얇게 굳힌 설탕을 얹어 먹는 프랑스식 디저트

본능적으로 하늘을 바라본다. 전선줄이 흔들리고 있다. 전선줄 뒤로 3미터가량 떨어진 곳, 겨울 풍경 속에서 아름답게 빛나는 송골매 한 마리가 호텔 지붕을 가로지르며 두 번째 비둘기를 은밀히 쫓고 있다. 송골매는 방향을 바꾸고 몸을 웅크리더니 급속도로 강하하며 발을 내뻗어 비둘기를 낚아챈다. 비둘기는 땅 위를 구르다가 송골매에게 들어 올려졌다 다시 떨어지기를 반복하더니 땅 위에 있는 동료 비둘기 옆으로 떨어진다. 내 존재를 의식한 송골매는 마치 무언의 악의를 보여주듯 칠흑같이 어두운 낫 모양의 윤곽으로 겨울 태양을 가로질러 미끄러지듯 사라진다. 트럭 두 대가 공터로 들어오자 트럭 안에 있는 비둘기들이 바닥에서 천장으로 날아오르며 우당탕거리는 소리가 들린다.

한 시간쯤 후, 우리는 사방이 숲으로 둘러싸인 고립된 곳으로 들어간다. 독수리들이 상자에서 나온다. 나는 숨을 죽이고 사냥꾼의 장갑을 떠나 자유롭게 날아가는 독수리들을 바라본다. 우리가 작은 관목 숲을 통과하는 동안 독수리들은 우리 머리 위를 날아 이 나무에서 저 나무로 옮겨가며 따라온다. 독수리들은 완만한 곡선을 그리며 중세 시대 투석기 지지대처럼 생긴 두꺼운 나뭇가지 위에 거칠게 내려앉는다. 나뭇가지에 있던 두툼한 눈뭉치가 내 발 위로 툭하고 떨어진다.

독수리는 1.6킬로미터 이상 떨어진 곳에 있는 먹잇감도 쉽게 발견할 수 있다. 먹잇감을 쫓아가기로 결정하면 사냥꾼들을 뒤에 남겨두고 저 멀리 훌쩍 날아간다. 질투심이 강해 서로를 죽이기도 하고 인간 구경꾼을 공격하기도 한다. 좀처럼 보기 드문이 위험한 자유비행은 통제와 혼돈 사이를 아슬아슬하게 오간다. 고분고분하고 안전한 비행과 타고난 본능에 최대한 가까운 비행은 종이 한 장 차이다. 이 거대한 포식자와 함께 있다 보니 두렵기도 하고 즐겁기도 하다. 베르쿠치와 독수리들은 수십 년에 걸쳐 조율과 지식과 헌신이 신중하게 조화를 이룬 관계를 맺고 있다.

하마터면 토끼를 밟을 뻔했다. 몸을 감추고 있던 토끼가 길고 호리호리한 다리를 뻗어 불쑥 튀어나온다. 크고 불룩 튀어나온 눈에 적갈색 털이 난 토끼다. 토끼는 야트막한 관목 덤불에서 튀어나오더니 들판을 가로질러 뛰어간다. 동시에 토끼 냄새를 맡은 여우 한 마리가 낮은 산등성이를 살금살금 걷는다. 나뭇가지에 있던 독수리들이 두 짐승의 움직임을 포착하고 들썩거린다. 독수리들은 숲에서 날아오르더니 토끼와 여우를 무시하고 속도를 더해 저 멀리 호수 가장자리까지 날아간다. 한 무리의 사슴들이 옥수수 줄기 위를 바라본다. 그러고는 들판을 가로질러 발레하듯 우아한 동작으로 달리기 시작한다. 독수리 한 마리가 사슴 무리를 정신없게 만들며 오른쪽으로 날아가 사슴이 달리는 방향과 나란히 비행을 하더니 영리하게도 사슴들의 탈출구를 막아버린다. 두 번째 암컷 독수리가 뒤이어 날아오며 사슴 무리에 점점 가까워지더니 무리에서 가장 느린 사슴 위로 다가간다. 맨 뒤에 있던 사슴은 왼쪽으로 가는 척하다가 갑자기 오른쪽으로 방향을 튼다. 독수리가 사슴을 놓친다. 사슴 무리가 방향을 왼쪽으로 휙 바꾸더니 탁 트인 들판을 전속력으로 질주한다. 사슴을 공격하던 독수리가 갑자기 땅으로 내려온다. 다른 독수리가 하늘에서 방향을 바꿔 비스듬히 비행을 하더니 내 머리 위쪽의 횃대로 돌아온다.

몇 초가 지난다. 저 독수리가 이제 어떤 행동을 할지 예측할 수 없다. 높은 곳에 앉아 있던 독수리가 훌쩍 날아오른다. 횃대가 흔들리면서 내 어깨 위로 눈송이들이 떨어진다. 나는 그 독수리가 몇 백 미터 떨어진 곳에 있는 커다란 배수로까지 낮게 비행하며 언덕 일대를 군림하는 광경을 지켜본다. 마치 유리창에 던져진 브리즈 블록•처럼 독수리는 담장처럼 솟은 갈대숲으로 돌진했다가 다시 올라오더니 이내 온몸을 요동치며 눈밭 위에서 싸움을 벌인다. 그러고는 내 눈에 보이지 않던 여우 한 마리를 채서 올라온다. 나는 나무들 사이를 빠른 걸음으로 지나다가 달리기 시작한다. 거의 반쯤 진창이 된 눈밭에 발이 빠지고, 다리가 무거워지고, 젖산이 분비되면서 근육이 타는 듯 아파오기 시작한다. 거리와 내 몸 상태 모두 감당하기 어렵다. 너무 느리다. 나는 달리던 속도를 천천히 늦추고 허리를 굽혀 몸을 웅크리고 거친 숨을 몰아쉬며 독수리와 안전한 거리가 확보된 지점에 쓰러지듯 넘어진다. 독수리는 날개를 쫙 펴고, 흥분감에 싸여 머리를 꼿꼿이 세운다. 여우 오줌에서 나는 달콤하면서도 고약한 악취가 허공에 맴돈다. 공중으로 흩어진 눈, 여우 털 뭉치, 여우 발자국, 핏방울, 눈 위에 뿌려진 노란 액체 등이 독수리 발아래 있던 여우가 몸을 비틀어 배수로 쪽으로 달아났음을 말해준다.

• 모래와 석탄재를 시멘트와 섞어 만든 가벼운 블록

히블러 부부

비엔나 공항에서 차로 오는 길은 멀다. 오는 길 차 안은 침묵이 감돈다. 히블러 부부의 조수인 판Pan이 운전을 했는데, 하나로 묶은 머리에 덥수룩한 수염을 한 그는 내가 독일어를 하는 정도 수준으로 영어를 한다. 몸짓과 미소를 동원해 나누던 대화는 결국 다시 어색한 침묵으로 끝난다.

캠프Kamp 협곡 아래쪽으로 다가가자 울퉁불퉁한 화강암으로 된 경사면과 낙엽송이 무성한 산림지가 나타난다. 좁은 길이 내 오른편에 있는 강의 윤곽을 따라 구불구불 이어진다. 우리는 매끄러운 겨울의 습기 속을 커다란 검은 뱀의 표면을 스치듯 지나가고 있다. 저 멀리 높은 곳에서 은은한 오렌지색 불빛이 나무들 틈에서 깜박이며 빛난다. 약 1.6킬로미터 정도 떨어진 산허리에 고딕 양식으로 지어진 대저택이 오렌지색 불빛을 받으며 윤곽을 드러낸다. 옅은 색을 띤 길고 위엄 있는 작은 탑이 저택 양 끝에 하나씩 세워져 있다. 발코니와 아치형 창문, 난간이 많은 저택 외벽으로 그림자가 길게 드리운다. 드라큘라 저택 같기도 하고 제임스 본드의 은신처 같기도 한 곳이다.

산 중턱에 도착하자 나무로 만들어진 문을 열고 자갈이 깔린 안마당으로 들어선다. 자정이 훌쩍 넘은 시간, 미로 같은 통로를 지나 위층으로 올라가 동굴 같은 복도를 지나니 내가 머물 방이 나온다. 방에서 짐을 푸는 동안 양초를 흉내 내어 만든 가짜 양초 조명에서 은은한 노란 빛이 흘러나온다. 저 멀리 보이는 벽에 희미하게 그림이 보인다. 말과 남자의 그림이 칠이 벗겨진 채 드문드문 이어져 있다. 사냥 장면을 묘사한 그림일 수도 있다. 침대로 들어가 기지개를 켠다. 내가 오는 바람에 방해를 받은 검독수리들이 우짖는 소리가 어둠을 뚫고 열린 내 방 창문으로 들어온다. 이 모든 상황이 조금 우습다는 생각이 든다. 마치 해머 영화사Hammer Film Production에서 제작한 공포영화의 첫 장면 같다.

다음 날 아침, 나는 오전 내내 로젠버그 저택 주변을 홀로 어슬렁거린다. 낮에 본 저택은 밤에 보았을 때보다 더욱 인상적이다. 자갈 깔린 안마당을 걷다 보니 작은 아치형 문이 나온다. 문을 지나니 커다란 잔디밭이 있고 말쑥하게 손질된 회양목 울타리와 자갈길이 잔디밭을 감싸고 있다. 머리 위로 수로 밑받침처럼 생긴 천장 없는 아치형 구조물 서른 개가 길게 이어져 있다. 잔디밭을 걸으며 울타리 너머를 바라본다. 내리막길이 30여 미터 혹은 그보다 길게 내려가 울퉁불퉁한 바위에 맞닿아 있다. 아래는 시야가 닿는 곳 모두 산림지다.

저택 벽 안쪽 맨 왼쪽 구석에 보육 시설이 있다. 사람이 만든 둥지에 새끼 독수리 네 마리가 들어 있다. 한 마리가 다리를 쭉 늘이더니 하품을 한다. 생후 35일 된 새끼독수리들은 이미 코커스패니얼 정도 크기다. 다 자란 독수리 대여섯 마리가 땅 위에 블록 형태로 만든 횃대와 나무와 나무 사이를 이어 높은 곳에 만든 횃대 위에 앉아 있다. 야외 홀에 독수리 두 마리가 2~3미터는 될 법한 날개를 펼치며 새장 그물망 너머로 나를 보며 운다.

조지프와 모니카가 나를 맞아준다. 작은 키에 다부지고 건장한 체격의 조지프는 진짜 족장이다. 여자 족장인 모니카 역시 인상적인 외모다. 부부 모두 영어를 하지 못했지만 막상 대화를 시작하자 소통은 충분히 된다. 부부는 아주 많은 일을 하고 있으며, 집중력이 강하고 효율적이지만 그렇다고 불친절하지는 않다. 나는 마치 길 잃은 아이처럼 두 사람 뒤를 졸졸 쫓아다닌다.

나는 두 사람을 따라 중앙 복도를 지나 대저택의 중앙으로 들어선다. 이 공간은 히블러 부부가 직접 모았거나 선물 받은 박제된 새들, 그림, 매잡이용 장갑과 가죽끈, 그릇, 칼, 눈가리개, 깃털, 역사적으로 중요한 의미가 있는 진귀한 매사냥 자료 등이 진열된 박물관 같은 공간이다.

조지프는 의심할 나위 없이 경험이 풍부한 사람이다. 그는 카자흐스탄의 베르쿠치와 함께 러시아의 대초원을 다니며 매를 연구했다. 그는 카자흐스탄 알마티 대학, 키르기스스탄의 비슈케크에 있는 동물 연구기관, 독일의 하이델베르크 대학 등과 독수리 양육 연구 프로젝트를 함께 진행했다. 조지프와 모니카가 기르는 독수리들은 세계 어느 곳에서나 볼 수 있는 매우 뛰어난 품종의 독수리다. 조지프는 카자흐스탄 출신의 베르쿠치와 함께 작업했던 경험을 살려 과거와 현재, 고대 동양과 현대의 서양 사이의 맥이 끊어지지 않도록 독수리들과의 관계를 유지하고 있다. 조지프와 모니카가 독수리를 대하고 이해하는 방식은 내가 파키스탄의 참매들을 보고 겪었던 경험들과 정확히 일치한다. 우리는 전통 매사냥을 직접 보았다는 공통점이 있으며 다른 지역이긴 하지만 동양을 여행한 접점이 있다.

내가 독일과 슬로바키아 모임에서 보았던 검독수리들은 근육 단련과 동기부여가 필요해 보였다. 그러지 않으면 그 독수리들은 사냥에 실패할 것이다. 사냥에 실패하면 자신감을 잃을 것이고, 활기가 없어지고, 분노와 공격성이 강해져 통제하기 힘들어질 것이다. 독수리는 단련시켜야 할 근육이 매우 많으며 위험한 공격성을 지니고 있다. 카자흐스탄은 산이 많고, 가파른 벼랑과 깊은 골짜기가 많다. 그곳의 베르쿠치는 지형과 먼 거리를 활용해 독수리의 건강과 근육을 단련한다. 오스트리아에서 조지프와 모니카는 이 전통적 수직 훈련법을 현대에 맞게 다른 방식으로 변형했다.

　우린 박물관에서 나와 저택 뜰로 이동한다. 독수리 십수 마리가 눈에 들어온다. 유독 어려 보이는 독수리 두 마리가 훈련이 시작되기를 참을성 있게 기다리고 있다. 모니카와 판 그리고 여성 조수 한 명이 함께 차에 타고 저택 아래 계곡으로 이동하는 동안 조지프와 또 다른 여성 조수 한 명이 독수리 두 마리를 꺼낸다. 우리는 빠르게 움직인다. 오른쪽으로 방향을 틀어 뜰을 가로질러 성의 발코니 쪽으로 이동한다. 크림색 천장에 독수리들의 그림자가 어른거린다. 골짜기가 내다보이는 발코니에 도착하자 흥분한 독수리들의 울음소리가 돌로 된 벽과 마룻바닥에 반사되어 들린다.

　골짜기 아래로 강이 은색 띠처럼 흐른다. 붉은 지붕을 인 집들이 마치 중세 마을 모형처럼 작게 보인다. 강줄기 왼쪽의 라임색과 녹색 풀숲이 마치 수건 같은 모양과 크기로 펼쳐져 있다. 그곳에 도착한 모니카와 판의 모습이 딩키Dinky 사의 장난감처럼 보인다. 들판 가장자리 나무에서 흰색 점 같은 것이 보인다. 조수가 타고 있는 리피차너종의 말이다. 조지프가 조수에게 전화를 하자 말이 들판 한쪽 끝에서 다른 쪽 끝까지 달린다. 가죽이 벗겨진 사슴 사체가 끈에 묶인 채 말에 이끌려 풀밭 위로 끌려간다. 조지프가 독수리의 눈가리개를 벗기고 독수리를 하늘로 날려 보낸다. 옆에 있던 조수도 몸집이 조금 더 작은 수컷 독수리를 똑같은 방식으로 날린다. 독수리 두 마리는 수백 미터 아래로 고도를 낮춘다. 조지프가 날린 암컷 독수리의 움직임이 좀 더 분명하다. 암컷 독수리는 날개를 접고 몸을 숙이며 속도를 조절한다. 수컷 독수리는 암컷 독수리와의 경쟁에서 질 것이라는 사실을 잘 알고 있는 듯 본능적으로 보조자의 입장을 취한다. 수컷 독수리는 좀 더 느긋하게 날개를 쫙 펴고 천천히 회전하며 누이 독수리 위에서 빙글빙글 돈다. 암컷 독수리가 사슴 시체를 향해 전속력으로 돌진해 땅에서 사슴을 들어 올리자, 사슴을 끌고 가던 말이 멈춘다. 그때 막 수컷 독수리도 지상에 내려온다.

나는 위치를 바꿔 훈련을 지켜본다. 다시 훈련이 시작된다. 이번에는 수컷 독수리가 훨씬 빠르게 움직이며 미끼에 먼저 도착한다. 수직 훈련이 끝나자 이후 몇 시간 동안은 장갑에서 독수리를 날리며 말이 끌고 가는 미끼를 잡는 훈련이 반복해서 이루어진다. 독수리 두 마리는 종종 미끼에 동시에 도착해 싸움을 벌인다. 독수리 사냥꾼은 암컷 혹은 수컷을 특별히 선호하지는 않는다. 그저 제대로 훈련시키는 것이 최대의 목표다. 독수리 두 마리가 엎치락뒤치락 계속 싸우자 조지프와 모니카는 손에 미끼를 쥐고 독수리의 주의를 분산시키며 흥분한 독수리의 공격성을 가라앉힌다. 독수리들은 위험한 상황으로 치닫지 않고 놀라울 정도로 온화한 태도로 커다란 사슴 고기 덩어리를 번갈아가며 먹는다. 반복적이고 정밀한 훈련을 통해 독수리들은 잠재된 난폭함을 영리한 인내심으로 바꾸고 튼튼한 근육도 기른다. 이 모든 과정은 시간과 노력의 조합이다. 수십 년간 검독수리의 삶에 헌신한 결과이며, 오늘날에도 여전히 적절하고, 효과가 있고, 실행 가능한, 5000년 전의 기술을 반영한 훈련들이다.

히블러 부부는 다른 유명한 강사들과 함께 내가 참가했던 첫 번째 유네스코 매사냥 축제 세미나에서 연설할 것이다.

축제

제1회 국제 매사냥 축제가 리딩 주의 잉글필드에 있는 잉글필드 에스테이트Englefield Estate에서 개최되었다. 세계 각지에서 수백 명의 매잡이들이 행사에 참가했다. 모임장소 안팎에 국제매잡이 연합 구성원들의 전통 텐트며 야영지가 설치되었다. 이 뜻깊은 행사에 언어, 피부색, 신념, 사투리, 문화, 인종, 종교 등이 각기 다른 다양한 사람들이 어우러졌다. 특별히 준비된 음식이 숯불 위에서 요리되고 술과 음료가 나왔다. 다양한 종류의 의상을 입힌 맹금류와 참가자들은 더없이 아름다웠다. 축사가 이어지고 교육과 세미나가 열리는 텐트들이 설치되고, 매사냥 관련 전시와 각 국가별 행렬이 이어졌다. 주최 측은 매잡이들을 위한 글래스톤베리Glastonbury• 축제도 열었다. 저녁이 되니 으레 축제가 그러하듯 분위기가 점점 무르익었고, 밤이 이슥해지자 글래스톤베리 축제가 열리는 워디 농장에서나 볼 법한 광기 어린 흥이 행사장을 감돌았다.

영국 매사냥의 역사에는 늘 계급이 존재했다. 상류 지주계층, 왕족, 그들이 소유한 날개가 긴 매, 계급이 낮은 매잡이와 그 매잡이가 기르는 참매와 새매 사이에는 늘 불편한 휴전 기류가 흘

• 영국 남서부의 필턴 지방에 있는 워디 농장에서 매년 6월에 열리는 세계 최대의 야외 공연 예술 축제

렀다. 역사학자 존 커민스John Cummins는 뛰어난 저서 《사냥개와 매, 중세 사냥의 기술The Hound and the Hawk, The Medieval Hunting》에서 중세 시대 한 매잡이의 연구 자료를 인용한다.

> 사람들은 볼품없이 지은 교각처럼 발이 크고 다리가 못생겼으며, 어깨가 구부정하고 등이 비스듬하게 기운 사람을 볼 때면 이런 말로 그를 조롱하고 싶어 한다. '저 사람 좀 봐! 참매잡이처럼 생겼어!' 참매잡이가 이 말을 듣는다면 나를 한 대 때릴지도 모르지만 내게는 스무 명이 넘는 매잡이들이 있으니 나는 두렵지 않다. 참매잡이는 경전에서 저주스럽게 묘사된다.

이 뿌리 깊은 편견은 여전히 존재한다. 축제가 열린 날 저녁, 꿩고기에 야채를 곁들인 중세풍의 거대한 바비큐와 춤과 음악이 이어졌다. 입장권은 비싸고 수량이 한정되어 있어서, 오직 허가를 받은 이들만 행사에 참가할 수 있었다. 저녁 식사가 끝나고 텐트 안에서 음악과 춤이 시작되었다. 시대가 바뀌어도 계급이 낮은 사람들과 입장권이 없는 사람들은 함께 섞일 수 없다는 것이 여지없이 드러났다. 발칸반도와 극동 지역에서 온 전통주 잔이 부딪치고 미국에서 온 위스키와 섞였다. 이에 뒤질세라 아일랜드와 스코틀랜드에서 온 이들은 자신들이 가져온 위스키를 남성호르몬 넘치는 익살스러운 농담에 뒤섞었다.

여우와 사냥개를 데리고 있던 나는 춤과 노래가 한창인 자리에서 일어나 연회장 밖에서 술을 마시며 떠들썩하게 이야기를 나누는 무리에 합류했다. 노래와 악기 연주가 흐르는 가운데 매잡이들은 누가 최고의 매를 가졌는지, 누가 가장 끈끈한 유대감을 나눴는지를 자랑하듯 이야기했다. 몸집이 떡 벌어진 미국인들과 야한 농담을 즐기던 영국인 참매 사냥꾼들이 한쪽에서 싸움을 벌였다. 옷이 찢어지고 뼈가 부러지는 사고가 일어났다. 구급차가 왔다. 모닥불에 불이 붙자 일순간 불붙었던 우정도 몇 분 안에 사라졌다. 술 취한 한 이방인은 행사 주최 책임자의 바퀴 네 개 달린 오토바이를 타고 전속력으로 운전하다가 연못에 빠졌다. 그는 '우연히 빌렸다'고 주장했다. 커다란 호수 위에 있던 집오리들이 새총 사냥의 대상이 되어 공격을 받았으나 다행히도 새총이 빗나갔다. 바비큐 통구이가 된 오리는 없었다.

　나는 그저 구경만 하며 지나친 소동에 엮이지 않으려 하던 중에 미국인 매잡이와 이야기를 나누게 되었다. 크레이그는 내게 남아메리카에서 송골매를 덫으로 잡은 모험담과 일본 참매의 역사적 배경 이야기를 들려주었다. 일본의 에메랄드빛 대나무 숲에서 눈처럼 흰 참매로 금계를 잡은 이야기도 들려주었다. 나도 파키스탄과 유럽에서 있었던 일을 그에게 이야기했다. 우리 둘 사이에 우정이 생겼고 그는 나를 일리노이 주로 초대했다. 노스다코타와 사우스다코타의 대평원을 차로 달리며 덫을 놓아 초원매를 잡고 백송고리를 날리자고 했다. 이후 10년 동안 크리스마스와 새해만 되면 나는 그가 말한 대로 하게 되었다.

일리노이

독수리와 매는 매잡이의 장갑을 떠나 달아나는 사냥감을 곧장 쫓는다. 주로 땅과 나란한 곳을 비행할 때 쓰는 방법이다. (베르쿠치와 참매잡이와 반대로) 매잡이들은 백송고리와 날개가 긴 매들을 날린다. 이들은 맹금류가 지닌 타고난 기질을 이용해 하늘 높이 비행하다가 먹잇감을 향해 수직으로 강하하는 훈련을 시킨다. 이는 완벽한 비행과 수직강하, 강력한 힘을 기르는 특별 단련으로 이루어진다. 노던일리노이 주의 겨울은 매우 춥고, 땅은 평평하고 드넓다. 매를 훈련하기 완벽한 장소다.

크레이그와 함께 미국을 가로질러 차로 가다가 우리는 크레이그의 친구 프랭크를 만났다. 매를 훈련시키기 위해 차에서 내리자 거센 바람이 날카로운 소리를 내며 세차게 분다. 바람에 날린 눈물이 귀 옆에서 얼어붙기 시작한다. 장갑을 끼지 않은 손과 맨얼굴이 순식간에 얼어붙는다. 나는 프랭크가 그의 매 머리에서 눈가리개를 벗기는 장면을 자세히 관찰한다. 프랭크의 매는 유난히 몸집이 커서 무게가 족히 1킬로그램은 넘어 보인다. 대단히 드물고 희귀한 짙은 색의 깃털은 마치 흑백의 공간에 있는 반듯한 타원형의 창 같아 흰 눈밭과 선명하게 대조를 이룬다. 매는 제 몸을 에워싼 신선한 공기 속으로 몸을 세우고 머리를 하늘로 치켜들더니 프랭크의 장갑에서 날아오른다. 날렵한 날개는 여느 송골매의 날개보다 크다. 날개는 끝에서 끝까지 넓은 아치 형태를 그리며 어깨 위로 올라갔다 가슴 아래로 내려가기를 반복한다.

매는 좁은 반경으로 원을 그리며 마치 아무 색도 없는 관에 매달린 듯 바람을 뚫고 위로 올라간다. 매는 빙글빙글 나선형으로 원을 그리며 높이 올라가지만 우리가 있는 곳에서 반경 십여 미터 밖을 벗어나지 않는다. 머리 위로 약 240미터가량을 수직으로 올라가는 매의 모습이 마치 유리창 틀 꼭대기를 향해 올라가는 무당벌레처럼 보인다. 매의 모습은 이제 하늘에 찍힌 작은 점처럼 보인다. 매가 멀리 떨어진 곳에서 뭔가를 발견하고 사라지기 전에 혹은 급속도로 강하하기 전에 뭔가를 보상해주어야한다. 프랭크는 가방에서 살아 있는 오리를 꺼내더니 하늘을 한번 올려다보고는 오리를 놓아준다. 화들짝 놀란 오리는 허둥거리며 비틀대더니 하늘로 날아오른다. 매가 레이저 광선처럼 예리하게 목표물을 향해 하강하더니 지상 15미터 상공을 비행하던 오리의 살을 찢고 뼈를 부러트린다. 매는 이미 죽은 오리를 향해 땅으로 내려온다. 프랭크가 오리의 배를 갈라 아직 따뜻한 온기가 남아 있는 신선한 가슴살을 떼어 매에게 보상으로 준다. 내게는 교과서에 나올 법한 완벽한 훈련 장면처럼 보였다. 프랭크는 거의 40년 가까이 덫으로 매를 잡고, 기르고, 날리는 일을 하고 있다. 그는 트럭으로 돌아가며 사소한 실수가 영 내키지 않는듯 중얼거린다. "더 잘할 수 있었는데. 뇌조를 잡으려면 더 분발해야겠어."

사우스다코타

나는 프랭크와 매들과 함께 차를 타고 미국 대륙을 가로지르고 있다. 프랭크와 친구들이 공용으로 사용한다는 사냥꾼의 오두막에 갈 것이다. 야생 백송고리를 발견하고 덫을 놓았지만 실패였다. 우리는 마을 근처에서 피에르라는 이름도 있는 백송고리를 발견한다. 매 사냥꾼들이 '여윈 매'라고 부르는 매다. 호수 근처 철탑 높은 곳에 있는 피에르를 보았지만 그냥 잡지 않기로 한다. 주 경계를 몇 차례 지나는 동안 모든 상황이 점점 악화된다. 근처 농장의 농부에게 주위에서 매를 본 적 있느냐고 묻자 그는 "날씨가 너무 맑고 바람도 많이 불어서 주변에 매가 없다."고 대답한다.

크레이그와 프랭크가 농부와 이야기를 나누는 동안 나는 차창 유리 너머로 트럭 뒷부분을 바라본다. 군데군데 흠집이 난 알루미늄 바닥에 빛이 반사되어 눈이 멀 지경이다. 아무것도 보이지 않던 그 순간, 죽은 코요테 한 마리가 눈에 들어온다. 코요테의 이마 주위로 녹지 않은 눈이 쌓여 있다. 하늘을 향한 코요테의 작고 흐릿한 눈동자가 얼음막에 덮여 우윳빛 대리석처럼 반들거린다. 나는 차에서 내려 코요테 사진을 찍고는 사체를 만져본다. 부드러운 털 아래로 강철처럼 단단한 근육이 느껴진다. 영하 35도의 날씨에 독일 셰퍼드 개 크기만 한 짐승이 홀로 얼어 죽어 있다.

코요테의 사체 뒤쪽으로 흐릿하고 불안한 풍경이 파노라마처럼 펼쳐진다. 그 공간에서는 옅은 푸른색과 회청색, 흰색, 구릿빛 감도는 녹색, 은색이 눈 입자 위로 튕겨 올라가 물결처럼 굽이치고 있다. 혹한이 빚어낸 다채로운 사막의 모습이다.

겉으로 보기에 눈과 얼음으로 뒤덮인 사막과 뜨거운 태양이 내리쬐는 모래사막은 정반대로 보인다. 하지만 극단적인 더위와 추위는 자연환경을 비슷하게 만든다. 혹한기와 혹서기의 사막은 모두 건조하고, 청명하며, 박테리아가 적다. 흐르는 물이 없어 무엇이든 쉽게 건조된다. 두 환경 모두 광범위하고, 동떨어져 있으며, 무자비하다. 둘 다 삶과 죽음이 공존할 만큼 강렬하고도 위태로운 계절이다. 이런 특수한 이유들 때문에 두 환경에 맹금류가 서식한다.

　백송고리는 이 세상에서 가장 크고 강한 매이며 모든 매잡이들이 기르고 싶어 하는 매다. 백송고리는 북극의 툰드라 지대, 완전히 얼어붙은 바다, 그린란드에서 알래스카를 지나 중앙아메리카 그리고 북유럽에까지 분포해 있다. 추운 환경 때문에 북서 반구에 서식하는 백송고리는 아라비아 반도의 뜨거운 사막에 서식하는 백송고리와 생물학적 특징이 거의 비슷하다. 아메리카 백송고리는 북서 반구나 아라비아 반도에 서식하는 백송고리와 생김새가 다르지만 파키스탄에서 살만이 재활을 도와주던 세이커매, 러거새매, 래너매와 비슷하게 진화했다. 전혀 다른 환경에서 살아가는 두 종류의 매는 다른 매 종류와 비교했을 때 차이점보다는 공통점이 더 많다. 이 매들을 기르는 매잡이들도 마찬가지다.

　우리는 농부와 대화를 마친 후 자동차를 타고 계속 어둠 속을 이동한다. 우리가 향하고 있는 공용 오두막은 북아메리카 평원에 서식하는 가장 대표적인 토종 새들의 월동지와 아주 가까운 곳에 있다. 뇌조도 아주 오래전부터, 현대의 미국이 생기기 훨씬 전부터 이곳에서 오랫동안 서식하고 있다. 뇌조는 라코타 인디언들이 의식의 일종으로 추는 춤에 활용되기도 했으며 한때 그 수가 버팔로만큼이나 많았다. 그러다가 현대 농업 수단이 발달해 농경지가 확장되면서 서식지가 줄어들었고 새의 개체수도 감소했다. 하지만 배려심 많은 농장주가 있는 곳과 매 사냥꾼과 엽총사냥꾼들이 야생 동물 보호에 참여하는 지역에서는 멸종되지 않고 꾸준히 서식하고 있다. 뇌조는 대단히 예민해서 아주 작은 자극에도 날아오른다. 순식간에 바람을 타고 시속 112

킬로미터가 넘는 속도로 비행하며 굉장히 먼 거리를 날아간다. 이 새는 매의 직접적인 공격을 받아도 맞서 싸울 만큼 강인하고 튼튼하다. 땅 위에 내동댕이쳐져도 상처 하나 없이 일어나 달아난다. 파키스탄과 크로아티아에서 자고새와 메추라기와 싸우는 참매, 독일에서 사슴과 겨루는 독수리와 마찬가지로 백송고리와 뇌조는 최고의 맞상대다.

이른 아침 사냥꾼의 오두막에서 잠이 깬 창밖을 바라본다. 아직 캄캄한 아침, 날카로운 바람 소리가 오두막 지붕에서 세차게 울린다. 온몸을 푹 감싸는 아늑하고 따스한 나무 침대에서 일어나기가 여간 힘들지 않다. 간신히 준비를 마치고 나오자 매와 사냥개들이 차에 이미 올라타 있다. 우리는 덜컹거리는 차를 타고 눈밭을 천천히 지나간다. 나는 트럭 뒷좌석에 앉아 차가운 유리창에 이마를 기댄다. 내 입에서 나온 숨이 차가운 공기에 응결되어 오믈렛 같은 모양이 되더니 이내 증발해버린다. 차창 밖 하늘은 짙은 프러시안 블루 빛이고 그 아래로 옅은 녹색의 물빛 띠가 펼쳐져 있다. 구름이 번지며 사방으로 흩어지고 태양이 구름의 가장자리를 도려내자 솜사탕 색으로 변한 구름들이 하늘을 떠다닌다. 구름은 분홍색 페르시아산 슬리퍼처럼 지구의 곡선을 구불거리며 가로지른다. 뇌조 서식지에 가까워지자 다채로운 색으로 새벽하늘이 트면서 트럭의 윤곽이 서서히 드러난다. 트럭의 회색 기둥 뒤로 언뜻 그림자가 보이는 듯싶더니 미묘한 움직임이 느껴진다. 새 한 마리가 덤불에서 나와 날아가면서 눈가루가 가볍게 흩어진다. 들꿩은 바람의 방향과 수직 방향으로 날아올라 비스듬하게 바람을 타더니 10초도 채 되지 않아 1.5킬로미터 밖으로 사라진다. 프랭크와 크레이그도 들꿩의 움직임을 감지한다. 두 사람은 내게 왼쪽을 보라고 말한다. 거센 바람에 트럭이 흔들리면서 덜컹대자 내 쌍안경의 금속 테두리가 차 유리창에 달그락거리며 부딪친다. 편안하면서도 긴장되는 분위기 속에 저 멀리서 비둘기 떼 한 무리가 소용돌이치듯 나선형으로 날아올라 하늘 높은 곳에서 검은 리본처럼 빙글빙글 돈다. 사방을 둘러본다. 프랭크와 크레이그가 웃으며 방금 본 비둘기 떼가 뇌조라고 말해준다. 다시 집중해보려고 했지만 새 떼는 이미 사라졌다. 눈으로 보고도 믿을 수 없고, 도저히 잡을 수 있으리라고 상상할 수 없을 정도로 빠르고 높게 나는 새였다. 지금껏 저토록 빠르고 높게 나는 새는 본 적이 없다.

약 한 시간가량 새 떼를 찾아 헤매던 우리는 마침내 드넓고 평평한 평야에 무리 지어 숨어 있는 새들을 발견한다. 우리는 댐 벽 뒤로 몸을 숨기고 자리를 잡는다. 가장 높은 곳에 있던 수컷 백송고리의 눈가리개를 벗긴다. 백송고리는 퍼덕거리며 하늘 높이 날아오른다. 유리 계단을 뛰어 오르는 엘리트 육상선수처럼 새는 100미터, 120미터, 150미터 위로 훌쩍 날아오른다. 프랭크가 들판을 달린다. 수컷 백송고리는 보이지 않는 실에 매달린 연처럼 몸을 이리저리 흔들며 나선형으로 더 높이 날아오른다. 180미터, 200미터, 240미터. 프랭크는 새들이 있는 곳까지 절반 정도 되는 곳에서 달리고 있고 개는 그보다 더 앞서서 달린다. 뇌조 두 마리가 먼저 움직이고 뒤이어 세 마리가 하늘로 날아올라 곡선을 그리며 바람 방향으로 방향을 잡는다. 백송고리가 이리저리 왔다 갔다 하며 주춤거린다. 나머지 새들이 무리 지어 날아오른다. 족히 20~30마리는 되어 보이는 뇌조 떼가 제각기 다른 방향으로 이리저리 정신없이 날아오른다. 백송고리의 주의를 산만하게 흩트리기에 완벽한 전술이다. 백송고리는 이리저리 움직이면서 그중 가장 느린 새를 골라 날개를 접고 가파른 포물선을 그리며 시계추처럼 왔다 갔다 하면서 기회를 기다린다. 지상 30미터 상공에서 백송고리는 목표물과 수평으로 바람을 타고 마라톤 경주를 하듯 약 800미터 이상을 나란히 비행한다. 작고 날렵한 뇌조가 백송고리를 비웃듯, 자신감 넘치는 모습으로 더 높이 날아오른다. 아직 어린 백송고리의 미숙함을 알아챈 듯 새는 속도를 더한다. 당황한 백송고리는 더 아래로 강하해 고도와 속도에 맞게 날개를 활짝 펼친다. 멀찍이 떨어진 곳에서 아무 위협도 느끼지 않게 된 뇌조는 슬쩍 몸을 돌리더니 백송고리의 머리 위로 더 높이 날아오른다. 차이가 너무 크다. 백송고리는 속도를 늦추고 좌측으로 크게 회전한다. 뇌조는 수평선 너머로 사라진다.

　백송고리가 힘겨운 사냥 비행을 마치고 들판에 있던 프랭크의 머리 위로 돌아오기까지는 1분 남짓밖에 걸리지 않았다. 프랭크가 댐을 향해 천천히 걸어간다. 일행의 실망감이 선명하게 느껴진다. 백송고리는 여전히 높은 하늘 위에서 8자를 그리며 떠 있다. 댐 아래 수로에 도착한 프랭크는 까투리 한 마리가 푸드덕거리며 날아오르는 바람에 화들짝 놀란다. 백송고리는 영리하게도 아무 소리도 내지 않고 수직 방향에서 약간 비스듬하게 내려온다. 뾰족한 날개 끝이 흑단처럼 검은 백송고리의 자태가 숨이 막히게 아름답다. 3초, 4초, 5초, … 백송고리는 시속 130~140킬로미터의 속도로 순식간에 사냥감을 향해 날아온다. 까투리는 코앞으로 바짝 다가온 포식자의 위력에 기가 죽는다. 젖은 땅 위로 고목이 쓰러지는 것 같은 소리가 들린다. 매는 땅 위에서 집중 공격을 하며 눈밭 위에서 죽은 까투리를 반복해서 짓밟는다. 까투리의 날개에 최후의 일격이 가해지자 언 땅 위로 핏방울이 바람을 타고 흩어진다.

　오두막으로 돌아오는 길에 바람이 구름을 밀어내 연한 푸른빛을 띠고 있는 하늘을 바라본다. 창백하게 물기를 머금은 태양이 수평선에 낮게 떠 있다. 얕은 시냇물을 건너는데 청둥오리 한 쌍이 냇물의 구부러진 곳에 웅크리고 있다. 여전히 이른 아침이고 날릴 매들도 더 있기에 우린 기회를 잡기로 한다. 트럭에서 내려져 눈가리개를 벗은 매가 날개를 퍼덕이며 비행을 준비한다. 매의 배설물이 눈 위에 뿌려진다. 가장 어리고 경험이 미숙한 매가 장갑에서 날아오르더니 수직으로 부는 바람에 부딪쳐 비틀대다 모양새 좋지 않게 바닥으로 떨어진다. 몸을 추스른 매는 들판 위를 다시 날아오른다. 바람의 세기와 방향에 적응한 매는 천천히 바람을 타고 더 높이 날아오른다. 높이, 더 높이. 매가 가장 높은 지점까지 올라가려면 훈련을 받아야 한다. 어린 매는 거의 300미터 상공까지 올라간다. 더 높이 올라가면 시야에서 사라질 것이다. 우리는 도로가로 돌아와 울타리를 뛰어넘어 시냇물 방향으로 달려간다. 족히 열다섯 마리 정도 되는 오리 떼가 제각기 다른 방향으로 푸드덕 날아올랐다. 뒤이어 청둥오리 한 마리가 다른 오리들과 반대 방향으로 날아 우리가 있는 곳을 향해 정면으로 다가온다. 매가 몸통을 완벽한 눈물방울 모양으로 만들더니 그대로 수직으로 강하한다. 나는 다시 오리들이 있는 곳을 바라본다. 목둘레에 검은색 실로 꿴 듯한 연한 색의 가느다란 줄이 나 있는 새가 내 시야의 끝에 들어온다. 오리 한 마리가 날개를 접은 채 둔탁하게 '쿵' 하는 소리를 내며 땅으로 떨어진다. 등뼈가 뒤틀리고 눈밭 위를 미끄러지면서 생긴 충격으로 깃털들이 빠져 눈 위를 뒹구는 모습이 마치 수정처럼 하얀 바다 위를 항해하는 범선 같다. 눈뭉치가 두툼하게 온몸에 뒤덮인 오리는 잠시 기절한 듯하더니 다시 일어나 적으로부터 몸을 보호할 수 있는 성역인 물속으로 들어간다. 이런 경험이 처음인 나는 매가 다시 높은 곳으로 비행해 올라가기 전에 오리를 다시 날아오르게 하려고 오리가 있는 곳으로 달려간다. 매가 수면을 향해 돌진했지만 오리는 더 깊이 잠수한다. 매는 아무 소득도 없이 몸만 흠뻑 젖는다. 오리는 시냇물 하류에서 몸을 쑥 드러내 물줄기를 따라 유유히 흘러가면서 나를 보고는 꽥꽥거린다.

시카고

크리스마스에 차를 운전해 크레이그와 그의 친구들과 함께 마을 외곽에 있는 쇼핑센터로 향한다. 쇼핑센터는 온갖 식당과 도로, 주택, 자동차, 기차, 회사, 주차장 등이 밀집한 곳에 위치해 있다. 이 건물들은 그곳에 살고 그곳에서 둥지를 트는 오리와 거위들의 터전 위에 세워졌다. 관공서 건물들이 이 지역 전체에 걸쳐 모여 있다. 모두 똑같은 모습에 공허한 분위기를 풍기는 레고 블록 같은 사무실들. 죽은 땅 위에 쌓인 죽은 눈. 갈색 쓰레기가 벽돌 건물 모퉁이로 날아온다. 낮게 지은 네모반듯한 사무용 건물들 사이사이로 딱딱한 건축물의 모서리에 부드러운 느낌을 주기 위해 만든 깔끔한 인공 연못들이 드문드문 있다. 공장 부지와 영화관 뒤로 흐르는 물이 연못을 채운다. 물 아래로 헝겊과 버려진 플라스틱이 물줄기를 따라 이리저리 흔들리며 흐른다. 바위들 틈에 지갑과 신발 한 짝이 걸려 있다. 자줏빛이 감도는 회색 거품이 갈대 뿌리를 뒤덮고 있다. 산성화된 물에서 오리들이 자맥질을 하고, 헤엄을 치고, 물웅덩이에서 텀벙거린다. 우리는 슈퍼마켓 주차장에서 매를 준비시킨다. 경찰차가 우리 곁에 멈춰 선다. 우리를 계속 주시하는 경찰관에게 손을 흔들어 보이자 경찰관은 자리를 뜬다. 하늘로 매를 날리자 매가 시야에서 사라진다. 1분가량 지나자 매가 어느 콘크리트 건물 모퉁이 위로 다시 모습을 드러낸다. 기껏해야 30미터를 넘지 않는 높이다. 우리는 사방이 건물로 막힌 제한된 공간에 오리들을 날린다. 오리들은 자유롭게 움직이거나 달아나지 못해 우왕좌왕한다. 한 마리는 내 어깨를 치며 비행하다 균형을 잃고 기우뚱한다. 매는 균형을 잃은 오리를 손쉽게 공격한다. 다행스럽게도 오리는 목숨을 건진다.

새해가 다가오면 나는 마지막 며칠을 참매와 함께 숲에서 토끼사냥을 하며 보내곤 한다. 이번에는 크레이그가 발목을 삐어서 고통스러워하는 바람에 사냥이 중단되었고 나는 집으로 갈 채비를 했다. 미국 대장정의 결말치고는 참으로 기이하고 밋밋한 결말이었지만 어쨌든 새해에 어울리는 시간이었다.

내가 10년 이상 이어갈 마지막 여행이었다.

마지막

내가 간 곳과 내가 만났던 사람들의 어떤 모습에 나는 그토록 매료되었던 걸까? 표면적으로는 당연히 매사냥이다. 맨 처음 이런 여행을 결심한 동기는 독수리와 다양한 매의 사냥 방식과 생태에 관해 최대한 많이 배우고 경험하기 위해서였다. 이후 몇 년이 흐르면서 나는 매를 더 자세히 관찰하게 되었고 그들의 삶을 더욱 가치 있게 여기게 되었다. 그 무렵 나는 매잡이의 자질과 성격이 맹금류만큼이나 중요하다고 여기게 되었다.

　　과학자든 무신론자든 혹은 기독교나 무슬림을 헌신적으로 신봉하는 사람이든, 피부색이 연분홍색이든 흰색이든 혹은 밝은 갈색이나 월넛색 검은색이든, 키가 큰 사람이든 작은 사람이든, 교육을 많이 받은 사람이든 문맹이든, 남자든 여자든, 어른이든 아이든, 부유한 사람이든 가난한 사람이든 내가 여행을 하며 만났던 매잡이들은 모두 경험이 풍부했으며 다양한 인간의 면모를 보여주었다. 모든 인간이 자신들의 정체성을 규정하기 위해 인위적으로 만든 제한보다 훨씬 더 큰 것에 기대어 수많은 경계들을 초월하고 있다. 그들이 가진 공통점은 국가를 초월한다. 그들이 매우 소중하게 여기는 단 한 가지로 인해 생긴 집단적이고 중복적인 공통점. 그것은 바로 야생의 맹금류와 균형 잡힌 관계를 구축하는 일이다. 매잡이와 맹금류 그리고 자연 사이에 서로 신뢰하는 순환 고리를 추구하고 만드는 그들은 최고의 자질을 지닌 피조물이다. 그들에게는 자신들이 사는 지역의 특수성에 뿌리를 둔 본성이 있었으며 하나같이 존엄과 자유를 누리며 산다는 것이 어떤 의미인지를 분명하게 의식하고 있었다. 그들은 단 한 명의 예외도 없이 친절하고, 생각과 행동이 관대하며, 탐욕적이지 않았다. 공동체를 우선시하고, 유머가 있고, 느긋하고, 마음이 열려 있고, 자신감이 넘친다. 그들 모두에게 자급자족 정서가 스며 있었고, 성실함과 정직함이 배어 있었다. 이러한 특징은 부족 매잡이들에게서 가장 명징하게 드러났지만 동서양을 막론하고 다른 모든 문화권의 매잡이들에게서도 드러났다. 그들에게 매사냥은 그저 시간을 보내기 위한 것도 아니다. 매의 변화무쌍한 삶에서 매들을 데려오기 위한 수단도 아니다. 맹금류는 그 존재 자체로 삶의 이유가 있다. 학계와 여러 박사들의 논문에 의하면 양육 계획을 세워 그들에게 직접 먹이를 주며 기르는 것이 충분히 가능하다. 스스로 먹이를 구할 수 있도록 심리적 평화를 줄 수도 있다. 이 헌신과 유대감은 내가 예전에 매사냥에 대해 품었던 그 어떤 생각들을 모두 초월하는 수준이었다. 여행을 할 때마다 내가 자연과 맺은 관계, 특히 매와 맺은 관계는 내가 살아온 삶과는 전혀 다른 곳에 자리 잡고 있다. 내가 맹금류에 열광하고 열정적이기는 하지만 매사냥은 그저 손쉽게 접하는 부수적인 일이었다. 휴일이나 특별한 모험의 형태거나, 별난 취미거나, 어쩌다 시간이 나면 하는 활동이거나, 교육 이외의 활동일 뿐이었다. 나는 내 자신을 매잡이로 규정하지 않았다. 이유는 단순하다. 내가 여행을 하며 만난 많은 매잡이들과 비교했을 때 나는 그저 시늉만 내거나 수박 겉만 핥는 사람이었기 때문이다. 나는 기껏해야 관광객이자 열렬히 호응해주는 구경꾼에 지나지 않았다.

그리고 이런 나에게 변화가 찾아왔다.

3장

하강

내일 오후는 또다시 떠들썩한 여름날이 될 것이다. 참매들에게 마지막으로 공짜 식사를 주고 나면 나는 오두막에서 매들을 데리고 들판을 가로질러 은밀한 곳에 있는 대저택으로 갈 것이다. 대저택 뒤에는 길고 얕은 호수가 있다. 그 주위로 오크나무와 낙엽송, 물푸레나무, 너도밤나무, 소나무 등이 있는 비밀스러운 숲이 있다. 초목이 크고 무성하게 자라 있고, 인간의 훼방을 받지 않은 숲이다. 자연의 생물들과 그 생물들의 식량, 물, 안식처 등이 지천에 널려 있다. 언젠가 매를 자유롭게 놓아주게 된다면 이곳이야말로 매가 살아남을 수 있는 완벽한 장소라고 늘 생각해 왔다.

내가 알던 매, 내가 길렀던 매 모두 다 특별했다. 이번에 다시 놓아주는 참매들 역시 마찬가지였다. 모든 매가 저마다 행동 방식이 있고 저마다 고유의 기질대로 반응한다. 매마다 행동 방식의 발달 과정에 따라 특유의 본능과 개성이 있다. 매를 훈련하고 다시 놓아주는 과정을 통해 이런 특징들을 다듬고, 교정하고, 양육할 수 있었다. 하지만 일단 다 자란 매는 훈련을 통해 달라지는 행동이 거의 없다. 다 자란 참매가 지닌 고유의 성격과 특징은 나 자신의 성격을 고치는 것보다 더 힘들다.

작가 벤 오크리Ben Okri는 출생을 '절대 극복하지 못한 충격'이라고 말한다. 동의한다. 나는 태어나는 데 오래 걸렸고 태어나서는 침묵했고 분노했다. 사람들의 말에 따르면 나는 의사를 노려보고, 밀치고, 발로 찬 다음 그에게 오줌을 누었다. 그날 내가 겪은 변화에 그리고 그날 이후 세상 사람들에 대한 나의 반응에도 나는 악전고투했다. 열다섯 살 때 첫 상담사를 만났고 그 이후 평생토록 다양한 상담사들을 수도 없이 만났다. (흥미롭고 재미있기는 하지만) 그들은 내 생각과 반응, 인간관계 수준을 형성하는 고착된 근거가 정상이라고 가정했다. 내 나이 마흔두 살이 되어서야 공감 능력과 통찰력이 뛰어난 한 전문가가 나의 혼란스러운 감정과 남들과는 뭔가 다른 것 같은 기분의 이유를 설명해주었다. 나의 기이함과 이상한 행동을 유발하는 근본적인 충동은 내가 생각했던 것보다 훨씬 더 깊은 곳에서 작용하고 있었다.

'아스퍼거'라는 말은 속삭임 같기도 하고 쉬쉬거리는 소리 같기도 하며 불쾌하게 끈적거린다. '자폐증'이라는 말은 '뇌성마비'라는 말처럼 들린다. 날카롭고 단호하다. 반면 '스펙트럼'이라는 말은 팽팽하고 콧소리가 난다. 순백색 빛이 촘촘히 엮인 색의 변화를 드러내기 위해 쪼개지면서 생기는 자연스러운 굴절이기도 하다. '자폐 스펙트럼'이라는 말은 다양한 범주의 이상한 생각이나 감정, 행동과 인간의 마음을 넓고 환하게 활처럼 휘어서 가로지르는 기이한 동기들을 설명하는 말이다. 자폐 스펙트럼에

속한 사람들은 다르고 독특하다. 어떤 이들은 반복과 정밀함 사이에 갇혀 있고, 또 어떤 이들은 대단히 기능적이고 겉으로 보기에 별다른 문제없이 세상을 살아가는 것처럼 보인다. 스펙트럼의 양쪽 끝에 있는 이들의 유일한 공통점은 우리가 이 사회의 대다수 구성원들과는 다른 방식으로 세상을 경험한다는 것이다.

겉으로 보기에 나는 정상처럼 보인다. 내 머릿속에는 형편없이 조율된 그래픽 이퀄라이저가 들어 있는 기분이다. 나는 이 사실을 숨기기 위해 오랜 시간을 뒤죽박죽 겉치레를 하며 보냈다.

내 기억이 가장 멀리 닿는 지점부터 생각하자면, 나는 세상을 불규칙하게 경험했다. 내 발달 과정의 모든 면들이 어딘가에 구속당했거나 정상 궤도를 크게 벗어난 지점으로 엉뚱하게 던져진 것 같았다. 내가 매일 지배적으로 느끼는 감정은 늘 대혼란과 두려움, 불안이다.

나는 일대일로 사람을 만날 때, 상대를 잘 알지 못하거나 신뢰하지 못하면 대화에서 그 사람이 하는 말의 의미를 일관되게 판단하지 못한다. 나는 상대의 얼굴 표정과 억양, 말의 의미를 파악하는 게 어렵다. 늘 타인의 단어와 행동이 정확히 어떤 의미인지를 가늠하려고 힘겹게 노력한다. 간단한 대화에서도 수많은 의미의 가닥들을 접하며 각 의미에 담긴 논리적 배열을 이해하려는 노력들이 종종 나를 압도한다. 내 마음은 공황상태에 빠지고, 어디론가 미끄러지고, 공존하는 서너 가지의 해석들을 앞서기도 하고 건너뛰기도 한다. 대화 내용을 온전히 다 듣는 일은 거의 없다. 대화의 말들은 주로 언어의 조각과 파편으로 존재한다. 나는 타인과 접촉하지 않는 빠른 방법을 끊임없이 찾는다.

시각적인 것에 극단적으로 예민한 나는 여과장치가 없어서 아주 사소한 것들, 언어들, 셔츠 귀퉁이에 묻은 머리카락 한 올 같은 것들에 쉽게 주의가 산만해지며 상대에게 집중하기 위해서는 다리를 떨고 시선을 마주치지 않아야 한다. 극단적인 순간들(가령 사람들이 내게 너무 가까이 다가오거나 예기치 않게 방문할 때)에는 나 자신이 아주 작아진 기분이 든다. 나를 둘러싼 모든 세상이 거대하게 증폭된 기분이다. 사람들의 치켜뜬 눈썹은 밀물과 썰물처럼 보이며 이런 눈썹을 볼 때면 어떻게 해석해야 할지 몰라 혼란스럽다. 마치 내가 타인의 얼굴 표면에서 살고 있는 기분이다. 최악의 경우에는 5분 동안 나눈 대화를 며칠 동안 곱씹으며 말의 뜻을 해독하고 그 말이 무엇을 의미하는지를 찾는 데 골몰하기도 한다. 물론 그 기간 동안에도 다른 대화를 나누었으므로 겹겹이 쌓인 대화와 생각의 층이 지저분하게 중첩되어 쌓이고 내재된다.

하지만 흥미로운 주제로 토론을 하는 데는 아무 문제가 없다. 매에 관해서라면 백 명의 사람들 앞에서도, 아이들이 있는 교실에서도 즐겁게 이야기할 수 있으며, 그림 그리기의 장점에 관해서도 얼마든지 논의할 수 있다. 내가 관심 있는 주제로 토론할 수 있는 통로만 있으면 나는 괜찮다. 하지만 둥근 식탁에 세 명의 낯선 이들과 함께 있을 때면 나는 정신이 혼미해진다. 정상적인 상태를 유지하기 위해 나는 미리 만들어둔 일상적인 습관과 며칠 전 미리 준비해둔 이야기를 활용한다. 그리고 그 시간의 상당 부분 동안 나는 농담을 한다. 다른 사람과 함께 웃는 것은 내가 쉽게 조절할 수 있는 감정이라는 사실을 깨달았기 때문이다. 이런 모습 때문에 겉으로 보기에 나는 매력적이고 자신감 넘치며 자유롭게 대화하는 사람으로 보인다. 사실 그렇게 보이는 순간에도 나는 상황을 판단할 수 있도록 집중력을 되찾고, 내가 겪는 대혼란과 근심의 순환을 짧게 만들어 상황을 통제하기 위해 노력하는 중이다. 그 결과 나는 사회 관습에 관해 막연하게나마 알게 되었지만 계급제도를 구체적으로 이해하지는 못한다. 나로서는 계급제도를 전혀 이해할 수 없다. 나는 내가 내뱉은 말이 다른 사람에게 어떤 영향을 미칠지를 잘 알지도 못하고 거의 신경도 쓰지 않은 채로 가장 부적절한 말들을 불쑥불쑥 내뱉곤 한다.

　내 감정들은 종종 극단적인 표현으로 치닫곤 한다. 흑과 백, 선과 악, 옳고 그름 등 극단의 끝에 감정이 도달한다. 마치 복잡한 퍼즐을 아예 버려버리는 성미 급한 어린아이처럼 무언가를 완전히 이해하거나 완전히 이해 못 하거나 둘 중 하나다. 나는 내 자신이 함축적이고 추상적인 감정을 이해하는 것이 어렵다는 사실을 알게 되었다. 내가 직접 경험한 상황이 아니면 그 상황에 대한 공감의 폭이 몹시 제한적이며 복잡한 감정이 생기는 상황과는 쉽게 단절된다. 나는 쉽게 지루해하고, 친구나 친척, 기타 인간관계에서 갑자기 멀어지기도 하며 내 자신의 안위와 상대적 안정감을 더 중시하는 편이다.

　구체적으로 방문할 장소, 정해진 일, 사전에 계획한 활동이 없는 상태에서 그냥 마을을 걷는 일은 내게 비논리적이고, 두렵고, 복잡하며 인위적이고, 신경에 거슬릴 만큼 부자연스럽다. 사람이 많이 모인 곳, 상점, 슈퍼마켓, 도심 한복판은 나를 괴롭게 만들 때가 많다. 우리가 만든 이 세상에 어떻게 우리가 도달하게 되었는지 나는 진정 알지 못한다. 내가 아는 것은 그 이유를 정말 모르겠다는 사실이다.

내 물건을 두고 나오기라도 하면 스스로 만든 일상의 습관에서 벗어나지 못해 타협점을 찾지 못하곤 한다. 예기치 않은 변화나 급격한 변화를 암시하는 어떤 징조를 심각한 문제로 받아들인다. 그러고는 두려움에 얼어붙어 주춤거린다. 스트레스를 받는 상황에서는 어떻게 해야 그 상황을 바꿀 수 있는지, 내가 어떻게 해야 하는지 알지 못해 나쁜 방식으로 반응하게 된다. 맞서 싸우거나 도망치기 위해 상황의 유형을 파악하고, 결과를 예측하기 위해 애를 쓰는 과정에서 엉뚱한 선택을 하게 되며 그 선택을 집요하게 고수한다. 이런 순간들을 마주했을 때 나는 내 행동을 깊이 이해하지 못하며 그런 내 모습이 비정상적이고 고집불통으로 보이기도 한다.

스트레스를 받지 않은 상황에서는 내면에서부터 들뜬 콧노래 소리가 끊임없이 들린다. 내 마음속 수레바퀴는 난폭하게 굴러다닌다. 끊이지 않는 생각, 기억의 편린, 꼬리를 무는 이야기들, 수많은 이미지, 소리, 그날 혹은 20년 전 나눴던 아주 사소한 대화 내용들이 아득하게 오래도록 돌아가는 기계처럼 멈추지 않고 굴러간다. 나는 내면의 소리가 만든 끝없이 이어지는 벽을 느낀다. 그 벽에서 백만 개의 장면들이 영화처럼 기이하게 흘러가고 내 인생에서 포착된 순간들이 상영된다. 내 마음의 소리가 너무 시끄러워지면 나는 움직인다. 아주 많이 움직인다. 무력함은 나를 눈멀게 한다. 나는 오랫동안 가만히 앉아 있지 못한다. 그래서 걷는다. 주로 같은 길을, 내 자신과 내적으로 그리고 외적으로 대화를 나누며 정처 없이 오래도록 걷는다.

극심한 과민증에 사로잡히면 외부의 움직임에 쉽게 동조하고, 놀라울 정도로 또렷하게 내가 관심 있는 것들을 알아차리고 기억하는 것 같다. 그러므로 느린 속도로 변화하는 자연은 내게 편안하고 친근하다. 소리 없이 움직이는 구름, 땅 위로 퍼지는 빛의 변화, 물고기 떼, 바닥으로 떨어지는 나뭇잎 한 장, 날아가는 새, 꼬물거리는 올챙이 꼬리, 알에서 부화한 하루살이들. 나는 흐르는 물에 매혹되어 한참을 바라볼 수 있으며, 그러고 있노라면 공감각적인 느낌을 갖게 된다. 나는 이러한 것들에 친근함을 느끼며 더 잘 이해하게 된다. 자연의 사물들은 온화하고 명확하며 내가 이해하는 수준에서 내 존재와 상호작용하기 때문이다.

가까운 인간관계는 실패하면서도 자연 세계와는 성공적으로 관계를 맺는 마음 상태나 행동 유형이 있다면, 그게 바로 나다.

2010년, 서른여섯 살인 나와 내 오랜 동반자 사이에 아기가 생겼다. 아들을 분만하는 데 유달리 오랜 시간이 걸렸다. 산모가 거의 90시간 가까운 고통의 시간을 견디고 나서야 아들은 마침내 세상에 도착했다. 나는 출생이 촉발하는 거대한 혼란을 받아들일 준비가 되어 있지 않았다. 그 경험은 격렬하게 압도적이었고 깊이 혼란스러웠다. 너무 많은 사람들이 이 일에 연관되었다. 가족, 낯선 이들, 의료진들. 지나치게 시끄러운 소음들, 내 마음에서 울리는 수많은 목소리들, 상상으로 만든 시나리오들, 서로 충돌하는 파괴적인 생각들 등이 내 마음을 들쑥날쑥 우왕좌왕 헤집었다.

태어난 지 몇 시간 안 된 아들의 얼굴이 노래졌다. 황달이었다. 아들은 인큐베이터로 들어갔고 나는 조금 떨어진 곳에서 아들을 바라보았다. 자외선 빛이 내리쬐는 플라스틱 상자 속에 작은 아들이 기이하게 누워 있었다. 작은 손톱과 분홍빛의 얇은 피부, 심술 난 얼굴을 한 채. 점점 더 많은 사람들이 관여했다. 내 자신을 더 이상 통제하기 힘들다는 생각이 들었다. 잔뜩 겁에 질린 채 무리에서 소외된 나는 문득 내가 이 중요한 사건에서 비주류가 되었고 내가 이해하지 못한 역할을 강요받는 듯한 기분이 들었다. 마치 심연의 나락으로 곤두박질치는 것만 같았다. 심연의 수압에 적응할 시간도, 모든 것을 감당할 시간도, 의미를 파악할 시간도 없었다. 아들만 두고 다들 나갔으면 좋겠다는 생각이 들었다. 그냥 우리만 두고 다들 사라지길 바랐다. 하지만 그런 일은 일어나지 않았다. 아들과 유대감을 느낄 시간이 없었다. 혹시 존재했을지도 모를 일말의 사랑도 모두 짓뭉개졌다. 아이의 출생이 촉발한 아찔한 공포와 복잡하게 얽힌 가족 역학이 드리운 거대한 그림자 속에서 내 아들은 분홍색과 흰색의 쭈글쭈글한 인간 육신으로 만들어진 판도라의 상자였다.

집에 오는 길에 나는 계속 아들을 바라보았다. 분명 흥미로운 존재임은 틀림없었고 아주 좋은 냄새도 풍겼다. 단지 나에게 속한 존재라는 느낌이 들지 않았을 뿐. 나와는 아무 상관없는 존재였다. 물론 이런 생각이 끔찍하게 잘못되었다는 사실을 잘 알고 있다. 나는 긍정적인 감정을 찾으려고 끊임없이 노력했고 선명하게 느낄 수 있는 유대감을 발견하려고 갖은 애를 썼다. 자녀를 둔 사람이면 누구나 겪는다는 넘치는 사랑을 나는 한번도 경험하지 못했다. 오히려 정반대였다. 달아나고 싶다는 강렬한 충동이 유일하게 또렷이 느낄 수 있는 감정이었다. 죄책감과 지독한 공허함, 정상적인 반응이나 감정의 폭을 경험하지 못한다는 무게감이 나를 겁에 질리게 했다. 아이를 안을 때마다 내가 부적격자라는 생각이 깊은 곳에서부터 올라왔다. 속이 텅 빈 것 같았다. 어떻게 하면 아버지가 될 수 있는지 감조차 잡을 수 없었다. 그렇게 며칠이 지나고 몇 주가 지나면서 혼란의 무게는 점점 커져만 갔다. 이런 상황에서 자녀를 향한 감정이 결핍되었다고 말하는 남자는 단 한 명도 없었다. 나는 내 감정의 분출구를 찾지 못했다. 감히 그럴 엄두조차 나지 않았다. 아이의 가족들이 드러내는 감정에 비하면 나는 비정상적이고 비인간적이었으며 거의 소시오패스에 가까웠다.

두려움과 부끄러움 외에는 표현할 수 있는 다른 감정이 없었기에 나는 마음의 문을 걸어 잠그고, 정신적으로 나를 고립시켰다. 내 마음속에는 무감각함과 분노, 짜증이 자리 잡았다. 나는 부모는 고사하고 인간으로서도 적절하지 못했다. 심지어 부모 노릇도 하기 싫었고 동반자에게도 그런 말을 많이 했다. 몇 달이 지나자 내 아들의 어머니는 내 행동과 반응, 처신을 더 이상 용납하지 못하는 지경에 이르렀고 결국 아들을 데리고 떠났다.

아들과 동반자가 떠난 지 몇 주 만에, 예고도 없이 나는 해고 통보를 받았다. 내가 교사로 일하던 학교가 폐교 절차를 밟게 된 것이다. 나는 그 학교에서 10년이 넘게 일을 해왔고, 나름대로 꽤 잘 해왔으며 늘 눈에 띄게 좋은 성과도 냈었다. 자유롭고 창의적인 일을 할 수 있었다. 나는 그곳에서 12년간 일했다. 그 직업이 곧 나 자신이었다. 내 자리, 그 일로 인해 생겼던 규칙적인 일상, 성취감이 모두 강제로 제거되면서 나는 더 가파르고 위험한 곳으로 내동댕이쳐졌다. 나는 잠시 생각을 고를 틈도 없이 강제 조종 장치에 탑승한 사람처럼, 옳다고 생각되는 일을 시도했다. 나는 영국 남부 끝자락에 있는, 내가 무척이나 좋아했던 곳을 떠나 내 아들과 새 직장이 있는 곳 근처로 이사를 했다.

그 결정은 그야말로 재앙이었다.

이전의 내 삶에서 가장 좋았던 것들을 회복하려는 시도는 헛수고로 끝났고 나는 교외 지역에 극도로 비싼 집에 세를 얻었다. 보통의 사람이라면 그 시골길이 그 시골길이고, 들판이나 농경지도 다 비슷비슷하게 보일 것이다. 하지만 내게 시골의 풍경은 일반적이지 않다. 시골의 위치와 환경은 구체적이고 특별하며 그곳에 살고 있는 동물들과 식물들, 지형의 형태가 안전하고 든든하게 느껴진다. 나는 모든 것이 어디에 있는지, 어디에서 무엇을 찾을 수 있는지, 어디에서 무엇이 자라는지, 바위 아래에는 어떤 특별한 동물들이 살고 있는지를 훤히 꿰고 있었다. 하지만 나는 그곳에서 가짜 그림자만 보았다. 그곳에는 실재하는 것들 사이에 편차가 존재했고 그 편차는 섬뜩했다. 멀리서 보면 따뜻하게 열려 있고 황폐하지 않은 것처럼 보였다. 가까이서 보면 전혀 다른 공간이 존재했다. 나는 유대감을 느끼고 뭔가 인식할 수 있는 것을 찾고자 좁은 길과 들판을 걸어 다녔다. 하지만 내가 발견한 것은 검은 비닐봉지에 싸인 죽은 고양이였다. 고양이의 몸은 멍들어 있었고 털이 뭉텅이로 벗겨져 있었다. 죽은 고양이 밑으로 손가락 하나 크기 정도밖에 되지 않는 새끼 고양이가 축 늘어져 있었다. 썩은 사체 주위에 파리들이 끊임없이 꼬였다. 길에서 적갈색으로 변한 오래된 탐폰도 보았다. 버려진 냉장고도 있었다. 냉장고 안에는 검은색으로 부풀어 오른 고기가 노란색 액체에 잠겨 있었다. 얼룩덜룩한 매트리스, 생명이 살지 않는 웅덩이들, 지저분한 진동기, 버려진 콘돔도 있었다. 기둥이나 나무 아래 비닐봉지에 담겨 버려진 개똥도 있었다. 들리는 소리라고는 고속도로에서 나는 자동차 소리뿐이었고, 보이는 것이라고는 사방을 에워싼 건물들, 불에 탄 자동차들, 뾰족한 전선들과 출입금지 표지판들뿐이었다. 출근길은 자전거길 대신 길고 지루하게 이어진 아스팔트 도로였다. 그 도로의 끝에 내 새 직장이 있었다. 그곳은 내가 알고 있는 교육과 정반대로 교육하고 있었다. 대기업이 운영하는 그곳에서는 교육이라기보다는 비즈니스가 이루어지고 있었다. 현대 사회에 맞게 다시 디자인된 미술부, 칸막이가 없는 공간, 유리와 철, 가느다란 빛과 부드러운 벽으로 된 사무실. 나는 엄격하게 구분된 업무를 따랐고, 다른 사람의 아이디어를 수행했다. 억압적이고, 제한적이며, 규범적인 미술을 가르쳤다. 그저 직업에 지나지 않았던 일을 하는 내게 혼란스럽고, 유쾌하며, 아름다운 아이들만이 유일한 휴식을 주었다. 그 학교는 아이들과 교사를 모두 구속하고 통제하기 위해 만들어진 곳이었다.

이토록 중대한 변화를 인식하고 이해할 만한 공간도 시간도 없었다. 아들이 생겼다는 혼란스러운 상황과 맞서 악전고투하던 나는 다니던 직장을 잃고, 집에서 480킬로미터나 떨어진 곳에서 물리적으로 고립된 채 홀로 내 마음속을 떠다녔다. 출구가 보이지 않았다. 앞으로 나갈 곳도 뒤로 물러설 곳도 없었다. 나는 공황상태에 빠져 꽁꽁 얼어붙은 채 끊임없이 밀려드는 원초적 불안과 자멸적이고 파괴적인 분노를 느꼈다. 지독히도 불안스레 헤매다가 무력하게 길을 잃었다. 머물고 싶지도 않았고 떠날 수도 없었다. 존재와 불안한 분리 사이의 좁은 공간에 갇혔다. 조금이라도 시간이 남으면 차를 가지고 남쪽의 해안과 영국의 이곳저곳을 돌아다녔다. 이따금 아무도 없는 외딴 곳에 차를 세우고 차에서 잠을 자기도 했다.

부서질 듯 위태롭게 절반의 존재감만 느끼던 나는 안정적이고 정상으로 보이는 사람이 있으면 누구든 그 사람에게 다가갔다. 내가 만났던 한 여성은 정신적으로나 육체적으로나 즉각적인 편안함을 주었다. 몇 주 후 나는 말 그대로 달아났다. 세를 얻은 집에 내 물건들을 잔뜩 남겨둔 채, 직장도 그만두고, 모든 상황을 뒤바꿨다. 그리고 그녀와 결혼했다.

　　미친 짓이었다.

　　상처받은 영혼의 불안한 모래 위에 위태롭게 맺은 관계는 온통 잘못된 이유들뿐이었고, 결코 지속될 수 없었다. 18개월 만에 신혼의 즐거움과 원동력이 사라졌고, 얄팍한 매력은 삶의 현실로 바뀌어갔다. 서서히 균열이 드러났다. 마지막 날 그녀는 자신의 물건을 챙기기 위해 흰색 밴을 가져왔고 나는 집을 나왔다. 돌아와 보니 모든 것이 사라졌다. 세탁기가 있던 자리에 세탁기는 없어지고 배수관 파이프에서 물이 흘러나오고 있었다. 카펫이 있던 자리에는 노란색 허름한 리놀륨 바닥이 깔려 있었고 군데군데 드러난 맨 콘크리트 바닥 위로 잿빛 거품이 묻어 있었다. 전기는 끊어지기 직전이었고, 전화선은 잘려 있었다.

　　성공을 가늠할 수 있는 그 어떤 지표로 보아도 내 인생 이력서는 처참한 실패작이었다. 불과 몇 년 만에 직업, 가족, 결혼 생활 등을 모두 잃어버렸고, 모든 것이 끝나버렸고, 비참해졌다. 나이 마흔 살에 실업자가 되었으며, 돈도 한 푼 없어 조만간 거리에서 살게 될 판이었다. 탈출구가 없었다. 나의 선택들과 행동은 오직 고통만 만들었을 뿐이다. 나는 스스로 만든 공간과 장소에서, 나 자신을 알지도 못한 채, 철저히 소진되었다. 통계적으로 스물다섯 살에서 마흔 살 사이의 남성 사망 원인 1위는 자살이다. 나는 진심으로 자살에 이끌렸다. 내가 처한 상황을 훌쩍 뛰어넘는 공허한 자유와 망각이 매혹적으로 느껴졌다.

아들이 태어나기 전에 나는 황폐한 대저택의 영지에 속한 작은 집에서 살았다. 아들과 병원에서 돌아온 곳도 이 집이었다. 아들에게는 첫 집이었다. 이 집에서 나는 코디를 훈련시켰고 정원에서 검은지빠귀를 사냥하는 참매도 보았다. 마차보관소와 마구간들로 둘러싸인 영주의 저택은 서서히 외부의 출입을 막으며 배타적인 주택지가 되어 갔다. 나는 그 영지에 사는 한 벽돌공과 친구가 되었다. 그는 근처 숲에 자리 잡은 300년 된 오두막을 소유하고 있었다. 나도 산책을 하며 무수히 많이 보았던 집이었다. 나는 한눈에 그 집에 반했다. 내가 늘 살고 싶었던 어린 시절의 오두막이 떠올랐다. 여행을 하고, 아들이 태어나는 동안에도 나는 그 집 주인과 간간히 연락을 하며 지냈었다. 집을 찾던 나는 마지막 시도로 그에게 이메일을 보냈다. 그가 보내온 두 줄짜리 간결한 답장 덕분에 실낱같은 희망과 생명줄로 이어지는 출구가 보이는 듯했다. 그 오두막은 6개월째 비어 있었다. 원한다면 언제든 들어갈 수 있었다. 나는 다시 달려갔다. 이번에는 오직 나의 뜻으로 위안과 안전함을 제공해주는 안식처로 갔다. 약간의 돈과 미술도구, 낚시 용품, 침대, 책들, 개 한 마리와 함께.

오두막

내 최초의 기억은 두 살 무렵부터 시작된다. 나는 손에 크레용을 들고 소방차를 그리고 있었다. 오른쪽 창문으로는 햇살이 눈부시게 들어오고 있었다. 내 최초의 미술 작품은 세 살 때 그린 것이다. 청록색 몸에 파란색 발톱을 한 카멜레온이었다. 내가 그 그림을 정확하게 기억하는 이유는 그 그림이 아직도 아버지의 집 벽에 걸려 있기 때문이다. 내 기억이 시작된 순간부터 나는 줄곧 시각 예술가였다. 그림은 훌륭한 치유제다. 그림을 그리려면 집중적인 일과가 필요하다. 무엇보다도 느긋하게 마음이 흐르는 대로 내버려둬야 한다. 그림을 그리는 과정은 자기 내면의 거대한 공간, 평화롭고 강한 힘이 있는 공간과 맞닿는 일이다. 그 공간에서 모호하고 정신없는 생각들은 멈춘다. 그림이 차곡차곡 그려질 때마다 해방감과 자존감을 주었다. 햇살 속에서 검은 크레용을 쥐고 소방차를 그린 이후 그 감정들은 늘 존재해왔다.

나는 오두막에서 일주일 내내 하루 열여섯 시간씩 내가 본 것들을 그렸다. 오렌지색과 검정색으로 아름다운 무늬를 가진 영원, 말, 새끼 토끼와 산토끼, 댕기물떼새, 참매, 돼지, 꿩, 박쥐, 각종 새. 그림을 그리기 시작하면서 나는 오두막 바깥벽에 그림들을 모두 걸어두었고 표지판도 두 개 만들었다. 혹시라도 그림을 판매하는 데 도움이 되지 않을까 하는 마음에 내가 만든 표지판을 길가 이정표 맨 위와 맨 아래에 망치로 못을 박아 고정시켰다. 오두막에서 그림을 그린 첫 번째 주 일요일에 커다란 참매 그림을 팔았다. 그다음 주에는 개 그림을 팔았다. 그림을 팔아 번 돈으로 이동식 전시 시설을 만들어 시골 바자회며 승마 대회,

농업 박람회 등에 가져갔다. 여름을 지내는 동안 계절을 주제로 한 그림이나 개인 집의 정원을 그렸고, 그림을 요청하는 사람이 원하는 그림도 그려주면서 점점 자영업자가 되어갔다. 정리해고 당할 일은 없었지만 가난하게 살아야 했다.

　낭만적인 가난은 없다. 낭만적인 배고픔도 없다. 맥락에 따라 가난과 배고픔을 모두 경험한 사람이 느끼는 두려움의 정도는 뚜렷하게 달라진다. 도심의 아파트에 거주하며 교육수준이 낮고 혼자 아이를 키우는 어머니가 황량한 고통과 마주했을 때 어떤 기분일지 나는 알지 못한다. 헤로인에 중독되어 젊은 나이에 죽은 노숙자를 알고 있다. 나는 그들의 미묘한 쇠락 혹은 비참한 절망을 절대 느끼지 못할 것이다. 나는 《그래스 아레나 공원The Grass Arena》의 저자 존 힐리John Healy도 《위건 부두로 가는 길The Road to Wigan Pier》을 쓴 조지 오웰George Orwell도 아니다. 하지만 오두막에서의 삶과 자영업자가 되어가는 삶 사이에서 나는 의회 사무실에서 예전에 가르쳤던 학생들, 특히 사람 되기는 글렀다고 여겼던 학생들과 나란히 앉는 수치스럽고 초라한 경험을 했다. 나는 구직자 수당으로 살아남기를 시도할 수 없다는 것을 몸소 체험했다. 추운 날씨에도 난방 기구를 끌 수밖에 없다. 전기는 여전히 들어오지 않는다. 냉장고와 냉동실을 사용하고 싶다면 물탱크에서 뜨거운 물을 쓰는 건 허락되지 않은 사치다. TV를 살 형편도, TV 시청료를 낼 형편도 되지 않는다. 지금도 집을 방문하겠다는 경고장과 법원에서 온 독촉장을 무수히 받는다. 나는 자동차세, 자동차 검사 비용, 자동차 보험 등을 낼 형편이 되지 않는다는 사실이 비참하고 두렵다. 각종 세금을 단 한 건이라도 내지 않으면 독촉장이 얼마나 빨리 오는지도 잘 알고 있다. 길거리에서 버려진 담배꽁초를 줍는 기분을, 긴급대출과 푸드뱅크의 관료주의에 휩쓸리는 기분을 잘 알고 있다. 필사적일 때, 저렴한 노동력으로 일할 때, 기대했던 것보다 돈을 더 후하게 주는 사람의 인간성 앞에서 얼마나 나약해지는지 잘 알고 있다. 이타심이 강한 사람들과 다른 사람을 배려하지 않는 사람들 사이의 미묘한 차이점도 깨달았다. 공짜 옷이나 유통기한이 지난 음식, 관대한 이웃이 베푸는 선물을 받는 것이 얼마나 즐거운 일인지도 경험했다. 이따금, 생활이 정말 고달플 때는 설탕을 뿌린 샌드위치가 쓰디쓴 인스턴트 블랙커피만큼이나 굶주림을 해소하는 데 도움이 된다는 사실도 알게 되었다. 밀가루 1킬로그램이 빵 한 덩이보다 더 오래 간다는 사실도 알게 되었다. 밀가루에 약간의 물을 넣고 부드러운 반죽을 만들어 직화로 구우면 맛있고 씹는 질감도 좋은 납작한 빵이 된다는 사실도 배웠다. 울퉁불퉁하고 비뚤비뚤하고 이상하게 생긴 당근 20킬로그램 한 자루가 말 먹이용으로 단돈 2파운드에 팔린다는 사실 역시 배웠다. 양파 한 망 가격과 말린 병아리콩 한 자루 가격이 같다는 사실도 알게 되었다. 어둠을 틈타 감자와 스웨덴 순무 등을 들판에서 뽑을 수 있다는 사실도, 시골길에는 달걀이 많다는 사실도 터득했다. 또한 하루 한 끼만 먹는다고 했을 때, 보관만 잘하면 이런 식재료들을 꽤 오랫동안 두고 먹을 수 있다는 사실도 배웠다. 무엇보다도 나는 관찰과 창의력, 자립성, 약간의 노력만 있으면 어떤 것이든 덤을 더 얻게 된다는 사실을 알게 되었다. 처음 오두막에 왔을 때 나는 야생의 식재료들을 진지하게 채집하기 시작했다. 평생 배운 지식 덕분에 숲속의 산책은 즐거운 시간 낭비에서 온 감각을 집중하는 시간으로 바뀌었다. 미술 작업과 마찬가지로 산책은 해소되지 않는 불안으로 요동치는 내 마음 속에 깊은 휴식을 제공해주었다.

이른 아침, 토끼가 햇볕을 쬐느라 앉아 있다가 생긴 접힌 풀 자국과 자취는 평범한 동물의 존재 이상을 의미했다. 그 흔적으로 이 숲에 서식하는 토끼의 수와 크기, 출몰 빈도 등을 알 수 있다. 총이나 그물 없이 덫만으로 토끼를 잡기는 어렵다. 토끼는 덫에 밴 인간의 미세한 체취와 피부 조직까지도 감지해 덫을 피한다. 나는 체취를 감추기 위해 덫을 일주일 동안 땅에 묻어두었다. 잡은 토끼를 손질하는 일은 어렵지 않다. 손에 낀 장갑을 벗기듯 토끼의 몸에서 피부를 벗겨낸다. 토끼의 앞다리는 점액질로 덮여 미끌미끌하고 느슨한 근육이 지탱하고 있어서 늑골에서 쉽게 분리된다. 안심에 해당하는 등뼈 주변 부위는 분리하기가 조금 더 까다로운 편이다. 근육질의 뒷다리는 최상급 부위다. 토끼 고기로 스튜를 끓이면 연한 돼지고기처럼 뼈와 살이 쉽게 분리된다. 토끼의 몸통에 양파 두 개와 야생마늘 한 움큼, 타임과 로즈마리를 넣고 호일로 싸서 화목 난로에 있는 그릴에 요리한다. 나는 직접 장작을 구했고 각 나무별 특징과 고유의 성질도 익혔다. 딱총나무 열매와 버드나무는 불이 빨리 붙고 온도가 뜨겁게 올라간다. 다른 나무들은 좀 더 천천히 타며 온도도 더 낮다. 배가 고플 때 새까맣게 탄 토끼고기를 먹게 된다면 다음에는 어떤 장작을 써야 할지 잘 알게 된다. 내가 잡은 건 토끼만이 아니다. 나는 나무와 덤불이 우거진 곳에 덫을 몇 개 놓았다. 회색다람쥐도 토끼와 맛이 비슷하지만 고기가 적고 뼈가 더 가늘다.

사슴 발자국과 배설물을 따라가 보니 인간이 사는 곳에서 멀찍이 떨어진 조용한 공간이 나왔다. 그 공간에는 온갖 생물들이 있었고 먹거리도 풍부했다. 왜가리가 매일 같은 시간, 같은 장소에 있는 것은 그럴 만한 이유가 있기 때문이다. 소용돌이가 굽이치는 물에 물고기 떼가 어른거린다. 나는 물고기를 잡기 위해 밀가루 반죽과 딱총나무 열매, 지렁이, 구더기, 민달팽이, 살아 있는 곤충 등을 미끼로 썼다. 지나치게 자신만만해진 나는 재미 삼아 개털과 새깃털 다발을 미끼에 붙여 드라이플라이 낚시* 흉내를 내보기도 했다. 튀김옷을 얇게 입힌 작은 물고기는 프라이팬에서 4~5분이면 요리가 완성된다. 정어리나 뱅어처럼 통째로 먹는 물고기에서는 신선한 흙냄새가 났다. 나는 식량을 비축했다. 서너 마리씩 냉동시킨 물고기는 오랫동안 보관할 수 있지만 안타깝게도 해동하면 고유의 맛을 잃어버린다. 커다란 강꼬치고기는 흰 살이 두툼해서 넉넉한 식사거리가 된다. 굽거나 찌거나 튀긴 강꼬치고기는 대구와 견주어도 뒤지지 않는다. 텍사스 배스 따위는 비교도 되지 않을 정도로 맛있다.

보름달이 뜨기 직전, 오래된 저수지 가장자리에서 거대한 바다 숭어를 낚기도 했다. 힘이 어찌나 센지 풀이 무성한 강둑에서 숭어를 잡아 끌어올리는 데 거의 10분가량 걸렸다. 달이 뜨자 은색과 푸른색 비늘 갑옷을 입은 숭어의 몸이 보석을 단 듯 은은하게 빛났다. 숭어의 부드러운 흰색 내장에서 바닷물이sea lice 들이 꿈틀거렸다. 가난한 이들의 밀렵행위를 막기 위한 법에서는 오직 사유지에 강이나 바다가 있을 정도로 부유한 이들에게만 낚시를 허용하고 있다. 나는 낚시로 잡은 숭어를 이틀 동안 먹었다.

* 미끼를 눈에 잘 띄는 실로 묶어 물 표면에 띄워서 하는 낚시 방법

늘 잠을 잘 자지 못하는 나는 이른 아침 수달과 밍크가 저수지 근처 풀숲에서 꼼지락거리며 장난치는 광경을 자주 목격하곤 한다. 수달과 밍크가 있던 곳에 가 보니 버려진 조가비와 가재껍데기 등이 있었다. 뭐으로 가재를 열두어 마리 정도 볶은 후 물에 넣고 껍데기가 부드러워질 때까지 끓이면 살을 쏙 빼먹는 재미도 있고 배도 부르다.

침엽수가 울창한 곳에서 산비둘기들이 요란스럽게 푸드덕거려서 가 보니 둥지의 알이나 어린 새끼 비둘기를 노리는 여우 한 마리가 나무 아래를 어슬렁거리며 배회하고 있다. 비둘기는 법적인 규제가 심하지 않다. 비둘기 살은 소고기 스테이크나 사슴고기보다 맛이 뛰어나며 어린 비둘기 고기가 더 좋다. 다른 새 종류도 잡아서 먹어보았다. 까마귀는 피부를 제거하면 놀라울 정도로 살이 적으며 검둥오리나 쇠물닭도 마찬가지다. 오리는 매나 총이 없으면 거의 잡을 수 없다. 고기의 양으로 보자면 길에서 죽은 꿩이 토끼보다 훨씬 더 생산적이기는 하지만 맛은 상대적으로 덜하다.

숲에서 고기나 생선 외에 다른 공짜 음식도 얻었다. 풀밭 위로 어두운 색의 둥근 원형 자국이 있는 곳에 아직 열리지 않은 버섯들이 있다. 야생 마늘은 나오는 철이 짧지만 어디에나 열리며 로즈마리, 세이지, 양고추냉이, 산사나무도 다 마찬가지다. 이 모든 식물들은 가볍고 신선한 질감 덕분에 거의 모든 고기 요리나 야채 요리, 달걀 요리와 잘 어울린다. 든든한 식량은 또 있다. (바꿔야 할 나쁜 이름인) 유다의 귀Judas's Ear라고도 불리는 목이버섯은 갈색의 미끈한 촉감의 버섯인데 일 년 내내 자라며 요리해서 납작한 빵에 곁들여 먹기 좋다. 내 정원과 숲에는 야생 홉이

지천으로 열린다. 야생 홉을 날것으로 먹기도 하고 물에 끓여서 먹기도 하는데 마치 내 전용 아스파라거스 밭을 가진 기분이다. 산미나리를 잔뜩 따다 삶으면 시금치 비슷한 맛이 난다. 우엉은 불에 구우면 어떤 감자요리와도 잘 어울린다. 현관에서 6미터가량 떨어진 곳에서는 컴프리가 녹색 물결로 출렁인다. 컴프리를 잘게 채 썰어 두툼한 프리타타•를 만들어 먹기도 한다. 컴프리 잎에는 미세한 섬유질이 있어서 달걀반죽이 잘 달라붙는다. 달걀반죽을 묻혀 하나씩 튀기면 오이향이 나는 완벽한 한 끼 식사가 된다. 돼지풀은 굽거나 삶아서 먹는다. 나팔수선화 구근은 파와 비슷하게 생겼다. 달걀과 함께 요리하면 낯설고도 맛있는 맛이 난다. 수선화에는 독이 있다. 수선화 구근 요리를 먹고 20분 만에 어지러웠고 극심한 구토에 시달렸다.

정원사 소질은 전혀 없지만 그래도 씨를 사서 심고 정성껏 보살폈다. 내가 진정한 기쁨과 경이로움, 소소한 사건과 완벽한 순간 등을 만끽하는 동안 집 현관문 앞에서 두어 걸음 떨어진 비옥한 토양에서는 깍지콩, 땅콩단호박, 주키니호박, 토마토, 완두콩 등이 무럭무럭 자랐다. 결국 우리집 냉동실에 들어갈 수 있는 양보다 더 많이 수확하게 되었다. 냉동실에서 먹던 사과, 녹색자두, 자두, 서양자두, 블랙베리 등을 꺼냈다. 과일은 얼려두기 편하기는 하지만 해동하면 푹신한 퓌레처럼 모양이 망가진다. 해동한 과일은 졸여서 되직한 잼을 만들어두면 겨울에도 먹을 수 있다.

• 달걀을 풀어 채소와 고기 등을 넣어 만든 이탈리아식 오믈렛

    내가 해방감을 느낀 시점을 딱 집어서 말하기는 어렵다. 시간이 흐르고 얽매이지 않는 날들이 차곡차곡 쌓이면서 점진적이고 유기적으로 천천히 변해갔다. 나는 모든 형태의 삶에 담긴 유머와 특징에서 해방감을 느꼈다. 그것은 음식을 수확하면서, 숲과 냇가를 산책하며 순간순간 찾아오는 행복의 순간에서 얻은 작은 승리였다. 자연에서 흔히 보는 풍경이 아닌 은밀한 풍경 속에서 발견하는 낯선 아름다움이었다. 오두막 주변에 있는 생명의 소박한 활기였다.

    땔감을 모으던 나는 다람쥐가 이 나뭇가지에서 저 나뭇가지로 뛰어다니다가 가지를 놓쳐 15미터 아래 연못 가장자리에 배를 찰싹 부딪치며 떨어지는 광경을 봤다. 다람쥐는 온몸에 흙이 묻은 채 혼비백산해 비틀거렸다. 그러다 내가 서 있는 길을 가로질러 가더니 나무로 곧장 되돌아가 다시 껑충 뛰어넘기를 시도했고 다시 떨어졌다. 갑자기 겨울잠을 방해받은 뱀이 자신을 보호하기 위해 내 손에 배설물을 뿌린 적도 있다. 고약한 악취가 나는 배설물은 지독하게 끈적거렸고 그냥 문질러서는 떨어지지 않았다. 박쥐들을 관찰하기도 했다. 음파를 탐지하도록 진화된 박쥐들은 반사되어 되돌아오는 소리로 위치를 정확하게 파악한다. 날이 어둑해지자 서로 부딪치기도 했고 나뭇가지에 있다가 통통하고 털이 많은 나방을 잡아먹으려고 내 머리 위 7센티미터 지점까지 날아오기도 했다. 내 귓가로 어찌나 가까이 날아왔던지 박쥐가 나방을 씹어 먹는 소리가 선명하게 들릴 정도였다. 내 개가 풀을 뽑아내려고 안간힘을 쓰며 제자리를 뱅뱅 맴도는 모습에서도 해방감을 느꼈다. 창문에 있다가 거미줄의 진동을 감지하고 재빨리 움직이다가 말벌에게 쏘인 거미에게서,

20분째 신중하게 병 옆면을 더듬고 감지하며 이동하고 있는 분홍색의 조그만 민달팽이에게서, 싱그러운 잎사귀 위 먹이를 보고 날아 들어와 꽃 수술을 뭉개며 먹이를 낚아채 먹는 새에게서도 해방감을 느꼈다. 첫 비행을 하는 딱따구리에게서도 느꼈다. 깃털이 절반밖에 나지 않은 딱따구리는 울음소리를 내며 비행하다가 냇가로 곧장 떨어졌다. 물에서 어린 딱따구리를 건져내자 새가 나를 공격하며 부리를 벌리고 쇳소리를 내더니 물과 딱정벌레 껍질을 뱉어냈다. 포식자인 밍크가 둥지 입구 아래쪽 냇물에서 빙빙 돌며 수영을 하자 냇물 둑 깊숙하게 파고들어간 둥지에서 낮은 울음소리를 내는 새끼 물총새들에게서도 해방감을 느꼈다. 레이저 광선 같은 파란색을 띤 부모 물총새들이 새끼 새들 뒤에서 상황을 지켜보며 요란하게 울어댔다. 둥지에서 떨어져 후드득 흩어진 새끼 겨울잠쥐들에게서도 해방감을 느꼈다. 갓 태어나 손톱 크기밖에 되지 않는 겨울잠쥐들은 털이 나지 않아 분홍빛 살이 그대로 드러나 있었다. 멀찍이서 보니 새끼 겨울잠쥐들의 부모가 한 마리씩 물어 둥지로 안전하게 옮기고 있었다. 뾰족하고 말랑거리는 돌기들이 솟은, 마치 베개처럼 생긴 새끼 무당벌레부터 딱딱하고 반질거리는 껍데기를 한 어른 무당벌레에 이르기까지 다양한 변화의 과정 중에 있는 무당벌레 다섯 마리가 나란히 있는 광경에서도 느껴졌다. 반나체로 한여름의 사랑을 만끽하고 있는 60대의 연인들에게서도 해방감을 느꼈다. 거의 옷을 입지 않은 그들은 호젓한 초원의 한 귀퉁이에서 즐거운 장난을 치고 있었다. 숲속 공터의 덤불에서도 오두막 주위에 널브러진 썩은 통나무에서도 그런 감정을 느꼈다. 퇴비와 진흙더미에서 실처럼 생긴 빨간 색의 작은 애벌레들이 꿈틀거리다가 바닥으로 떨어지는 광경에서도 느꼈다. 오른쪽에서 갈색의 번뜩임과 함께 날아든 작은 울새가 고개를 갸웃거리더니 애벌레들이 떨어진 곳으로 깡총거리며 다가가 공짜로 얻은 식사를 만끽했다. 울새는 그날 하루 종일 나를 따라다녔고, 그다음 날도, 그다음 날도 계속 나를 따라다녔다. 자신감이 커진 울새는 내가 쥔 삽 손잡이에 앉는가 싶더니 아예 내 장화 위에도 앉았다. 해가 지면서 밭을 가는 내 움직임도 둔해졌다. 그저 흙만 뒤적뒤적하다 큰 돌에 부딪치면 삽이 튕겨 나왔다. 울새는 삽 날 옆에 내려앉아 꼼짝 않고 있었다. 나는 쪼그려 앉아 새를 양손으로 감쌌다. 따스한 온기가 느껴지는 새를 부드럽게 들어올렸다. 새 부리에서 작은 애벌레 한 마리가 달아나려고 필사적으로 꿈틀대고 있었다. 나는 새를 내 머리 위에 있는 나뭇가지에 올려놓았다. 새는 나를 한번 보더니 애벌레를 꿀꺽 삼켰다.

　오두막에서 두 번째로 맞는 6월 중순, 나는 악몽과 오래된 기억들에 끊임없이 시달리고 있었다. 나는 아래층으로 내려와 담배를 말고 차가운 차를 한 잔 따라 밖에 앉았다. 저 멀리 길고 검게 이어진 수목한계선 뒤로 해가 올라왔고 개는 성가시게 내 팔에 젖은 코를 연신 쿡쿡 갖다 댔다. 여름의 일출은 놀랍다. 예외 없이 아름답다. 뻔하지만 선명하고 섬세한 광경이 펼쳐진다. 나는 헐렁한 반바지만 입고 정원 텃밭을 어슬렁어슬렁 다녔다. 4분의 3 정도 자라서 아직 덜 여문 옥수수는 껍데기가 희고 매끄러웠다. 개는 녹색 바다에서 상어처럼 유연하게 헤엄을 쳤다. 옥수수 맨 꼭대기에서 물결처럼 출렁이는 투명하고 가느다란 거미줄 융단이 50에이커에 달하는 옥수수 밭을 덮고 있었다. 밤에는 백만 마리의 거미들이 거미집을 짓고 동이 틀 때는 백만 마리의 거미들이 젖은 몸을 말리기 위해 거미줄을 타고 올라간다. 거미줄에 맺힌 이슬방울과 텃밭 구석구석에 내려앉은 아침 햇살이 파파라치가 터트리는 카메라 플래시처럼 반짝인다.

양손에 부드럽고 축축한 거미줄이 휘감긴다. 오늘이 무슨 요일인지 전혀 기억나지 않는다. 월요일일 수도 있고 수요일이나 토요일일 수도 있다. 기나긴 순간 속으로 나날들이 침출되었다. 별로 중요한 문제는 아니었다. 갈 곳도 없었고 마쳐야 할 마감도 없었다. 음식과 불과 거미줄이 반짝이는 밭과 그리다 만 두 점의 그림이 있었다.

모르는 것과 아는 것, 신경 쓰지 않는 것 사이의 그 몇 분간의 자유 속에서 낯설고, 친숙하고, 행복한 감정이 나를 엄습했다. 여행을 다닐 때 수도 없이 느꼈던 감정이었다. 파키스탄에서 새벽길을 산책했을 때, 차를 마셨을 때, 덫에 잡힌 새매를 들고 오는 소년과 그의 아버지를 보았을 때도 이런 감정을 느꼈다. 옥수수 밭에 서서 지평선으로 넓게 번지는 여명을 지켜보던 나는 문득 깨달았다. 어제가 바로 내가 슬로바키아의 오두막에서, 그리고 고속도로를 달리며 느꼈던 아름다운 고립감이 응축되고 확장된 날이었음을. 그것은 사우스다코타의 평원 위로 강하하는 매의 자태를 바라볼 때 그리고 크로아티아에서 물뱀들과 함께 물거품을 헤치며 물속을 유영할 때 느꼈던 자유였다.

내가 다시 균형을 찾기까지는 2년이 걸렸다. 나는 이미 몇 년 전에 해방되고 단순화되어 가장 본질적인 것으로 되돌아왔어야 했다. 하지만 나는 잘못된 길로 가고, 잘못 이해하고, 내 안의 본능을 부인하면서 꼴좋게 실패했다. 나는 스스로 만든 부조화 속에 살았다. 끔찍한 선택을 했으며 타인의 규칙과 세계에 나

를 가두었다. 그들에게 상처를 주었고, 내가 그들의 기대를 충족
시킬 수 있다고 하는 잘못된 믿음을 품었다. 사실 나는 그들의
기대를 채울 수 없었다.

　나는 낡고 부서진 오두막에서 이렇다 할 물질적인 소유물
없이 지내고 있었다. 자연과 맺는 희석되지 않은 온전한 관계를
제외하면 혼자인 나는 파괴적인 두려움이나 공포 없이 지내고
있었다. 통나무 아래 쥐며느리들과 밀가루에 있는 바구미들을
보며 웃음을 터뜨리면서 자연 세계를 기꺼이 내 일상에 더 깊숙
하게 짜 넣었다. 죄책감과 부끄러움이 아닌, 헤아릴 수 없는 자부
심과 목적의식을 느꼈다. 생활은 고단했지만 재미있고, 유쾌하
고, 즐거웠다. 내 영혼은 다시 독립했고 내 행동과 삶 사이에서
창의적인 명분과 효과를 느꼈다. 나는 건설적인 방식으로 삶의
변수들을 통제했고 나의 특이한 행동들은 장점이 되었다. 올바
른 맥락으로 보자면 나의 기이함과 생물학적인 틱 증상들, 의지
박약과 실수들은 모두 가치가 있었으며 이런 것들 덕분에 나만
의 독창적이고 특별한 방식으로 존재할 수 있었다.

　나는 자유롭게 나 자신이 되었다.
　나는 새처럼 자유로웠다.

　자유와 비행은 떼려야 뗄 수 없는 관계다. 비행은 중력으로
부터의 순간적인 탈피다. 변덕스럽고 어느 방향으로나 움직이며,
자유롭게 이동하고, 이주하고, 방랑한다. 비행은 자유로운 영혼
이며, 빙글빙글 돌고, 질주하고, 사냥하고, 그저 재미로 날기도
하는 행위다. 매잡이인 나는 그저 은유나 상징적 비유가 아닌 구

체적 경험으로서의 비행을 잘 알고 있다. 나는 매와 더불어 살았으며 비행의 자유를 느끼기 위해 아주 먼 거리도 마다하지 않고 갔다. 스스로를 가둔 유배와 회복의 시간을 통해 매가 지닌 본질적 자유가 내 고통의 치유제로 승화되고 있음을 알게 되었다. 내가 만든 복잡한 세계로부터 멀어지기 위해 매의 자유를 훔치는 것은 나와 맹금류와의 관계를 제한하고, 희석하고, 근본적으로 변화시키리라는 사실도 알게 되었다. 내가 지닌 불균형도, 시간 부족도, 슬픔이나 고통도 절반의 용량으로 기능하게 될 것이라는 의미였다. 인간의 어리석음을 감당하고 치유하기에 매는 너무도 귀중한 존재라는 사실도 알고 있다. 매에게는 티끌 한 점 없는 맑은 마음의 유대감과 에너지가 필요하다. 매를 훈련시키고 매와 사냥을 하려면 많이 노력하고 집중해야 한다. 억지로 해서는 안 되고 스스로 좋아해서 해야 한다. 그것은 낭만적인 추상성 혹은 말이나 생각에서는 찾을 수 없지만 실제로 존재하는 사랑이다. 그 사랑은 사명감과 행동, 세심한 보살핌, 일상적인 의식, 관찰과 주인의식을 통해 드러난다. 이런 이유로 나는 두 살 미만의 매는 소유한 적이 없다. 다만 그림이나 만화, 선물용 카드, 편지 등에서만 어린 매들을 그리고 표현했을 뿐이다. 그리고 같은 기간 동안 나는 아들을 보지 않았다. 매잡이로서, 아버지로서 나는 한결 같았다. 나는 한결같이 부재중이었다.

　자아감이 점점 안정되자 상황이 바뀌는 것은 이제 시간문제였다. 오두막에서 맞는 두 번째 여름, 두 명의 매잡이들에게서 전화가 왔다. 둘 다 다친 새매 때문에 도움을 요청했다. 각각 암컷과 수컷이었다. 완벽한 한 쌍의 새매는 둘 다 야생 매였고, 둘 다 자연에서 자랐다. 한 마리는 즉각 도움이 필요했고 또 다른 한 마리는 조금 나중에 가도 괜찮았다.

　그리고 이제는 말도 하고, 아버지의 부재를 알아채고, 질문도 할 정도로 자란 내 아들 역시 나를 보고 싶어 했다.

　나는 둘 다 동의했다.

일찍 일어나 아래층으로 내려가 문을 열어젖히고 주방에서 머그잔에 차 한 잔을 따른 다음 문 앞 계단에 앉는다. 하늘이 밝아오자 날카로운 소리들이 새벽을 가른다. 위층에서 작게 쿵쿵거리는 소리가 들린다. 내가 기르는 개, 에타가 오리털 이불 속에서 혼자 버둥거리는 중이다. 에타가 비척거리며 내려오더니 내게 밥그릇을 밀어놓고 어깨를 쿵쿵 친다. 그러고는 보이지 않는 냄새를 맡으며 이리저리 킁킁거린다.

오늘은 다친 새매가 처음 오는 날이다. 매는 신경이 매우 예민해져 있을 것이고 내적으로 크게 긴장하고 있을 것이다. 나는 머릿속으로 새매를 안전하게 보호하는 데 필요한 물품들을 정리해본다. 음식, 장갑, 약, 횃대, 가죽, 미끼, 가죽끈, 방울, 건전지, 외과용 메스, 회전 이음쇠. 이미 가지고 있는 것도 있고 주문해야 하는 것도 있다.

오두막으로 다시 돌아가서 오래된 잡지를 넘기며 사진들을 보고, 매 관련 짧은 동영상들을 보고, 매사냥 관련 책들도 뒤적인다. 내 주위는 온통 15년 동안 매와 여행으로 보낸 흔적들뿐이다. 수의사가 다친 새의 몸에서 꺼낸 감염된 작은 혈관들, 매끈한 기관들, 산사나무 조각, 부러진 깃털 등은 이곳을 사고와 상처를 전시한 죽음의 박물관으로 만든다. 모신 알리가 손수 만든 방울은 끈을 달아 주방 걸이에 걸어둔다. 살만과 하이더와 구람이 선물해준 밝은 색 구슬로 장식된 매잡이용 가죽끈은 의자 손잡이에 걸어놓는다. 소파에 기하학적인 무늬를 짜 넣은 담요가 덮여 있다. 어느 부족의 여인이 내게 준 담요다. 거미줄이 생긴 매 눈가리개는 벽난로 위에 걸려 있다. 토끼와 꿩, 자고새에게서 벗겨내 말린 가죽과 털은 문 위에 엉성하게 못 박혀 있다. 46센티미터에 달하는 검독수리 날개 깃털은 벽에 난 구멍에 꽂혀 있다. 속이 빈 알들은 카드 위에 있거나 냉장고에 차갑게 보관되고 있다. 날고 있는 매와 독수리와 수리 등의 그림과 사진, 스케치 등은 벽에 붙여두거나 오크나무 가지, 클립 등으로 고정시켜두었다. 부화, 낚싯줄 매듭법, 복숭아통조림 만드는 법, 약초 치료법, 고기 건조시켜 훈제하는 법 등 다양한 주제의 책들이 특별한 분류 기준 없이 높게 쌓여 있거나 선반에 꽂혀 있다.

매사냥과 관련한 잡동사니들 옆으로 그림들이 있다. 여기저기 흩어져 있거나 액자에 담겨 있거나 귀퉁이가 접힌 A4에 그려진 그림들은 내 아들이 그린 것이다. 아들은 맥락 없는 기이한 선들로 창의적인 불협화음을 이루어냈다. 방귀를 끼는 살찐 개, 외계인, 개구리 같은 그림이다. 모자 혹은 프라이팬을 머리에 쓴 엄마 그림도 있다. 코끼리 다리 같은 다리에 발은 없고 팔은 앙상한 사람들이 둥글게 서서 마치 항복이라도 하듯 손을 번쩍 치켜들고 있는 그림도 있다. 어쩌면 항복이 아니라 다정하게 손을 흔들고 있는 모습인지도 모른다. 타원형의 거대한 해파리는 함박웃음을 짓고 있는데, 거의 묘지 비석만 한 이빨을 드러내고 있다.

제목인지 설명인지 알 길 없는 데다 알아보기 힘든 가늘고 긴 글씨가 그림 한쪽 귀퉁이에 쓰여 있다. 아들이 그린 그림 중 내가 가장 좋아하는 것은 카드에 여러 색의 물감이 짓이겨지고 번진 그림이다. 플라스틱 눈이 위태롭게 붙어 있는 현란한 매가 그려져 있다. 이 그림에는 행복한 아이들이 모두 가지고 있는 자유로움이 담겨 있다.

에타가 문을 밀치고 들어와 마루에 미끄러지면서 새로 올매와 아들에 관한 추억에 빠져 있는 내 상념을 툭 끊어버린다. 자동차를 운전해 슈롭셔Shropshire를 지나 정확히 오전 9시 32분, 나의 시선은 처음으로 구조해줄 새매에게 고정된다. 새끼 고양이 크기만 한 그 새매는 신문지가 깔린 플라스틱 통에 게으른 자세로 앉아 있다. 이 새매는 자신의 능력을 과신하며 둥지에서 바깥쪽으로 뻗은 가지로 올라가다가 땅으로 추락했다. 개와 산책하던 마음씨 좋은 사람이 새매를 발견해 야생동물 구조센터에 보냈다. 구조센터에서 그 새매를 한 매잡이에게 보냈고 나는 지금 그와 이야기를 나누고 있다.

새매는 마치 짐 헨슨Jim Henson•의 창작 공간인 머펫 스튜디오 일꾼들이 여러 종류의 동물 인형 부품들을 모아 허둥지둥 바느질해 만든 것처럼 생겼다. 아름답게 못생겼고 재미있게 불쾌하다. 도마뱀처럼 생긴 곤조••와 비슷하게 파충류 같은 다리와

• 다양한 인형 캐릭터들이 등장하는 TV 프로그램 세서미 스트리트의 창시자
•• 머펫 스튜디오의 캐릭터

날개, 하늘거리는 깃털이 달려 있다.

낯선 목소리에 잠이 깬 새매는 일어나서 하품을 하더니 내 눈을 똑바로 쳐다본다. 깃털도 성숙하게 자랐고, 거의 다 자란 새이지만 젊은 매 특유의 서툴고 어색한 모습이 아직 남아 있다. 고개를 이리저리 돌리고 새로 난 깃털을 쪼며 흰색 솜털을 뽑아내자 솜털이 민들레 홀씨처럼 흩날린다. 나는 자동차 트렁크를 열고 새에게 다가간다. 한 200~300그램 정도 됨 직한데, 생각보다 묵직하고 굉장히 따뜻하다.

새가 다리를 마구 휘젓고 발톱으로 허공을 움켜잡으며 버둥대기 시작한다. 매의 피부 아래로 굼뜬 뼈의 움직임과 뻣뻣한 질감의 깃털이 손바닥에 느껴진다. 새매의 가슴이 부풀었다 줄어들었다를 빠르게 반복한다. 매의 숨소리를 들어본다. 새매의 폐에서 나온 숨소리가 내 귀로 선명하게 들린다. 숨소리는 건강하고, 규칙적이며, 부드럽고, 고기 냄새가 난다. 그때 새매가 갑자기 왼발을 뻗어 내 머리에 있던 모자의 가장자리를 낚아채 벗겨낸다. 나는 새를 다시 플라스틱 통에 가만히 내려놓고 발톱에서 조심스럽게 그녀의 첫 '사냥감'을 떼어낸다.

내게 매를 건네준 매잡이의 도움을 받아 차 문을 열고 조수석에 새가 들어 있는 플라스틱 통을 두었다.

집에 오는 길에 상자 안에서 새매가 부스럭거리는 소리가 들린다. 약간 놀란 듯하지만 대체로 평안하다. 나는 머릿속에 이런저런 이름들을 떠올린다. 부디 이 새가 단순하게 지내다가 자신이 풀려나리라는 사실을 이해하길 바라며, 나는 명확하고 기능적인 이름을 떠올린다.

나는 이 새매를 '걸Girl'이라고 부르기로 한다.

걸이 우리 집에 온 같은 달, 나는 내셔널 트러스트National Trust•소유의 풀밭이 무성한 공원 주차장에서 초조하게 서성인다. 회색과 녹색으로 도색된 지프차 한 대가 출입구를 통과해 내 쪽을 향해 온다. 내가 알지 못하는 어린 남자아이가 차 안에서 나오려고 들썩인다. 차 유리창으로 반질거리는 손바닥이 보인다. 아이의 어머니가 채 말리기도 전에 아이는 혼자 문을 열고 나와 전속력으로 껑충껑충 달려와서는 나를 꽉 안는다. 나는 아이를 더 꽉 안는다. 너무 세게 안았는지 아이는 끙끙거리며 이제 놔달라고 말하더니 깔깔거리고 웃는다. 이 작은 몸을 한 인간은 무겁고, 뜨겁고, 극도로 앙상하다. 아들의 숨소리가 들리고 심장 고동이 느껴진다. '미니 체더' 과자 냄새와 잼을 바른 샌드위치가 뒤섞인 달달한 냄새가 난다. 놀랍게도 아이는 정서가 따뜻하다. 나도 내 자신이 이토록 강렬하게 반응할 줄은 미처 몰랐다.

우리는 한동안 공원을 산책하다가 부드러운 담요를 깔고 그 위에 앉아 음식을 먹는다. 일종의 소풍인 셈이다. 아이가 더 어렸을 때는 느끼지 못했고, 내가 마지막으로 아이를 보았을 때도 느끼지 못했던 낯설고 당황스러운 감정이 느껴진다. 한참 만에 비로소 긴장이 풀리기 시작한다. 아이에게서 내 어릴 적 모습이 흐릿하게 보인다. 나와 생김새도 체격도 다르지만 아이가 움직일 때마다 나는 아이와 나의 닮은 점과 다른 점이 느껴진다.

아이는 두상이 크고 귀가 눈에 띈다. 눈동자는 새파란 내 눈과 달리 엄마의 눈을 닮아 짙은 갈색이다. 눈은 내 눈처럼 옆으로 길고 강렬하며 아몬드 모양에 가깝다. 얼굴은 갸름하고 턱은 작고

• 환경 및 문화유산 보존을 위해 영국에서 시작한 민간단체

뾰족하다. 아이가 웃을 때 보니 앞니가 내 앞니와 똑같이 살짝 비뚤어져 있다. 송곳니부터 뒤로 이어지는 치아는 엄마를 닮아 완벽하게 가지런하다. 내가 한 말에 동의할 때는 나처럼 고개를 끄덕이며 웃는다. 아이는 놀라울 정도로 광범위한 언어를 구사한다. 재잘거리기 좋아하며 발음이 거의 완벽해 아이가 하는 말들을 대부분 알아들을 수 있다. 요정처럼 매혹적인 외모와 목소리. 아이를 그렇게 인식하는 내 자신의 반응 때문에 아이가 이상하리만치 아름답게 느껴진다. 아이가 갓난아기였을 때는 느끼지 못한 감정이다.

아이와 나는 장난감을 가지고 놀기 시작한다. 아이는 무심결에 나를 아빠라고 부른다. 이전에는 이 단어를 사용하기에 너무 어렸다. 살면서 아빠라고 불린 것은 처음이다. 나는 아무 반응도 하지 않는다. 나 자신을 아버지라고 생각해본 적이 없다. 그 단어는 내가 생각하는 나 자신과 아무 관련이 없다. 나는 이 생각의 흐름을 끊으려고 노력하며 아이와 계속 논다. 하지만 '아빠'라는 단어가 계속 거슬린다. 기분이 이상하다. 나는 여전히 아버지란 어떤 존재여야 하는지 알지 못한다. 도무지 가늠이 되지 않으며 어떤 면에서는 두렵기까지 하다. 아들은 내가 누군지, 어떤 존재인지를 나 자신보다 더 잘 알고 있는 것 같다. 이 작은 아이는 스스럼없이 내게 다가와 조금도 주저하지 않고 성스러운 기름을 발라주며 내게 아버지의 지위를 부여해준다. 이는 놀라운 신뢰와 생존 행위에서 비롯한다. 아이의 애착이 지닌 힘은 놀랍다.

몇 시간 후 이제 아이와 헤어져야 할 시간이 왔다. 첫 만남치고는 완벽했다. 흡족하다. 그런데 집에 돌아오는 길에 예기치 못한 슬픔이 나를 짓누른다. 불현듯 모든 것이 고갈된 느낌이다.

어떤 객관적인 논리로 설명하더라도 나는 쓰레기 같은 아빠다. 나도 나 자신을 이해하지 못하겠다. 나와 전혀 다른 종과의 관계에서는 섬세한 감정과 자연스러운 자신감을 느꼈건만 정작 내가 만든 존재에 대해서는 끝없는 혼란과 실패감이 압도한다.

이 모든 상황이 철저히 부자연스럽게 느껴진다. 마치 발 앞에서 중간 부분이 복잡하게 얽혀 이어지지 않는 줄의 양 끝을 보는 기분이다. 마음 깊숙한 곳에서부터 걸이 그리워지기 시작한다. 이전에는 단 한 번도 누군가를 그리워해본 적 없던 내가 그 아이를 그리워하기 시작한다.

오두막 난로 근처에 걸의 자리를 마련해주고 방해받지 않고 잠들도록 내버려둔다. 걸이 자는 동안 냉동실에서 걸이 저녁 식사로 먹을 노란색 수탉 고기 두 덩이를 꺼내 플라스틱 통에 담아 해동되도록 둔 뒤 휴대전화를 집어 든다.

영국에서 야생 매를 합법적으로 소유해 주인이 되는 과정은 매우 까다롭고 복잡하다. 단순히 매를 소유하는 것만으로는 충분치 않으며 정성껏 건강을 보살펴준 뒤 자유롭게 놓아주어야 한다. 영국에서 걸과 같은 매는 대단히 엄격하게 보호된다. 매를 재활시키는 일에는 법적인 책임과 복잡한 절차들이 수반된다. 이러한 책임과 절차를 무시하거나 따르지 않고 제멋대로 굴면 기소되어 구속될 수도 있다. 나는 '내추럴 잉글랜드Natural England•'에 전화를 걸어 걸이 내게 있으며 어디에서 왔는지를 알리고 회복되면 놓아줄 것이라고 설명한다. 그러고서 지역 야생동물 담당 경찰관에게 전화를 걸어 우리 집에 와서 매를 확인하

• 환경을 보호하고 지키는 일을 하며 정부에도 환경 관련 자문을 해주는 영국의 단체

도록 한다. 늦은 오후까지 각종 절차를 거친 후 여러 정부 기관에 걸쳐 걸의 합법적 지위가 확정된다.

통화를 마치고 주방으로 돌아온 나는 수탉 털을 벗기고 부드러운 살코기를 도려내 걸에게 첫 식사로 가져다준다. 걸은 벌떡 일어나 날개를 퍼덕이며 발톱으로 고기를 움켜잡는다. 그러고는 살점을 뜯어 먹는다. 처음 몇 입은 반사적으로 게걸스럽게 먹는다. 지금 걸이 배가 고프지 않다는 걸 나는 안다. 하지만 걸은 본능적으로 음식을 충분히 먹어두려 하고 있다. 금세 식사에 싫증을 느낀 걸은 고기 4분의 3가량을 남겨둔 채 식사를 중단하고 횃대로 돌아간다.

어림잡아 일주일 정도만 지나면 깃털이 완전하게 다 자라날 수 있을 것이다. 그렇게 되면 시간과 수고가 덜 들어간다. 그저 풀어두면 제 식사를 알아서 찾아 먹을 수 있기 때문이다. 걸은 다친 후 곧장 인간을 만난 덕분에 목숨을 구한 것은 틀림없지만 그만큼 자연에서 양육될 수 있는 시간은 지연되었다. 걸을 빨리 떠나보내면 자연에서 살아가기에는 너무 약하고 어리고 미숙한 새가 된다. 걸을 살리려면 떠나보내기 전에 훈련을 시키고, 건강이 충분히 회복되도록 돌봐주고, 인간을 떠나 스스로 사냥할 수 있도록 도와주어야 한다. 안타깝게도 걸이 자연에서 사냥할 수 있는 먹잇감은 대단히 제한적이다. 그 먹잇감들 역시 걸과 마찬가지로 법적으로 보호받기 때문이다. 자연에서 사냥을 하려면 매의 재활과 관련한 다른 모든 법적 규정을 준수해야 한다. 동시에 정부 기관 여러 곳에 전화를 걸어 임시로 제한된 소수의 새들을 재활과정의 일환으로 사냥할 수 있도록 허가를 받아야 한다.

이보다 더 복잡한 일들도 있다. 야생에서 태어난 걸은 법적인 표식이나 그 어떤 서류도 갖지 못한다. 보험에도 가입할 수 없다. 매를 놓아줄 때까지 모든 약과 음식과 거주지와 기타 어마어마한 비용은 고스란히 내 주머니에서 나가게 된다. 만약 질병에 걸리거나 다치면 전문 수의사에게 치료를 받아야 하는데 그 비용은 수천 파운드가 될 것이다. 날개가 부러지거나 눈이 멀어서 장애가 생겼다고 해서 야생에 놓아주지 못한다. 법적으로 보호를 받는 새이므로 안락사를 시키는 것도 불법이다. 그러므로 나는 매에게 자연에서의 삶을 기억할 수 있는 방식으로 먹이를 주고 주거지를 마련해주어야 한다. 나는 최대한 10년까지 걸을 데리고 있을 수 있는데 시간이 흐르면서 걸에게 들어가는 모든 비용도 차곡차곡 늘어갈 것이다. 돈과 관련된 자질구레한 문제는 제쳐두고라도 나는 걸이 사람에게 붙잡혀, 새장에 억압적으로 갇힌 채 불완전한 존재로 남은 생을 우울하게 살아가게 될까 봐 몹시 두렵다.

돌아가서 보니 걸은 남은 고기를 다 먹고 만족스러운 듯 낮은 소리로 지저귀며 녹색과 회색이 감도는 선명하고 푸른 눈으로 나를 바라본다. 그러고는 발을 이리저리 움직이며 꼬리를 들어 올리고, 몸을 부르르 떨더니 배설물 한 덩이를 떨어트린다. 배설물은 한 치의 오차도 없이 정확하게 에타의 주둥이 위로 깔끔하게 떨어진다. 걸은 몸을 흔들며 횟대 위로 몇 센티미터 정도 푸드덕 날아올랐다가 갑자기 착지하더니 재채기를 한다. 매는 앞으로 펼쳐질 자신의 미래를 전혀 모르고 있다.

걸과 함께하는 삶의 전반기에는 편안한 즐거움이 오두막 곳

곳에 스며든다. 걸은 최고의 호강을 누리고 있으며 먹고, 퍼덕거리고, 자는 일 외에는 할 일이 없다. 꼬박꼬박 양질의 식사를 한 덕에 걸은 불완전하고 엉성한 젊은 매의 모습에서 유려한 자태를 뽐내는 어른 매의 모습으로 빠르게 변하고 있다. 2주 만에 흰색과 회색 솜털은 흔적도 없이 사라지고 그 자리에 밝은 나무색 깃털이 생겨났으며 몸집도 커지고 세련된 유리 화병처럼 우아한 자태를 갖췄다. 어깨 위에 차곡차곡 결을 만들며 자리 잡은 엄지손가락 크기의 가는 깃털들에는 뒤집어진 C자 무늬가 있으며 끝 부분이 청동색이다. 날개와 꼬리 위쪽은 옅은 흰색 바탕에 회색 줄무늬가 나 있다. 파르르 맥박이 뛰는 가슴에는 가을날 커피 위에 얹은 크림 같은 무늬가 굽이친다.

만져보니 날개 근육은 둥글고 다리와 발뼈는 가느다란 강철 막대처럼 단단해졌다. 시력도 기하급수적으로 발달하고 있다. 걸은 현재 오두막 안에서 최소한으로만 움직이고 있다. 모기, 말벌, 파리, 종종걸음으로 달아나는 딱정벌레, 나방, 화목 난로에서 일렁이는 불. 그리고 특히 개에 큰 관심과 투지를 보이며 따라다닌다.

어느 날 아침, 걸이 잡은 쥐를 발견한다. 걸의 부푼 목덜미에 핏방울이 묻어 있고 횃대 아래로 쥐 털이 흩어져 있다. 쥐를 잡은 걸은 하루 종일 만족스러운 듯 가늘고 높은 소리를 낸다. 쥐의 죽음은 걸이 가야 할 단 하나의 방향을 뚜렷하게 보여준다. 스스로 쥐를 죽였다는 것은 이제 훈련을 시작해야 할 시기라는 걸 의미한다.

솔직히 말하면 나는 훈련을 며칠 동안 미루고 있었고 그러는 동안 불안감이 꽃처럼 활짝 피어났다. 어떤 매든 매를 훈련하는 과정은 명치를 밧줄로 힘껏 묶인 채 피할 수 없이 끌려가는 것처럼 늘 긴장된다. 내가 마음을 겨우 바꿔 훈련을 시작해도, 걸은 훈련을 거부하고 포악하게 저항할 것이라는 사실을 알고 있다. 맨 처음에는 그다지 동요하지 않을 것이다. 이때 내가 저지르는 단 하나의 실수도 재앙이 될 수 있다. 처음 몇 주 동안은 이렇게 유동적으로 흘러갈 것이다. 그렇다고 해서 문제가 없거나 절망의 순간이 없다는 의미는 아니다.

나의 첫 새매를 훈련시킬 때, 그 새매가 첫 자유 비행을 할 때, 매는 훌쩍 숲으로 날아가 점점 작은 점이 되더니 빛과 그림자 속으로 사라져버렸다. 나의 세계는 완전한 무력감에 위축되고 무너졌다. 자유와 비행에 대한 모든 낭만적인 생각들은 순식간에 뭉개졌고 하늘로 올라가 태양에 주먹질을 하고 싶은 격렬한 분노로 바뀌었다. 나는 숲으로 들어가 한참 동안 매를 찾았다. 매를 잃어버린 매잡이가 할 수 있는 일은 그것뿐이었다. 나는 휘파람을 불기 시작했다. 매가 날아간 후 평생이 흐른 것 같은 기분을 느끼며 매에게 묶어둔 방울 소리를 따라 몇 시간 동안 매를 찾아다녔다. 허사였다. 어쩌면 매를 영원히 잃어버렸을지도 모른다는 생각이 들었다.

내가 훈련시켰던 첫 매, 작은 쇠황조롱이도 거의 비슷한 과정을 겪었다. 일주일 동안 준비를 하고, 쇠황조롱이에게 묶어둔 훈련용 줄을 뗀 뒤 울타리 꼭대기에 앉힌 다음 내 쪽으로 오라고 불렀다. 쇠황조롱이는 하늘로 날아올랐다. 쇠황조롱이가 완벽하게 노련한 솜씨로 유유히 하늘로 미끄러지듯 사라지는 광경을 나는 무력하게 바라보기만 했다. 줄에서 풀려난 쇠황조롱이의 몸은 완전히 달라졌다. 마치 '이게 내 존재의 이유야.' 하고 말하기라도 하듯 갑자기 솟구쳐 오르더니, 상상도 못 했던 힘찬 몸짓으로 세 번을 빠르게 회전하고는 순식간에 수십 미터까지 올라갔다. 새는 너무 높이 날아갔고 나는 시야에서 새를 놓쳤다. 망연자실해진 나는 황조롱이가 날아간 방향으로 따라가며 미끼를 흔들고 새를 불렀다. 5분쯤 지나 황조롱이가 내 머리 위로 다시 나타났다. 이윽고 폭격기에서 떨어진 폭탄처럼 급강하하더니 먹이를 삼키고는 오래된 교회 지붕 위에 앉았다. 나는 종탑으로 올라가 지상에서 약 50미터 높이에 있는 800년 된 교회 지붕 위를 미끄러지듯 다니며 마침내 매의 다리를 움켜쥐고는 잡아당겼다.

어린 맹금류에게 반복적으로 일어나는 문제는 그 새들의 속임수다. 어린 맹금류는 자유 비행을 할 준비가 되어 있는 척하며 매잡이를 설득한다. 그러므로 잠시 매를 잃어버리는 일은 매 훈련이 일상이 되고 신뢰가 생기기 전까지 반드시 일어난다.

신뢰가 생기려면 시간과 세심한 관찰이 필요하다.

아들은 내가 사는 곳에서 멀리 떨어진 곳에 산다. 아들이 있는 곳까지 가려면 차를 운전해 세 개의 고속도로를 갈아타며 다섯 시간을 가야 한다. 아들은 주로 집에만 있고 자기만의 일상이 있다. 아들이 엄마와 함께 나를 보러 오려면 M25번 도로를 타고 지독한 교통정체를 감내해야 한다. 아들은 농담 반 진담 반으로 단호하게 말한다. "다시는 안 해."

아들의 말에 웃음이 나온다. 아들이 무슨 말을 하는지 정확히 이해한다.

아들이 사는 집 근처에서 숙박을 하고 아들과 하루 종일 보내기로 한 건 처음이다. 첫날이 다 끝나갈 즈음 나는 연신 시계를 본다. 시간이 왜곡되어 빨리 흐른다. 오자마자 사라지는 시간에 화가 난다. 이러지도 저러지도 못한다. 시간의 압박에 눌려 모든 일을 처리하고 치워놓으려니 괴롭다. 떠나야 할 시간은 너무도 빨리 돌아온다.

둘째 날이 되자 아들이 오늘 밤에 자고 가면 안 되냐고 묻는다. 기분이 좋아지면서 무슨 일을 해도 괜찮을 것 같은 생각이 든다. "그건 내가 결정할 문제가 아니란다, 꼬마 친구."

아이의 어머니가 괜찮다고 말한다.

거절할걸.

어른들이 아이 앞에서 서로 친한 척하며 다정하게 굴기는 어렵지 않으나 오랜 시간 가까이 지내기란 여간 곤욕스러운 일이 아니다. 경험상 금이 간 가족의 역사는 온통 앙심의 독으로 가득하다는 사실을 잘 알고 있다. 가족끼리 헤어질 때는 감정적 독이 그 관계에 흐른다. 늘 비난이 오가고 사소한 잘못이 낱낱이 드러난다. 당신이 그렇게 말했잖아. 당신이 이렇게 했잖아. 내가 그렇게 했잖아. 이런 식으로 흘러가기 마련이다. 나는 우리의 관계 역시 그럴 것이라고 예측한다.

하루 종일 편치 않은 마음으로 있다 보니 내 안테나는 예민해지고 방어벽도 높아진다. 나는 상대가 잔소리하는 순간을, 눈썹을 치켜올리며 나를 보는 순간을 기다린다. 원한이나 분노, 부정적 마음의 징표를 보여주길 기다린다. 아들의 입에서 제 아버지가 얼마나 무책임한 사람인지에 관해 주입된 말들이 우연히 나오기를, 내 귀에 그 말이 들리기를 기다리며 아들의 말을 듣는다.

그런 말은 한 마디도 들리지 않는다.

그런 낌새는 조금도 보이지 않는다.

당황스럽다.

고착된 인간관계에 대한 압박이나 추측 없이 객관적으로 상황을 보니 우리의 관계 역학이 더 나아졌음을 알 수 있다. 아들의 어머니는 전혀 다른 사람이 되었다. 덜 통제하려 들고, 덜 완고하며, 덜 비판적이다. 관계의 끝에 수반되는 권태와 너무도 쉽게 곪아버리는 증오가 전혀 존재하지 않는다. 내가 포크를 엉뚱한 서랍에 넣어도 비난하지 않는다. 마지막 남은 과자를 내가 먹어도 날카롭게 화내지 않는다. 무엇보다도 내 존재를 냉랭하게 대하며 성가셔하지 않는다. 내가 숨 쉬는 것이 문제가 되지 않는다.

문득 그녀가 내 모습에서 아들을 보는 건 아닌가 하는 생각이 들기 시작한다. 어쩌면 그녀는 아들을 통해 나라는 사람을 더 잘 이해하게 되었는지도 모른다. 어쩌면 내가 이러한 태도의 변화를 전혀 이해하지 못하고 있는 건지도 모른다. 그녀가 아들을 사랑하는 것만은 분명하다. 그 사랑이 모든 것을 압도한다. 아들에게 조금이라도 상처가 될 만한 부정적 이야기나 과거에 대한 말 등은 모두 사라져버렸는지도 모른다. 오직 중요한 것은 지금 바로 이 순간이다. 그리고 나도 변했다. 이전보다 좀 더 느긋해졌고, 논쟁을 덜 하게 되었으며, 화를 덜 내고, 덜 두려워하며, 파괴적인 성향도 훨씬 줄었다.

나는 두 사람을 골똘히 바라본다. 두 사람 사이에 오가는 말들을 가만히 듣는다. 그녀는 아들과 살면서 특별한 일을 해냈다. 그녀는 내 나약함의 희생양도 내 행동의 피해자도 아니다. 그렇다고 만만한 사람도 아니다. 그녀는 어리석은 사람을 기꺼이 감내해주는 사람이 아니다. 런던에서 그녀는 수백만 파운드의 예산을 집행하고, 노동자들을 관리하고, 자신의 능력을 가장 잘 발휘할 수 있는 자리에 사람들을 배치하는 일을 했다. 그녀는 아들에게도 같은 일을 해왔으며 아들에게 관대한 보호자가 되어주었다. 그녀가 아들과 쌓은 관계는 내 존재의 유무와 상관없이 완벽하다. 나는 그녀가 만들어온 삶을 방해하지 않을 것이다. 그녀는 자신만의 자유와 독립을 누리고 있다. 아들도 그 자유와 독립 덕분에 잘 지내고 있다. 내가 어울릴 자리는 어디인지, 내 용도는 무엇인지 알 것 같다. 내가 가치 있는 사람이 된 기분이다. 나도 참여할 수 있다.

아들이 잠든 뒤 그녀가 내게 말한다. 과거에 있었던 일은 중요하지 않다고. 중요한 것은 우리가 나아갈 방향이라고. 이제는 그녀와 대화를 나누기가 한결 수월하다. 우리는 다른 단어로 같은 이야기를 한다. 우리는 싸우지 않기로 합의한다. 앞으로 40년 동안 증오의 무게를 짊어지고 지쳐가는 것보다 서로를 다정하게 대하는 것이 훨씬 더 낫다. 단순하다. 명확하다.

다음 날 아침, 아들이 아래층에 내려와 내가 잠든 소파 베드 위로 올라온다. 머리는 위로 뻗쳐 있고 얼굴은 조금 일그러져 있으며 눈동자는 멍하다. 아들은 오리털 이불 밑으로 쏙 들어가 만화 영화를 본다. 그녀가 우리를 깨우고 우리는 아침 햇살 속에 함께 앉아 그녀가 만든 아침 식사를 먹는다.

내가 원하는 것은 도무지 자연스럽게 와닿지 않는 한 가지를 배울 공간과 시간뿐이다. 어떻게 하면 아버지가 될 수 있는가. 내게 주어진 궁금증은 이것뿐이다.

훈련 첫날, 나는 걸을 내게서 몇 미터 떨어진 울타리 기둥 위에 앉힌 다음 내 장갑 위에 날아와 앉는 훈련을 시킨다. 그런데 걸이 너무 세게 장갑을 움켜쥐면서 뒷발톱이 부러진다. 붉은색

진한 피가 가죽 장갑 엄지손가락 부분을 타고 주르륵 흘러내려 바닥에 뚝뚝 떨어진다. 상황이 매우 안 좋다.

걸을 장갑 위에 앉힌 채 피가 흐르는 곳을 막고 미친 듯이 집으로 달려 들어가는 도중에도 손가락 사이로 피가 줄줄 흐른다. 잔뜩 불안해하며 흥분한 걸이 가죽끈 끝에 매달린 채 거칠게 퍼덕거린다. 가까스로 걸을 진정시키고 자리에 앉힌 뒤 찬찬히 살펴봤다. 오른쪽 두 번째 발톱도 부러져 끝이 뭉툭해졌다.

일단 오두막 안으로 들어와서 보니 상처 입은 발톱 옆면이 떨어져나갔고, 분홍빛이 감도는 붉은 신경 조직이 두 발가락 끝에 살짝 드러나 있다. 이루 말로 할 수 없을 만큼 고통스러우리라. 마치 엄지손톱과 집게손톱이 찢어진 채 루빅스큐브를 완성해야 하는 고통과 맞먹을 것이다. 내가 미친 듯이 구급상자를 찾는 동안에도 매의 상처 부위에서는 쉬지 않고 피가 흘러 마룻바닥으로 뚝뚝 소리를 내며 떨어진다.

요오드는 훌륭한 화합물이다. 강력한 살균력과 부식성이 있어서 상처의 출혈과 감염을 화학적으로 완벽하게 지진다. 나는 공황상태에 빠져 튜브를 기울여 요오드 결정을 식탁에 쏟는다. 보랏빛이 감도는 뾰족한 육각형의 요오드 결정이 자석에 끌린 철가루처럼 식탁 위에 한 뭉텅이 쌓인다. 결정형의 요오드는 매우 고순도여서 매의 날갯짓에 흩날려 바닥에 떨어지기라도 하면 나무로 된 마룻바닥에 진한 암갈색 자국이 남는다. 부주의하게 흩어진 요오드가 실수로 입에 들어가게 되면 지독한 신맛을 보게 된다. 상처에 요오드를 부으면 종이에 베인 상처에 레몬 즙을 붓는 것 같은 찌르는 통증이 느껴진다.

나는 적신 면봉 끝에 요오드 결정을 찍어 맨살이 드러난 걸의 발톱에 갖다 대고 꾹 누른다. 걸이 매우 난폭하게 반응할 것이라는 생각에 온몸이 긴장된다. 그런데 걸은 난폭하게 화를 내기는커녕 고개를 낮추고 자신의 상처 부위에 부드럽게 부리를 갖다 댄다. 화학적 화상에 보이는 반응이라기보다는 마치 가려운 곳을 긁는 것 같은 모습이다.

걸이 상처에 부리를 갖다 대면서 의도치 않게 걸의 입에 요오드 결정이 아주 소량 들어간다. 화살 모양의 혀가 짙은 보라색으로 변한다. 요오드가 걸의 목구멍으로 넘어간다. 걸은 역겨운 듯 뾰족한 혀를 내밀면서도 계속 침착함을 유지한다. 그렇게 몇 분이 흐르자 요오드 결정 아래로 흐르던 피가 멈춘다. 출혈이 멈추자마자 나는 걸이 차분함을 유지할 수 있도록 어두운 방에 걸을 두고 조용히 문을 닫는다.

모든 매가 그러하듯 걸의 혈액은 산소 농도가 대단히 높아서 딸기잼에 물을 탄 것처럼 찐득하다. 몇 분 동안 손을 씻고 오두막 여기저기에 난 핏자국을 닦아낸다. 출입문에도, 계단에도, 오솔길에도, 정원 출입구에도, 훈련장으로 가는 길 절반에 걸쳐 온통 핏자국이다. 지금까지 본 매의 출혈 중 가장 큰 출혈이다.

나는 밤새 걸의 상태를 확인한다. 새벽 동이 틀 무렵이 되자 요오드 결정이 검정색으로 딱딱하게 말라붙었다. 굳은 요오드를 떼어내고 출혈 부위를 확인한 후 요오드를 다시 덧바른다. 두 번째 요오드를 떼어내고 난 후에는 액체로 된 요오드 용액을 상처 부위에 얇게 바른다. 좀 더 편하게 움직일 수 있고 추가 감염을 막을 수 있는 투과성 보호막을 만들어주기 위해서다.

그렇게 며칠을 숨죽여 기다리는 동안 속으로 발톱 두 개를 잃어버린 매를 날릴 때의 장점을 생각한다. 이런 생각들은 걸이 식사를 중단하고 먹을 것을 마룻바닥으로 떨어트리기 시작하면서 멈춘다. 이번에는 건강 악화라는 재앙이 소용돌이친다. 충격 때문인지 아니면 그저 운이 나빴던 건지, 부드럽고 따스한 주둥이 가장자리에 마제염이라고 하는 구강 궤양이 생기면서 감염이 번지고 있다.

푸른색과 회색, 분홍색의 목구멍 아래로 쌀알 크기만 한 작은 흰색 반점들이 퍼져 있다. 푹신한 베개처럼 생긴 이 균들은 목구멍에 걸린 생선가시 같다. 이 균들이 매의 숨통을 막아 삼키는 능력을 억제한다. 걸의 숨결에서 시큼한 냄새가 난다. 썩은 고기 혹은 오래된 생선에서 나는 악취와 비슷한 냄새다. 감염이 새의 숨을 서서히 썩어 들어가게 하고 있다.

의료조치를 받지 못하면 구강 궤양은 점점 번질 것이고 걸은 굶어 죽게 될 것이다. 나는 천으로 매를 감싸 안고 아랫부리 밑에 있는 깃털을 살며시 잡아당겨 부리를 벌린다. 걸이 음식을 삼킬 수 있도록 젖은 면봉을 이용해 입 안의 감염된 부분을 문질러 닦아낸다. 나는 걸이 먹을 음식을 잘게 썰어 묽게 만들고 물 몇 방울을 넣고 조류용 균을 죽이기 위해 비타민과 수의사에게 산 저렴한 항균제도 넣는다. 이런 식으로 며칠 동안 목 안을 닦아주고 음식에 약을 섞어주어야 마제염 균이 사라진다.

둘째 주 주말이 되자 걸은 하루에 어린 닭 네 마리를 먹기 위해 최선을 다하지만 빠진 발톱 때문에 앉은 자세도 어색하고 자꾸만 미끄러진다. 게다가 횃대에 똑바로 앉아 있기도 힘든지 자꾸만 헛디디고 미끄러진다. 걸은 신경질적으로 굴며 불안해한다. 상처에 생긴 딱지가 떨어지지 않게 하는 유일한 방법은 몸무게를 최대치로 끌어올려 가장 건강한 상태로 만들고 새장 안에 풀어두는 것이다. 어쩌면 빠진 발톱들이 다시 자라나지 않거나 기형적으로 자라거나 발톱이 새로 날 수 없을 정도로 발가락 끝 부분이 손상될 수도 있다. 그렇다면 걸이 평생토록 갇혀 살아야 할지도 모른다는 나의 가장 큰 두려움이 현실화될 수도 있다.

걸 때문에 가슴이 아프다.
나 때문에 가슴이 아프다.

오두막 정원의 정반대쪽 끝, 초원 수풀을 지나 숲과 아주 가까운 곳에 3만 2000제곱미터 정도 되는 작은 공간이 있다. 풀이 무성하게 웃자라 있고, 절반은 양지이고 절반은 음지인 그곳에서는 들쥐들이 찍찍거리며 싸우고, 뱀들이 일광욕을 즐기고, 올빼미가 야생 꿀벌통 위에 둥지를 튼다. 그곳은 발목 깊이까지 쌓인 도토리와 가슴 높이까지 자란 쐐기풀, 공간을 에워싼 자두나무가 있는, 은밀하고 호젓한 공간이다. 나는 쐐기풀을 깎고 공간을 정돈해 걸을 위한 크고 호젓한 사육장을 만든다.

매는 새장에 갇혀 있는 것을 좋아하지 않는다. 잘못 만들어진 새장에 갇힌다면 걸도 거칠고 무질서하게 움직일 것이고 새장 벽이나 모서리를 향해 끊임없이 날갯짓을 할 것이다. 잘못 디자인된 새장은 새의 깃털을 꺾어버리고, 부리를 망가트릴 것이며 최악의 상황에는 뼈까지 부러트릴 것이다. 걸이 살 새집에 지붕을 얹기 전에 부드러운 그물망을 여러 겹 겹쳐 위에 얹고 스테이플로 고정시킨다. 이렇게 해두면 걸이 놀라서 퍼덕거려도 그물망에 부딪쳐 상처를 입지 않을 것이다. 들판을 향해 있는 오른쪽 벽면에서 커다란 사각형을 도려내고 나사를 이용해 흰색의 큰 파이프를 수직으로 연결한다. 이렇게 하면 공기가 원활하게 드나들고 새가 앉는 나무 대 사이로 햇볕도 잘 든다. 설령 달아나려는 시도를 해도 기껏해야 파이프를 움켜잡고 안전하게 바닥으로 떨어질 것이다. 신선하게 흐르는 물을 대주기 위해 우측 모퉁이 바닥에 구멍을 뚫고 호스를 넣어 커다란 둥근 욕조 아래로 연결한다. 벽에 횃대 몇 개를 붙이고 새장 중앙을 가로지르는 횃대도 설치한다. 작은 선반과 먹이통을 끝으로 새집이 완성된다.

새로 만든 새장에 걸을 놓아주자 걸은 고기를 숙이더니 자두나무 뒤로 숨는다. 처음에는 의심하는 듯하다가 여러 종류의 횃대를 오가더니 바닥으로 내려와 목욕을 즐긴다. 온몸이 젖어 털이 삐죽삐죽해진 걸은 창문 가까이로 깡충깡충 뛰어와 조용히 털을 다듬는다. 나는 네모나게 자른 비둘기 가슴살 고기에 칼슘과 비타민 가루를 뿌려 옆으로 슬며시 밀어 넣고 먹이통에 약을 넣어둔다. 걸은 이제 제 집에서 편안하게 자리를 잡았으므로 안전하다. 내가 할 수 있는 것은 다했다. 걸이 더 빨리 회복되도록 내가 할 수 있는 일은 이제 없다. 자연은 서두른다고 빨리 돌아가지 않는다. 발톱이 다시 자라려면 여덟 달이 지나야 한다. 나는 가을과 겨울 내내 걸을 보살펴야 할 것이다. 내년 봄이 와야 재활을 계속할 것인지 놓아줄 것인지를 판단할 수 있을 것이다.

지독히도 추운 12월, 어느 교회에 아들과 함께 있다. 실내는 몹시 춥고 오래된 교회 특유의 분위기가 흐른다. 아들은 반쯤 나체로 몹시 들떠 있다. 아들은 내 무릎 위에서 연신 꼼지락거리며 웃는다. 아기 예수의 탄생을 준비하기 위해 아들에게 네부카드네자르Nebuchadnezzar• 복장을 입히는 일은 생각보다 훨씬 복잡하다. 작은 양 한 마리와 낙타 한 마리가 대리석 바닥 위를 이리저리 걸으며 내게 네부카드네자르의 아빠냐고 묻는다. 행복한 웃음으로 대답하자 그들은 각자 제 목초지 자리로 돌아가 어슬렁거린다.

아이 학교에 온 것은 처음이며 아이의 학교 프로그램에 참여한 것도 처음이다. 교사로 일할 때는 많은 초등학교를 다니며 수백 가지의 학습 프로그램과 놀이, 창작활동에 참여했고 수많은 교사들도 만났다. 초등학교에 대해서는 손바닥 보듯 훤히 알고 있으며 어떤 일이든 자신 있었고 어떤 상황이든 통제할 수 있었다. 하지만 아버지가 되자 내 역할은 극명하게 달라졌다.

처음으로 아이 학교에 온 나는 아들의 어머니와 나란히 서서 교회에 가는 학생들에게 입힐 형광색 재킷을 들고 분주히 뛰어다니는 교사들을 바라본다. 불현듯 아들에게 아버지의 부재를 겪게 했다는 수치심이 강렬하게 밀려온다. 나는 아버지가 없는 아이들에 대해 어떤 대화가 오가는지, 어떻게 분류되는지, 학생 기록부에 어떻게 기록되는지 잘 알고 있다. 아버지의 부재가 주는 사회적 불명예를 알고 있다. 나는 내가 스스로 만든 상처를 수면 가까이 올린다. 학부모들과 교사들, 아이들이 무리 지어 다니고 나는 벌거벗은 듯 초조해진다. 나는 내가 이곳에 존재한다는 사실이 강렬하게 의식되면서 두려움에 질려 투쟁도피반응이 나타나고 있다. 도망치고 싶다. 나는 도망칠 곳을 찾아 두리번거린다.

아들이 달려온다. 그 에너지가 내 생각과 감정의 순환 고리를

• 신바빌로니아 왕

끊어버린다. 교회로 가는 길에 어른들이 호기심 어린 미소를 지어 보이지만 아무 말도 하지 않는다. 아이들은 거리낌이 없다. 아들의 친구를 만난 것은 이번이 처음이며, 아들이 다른 아이들과 교류하는 것을 본 것도 처음이다. '저 사람 누구야?', '너네 아빠야?', '너도 아빠가 있는 줄 몰랐어.' 거침없고 아름답도록 솔직한 질문들이 이어진다. 나는 아들의 손을 꼭 잡고 아들이 친구들에게 내가 누군지 자랑스럽게 설명하는 걸 듣는다. 아들은 아무 두려움 없이 유려하게 말하고 설명한다. 나는 아들이 이야기하도록 잠자코 입을 다문다. 아들은 내게 탈출구를 주었고 나는 속으로 고맙다고 인사를 한다.

아들이 연극 의상을 입고 예수의 탄생에 관한 연극이 시작되기를 기다리는 동안 아들의 할머니와 할아버지가 도착한다. 오랫동안 보지 못했던 분들을 뵈니 가슴 깊숙한 곳에서부터 부끄러움이 밀려온다. 다른 학생의 부모들은 휴대전화를 꺼내 동영상을 찍기 시작한다. 교회가 사람들로 꽉 찬다. 마음이 요동치기 시작한다. 다른 사람들과 지나치게 가까이 있는 것, 밝은 색을 보는 것, 시끄러운 말소리를 듣는 것 모두가 나를 짓누른다.

초조하고 예민해진 나는 안전한 장소인 뒤쪽으로 자리를 옮긴다. 연극이 시작되자 분위기에 휩쓸린다. 나 자신을 잊고 아들의 세계로 다시 한번 도망친다. 아들은 노래하고, 흔들고, 춤추며, 자유롭게 예술을 표현한다. 창의성과 공연, 재미를 향한 아들의 열정은 매혹적이다. 아이들은 각자 맡은 대사를 한다. 대사가 겹치기도 하고 서로의 단어들과 충돌하기도 한다. 머리에서 모자가 벗겨져 떨어진다. 아들은 멜키오르(동방박사 세 명 중 한 사람)를 꼬집고 밀친다. 그러다 나와 눈이 마주친다. 나는 얼굴을 찌푸린다. 짓궂게 군

아들은 야단을 맞는다. 예수는 30분 만에 태어난다. 내 아이가 삶에 품은 열정과 활기를 통해 대리만족하며 사는 것이 어떤 기분인지 비로소 알 것 같다.

매사냥에서 개는 신성한 존재다. 매와 개와 인간이 각자의 감각을 통해 대리만족을 느끼며 공존한다. 이 셋은 극대화된 시각, 극대화된 후각 그리고 인간의 생각에서 빚어지는 의식으로 함께 작동한다. 매와 마찬가지로 개와 함께한다는 것은 단순한 동반관계를 넘어선 축복이다. 매와 개는 멋진 방식으로 제 역할을 한다.

에타는 사냥 대상이 있는 곳을 가리키는 역할을 하는 포인터다. 그중에서도 특별한 헝가리안 비즐라다. 에타는 적갈색과 황갈색 그리고 황금색 털을 가지고 있으며 날렵하고 조각 같은 얼굴을 하고 있다. 처음 사람이 기르기 시작한 것은 2000년 전이다. 사냥에 능한 마자르 부족이 헝가리 비즐라를 길렀다. 이 개는 가장 오래된 포인터이며 특히 매사냥의 보조자로 알려져 있다.

에타는 활발하고 기운이 넘치며 가슴이 널찍하다. 폐가 몸에서 최소한 절반 정도를 차지한다. 옆선은 마치 등살 베이컨의 굴곡 같다. 사냥감을 찾아 거친 수풀을 하루 종일도 달릴 수 있다. 특히 후각은 자연계를 통틀어 가장 아름답게 적응하며 진화해왔다. 에타는 꿩의 냄새를 감지하면 그 자리에 바위처럼 꼼짝하지 않고 서서 코끝으로 꿩의 위치를 알려준다. 명령만 내리면 달려 나가 매를 도와 사냥감을 쫓는다. 에타처럼 뛰어난 자질을 지닌 개라면 마땅히 후손을 낳아야 한다.

겨울이 완연해질 무렵 걸은 새장 속에서 건강과 활기를 되찾았고 에타는 65일의 임신 기간을 거쳐 출산을 했다. 내 아들의 어머니를 제외하면 에타는 내가 출산을 지켜본 유일한 생명체다. 출산 예정일을 넘긴 어느 날 늦은 저녁, 나는 커튼을 닫고, 따스하게 불을 지피고는 기다린다. 에타는 몇 시간째 안절부절못했다. 위층에 올라가더니 이내 아래층으로 다시 내려온다. 에타는 새끼를 낳기 위해 마련된 우리 안에서 앞발로 부드러운 담요를 찢더니 낮은 숨소리로 헐떡대기 시작한다. 그러고는 우리 밖으로 나온다. 출산을 촉진해주기 위해 나는 에타를 데리고 산책을 나갔다 돌아온다. 집으로 돌아온 에타가 우리 안으로 껑충 뛰어 들어가 담요를 다시 앞발로 파헤치더니 한 바퀴 돌고는 자리를 잡고 눕는다. 나는 에타의 옆구리에서 경련이 일어났다 줄어드는 모습을 지켜본다. 당황스럽다. 내가 얼마나 이런 분야에 미숙한 사람인지를 절감한다. 나는 밤이 늦도록 에타를 지켜본다. 새끼들이 자리를 잘못 잡아 거꾸로 태어나지는 않을까, 죽은 새끼들이 나오지는 않을까 하는 걱정들이 끊이지 않는다.

　에타의 자궁에서 강아지 한 마리가 세상을 향해 부드러운 수란처럼 퐁당 하고 나온다. 처음으로 나온 강아지는 여전히 어미의 배 속에 있는 듯 양막 안에서 꼼짝도 하지 않는다. 절망감에 토가 나올 것 같다. 극도의 공포감에 휩싸인 나는 생명의 기미가 느껴지지 않는 새끼를 담기 위해 양동이를 가지고 온다. 내가 하는 일을 지켜보던 에타는 양막을 세차게 핥아 찢은 뒤 새끼를 부드럽게 핥아준다. 폐에 공기가 들어가자 강아지가 몸을 비틀며 꼬물거린다. 마치 나뭇잎에서 떨어져 등을 둥글게 말고 있던 애벌레가 등을 펴듯 몸 속 부드러운 뼈들을 젖힌다. 숨 막히게 놀랍다. 새끼는 아직 눈을 뜨지 못했지만 무력하지 않다. 양막이 깨끗하게 벗겨진 채 끙끙거리는 오렌지색의 강아지는 아직 걷지는 못하지만 부드러운 담요 위에서 꼼지락거리며 에타의 젖을 문다. 그 작은 배에 생명을 공급받는 중이다.

다양한 색의 점토들을 뭉친 것 같은 새끼 헝가리안 비즐라들이 세상에 나왔다. 무정형의 회색 얼룩이 있고 푸른 정맥이 비치며 살결이 소용돌이무늬다. 강아지들은 한 손바닥에 올릴 수 있을 정도로 작고, 누에콩 같은 형상을 하고 있으며, 따뜻한 버섯 냄새와 축축한 흙냄새가 난다. 습기가 증발하자 내 손과 손가락에 마른 젤라틴처럼 달라붙는다. 냄새도 가볍고 촉촉하며 금속성이 느껴지는 생 간 냄새로 바뀐다. 여섯 마리가 모두 다 태어나기까지는 여덟 시간이 걸린다. 그사이 별다른 소동은 없다.

마지막 강아지가 나오고, 어미가 마지막 강아지를 깨끗하게 핥아주고 젖까지 먹이자 어느새 새벽에 가까운 시간이다. 에타는 기진맥진 지쳐 있다. 나는 에타에게 삶은 닭고기와 물을 준 뒤 식사를 마친 에타가 용변을 볼 수 있도록 밖으로 데리고 나간다. 용변을 마친 에타는 허겁지겁 집으로 달려가 문을 긁는다. 그러고는 새끼들을 낳은 우리로 돌아와 빙글빙글 돌더니 자리를 잡고 앉는다. 한 배에서 나온 새끼들이 담요 위에서 꼼지락거리며 어미가 있는 곳으로 기어간다. 강아지들은 최고의 위치에서 젖을 빨기 위해 한 치의 양보도 없이 싸우고 기어오르고 발길질한다. 어미는 새끼들을 모두 정성껏 품는다. 한 마리 한 마리 깨끗하게 핥아주다가 새끼들이 젖을 빠는 동안 잠이 든다.

피곤이 밀려온다. 속이 텅 빈 것 같은 공허함이 밀려온다. 강아지들에 대한 온갖 걱정과 두려움이 다 사라진 자리를 사랑의

엔돌핀이 나른하게 씻어낸다. 지금껏 본 광경 중 가장 감동적인 순간이다. 소파 위에서 비몽사몽 앉아 있는데 새끼들이 젖을 빨면서 내는 작은 소리와 장작불이 타닥거리는 소리가 들린다. 마치 오두막이 우리를 부드럽고, 따스하고, 아늑하게 감싸 안는 기분이다. 나는 상념에 빠져들다가 서서히 잠이 든다. 잠에서 깨자마자 나는 강아지들 수부터 세어본다. 에타가 혼자 일곱째 새끼를 낳았다. 일곱째인 땅꼬마 릴은 다른 새끼들 몸집의 절반밖에 되지 않는 아주 작은 녀석이다.

형제, 자매들과의 경쟁에서 이길 수 없는 땅꼬마 릴은 2~3일 동안 젖을 제대로 먹지 못해 점점 약해져 손바닥 위에 올려도 축 늘어진다. 나는 분유를 타서 오렌지색 작은 몸집의 강아지에게 몇 시간에 한 번씩 계속 먹인다. 옷이며 의자에 풍기는 시큼한 우유 냄새가 이상하게 편하게 느껴진다. 아들이 생각난다. 잠시 스치듯 지나가는 생각이지만 나는 아들의 모습을 기억 속에 담아둔다. 반갑게도 땅꼬마 릴의 회복력은 좋았다. 일주일이 지나자 녀석은 다른 형제자매들을 기운차게 발길질하며 어미젖을 문다.

에타의 새끼들이 각자 새로운 집으로 가던 날, 새 강아지가 도착한다. 목둘레에 흰색 털이 띠처럼 둘러 있는 새까맣고 작은 코커스패니얼이다. 이 개는 에타 같은 포인터가 아니다. 이 개가 하는 일은 가시덤불과 쐐기풀, 무성한 풀숲을 뚫고 들어가 에타가 찾지 못하는 꿩을 찾는 것이다. 나는 이 개의 동작을 보고 순간 플래시라는 이름이 떠오른다. 딱 어울리는 이름이다. 대담하고 자신감 넘치는 성격의 그 개는 현관문 근처를 어슬렁거리더니 곧장 에타에게 가서 남은 젖을 빨아 먹는다. 에타가 나를 바라본다. 나는 진심으로 대답한다. "아직 육아가 끝나지 않았나 봐."

아들에게 코커스패니얼 이야기를 들려준다. 아들은 개들과 함께 자랐다. 특히 스티브라는 이름의 독일 셰퍼드 종인 커다란 알세이션과 함께 자랐다. 스티브가 세상을 떠난 후 아들은 엄마에게 골든리트리버를 기르자고 졸랐다. 아들은 동물을 좋아하는 기질을 타고났지만 여느 아이들과 마찬가지로 책임감 있게 보살피고 돌보는 수준은 매우 낮다. 그래서 나는 아들에게 장난감 강아지를 사주었다. 짖기도 하고 배터리만 갈아주면 되고, 먹이를 주거나 산책을 시키지 않아도 되는 개였다. 장난감 강아지가 짖기를 멈추자 아들은 새 배터리를 넣지 못했다. 집에 오는 길에 나는 아들에게 새로운 코커스패니얼을 키워도 좋다고 약속한다. 아들의 개이지만, 내가 데리고 있다가 아들을 만날 때마다 데려 가고, 내가 기르게 될 개다. 아들에게 이름을 부탁한다. 아들이 두 가지 이름을 제안한다. 아이언맨과 플래시. 아들과 내가 무의식중에 똑같은 이름을 생각했기에 우린 플래시로 결정한다.

봄이 오자 걸을 새장에서 꺼내기 전에 두 번째 구조된 새매를 길러도 좋다는 허가를 받는다. 야생에서 엄지손가락 크기만한 새끼로 발견된 새매는 다리도 앙상하고 발도 덜 발육되어 사육사의 고리에서 자꾸 미끄러지곤 했다. 누가 불법으로 이 새를 훔쳤었는지 마치 등록된 새인 것처럼 보이게 시도한 흔적이 있었다. 번호와 글씨가 인쇄된 알루미늄 밴드가 새에게 둘러져 있었다. 이 새가 전문 매잡이와 법적으로 허가를 받은 양육자의 손에 들어간 후에야 그 식별 띠가 가짜임이 밝혀졌다.

처음 만난 새매는 완전히 자란 새였다. 지금껏 본 맹금류 중 가장 공격적이었다. 파키스탄에서 덫으로 잡은 수컷 새매를 똑

닮았다. 걸의 몸집의 3분의 1 정도 크기에, 키는 30센티미터 정도이고, 다리와 발가락은 이쑤시개처럼 가늘다. 진한 귤색의 눈이 수정처럼 맑다. 목덜미와 뺨은 앵무새 깃털처럼 밝은 데다 불에 그을린 흙색, 황토색, 얼룩얼룩한 당근색과 철광석 색으로 우아하게 어우러져 있다. 등과 어깨는 짙은 푸른색에서 연한 회색으로 번져 있다. 연한 흰색 가슴을 띤 걸과 달리 이 새매의 가슴은 짙은 크림색이며 뾰족뾰족한 지그재그 모양으로 구리색과 갈색 줄무늬가 있다. 가슴 깃털은 마치 말벌 둥지의 가장자리처럼 타원형의 동심원들이 가지런히 나 있다. 짙은 깃털 색과 뚜렷한 무늬로 보아 이 새의 나이는 최소한 세 살 혹은 그 이상이다. 다 자란 수컷 새매는 대단히 희귀하다. 영국 매잡이들 중에서도 지극히 극소수만이 이 새를 보았고, 이 새를 날린 적이 있는 매잡이는 훨씬 드물다.

　　야생 상태에서 새끼 수컷 새매는 다양한 종류의 조류나 네 발 달린 짐승에게 희생당하기 쉽다. 그래서 새매는 극도의 공포심을 타고나야 한다. 집으로 데려오는 길에 여행용 상자에서 꺼내자 새매는 순간 경계심을 보이더니 이내 놀라울 정도로 절제된 자신감을 보이며 내 장갑 위에 재빨리 앉는다. 내가 소파에서 개들과 함께 있는 동안에도 새매는 한 시간가량 침착함을 유지한다. 지금껏 함께했던 다른 모든 새매들을 훨씬 능가하는 태도다. 성별을 떠나 내가 만나본 모든 매 중에서 가장 침착하다. 정말 놀라울 정도로 드문 경우다. 장갑 위로 날아올 때 보니 꼬리의 상당 부분이 나무 그루터기에 닿는다. 아마 자유롭게 날지도, 사냥을 하지도 못했을 것이다. 나를 만나기 전까지 이 새의 생은 새장에서 억압된 채 갇혀 있었을 것이다.

보통 매의 꼬리에는 열두 개의 온전한 깃털이 있다. 그런데 이 새매는 자세히 들여다보니 맨 바깥쪽 꽁지깃의 끝 부분이 없다. 깃털 중 4분의 3은 위로 올라가 있고, 안쪽 다섯 개의 깃털은 반 토막으로 부러져 있다. 비행을 하며 방향을 바꾸거나 도는 능력이 현저히 떨어졌다. 꼬리의 부상은 거의 모든 먹잇감들을 놓칠 정도로 크고 심각했다. 설령 이 매가 세상에서 가장 노련한 사냥꾼이라고 해도 결과 마찬가지로 지금의 상태로는 야생의 세계에서 굶주리다 서서히 죽고 말 것이다.

　건강하고 살찐 매는 망가진 깃털을 계속 재생해낸다. 잡힌 매는 재생 기능이 약화되어 깃털이 다시 자라기까지 6개월가량 걸릴 수도 있다. 이런 상황에 대비해 매잡이들은 매의 깃털을 잘 관리할 수 있는 방법들을 만들었다. 새 깃털을 접목시키는 방식은 대단히 섬세한 과정을 거친다. 매를 단단히 고정하되 매가 질식하거나 짓눌리지 않아야 한다. 나는 새매의 다리 윗부분과 날개 아래쪽 절반 정도를 살며시 쥔다. 매는 처음에는 버둥대더니 이내 잠잠해진다. 매의 어깨에 마른 행주를 둘러 조심스럽게 매를 감싼 후 마스킹 테이프로 바깥쪽을 여러 겹으로 둘둘 만다. 매의 가슴 부분을 베개에 대고 작고 납작한 머리를 마른 행주 한쪽 끝으로 나오게 하자 매는 내가 자신의 꽁지깃 끝 부분을 잘라내버리는 광경을 가만히 바라본다. 책상 가장자리에는 이 새매의 잘린 꼬리 깃털 모양대로 다듬은 새로운 깃털 일곱 개가 가지런히 놓여 있다. 오목하게 들어간 깃털 중심에 부드럽고 매끈하게 사포질된 말랑한 플라스틱 끈이 붙어 있다. 첫 번째로 교체할 깃털을 집어 들고 플라스틱 끝 부분을 접착제에 바른 뒤 남아 있는 꽁지깃에 '접목'한다. 왼쪽부터 오른쪽으로 일곱 개의 깃털을 지붕에 기와를 얹듯 차곡차곡, 제 위치에 하나씩 맞춰가며 이어 붙인다. 작업이 끝난 후 깃털을 이어 붙인 부위에 소량의 석회암 가루를 조금씩 뿌린다. 이 작업을 해두면 접착제가 흘러 깃털에 엉겨 붙는 것을 막을 수 있다. 접착 부위가 고정되는 동안 나는 새로운 발목 식별표와 젓갖•, 방울과 가죽끈을 단다. 장갑 위에 안전하게 고정된 매에게서 마른 행주 겉에 붙였던 마스킹 테이프를 떼어내고, 행주도 벗겨낸다. 매는 잠시 퍼덕이며 격렬하게 움직이더니 장갑 위에 늠름하게 자리 잡는다. 그러고는 온몸의 깃털을 세우고 이리저리 보며 어깨 너머로 고개를 돌리고는 새로 생긴 꼬리를 부채질하듯 흔든다. 매는 부리로 깃털을 다듬으며 꼬리 아래쪽에 있는 피지선에서 분비된 방수 기능이 있는 기름을 섬세하게 깃털의 뿌리 쪽에 바른다. 매는 부리 끝으로 피지를 콕콕 찍으며 이 과정을 수차례 반복한다. 인간의 능력을 초월하는 이 기술 덕분에 깃털 하나하나가 화살처럼 곧게 펴지며 완벽한 광택을 띠며 살아난다. 꼬리 재건 과정을 마무리하는 새매의 기술에 감탄이 절로 나온다. 그렇게 하는 것이 옳은 일이라는 걸 어떻게 안단 말인가? 어쩌면 새매는 자신의 깃털을 조가비에 붙은 매생이나 인간의 머리카락처럼 느낄 수도 있다. 나는 새매를 데리고 바깥으로 나가 햇살이 내리쬐는 정원에 있는 낮은 횃대에 올려놓는다. 새매는 횃대에서 곧장 욕조로 뛰어내린다. 조심스럽게 곁의 새장으로 가는 길에 물을 먹은 먹먹한 방울 소리가 들린다. 곁의 새장 문을 여는 순간 새로 온 새매의 이름이 번뜩 떠오른다.

• 사냥용 매의 두 발에 묶는 가는 끈

나는 새매를 '보이Boy'라고 부르기로 한다.

걸의 새장 측면에 있는 사료 공급용 문을 열자 퍼덕이는 날개가 손에 닿는다. 순간 흐릿한 형체가 보이는가 싶더니 안에서 가볍게 쿵쿵대는 소리가 난다. 작은 구멍으로 걸의 발가락이 여덟 개 다 있는지 세어본다. 다 있다. 나는 장갑을 끼고 우리 안으로 들어간다. 하늘을 날 준비가 된 매의 냄새, 축축한 고기와 썩은 고기에서 풍기는 짭짤하고 달콤하고 역겨운 냄새. 숨을 깊게 들이마시자 빵에 바른 마마이트 잼•의 효모 냄새와 감칠맛이 느껴진다. 걸이 이 횃대 저 횃대를 오가자 한줄기 햇살 속으로 먼지가 소용돌이친다. 걸은 내 어깨를 툭 치며 둥지로 날아오르더니 내 발 앞으로 떨어진다. 나는 걸을 단단히 붙잡는다. 8개월 동안 격리된 덕분에 우리 사이에 유대감이 깡그리 없어져버렸다. 걸은 극도로 불안하고 공격적인 상태다. 걸은 내 손아귀 속에서 부리를 벌리고 거칠게 숨을 몰아쉰다. 근육은 팽팽하고, 단단하고, 힘이 잔뜩 들어가 있다. 걸은 벗어나려고 버둥댄다. 나는 걸을 장갑에 고정시키려고 안간힘을 쓴다. 새장 밖으로 나오자 햇살이 걸의 몸에 내리쬔다. 걸은 방어적으로 날개를 활짝 펴고, 깃털을 부풀리고, 꽁지깃을 활짝 펼쳐 몸을 평소의 두세 배 크기로 만든 다음 뱀처럼 쉭쉭 소리를 낸다. 걸은 내 장갑 위를 반복해서 오르내리며 내게 최대한 많은 고통을 주려고 노력한다. 미숙하고 상처 입은 채 새장에 있던 걸은 놀라울 정도로 달라졌다. 새 발톱이 난 것은 물론이고 완전히 다 자란 깃털의 자태도 눈부

• 이스트 추출물로 만들어 특유의 강한 향과 짠 맛이 있는 영국의 잼

시다. 걸은 더 이상 우중충한 갈색의 어린 새가 아니다. 그렇다고 흔히 볼 수 있는 짙은 회색의 새매도 아니다. 기이할 정도로 창백하며 깃털은 마치 분필가루를 뒤집어쓴 듯 하얀 은빛과 푸른색으로 빛난다. 눈도 특이하다. 한쪽 눈은 진한 버터 같은 노란색이고 또 다른 쪽 눈은 불 같은 오렌지색인데 양쪽이 서로 기묘한 조화를 이룬다. 전체적으로 보면 걸은 화려한 비대칭에, 창백한 유령 같기도 하고 위험한 악마의 축소 모형 같기도 하다.

나는 걸의 발톱을 살펴본다. 발톱의 표면은 푸르스름한 회색에서 베이클라이트* 검은색에 이르기까지 다양하다. 뿌리부터 발톱 끝까지 살짝 굴곡져 있으며 모두 가지런하게 쭉 뻗어 있다. 스트레스로 갈라지거나 찍히거나 약해진 곳도 없다. 한쪽 뒷발톱은 적당한 길이로 잘 자랐지만 끝부분에 혹이 있다. 다친 다른 발톱은 원래 자라야 하는 길이보다 약 2.5센티미터가량 짧다. 두 발톱 모두 뭉툭하다. 하지만 괜찮다. 새로 난 발톱은 적당한 굴곡을 이루고 있다. 이 정도면 깃털을 쉽게 움켜잡을 수 있다. 이제 걸은 사냥할 수 있다.

나는 오두막 주방에서 보이의 깃털 접합 작업을 했을 때 사용했던 도구로 걸을 채비시킨다. 새로 난 발톱이 제 기능을 할 수 있도록 가는 연마용 파일로 갈아준 다음 발목에 매여 있는 낡은 가죽 이름표를 잘라낸다. 새로운 이름표를 채워주려고 보니 너무 작다. 무리해서 붙였다간 다리 피부가 벗겨지고 쓸려서 물집이 생길 것이고, 감염이라도 되면 또다시 수의사를 찾아가야 한다. 연장통에서 새로운 가죽을 꺼낸다. 가죽을 가지고 돌아와 보

* 합성 플라스틱

192

자유를 향한 비상

니 걸이 달아나고 없다. 마치 젖은 비누가 손가락 사이로 미끄러지듯 걸은 자유를 향해 빠져나갔다. 머리가 아득하다. 신이시여, 부디 내가 오두막 창문을 닫았기를. 걸을 찾은 곳은 욕실 문 위다. 걸은 그곳에서 자신의 영역을 침범한 나를 쏘아보고 있다. 오두막 안에서 걸을 뒤따라가는데, 걸이 빛을 향해 날아가다가 창문에 부딪친다. 가슴이 철렁한다. 자칫 목이 부러질 수도 있었다. 가까스로 걸을 다시 붙잡고 보니 새로운 발목 이름표가 완벽하게 딱 맞는다. 나는 새로운 가죽 끗갖 두 개를 잘라내 구멍을 낸 뒤 발목 이름표 뒤쪽에 있는 황동 구멍에 통과시킨다. 걸이 느닷없이 내 손에 있던 끗갖 두 줄을 움켜잡는다. 방금 날카롭게 간 발톱에 내 엄지손가락 살점이 뜯겨 나간다. 매를 내 손에서 떼어 놓는다. 매는 격렬하게 퍼덕이며 극도로 흥분한다. 나는 다친 손으로 매를 아래로 끌어내린다. 내가 손을 앞으로 뻗거나 움직일 때마다 걸의 발이 경련하며 마치 게의 집게발처럼 딱딱 소리를 낸다. 걸의 속도와 정확도는 상상을 초월한다. 이후 10분 동안 걸은 나를 세 번이나 더 밟는다. 장갑에 달린 가죽끈에 묶여 있다가 마침내 풀려나자 이번에는 내 얼굴에 내려앉으며 허공을 가르고 움켜잡고 요동치다가 제 꼬리를 잡고는 장갑 위를 미친 듯이 빙빙 돈다. 걸이 숨 막히게 아름다운 피조물이기는 하나 약간 무섭기도 하다.

　　걸은 그렇게 15분을 요동치고 나서야 잠잠해진다. 나는 다치고 노쇠한 매잡이처럼 천천히, 근육이 줄어든 사람처럼 조금씩 정원을 향해 걸어간다. 걸은 아까보다 더 재빨리 흐트러진 전투태세를 정비한다. 15미터 떨어진 곳에서 보이가 한쪽 발을 가슴에 묻은 채 느긋하고 차분하게 우리를 뚫어져라 바라본다.

목표한 잔디밭 지점에 다다르자 걸이 횃대에 앉기를 거부하고 계속 사납게 날뛰며 바닥에서 포악하게 성을 낸다. 잔디밭에 금세 두 개의 긴 홈이 파인다. 야생 매가 이런 행동을 하는 것은 지극히 정상이며 주로 짧은 시간 안에 끝난다. 보통 매는 스스로 평정심을 찾고 차분해진다. 하지만 걸에게는 해당되지 않는 것 같다. 지금 걸이 드러내는 공격적인 분노의 수준은 안전한 정도를 넘어선 것이다. 걸은 끊임없이 흥분하고 있다. 그대로 두었다가는 다리가 부러지거나 깃털이 뽑힐 수 있다. 몇 시간 동안의 변화가 너무 심해서 이대로 잔디에 두었다가는 끔찍한 일이 벌어질 수도 있다.

나는 걸의 새장을 개조하기로 하고 즉석에서 실내용 횃대를 만들어 지상 1.8미터 정도 되는 곳에 고정시킨다. 주위가 견고한 벽으로 둘러싸여 안전한 새장 안에서라면 위협을 받고 있다는 느낌도 덜할 것이고, 공격받기 쉬운 위치라는 생각도 덜할 것이며, 잔디보다 외부 환경에 노출도 덜 될 것이다. 이제부터는 걸보다 높은 위치에서 다가가지 않고 눈높이에서 다갈 것이다. 문간에 나사로 철망도 단다. 이렇게 해두고 젓갖을 채운다면 정원에서 벌어지는 흥미로운 일들을 안전한 집에서도 볼 수 있을 것이다. 새장을 수리하다 보니 어느새 저녁 어스름이 내려앉는다. 걸을 횃대 위에 올려두자 꼼짝도 하지 않고 앉아 있다. 나는 철망문을 닫고 문을 잠근다.

보이를 오두막 실내로 데려와 난로 옆에 있는 횃대에 앉히고는 소파에 털썩 앉아 보이를 지켜본다. 의도치 않게 이중생활을 하지만 손해는 아니다. 야생 매 두 마리가 한꺼번에 생겼다. 더 이상 사고나 질병이 없다면 보이와 걸은 훈련을 받고, 사냥을 하고, 같은 시기에 자연으로 되돌려 보내질 것이다.

　아들이 최첨단 기술의 시대를 능수능란하게 살아가는 모습을 지켜본다. 아들은 태블릿과 휴대전화, 노트북을 오가며 넷플릭스와 아마존, 그 외 다양한 온라인 채널을 미끄러지듯 오간다. 아들의 열정과 관심은 구체적이다. 유튜브 강의를 보고, 온라인 게임을 하면서, 대화의 흐름을 놓치지 않고 참여하는 멀티태스킹 능력은 놀라울 정도다. 아들은 마인크래프트 게임 공간에서 발견한 소소한 것들과 온갖 요령들, 다른 디지털 세계에서 찾은 즐거움과 환상을 내게 보여주는 것을 몹시 좋아한다.

　나도 한때 기술적인 것에 열광했던 적이 있다. 나는 아날로그에서 디지털로 넘어가는 시대를 산 세대다. 웹이 거대한 정보의 수집 장치가 되기 한참 전에, '빠르게 움직이고 틀을 부수는[•] 강력한 사람들이 있기 한참 전에 나는 기술이 만병통치약이라 믿었다. 그래서 인공두뇌학, 사이버 문화와 정체성에 관한 논문도 썼다. 기술에 대한 인간의 의존도가 점점 커질수록 나는 기술이 우리 삶에 교묘하게 침입하는 것에 대해 냉소적이고 불확실한 생각을 갖게 되었다. 시인 질 스콧 헤론Gil Scott-Heron은 가장 발전된 기술인 우주여행에 대해 이렇게 말했다. '아, 달에는 백인들뿐이구나.' 새로운 세계를 개척할 때는 늘 그랬다. 기술에 대한 나의 선택과 생각은 아들에겐 중요하지 않다. 아들은 모든 기계 장치들을 숨 쉬듯 자연스럽게 대한다. 더할 나위 없이 자연스럽다.

　아들은 나를 아바타로 초대해 게임 속에서 아름답게 디자인

• 페이스북 창업자 마크 저커버그가 "빠르게 움직이고 틀을 부수라."고 했던 말을 인용함

된 모험에 참여시켜 함께 즐긴다. 어릴 적 나도 이렇게 똑같이 놀았다. 환상의 세계로 들어가 작은 피규어들을 모으고 직접 칠도 했으며, 만화 속 등장인물을 그리고, 나만의 미로와 공간, 역할 놀이 게임을 만들기도 했다. 함께 퀘스트를 수행하는 것은 익숙한 영역이다.

아들과 나는 몇 시간 동안 형형색색의 가짜 속사포를 겨누고, 퀘스트를 해결하고, 단서의 봉인을 해제하고, 다양한 괴물과 적군을 공격하며 함께 싸운다. 이 게임 플랫폼의 매끈한 유혹과 게임이 던진 문제들에 흠뻑 빠져 임무를 완수하는 아들이 놀랍다. 아들은 단 1초도 머뭇거리지 않고 정보를 흡수한다.

아들과 함께 게임 세상 속을 누비다 보니 서서히 진실이 떠오르기 시작한다. 게임 속에서 캐릭터의 모습을 하고 한 팀이 되어 여기저기 다니다 보니 아들과 함께 새로운 세계에 발을 디뎠다는 생각이 든다. 복잡한 생각과 좋은 아버지가 되기 위해 나 자신에게 가한 압박에서 벗어나고 죄책감과 두려움에서 벗어나니 내가 느끼는 분리된 감정이 잠시나마 해소된다. 우리가 함께하는 동안 아들은 내가 나 자신을 되찾도록 도와주고, 나는 다시 한번 아이가 된다. 아들은 의도치 않게 내게 수년 전 나를 처음으로 매료시켰던 기술의 세계를 보여준다. 아들은 내가 게임을 하고, 나 자신을 확장하고, 유대감을 쌓도록 훈련시키고 있다. 또한 기술에 대한 아들의 애정을 통해 우리는 새로운 경험을 쌓고 있다.

훈련

두려움. 매에게 두려움은 생존기간을 늘려주는 중요한 감정이다. 대부분 토종 새매들은 정해진 경로를 규칙적으로 순찰하고, 일상적으로 같은 행위를 반복하며, 자신들의 세계를 상세하게 이해한다. 이 일상의 패턴에 생기는 모든 변화를 위협으로 간주해 매는 그 장소를 벗어나며 본능적으로 피한다. 고도로 발달된 두려움이라는 감정은 매의 수명에 단순하고도 효과적인 도움을 준다. 인간은 새매에게 극도의 공포를 유발한다. 음식으로 보상을 해주어 이 두려움을 극복하게 하는 것이 매 훈련의 첫 단계다. 매일 주는 식사량은 조금씩 줄인다. 이 과정은 매가 장갑 위에 있는 작은 먹이를 먹을 수 있을 정도로 두려움이 희석될 때까지 지속되어야 한다. 신뢰를 쌓기 위한 음식 보상 훈련은 인간과 매 사이의 긍정적 관계를 쌓는 토대가 된다.

매를 새로운 장소로 데려가 새로운 광경과 소리를 접하게 하면 새로운 차원의 두려움이 생긴다. 이렇게 되면 매가 자신감을 갖고 식사를 할 수 있을 때까지 또다시 식사량을 조금씩 줄여야 한다. 그다음에는 매의 다리에 가느다란 끈을 붙이고 횟대에서 장갑으로 날아오도록 불러 음식으로 보상을 해주며 훈련을 한다. 매와 인간과 보상 사이의 거리는 계속 늘려 나가야 한다. 매가 순간적으로 100미터 이상 날기 시작하면 끈을 떼고 자유 비행을 하게 둔다. 자유로워진 매는 본능적으로 먹잇감의 움직임에 관심을 갖게 되며 사냥을 시작할 수 있게 된다. 이 과정이 얼마나 걸리느냐는 전적으로 매의 태도와 각 단계별로 드러나는 매의 기분과 반응을 해독하는 매잡이의 기술에 달려 있다.

나는 다양한 새매의 행동을 보고 경험했다. 어떤 매는 차분하고 어떤 매는 다소 공격적이다. 또 어떤 매는 우편함이나 버스, 산울타리에 걸려 있는 바람 빠진 풍선을 보고 무서워하기도 한다. 흐르는 물에서 거리낌 없이 목욕을 즐기는 매도 있고, 은밀한 공간에서만 목욕을 하는 매도 있다. 먹잇감을 쉽게 사냥하고 죽이는 매가 있는가 하면 천천히 시간을 들여 사냥하는 매도 있다. 특정 먹잇감을 선호하는 매도 있고 온갖 종류의 먹잇감을 능숙하게 죽이는 매도 있다. 훈련을 받는 매의 반응에는 특정한 패턴이 없다. 모든 매는 저마다 개성이 있고 저마다 내면적 논리가 있으며 그러한 논리를 파악하고 해결하려면 시간이 걸린다.

보이는 예외적인 매다. 훈련 처음부터 장갑에 쥔 작은 먹이를 즐거이 먹고 오두막 안도 거리낌 없이 돌아다닌다. 본격적인 훈련 첫날 나는 보이를 횃대에서 데려온 뒤 장갑 낀 손바닥 위에 작은 새 한 마리를 통째로 올려둔다. 보이는 고기 앞에서 뇌수술을 하는 외과의사처럼 정확하게 움직인다. 신선한 살점이 나올 때까지 새의 부드러운 피부에서 깃털을 정교하게 뜯어낸다. 재빠르게 두 번 깃털을 뽑더니 깊숙한 곳 살점을 먹는 데 집중한다. 나는 개들을 불러 보이를 장갑에 앉힌 채 산책을 시작한다. 우리가 숲으로 걸어가는 동안에도 보이는 신경 쓰지 않고 먹는 데만 집중한다. 오두막에서 약 1.6킬로미터 정도 떨어진 곳에 이를 즈음 보이가 식사를 마친다. 보이는 마지막 남은 찌꺼기와 부스러기를 열심히 찾는다. 찌꺼기를 찾지 못하자 내 장갑 윗부분에 제 부리 가장자리를 비비고 깃털을 턴다. 산책을 마치고 돌아오는 길, 보이는 더 이상 음식에 정신을 빼앗기지 않는다. 문득 보이가 낯선 산책로에 대해 두려운 반응을 보이며 장갑 위에서 난폭하게 굴 것이라고 추측한다. 하지만 보이는 그러지 않는다. 여느 매라면 일주일 혹은 그 이상이 걸릴 과정을 보이와 나는 단 한 시간 만에 해낸다. 이 단계에서 보이가 보여준 활강 능력 또한 비범하다.

사고를 당해 다치기 전, 걸은 유순했으며 꾸준히 발전하고 있었다. 하지만 이제는 새장 안에서건 밖에서건 장갑 위에 먹이를 주는 방식에 호의적이지 않을 것이다. 서서히 몸무게가 준다고 해서 실제로 달라지는 것은 없다. 마음 한편으로는 꽁지깃이 부러진 경험과 격리되어 지낸 기나긴 시간이 걸의 몸 안에 근육 기억•처럼 새겨지리라는 사실을 알고 있다. 걸은 몹시 불안해하고 있었으며 거의 정신 분열증에 가까운 반응을 나타내고 있다. 걸의 상태를 파악하거나 예측하기란 거의 불가능하다. 걸은 난해하고 혼란스러운 규칙 파괴자이며 완고하고 복잡하다. 걸은 사실상 신뢰를 거부하고 있으며 나와 걸 사이에 보상을 통한 지속적인 관계를 맺기란 거의 불가능해 보인다. 이따금 내 쪽으로 당기는 것을 허락하긴 하지만 갑자기 동작을 멈추고는 무기력한 저항과 반항을 하기도 한다. 고개를 숙이고 먹이를 먹으며 잠시 평온하고 순하고 두려움 없는 모습을 보이다가도 알 수 없는 이유로 날개를 퍼덕인다. 앞쪽으로 껑충 뛰어오르고, 장갑 아래쪽에 거꾸로 매달리기도 한다. 장갑 위에 살며시 얹으려고 손을 뻗으면 부리를 벌린 채 내 손을 확 움켜쥐기도 하고 손 위로 홱 올라오기도 한다.

• 특정 신체활동을 반복해서 그 활동을 할 때 나타나는 신체의 반응

이 문제를 이성적으로 생각해본다. 걸은 야생에서 살다가 둥지에서 떨어지며 부정적 시작을 했다. 그리고 많은 매잡이의 손을 거친 끝에 심각한 부상을 입었다. 결국 인간과 고통 사이에 떼려야 뗄 수 없는 부정적 연결고리가 생겼다는 결론에 도달한다.

나는 걸의 본성을 이해한다.

내 아버지는 성격이 별났다. 아버지의 특별한 성장기를 감안하면 최선을 다하긴 했지만 결국 콤플렉스 덩어리인 사람이 되었다. 아버지의 약점은 충동적 분노다. 아버지는 말보다 손이 빨랐다. 위협과 욕설을 앞세웠으며, 자녀들과 수년간 한 마디도 하지 않았다. 아버지의 공격성은 사랑의 행위로 둔갑해 바이러스처럼 우리의 삶 곳곳에 퍼지고, 정신적 긴장감이 어리고 예민한 우리 마음속에 암처럼 퍼졌다. 그것들은 내게서 신경과민과 불안과 내재된 분노의 형태로 드러났다. 형은 도망치고, 훔치고, 소소한 죄를 저질러 교도소에서 자잘한 형을 몇 번 사는 것으로 표출시켰다. 내 누이에게는 특정 고통을 유발하는 장치로 작용했으며 지금도 유별나게 방어적인 어머니로 살도록 만들고 있다. 내 형은 누이와 반대로 아이들을 완전히 거부하고 있다. 나는 그 둘 중간 어딘가 즈음에 있다.

내 할아버지도 아버지와 비슷한 성격과 성향을 지닌 사람이었다. 이런 의미에서 보면, 세대의 분노가 바통처럼 전달되고 있다. 심리적으로 발을 헛디뎌 굴러떨어지게 만들고, 부모 노릇을 하는 데도 걸림돌로 작용한다. 양육하는 과정에 뿌리 깊게 영향을 주는 이런 유형의 잠재성은 뒤틀린 덫과 같아서 상처받지 않고서는 좀처럼 탈출할 수 없다. 거의 모든 남자들은 아버지와 싸운다. 나는 아버지가 남긴 감정적 유산에 있는 특정한 어느 부분을 떨치기 위해 싸운다. 내 아버지가 그랬듯 나는 아들의 행동에서 나와 똑 닮은 공격적 성향이 무심코 나올까 봐 두렵다.

태양이 타는 듯 강력하게 내리쬐는 가운데 아들과 나는 트램펄린에서 놀고 있다. 아들과 내 발과 몸에 쏟아진 뜨거운 열기는 트램펄린의 검은 고무 때문에 더욱 증폭된다. 우린 땀을 흘리고 부딪치고 구른다. 아들은 넘어지기 쉬운 이 거친 놀이를 무척 좋아한다. 아들은 마치 창살 안에서 격투를 벌이는 선수처럼 격렬하게 움직인다. 내가 아들을 하늘로 던져 올리면 아들은 허공에 붕 떴다가 비스듬히 착지하고는 다시 튕겨 올라간다. 그때마다 아들은 자지러지게 웃으며 신나한다. 그러다가 느닷없이 정확하고 강력한 왼손 펀치를 내 눈에 날린다. 눈이 아파서 놀이를 중단해야 한다.

우린 계속 트램펄린 위에서 튀어 오르고 싸운다. 아들은 집요하다. 우리가 합의한 규칙이 하나둘 깨지면서 우린 점점 더 흥분한다. 아들이 갑자기 등 뒤에서 세게 깨무는 바람에 몸에 이 자국이 붉고 선명하게 남는다. 극심한 분노가 일고 화가 미친 듯이 치밀어 오른다. 이전에 한번도 아들에게 소리를 지르거나 아들을 때린 적이 없었으며 이번에도 그런 짓을 하지 않는다. 하지만 하마터면 거의 그럴 뻔했다. 나는 나 자신을 추슬렀다. 이미 충분히 그렇게 살아왔다. 나는 트램펄린에서 내려와 집 안으로 들어간다. 아들의 어머니가 나를 달래준다.

다른 생각을 하니 도움이 된다. 내 기분이 어떤 상태인지 설명할 수 있는 공간이 열려 있다. 아들을 지나치게 흥분하게 한 건 내 잘못이었다. 아들이 깨물어서 미안하다며 사과한다. 내가 지나치게 격해졌더라면, 내가 선을 넘었더라면, 돌이킬 방법은 없었을 것이다.

아들의 신뢰를 회복할 마음의 공간도 남지 않았을 것이다. 이 차분한 소통의 순간은 없었을 것이다.

아들과 나는 함께 개를 산책시키기로 한다.

언덕 꼭대기에 오르니 종달새 십수 마리가 하늘 높이 날고 있다. 종달새들은 유려한 자태와 기술로 허공을 내려왔다 다시 솟구쳐 오른다. 나는 아들에게 종달새들을 가리킨다. 우린 조용히 새들을 관찰한다. 아들이 천천히 앞서서 걷더니 200미터쯤 앞에서 혼자 걷는다. 한동안 그렇게 걷더니 내게 목마를 태워달라고 한다. 내가 아들을 어깨에 태우고 먼지를 피우며 사과 과수원 길을 걷는 동안 개들이 분주하게 이리저리 오간다. 아들은 내 턱 아래로 손뼉을 친다. 아들의 엉덩이뼈가 배겨 어깨가 욱신거린다.

조용히 걸으며 이 생각 저 생각 하던 중 문득 이렇게 유럽을, 중동을, 몽고를, 러시아를 걷는다면 참으로 멋질 것 같다는 생각이 든다. 이스트케이프에서 프린스오브웨일즈 섬에 이르는 베링해협을 건너 북미를 관통해 멕시코로 내려가 코스타리카에 도착해 거북이들이 알을 낳는 광경을 보며 아들의 열여덟 번째 생일을 맞는다면 어떨까. 나는 아들에게 내 꿈의 여행 이야기를 들려준다.

"말도 안 돼. 월요일에는 학교를 가야 해."

나는 아들에게 학교를 가지 않아도 괜찮다고 말한다.

아들은 잠시 고민한다. "좋아. 하지만 엄마도 같이 가면 갈 거야."

나는 우스꽝스러운 리듬으로 각 나라의 우스꽝스러운 억양을 섞어가며 나라들 이름을 흥얼거리기 시작한다. 아들이 자지러지게 웃는다. 함께 집으로 가는 길, 내 얼굴 앞으로 침이 가늘고 길게 뚝 떨어진다.

걸을 훈련장으로 데려가려면 어마어마한 인내심과 노력이
필요하다. 걸은 보상이 있건 없건 기겁하고 놀라며 장갑에서 떨
어질 핑곗거리만 찾는 것 같다. 나는 내 절망감을 다잡아야 한
다. 가까스로 걸의 다리에 끈을 매고 장갑 위로 오도록 부르지만
걸은 일정한 거리를 유지한 채 오지 않는다. 내가 10미터 정도
더 뒤로 물러나면 걸은 장갑에서 보상용 먹이를 낚아채 날아간
다음 나랑 멀찍이 떨어진 곳에 착지할 것이다. 보통 이런 현상은
둘 중 하나를 의미한다. 첫째는 과체중이거나 음식에 집중을 하
지 못하는 경우이고, 둘째는 단순히 겁을 먹은 경우다. 걸이 음
식 먹는 모습을 관찰하고, 몸집과 자세를 살펴본 결과 걸의 몸무
게는 적당하다. 몸무게가 지금보다 적게 나가면 덜 영민할 것이
다. 걸을 각성시켜야 하는 건 아닌지, 비몽사몽 상태에서 두려움
을 극복하도록 밀어붙여야 하는 건 아닌지 진지하게 고민된다.
하지만 각성 과정을 도와줄 사람이 아무도 없다. 나는 각성 대신
더 길고 더 순환적인 방법을 택한다. 내 모든 시간을 걸과 함께
보내기 시작한 것이다. 나는 걸을 데리고 하루 종일 집 안팎을
다닌다. 걸을 붙잡고 살점 하나 없는 늙은 꿩의 뼈를 뜯게 한다.
이 방법이 효과를 보이기 시작하지만 한계가 있다. 걸의 행동을
조절하기 위해 부정적 대응만을 하면 안 된다. 걸에게 고함지르
는 것은 아무 소용이 없다. 걸에게 강제로 사냥을 시킬 수 없다.
이 상황에서 나 자신을 배제하고, 걸의 강렬한 두려움의 수준을
낮추려면 걸을 장갑 위로 오게 하는 방법보다는 나와 걸의 보상
먹이 사이를 좀 더 멀게 만들어야 한다. 내 계획은 단순하다. 나
는 고기를 가죽 미끼에 붙이고 긴 막대에 매달아 땅바닥에 두고
걸이 보는 앞에서 흔든다.

이 방법을 시도한 첫날, 걸은 잔디 위에 있는 미끼를 보고도 횃대에서 꼼짝도 하지 않는다. 심란해진 나는 공연히 플래시와 에타에게 구시렁거리고 투덜대다가 순간 뒤를 휙 돌아본다. 걸이 조용하고 신속하게 움직이는 바람에 방울 소리가 들리지 않는다. 걸은 엄청난 속도로 미끼를 낚아챈다. 걸이 먹잇감을 움켜쥐고 하늘로 올라가자 가죽끈이 얼레에서 풀려나와 땅바닥 위에서 요동친다. 배급용 식량이 통째로 가죽끈과 함께 딸려간다. 걸이 나무에 착지하려는데 가죽끈이 나뭇가지에 걸린다. 걸은 나무 주위를 빙글빙글 돈다. 내가 올라가기에는 너무 높다. 걸은 나무에 매달린 채 30분이나 버둥대고 퍼덕댔다. 가까스로 친절한 농부의 도움을 받아 JBC 굴착기를 이용해 걸을 버킷으로 들어 올린다. 엉킨 끈을 풀고 땅으로 내려오자 걸은 격렬하게 분노한다. 재앙이다. 꼬박 이틀이 걸린 후에야 걸은 멀리 떨어진 곳에서 겨우 나를 신뢰하기 시작한다.

보이는 멀찍이 떨어진 장갑까지 단거리를 비행할 준비가 되어 있다. 나는 보이를 울타리 높은 곳에 올려두고 등을 돌리고는 앞으로 걸어간다. 한 5미터가량 걸어가다가 나는 오른쪽 주머니에 있는 보상 먹이를 더듬으며 확인한다. 그때 보이의 방울 소리가 들린다. 부드럽고 가벼운 바람이 휙 이는 듯하더니 머리 위로 갑자기 뭔가가 느껴진다. 보이가 보상 없이도 내 머리 위로 착지한 것이다. 나는 싱글벙글하며 보이의 안전을 위해 가느다란 끈으로 손을 뻗는다. 끈이 없다. 돌아보니 떨어진 끈이 울타리 근처 잔디 위에서 뱀처럼 구불거린다. 계획에도 없이 우연한 기회에 보이는 자신의 의지대로 자유 비행을 성공한다. 마치 아슬아슬하게 자동차 충돌 사고를 피한 기분이다. 일어날 수도 있었던 일(보이의 상실)과 끔찍한 일들에 대한 구역질 나는 상상들이 뒤섞여 실제로 일어난 일(보이의 안전한 귀환)과 더해지면서 짜릿한 기쁨은 배가된다. 나는 몇 분 동안 요동치는 심장 박동이 잦아들기를 기다린 다음 보이를 다시 울타리 위에 앉힌다. 이번에는 보이의 얼굴을 정면으로 보며 약 7미터 정도 뒷걸음질친다. 보이의 비행 거리를 두 배, 세 배 늘려 발목 끈을 매달고도 며칠 동안 훈련을 해야 도달할 수 있는 거리까지 이른다. 짐을 잔뜩 실은 커다란 트랙터 한 대가 길 위로 지나간다. 이번에는 보이와 너무 멀리 떨어져 있다는 생각에 덜컥 겁이 난다. 만약 보이가 트랙터 소리에 놀라기라도 하면 훌쩍 날아오를 것이다. 그러면 나는 보이를 찾아 열심히 달려야 한다. 트랙터가 굉음을 내며 나뭇가지들을 부러트리고 트럭 짐칸에 실린 거대한 짚 더미가 나무에 스치며 지나간다. 보이는 경계심에 고개를 까딱거리더니 이내 전적으로 나의 행동에만 집중한다. 나는 닭다리를 장갑 위에 올리고 손을 치켜든다. 보이의 기민한 움직임, 팽팽한 날갯짓, 이 거리를 단숨에 비행하는 속도가 정말 놀랍다. 보이가 다리를 다 먹은 후 나는 보이와 함께 잔디에 앉는다. 그리고 남은 보상 식량을 보이가 다 먹도록 내버려둔다. 보이가 작은 고기 조각을 땅에 떨어트리는 바람에 개들도 뜻밖의 보상을 받는다. 개들은 마치 증기기관차처럼 잽싸게 달려와 이리저리 다니며 킁킁거리더니 이내 입맛을 다시고는 내 얼굴을 핥는다.

　　보이는 자유 비행의 느낌을 계속 음미한다. 나무에서건 멀리 떨어진 곳에서건 보이는 마치 깃털 장식이 달린 멋진 다트처럼 계속 내게로 돌아온다. 추가 훈련을 통해 보이는 빠르게 돌아가던 신진대사에 가속도를 더하며 작은 매의 깊숙한 곳에 숨어 있던 본능들을 슬며시 드러내기 시작한다. 움직이는 것이면 무엇이든 예리한 관심을 가지던 보이는 첫 야생 동물과 조우한다.

훌쩍 웃자라 무성해진 풀밭을 걷고 있는데 보이가 장갑 위에서 빙글빙글 돌기 시작한다. 보이지 않는 무언가를 잡으려는 것 같다. 보이는 약 12미터가량 떨어진 곳으로 날아가더니 길게 자란 풀숲 사이로 사라진다. 풀숲 위로 야생마 한 마리가 펄쩍 뛰어오른다. 심장이 멎는 것 같다. 보이는 다 자란 토끼의 등에 달라붙어 있다. 토끼는 털에 파리 한 마리가 붙어 있는 듯 꿈쩍도 않고 울타리 아래쪽으로 이동한다. 220그램 남짓한 몸무게의 매가 2킬로그램 가까이 되는 토끼를 죽이려고 하는 것 자체가 말도 안 되는 일이다. 순간 보이가 사냥을 전혀 경험하지 않았다는 사실을 실감한다. 보이는 사냥에 있어서 백지상태다. 어떤 것이 적당한 사냥감인지 가늠하지 못한다. 토끼는 지그재그로 왔다 갔다 하며 팽팽하게 망이 쳐진 울타리를 향해 전속력으로 질주한다. 만약 보이가 저 철조망에 그대로 부딪친다면 그 자리에서 즉사할 것이다. 보이는 움켜쥔 털에서 발을 떼며 토끼를 놓아주고는 울타리 기둥 꼭대기에 앉아서 잠시 쉬다가 내가 장갑 낀 손을 치켜올리자 그 위로 날아온다. 보이는 쾌락주의 성향을 가진 것이 분명하다. 울타리에 지나치게 다가갔다. 오늘은 더 배워야 할 것도, 더 감수해야 할 위험도 없다. 나는 보이를 배불리 먹인 다음 함께 집으로 향한다.

오두막 근처에 있는 작은 다리를 건너는데 다리 아래로 흐르는 냇물에 반사된 빛에 보이가 놀라 얼어붙는다. 나는 반짝이는 물결에 잔뜩 흥분한 보이를 놓아주고 뒤따라간다. 보이는 냇가 모래 둔덕에 부드럽게 착지하더니 자갈밭 위를 종종 걸어가 고개를 숙이고 물을 마시고는 그 안으로 들어간다. 늦은 오후의 햇살이 적갈색과 옅은 노란색으로 아롱거리며 부서져 내려온다. 산사나무 가지에서 떨어진 흰 꽃잎들이 따스한 바람을 타고 가로질러 물 위로 날아온다. 마치 펀치기 안에 있던 종잇조각들이 흩어지듯 꽃잎이 물 위로 흩어진다. 보이는 신나게 야생에서의 첫 목욕을 즐긴다. 온몸을 드러낸 채 깃털이 축축하게 젖은 상태로 목욕을 즐기는 매는 포식자들에게 손쉬운 먹잇감이다. 내가 함께 있어서 든든했는지, 보기 드문 매의 은밀한 목욕 장면에 눈이 즐겁다. 사진가나 영화제작자들이라면 이 장면을 보기 위해 평생을 기다릴 수도 있을 것이다. 보이의 깃털에서 후드득 흩어진 작은 물방울들이 아치 모양을 그리며 내 피부에 떨어진다. 나는 보이의 등에 물을 끼얹는다. 보이는 더 격렬하게 몸을 흔들고 부르르 떤다. 이번에는 손으로 물을 떠 보이의 머리 위로 끼얹는다. 보이는 내 손가락 끝을 따라서 고개를 움직이다가 부리를 벌린다. 나는 보이의 입에 물을 흘려 넣어준다. 보이는 목구멍 깊숙이 물을 넣고는 꿀꺽 삼킨다. 목욕을 마친 보이는 모래 위로 올라와 흠뻑 젖은 작은 개처럼 몸에 남은 물기를 턴다. 장갑 낀 손을 보이의 가슴 앞으로 가져다 대자 보이는 땅을 딛고 훌쩍 장갑 위로 올라온다. 물에 젖은 깃털과 골프공처럼 둥근 머리 깃털이 갈라져 그 사이로 얇은 피부조직이 보인다. 팽팽하고 신선한 색을 띤 살 안쪽으로 모세혈관이 비친다. 머리의 양쪽에 있는 귀는 두개골 속으로 보이지 않게 구멍으로 나 있다. 흠뻑 젖은 보이는 못생기고 기이하며 이 세상에서 가장 아름다운 작은 매의 모습을 하고 있다.

나는 대체로 물의 감촉을 싫어한다. 물에 닿으면 마치 피부 아래로 바퀴벌레가 스멀거리는 것처럼 간지럽다. 나는 충분한 이유가 있을 때만 물에 들어간다. 수영을 좋아하는 아들은 늘 나와 같이 물에 들어가고 싶어 한다. 내가 자발적으로 아들을 데리고 수영장에 들어간 것은 이번이 처음이다. 수영장에 들어가자 아들은 자유분방해진다. 반면 나는 멋쩍고 부끄럽다. 이런 기분은 질색이다. 수영장의 소음과 진저리 나는 더위가 고통스럽고, 시끄럽고, 괴롭다. 미지근한 염소 냄새로 가득한 공기는 화학물질 냄새에 푹 절어 약간 숨이 막힌다. 감각들이 눈부시게 반사되는 빛들의 융단폭격을 맞는 기분이다. 절반쯤 나체인 다른 인간과 가까이 있다는 사실도 끔찍하게 곤욕스럽다. 아들은 조금도 아랑곳하지 않는다. 아들은 수영장 가장자리에서 앞뒤로 공중제비를 돌며 사람들과 부딪친다. 자유분방한 모습이 사랑스럽기 그지없다. 나는 아들의 몸에서 자유를 느끼고, 근육들의 작은 움직임에서 자유를 본다. 물이 신선한 빗물처럼 아들의 다리와 상반신을 스친다. 물 아래로 보글보글 일어난 물거품이 파란색과 녹색의 발포 고무를 지나 아들의 머리카락과 눈 가장자리에 맺힌다. 창백한 아들의 모습은 더할 나위 없이 물고기 같다. 수영장에서 올라오는 얼굴에는 환희의 미소가 가득하고 한층 커진 갈색 눈동자가 반짝거린다. 아들은 흥분을 주체하지 못하고 펄쩍펄쩍 뛴다. 그러고는 내게 펄쩍 뛰어오른다. 우린 같이 수달처럼 미끄러지고 구르고 튕겨나가고 움직인다. 아들이 물 미끄럼틀 위로 올라간다. 우린 숨바꼭질을 한다. 우린 커다란 고무 매트리스를 타고 물 위를 둥둥 떠다닌다. 시간이 한참 흐른 후에야 우리가 수영장에 얼마나 오랫동안 있었는지 알게 된다.

탈의실에서 우리는 서로의 벗은 몸을 처음 보았다. 아들은 내

성기를 보고는 쇠수세미 뭉치 속에 있는 노인의 코 같다며 깔깔거린다. 나도 웃는다. 나는 아들의 입을 막기 위해 초콜릿 케이크 과자를 준다. 아들은 집에 오는 차 안에서 입을 벌린 채 곯아떨어져 마치 고양이처럼 가르릉거리며 코를 곤다. 나는 아들의 자는 모습이 하도 아름다워 계속 보다가 하마터면 차 사고를 낼 뻔했다.

마침내 걸의 발목에서 끈을 떼어냈지만 그 어떤 일관된 성과도 얻지 못한다. 걸의 반응을 보고 있으면 늘 신뢰를 구걸하게 된다. 걸은 매 시간마다 표현과 행동이 달라진다. 어떤 때는 작은 닭다리 한 조각을 먹기 위해 300~350미터를 날아간다. 하지만 10분 뒤에 끈에 묶은 메추라기 한 마리를 통째로 던져주면 걸은 화들짝 놀라 나뭇가지 사이를 비집고 나무 꼭대기로 올라간다. 걸은 깃털이 달린 아름다운 다트와는 거리가 멀다. 그보다는 형편없게 만든 셔틀콕에 가깝다. 영국에서건 외국에서건 내가 길렀거나 훈련시켰거나 날렸던 다른 매들과 걸은 다르다. 걸은 수수께끼다. 인간에 대한 애착도 배려도 없다. 지금껏 내가 훈련시킨 매들 중 최악이다. 하지만 풀어주었을 때, 진화된 지혜와 본능으로 살아남아야 하는 존재의 관점에서 보았을 때 걸의 호전성만큼은 완벽하다. 걸의 까다롭고 완강한 두려움은 내가 경험해보지 못한 범위에 있다. 우린 난관에 봉착한다. 내가 어느 정도는 패배했음을 인정해야 한다. 걸을 제지하기보다는 걸이 닥치는 대로 격렬하게 반응할 50퍼센트의 시간에 만족하며 함께 앞으로 나아가야 한다. 보이를 따라잡아야 한다.

입문

야생의 세계에서는 새끼 맹금류들이 날기 시작하고 몇 주 후 새매가 알을 낳고 품어 부화시킨다. 불안하고 불확실한 야생의 세계에서 새끼 새매들은 포식자들의 표적이 되기 쉽다. 탐욕스러운 맹금류가 가득한 둥지에는 주기적으로 단백질이 공급되어야 한다. 새끼 새매에게 먹이를 주는 부모 새매는 온갖 다양한 짐승의 사체와 다친 동물들을 둥지로 가져와 새끼들이 먹고 '놀게' 해 준다. 알을 깨고 나오는 순간부터 새끼 새매는 다른 형태, 다른 움직임, 다른 질감, 다른 색, 다른 맛의 음식을 접하게 된다.

둥지를 떠나 자유롭게 날 수 있게 된 새끼 새매는 자신에게 걸맞은 덩치의 먹잇감을 사냥하게 된다. 새매와 새매가 사냥하는 동물은 대등하다. 둘 다 서로 다른 싸움의 기술과 방법을 배운다. 한쪽은 공격의 기술을, 또 다른 한쪽은 도망의 기술을 익히게 된다. 매는 사냥의 성공과 실패를 반복하면서 어떤 사냥감이 가장 약한지, 어떤 사냥감이 가장 강한지, 어떤 사냥감이 가장 푸짐한 식사거리인지를 익히게 된다. 건강한 매는 정신적으로도 성장하며, 계절이 바뀌고 사냥에 성공할 때마다 더 성숙하고 발전한다. 내가 이 과정을 정확하게 똑같이 훈련시켜주지 못하면, 매의 재활 과정에서 이 섬세한 부분을 억제한다면, 보이와 걸은 살면서 내내 그 대가를 치러야 할 것이다.

나의 첫 새매 데이지는 옅은 색에 호리호리하고 가시처럼 뻗은 깃털이 나 있었다. 데이지가 오기 몇 달 전 나는 빨간다리자고새를 대량으로 길러 들판에 풀어주었다. 자연의 방식대로 먹잇감을 찾는 것보다 매일 같은 들판에서 자고새를 잡는 것이 더

쉬웠기 때문이다. 데이지는 자고새를 쉽게 사냥했고 우린 함께 자연 방사로 얻은 신선한 고기를 즐거이 함께 먹었다. 하지만 계절이 바뀌자 데이지는 자고새와의 관계를 너무도 확고하게 맺은 탓에 자고새가 아니면 다른 어떤 것도 사냥하지 않았다. 자고새가 사는 들판이 아닌 다른 곳에 아무리 날려보려고 애를 써도 완강하게 비행을 거부했다. 순진하게도 나는 이런 일이 벌어지리라고 생각하지 못했다. 매의 발달 과정을 억제했고, 경험의 폭과 마음가짐을 한 장소에 있는 한 종의 먹잇감으로 좁혀버렸다. 새매가 어떻게, 왜 진화하는지를 이해하지 못했고, 어떻게 다양한 종류의 먹잇감들을 접촉하는지 알지 못했다. 데이지의 능력을 자연스러운 방식으로 확장시켜주기는커녕 데이지에게서 거대한 부분을 봉인해버렸다. 데이지에게 반드시 필요한 먹이가 아닌 내가 원하는 먹이를 주었다. 데이지는 자고새에게 '집착하는' 새가 되었다. 만약 내가 데이지를 잃어버린다면 데이지는 혼자 힘으로는 절대 생존할 수 없을 것이다. 같은 원칙이 지금 결과 보이에게도 적용된다. 두 매가 야생에서 자유롭게 산다면 살생과 사냥은 종의 생존에 있어서 대단히 중요한 요소가 된다. 이 매들은 다양한 종류의 사냥감들과 싸워서 이길 수 있어야 한다.

아들이 달리기 경주 출발선에 서 있다. 100미터 달리기 선을 따라 다양한 옷과 장신구들이 있는데 아이들은 결승선에 도착하기 전에 반드시 이것들을 입고 걸쳐야 한다. 출발을 알리는 깃발이 내려가고 아들은 바람처럼 달린다. 아들은 첫 번째와 두 번째 단계에서 무사히 옷을 입는다. 왜 그랬는지 모르겠지만 나는 응원을 한답시고 아들의 이름을 크게 외친다. 하지만 역효과다. 내 목소리가 아들의 집중력을 완전히 흩트려버렸다. 아들은 내 목소리를 듣더니 달리기를 멈추고 의아하다는 얼굴로 나를 바라본다. 다른 아이들이 모두 아들을 앞지른다. 내 마음은 완전히 쑥대밭이 되어버린다. 나의 존재가 아들이 승리할 수 있는 기회를 망쳐버렸다. 경주를 마친 아들은 내가 자신의 이름을 계속해서 소리치며 부르지 않았더라면 자신이 우승할 수 있었다는 사실에 동의한다. 아들은 패배에 실망하거나 화내지 않고 관대하다. 내가 처음 참석한 아들의 운동경기이다. 아들은 친구들에게 아버지가 여기 와 있다는 걸 보여주는 데 더 신이 난 듯 보인다. 아버지가 와서 자신이 달리기하고, 경쟁하고, 이기고 지는 모습을 지켜보고 있다는 사실을 더욱 좋아하는 것 같다.

내 차례가 너무 빨리 다가온다. 확성기에서 경기를 알리는 소리가 나온다. '아버지 달리기 경주에 참여하고 싶은 분들은 출발선으로 나와주시기 바랍니다.' 내 심장은 한껏 들떠 빠르게 고동친다. 나는 다른 경쟁자들보다 한참 먼저 나와 출발선에 선다. 다른 아버지들이 모두 출발선에 서자 흥분이 주체되질 않는다. 나는 완전히 부적절하고 미덥지 못한 농담들을 던지기 시작한다. 절도와 빈집털이 때문에 '짭새'에게서 달아나는 상황 농담을 하지만 아무도 웃지 않는다. 다들 멀뚱멀뚱 나를 볼 뿐이다. 사람들에게 좋은 인상을 주는 데 실패한다. 경주가 시작되고 나는 일등을 하지 못한다. 고맙게도 아들은 친구들과 노느라 내 경주를 잘 보지 못한다. 하지만 그의 어머니는 훗날 모두에게 웃음거리가 될 그 장면을 녹화했다. 뭐, 신경 쓰지 않는다. 어쨌든 최선을 다했으니까.

훈련을 시작한 지 나흘이 되도록 결과 보이는 사냥감을 잡거나 죽이지 못하고 있다. 더위가 모든 기운을 고갈시키고 여름은 아득히 높은 곳을 덮고 있다. 게다가 지금은 자연 세계의 동물들이 매의 존재에 적응을 해서 생존에 극도로 예민해지는 시기다. 내 눈앞의 세계는 스스로를 재창조하고 평소에는 볼 수 없던 행동들을 보인다. 우리가 약 450미터를 걷는 동안 주위는 죽은 듯 고요하다. 마치 거품 속에 들어와 있는 것 같다. 새와 포유류들은 바짝 긴장해 놀라울 정도로 오랜 시간을 숨죽이며 기다리고 있다. 예전에는 이토록 두려울 정도의 적막함 속에서도 새가 숨어 있는 덤불을 찾아내 손으로 가리킬 수 있었다. 이 침묵의 숲 바깥으로 나오는 소리는 경계의 소리다. 틱틱틱, 구슬프게 우는 소리와 경고의 비명이 끊임없이 들린다. 칼새와 제비들이 날아올라 내가 날린 매의 머리 위에서 후드득 흩어질 것이다. 예전에 우리집 정원 횃대 위에 앉아 훈련 중이던 매들이 야생 새매들에게 공격 당한 적이 있다. 어떤 때는 나무 주위에서 쫓기기도 했고, 장갑 위에서 공격을 당하기도 했다. 이 모든 방어적인 동요와 변동적인 행동 패턴, 자연스러운 회피 본능은 보이와 걸의 사냥 훈련에 불리한 영향을 끼친다.

보이는 실패할 때마다 지극히 미미한 수준이긴 하지만 조금씩 발전하고 있다. 경험이 적은 사람의 눈에는 보이가 매번 같은 실수를 반복하는 것처럼 보일 수도 있다. 하지만 보이의 행동은 조금씩 달라지고 있다. 새로운 속임수를 인지하고, 잠자고 있던 본능이 나타나기 시작하는 게 보인다. 보이의 날갯짓이 달라지고 날갯짓이 달라지자 자세도 달라진다. 반응 속도가 빨라지고 모퉁이에서 방향 전환도 더욱 정확해진다. 보이가 날아오르고 전속력으로 사냥감을 추격하는 공간들은 사냥감들의 은신처에서 한참 떨어진 곳들이다. 보이는 다양한 속임수들을 쉽게 시도한다. 짧게 일격을 가하기도 하고 완급을 조절하며 추격하기도 한다. 배수로 위를 지그재그로 비행하고, 산허리 아래로 내려가고, 은밀하게 나타나 사냥감을 깜짝 놀라게 한다. 보이는 마치 빙글빙글 회전하는 디스코볼에서 반사된 빛처럼 빠르고 조용히 비행하고 사냥하면서 서서히 자신의 진정한 모습을 찾아가고 있다. 사냥감을 놓치는 일도 허다하다. 그럴 때마다 보이는 부메랑처럼 허공을 가르며 날아와 내 장갑 위에 착지하고는 다시 사냥할 준비를 한다. 어떤 때는 사냥감이 숨어든 곳으로 맹렬하게 돌진해 부딪치기도 하고 은신처 속으로 들어가기도 한다. 보이는 사냥감이 있는 곳 입구를 가리키며 나를 부추겨 몇 번이고 반복해서 날아오르려 한다. 사냥감을 잡느냐 못 잡느냐는 추격하는 길에 풀잎이나 나뭇가지가 방해가 되었느냐 아니냐로 판가름할 만큼 차이가 줄어들고 있다. 우리에게 필요한 건 먹잇감의 체력이 좀 약하다든지, 깃털이 빠졌다든지, 아프다든지, 햇빛이 목표물의 눈을 부시게 했다든지 하는 약간의 행운뿐이다.

　　훈련을 시작한 지 5일째 되는 날, 나는 새벽에 일어나 보이의 몸무게를 재고, 햇살이 쏟아져 내릴 무렵에 출발한다. 유난히 기분이 좋은 아침이 있는데, 그런 아침이면 육감이 발동한다. 육감이라고 해서 초자연적인 것이나 허상을 보는 신비로운 현상이 일어난다는 의미는 아니다. 나는 마법을 부릴 줄도 모르고, 보이지 않는 신에게 서약을 하지도 않았다. 하지만 수년 동안 매를 날리면서 어떤 특정한 마음 상태로 접어들게 될 때가 있다. 그 상태에 접어들면 평정심이 생긴다. 절대 동요하지 않고 강렬한 감정에 휩싸이거나 기분이 오락가락하지도 않게 된다. 살면서 다른 분야에서는 한번도 느껴본 적 없는 마음의 상태다.

　우리가 나날이 발전하면서 소소한 것들이 한데 모여 하나로 합쳐진다. 모든 것들이 성공을 향해 단 1퍼센트만 남겨두고 있다. 나는 뜻밖의 장소에서, 평소보다 훨씬 더 멀리 떨어진 곳에서 동물들을 발견한다. 빛도 적당하다. 내 발걸음에서는 소리가 나지 않는다. 우리가 방향을 바꾸면 뒤따라오던 바람에 얼굴이 부딪힌다. 기온은 선선하다. 보이는 나보다 더 예민하다. 보이가 장갑 위에서 부산하게 움직인다. 에타와 플래시는 냄새를 맡으며 각기 다른 방식으로 우아하고 분위기 있게 냄새에 집중하며 움직인다. 이런 느낌들이 겹겹이 쌓이고 층층이 포개지고, 촘촘히 짜인다. 100미터쯤 떨어진 곳에서 에타의 구릿빛 털이 다채로운 초록빛과 대비를 이루며 반짝거린다. 에타는 오른쪽으로 방향을 틀더니 바람을 가로지르며 달리다가 갑자기 멈춘다. 에타의 발목과 가슴과 다리의 근육들이 바짝 긴장되어 있다. 유기화학물질 속 페로몬 향이 에타의 코로 들어간다. 에타의 꼬리가 마치 동상처럼 쭉 뻗어 어딘가를 가리키고 있다. 찾았다. 세상은 고요하게 흘러가며 끊임없이 한 덩어리로 휘말린다. 나는 보이의 가죽끈을 조절하고 위치를 다시 잡아준다. 보이는 몸을 씰룩거리고 이리저리 움직이다가 장갑을 꽉 움켜잡는다. 마음이 회전하는 수레바퀴로부터, 생각의 편린들로부터 벗어난다. 빛과 내 시력이 더 선명하고 또렷해진다. 다른 감각들은 둔화되고 멀어진다. 아무 소리도 안 들리고, 아무 냄새도 나지 않으며, 아무 감각도 느껴지지 않는다. 추위도, 바람도 느껴지지 않는다. 나는 내 마음에서 벗어나 오로지 지금 이 순간에 있다.

　에타가 앞으로 조금씩 이동하다가 로봇처럼 멈춘다. 나도 멈춘다. 에타가 움직인다. 나도 움직인다. 플래시가 뛰어든다. 새 두 마리가 화들짝 놀라 3미터 정도 날아오른다. 그러다가 한 마리가 속도를 늦추고 땅과 나란히 스쳐 날아간다. 보이가 첫 번째 새를 확인하더니 목표 대상을 다시 골랐는지 허공에서 두 번째 새를 낚아채 움켜잡고는 계속 날아간다.

나는 보이의 방울 소리가 나는 쪽으로 이동한다. 산사나무 숲을 지나니 보이가 보인다. 울퉁불퉁한 마디 아래로 죽은 새의 날개에서 빠진 깃털들이 떨어져 있다. 아드레날린이 솟구치며 보이를 향한 기쁨이 헤아릴 수 없는 고마움이 되어 나를 압도한다. 나는 작은 공간 쪽으로 조심스레 간다. 손과 얼굴을 긁혀가며 보이의 발 앞에 엎드린다. 그러고는 손을 뻗어 죽은 새를 만지며 보이에게 고마워한다. 보이는 식사를 멈추고 나를 빤히 쳐다본다. 그러고는 다시 죽은 새의 깃털을 우아하게 벗겨낸다. 보이가 보여준 이 작은 신뢰의 행동을 보니 나 자신과 보이 사이에서 그 어떤 단절감이나 거리감도 느낄 수 없다. 보이로 시작해 보이로 끝나는 이 짜릿한 순환 과정에서 나는 환영받았으며 그의 삶은 또 다른 나락으로 올라가는 중이다. 이 작은 빅뱅에, 이 작은 깃털 꾸러미에 지구의 중력이 담겨 있다. 보이는 본능과 진화를 교차시키며 각기 다른 다섯 개의 삶을 한 곳으로 끌어당겼다. 인간, 개 두 마리, 매, 사냥감. 우리는 그의 세계로 들어갔고 고도로 응축된 생존이라는 사적인 순간에 능동적으로 참여하고 있다. 이 순간에 참여하는 것은 특권이며 거기에 담긴 의미는 절대 사라지지 않는다.

집으로 가는 길, 에타와 플래시는 앞서서 터덜터덜 걸어가고 보이는 장갑 위에 안전하게 앉아 있다. 작은 깃털들이 보이의 다리와 발에 달라붙어 있다. 먹을 만큼 먹은 덕분에 제 발이 보이지 않을 정도로 배가 불룩하다. 뚜렷한 변화가 감지된다. 나는 그 뚜렷한 변화를 본다. 보이는 새로운 지식으로 똘똘 뭉쳐 있으며, 그의 내면에 있던 직소 퍼즐의 마지막 한 조각이 제자리를 찾았다. 이제 보이는 훌쩍 날아올라 온 세상을 누릴 준비가 되어 있다. 보이가 왼쪽 발을 들어 올리더니 가슴팍에 발을 묻는다. 아드레날린이 떨어지면서 내 감각도 돌아와 땀이 식고 고통이 느껴진다. 이로 팔에 박힌 산사나무 가시를 뽑아낸다. 고환과 양손바닥에도 가시가 몇 개 박혀 있다. 며칠 내로 독이 퍼져 피부가 푸르게 변할 것이고 감염된 곳에서 고름이 나올 것이다. 오두막이 가까워지자 극도로 의기양양했던 기분이 점점 사그라지면서 이내 슬퍼진다. 보이가 야생으로 되돌아가 새로운 여정을 시작해야 할 준비가 되었다. 자유가 주어지는 새로운 세상에 첫 발을 내디디면서 우리의 이별이 가까워지고 있다.

　　나는 컴퓨터 게임에 싫증이 났다. 아들에게 특이한 특징을 지닌 신비로운 동물들이 사는 세계가 있으며 그곳은 도전적인 요소들과 수수께끼, 모험이 가득한 곳이라는 이야기를 들려준다. 우리가 그 세계에서 성공하려면 손재주와 집중력, 총잡이처럼 빠른 눈과 손의 협동력이 필요하다는 말도 덧붙인다. 그 여정과 그 여정이 주는 보상에는 위험과 실패가 반드시 따른다는 사실도 설명한다. 아들이 모험을 승낙하며 우리의 여정은 시작된다. 아들은 아찔한 두려움과 즐거움, 어쩌면 슬픔과 황홀경을 극단적으로 느끼는 세계에 발을 딛게 될 것이다. 아들은 처음에는 웃으며 내 말을 믿으려 하지 않는다. 나더러 이상한 소리를 한다며 비스킷이나 달라고 말한다. 나는 아들에게 유튜브 동영상을 몇 개 보여준다. 아들은 단숨에 매료된다. 그렇게 우리는 모험을 준비한다.

원정을 떠나는 날 아침, 아들과 함께 짐을 꾸린다. 나는 아들에게 장바구니를 주고 집 안 여기저기에 흩어져 있는 식량을 찾아 담도록 시킨다. 우리는 집에서 15분 정도 떨어진 곳으로 가서 두 시간 남짓 머물 예정이다. 하지만 아들은 혹시 모를 비상사태에 대비한다며 소시지 24개, 트라이플* 한 통, 초콜릿 무스 약간, 딸기 치즈케이크 한 조각, 와츠잇 과자 열 봉지, 킨더조이 초콜릿, 레모네이드, 사과주스, 구두끈처럼 생긴 딸기 젤리, 구운 닭고기, 장난감 자동차와 슬라임이 들어 있는 장난감, (생애 첫) 긁는 복권, (이 또한 생애 첫) 로또 복권을 챙긴다.

목적지에 도착하니 눈조차 뜨고 있기 힘들 정도로 뜨거운 한여름 대낮이다. 그늘에 있어도 땀이 줄줄 난다. 우린 저벅저벅 자갈길을 걸어 내려가 입구를 지나 호숫가에 도착한다. 아들과 함께 낚시를 하는 것은 이번이 처음이다. 우린 낚시 도구를 내려놓고 잠시 주위를 산책한다. 호수에서는 좋은 낚시터 특유의 분위기가 풍긴다. 강둑 풀숲이 무성하고 깊다. 마치 마법을 부린 듯 풀뱀 한 마리가 나타나더니 평평한 물가를 스르륵 헤엄치며 지나간다. 사향뒤쥐 한 마리가 풀숲을 가르며 지나간다. 오리와 새끼 오리들이 물 위를 유유히 떠다닌다. 풀로 뒤덮인 모퉁이에 있는 오리나무 사이로 햇살이 부서져 들어와 물 위에 어른거린다. 작은 구멍에서 거품이 보글보글 올라와 수련 잎사귀 가장자리에 맺히더니 이내 진흙탕이 일면서 물이 뿌옇게 흐려진다. 물고기들이 호수 바닥을 헤집

• 케이크와 과일 위에 젤리를 붓고 그 위에 커스터드 크림을 얹은 디저트

으며 먹이를 찾고 있다. 창백한 자주색의 거대한 잠수함이 수면 바로 아래 있다가 서서히 물속으로 사라진다. 아들은 본능적으로 이전과는 다르게 행동한다. 아들은 어딘가를 가리키며 소곤소곤 말한다. 지금보다 이 순간을 더 마법같이 만들 수 있는 것은 유니콘뿐일 것이다.

　진짜 사냥꾼처럼 살금살금 걸어가는데 커다란 낚싯대를 드리우고 조용히 앉아 있는 노인 부부가 보인다. 노인에게 작은 목소리로 뭘 좀 잡았냐고 묻자 노인은 몸을 돌리고 손에 쥐고 있던 지팡이를 들어 올리더니 커다란 물고기를 쿡쿡 찌른다. 마치 치즈를 자르는 가는 철사로 버터를 가르듯 물에 드리운 낚싯줄이 물 위에 뜬 찌꺼기와 오래된 깃털들을 가른다. 물 위로 거품이 올라오고 물살이 크게 일어난다. 진흙, 검은 침전물, 찢어진 나뭇잎들이 호수 바닥에서 올라온다. 내 옆에 있던 아들이 잔뜩 신이 나서는 박수를 친다. "뭐예요? 얼마나 커요? 메기예요? 물지 않아요? 뭐지? 뭐예요?" 노인이 의자에서 일어나더니 너그럽게도 아들에게 낚싯대와 릴과 바늘에 걸린 물고기를 건네준다. 정말 대단히 배려 깊은 행동이다. 낚시꾼이라면 누구나 알고 있다. 아이에게 처음 물고기를 낚는 순간이 얼마나 중요한지, 그 순간이 아이의 마음과 영혼에 어떻게 영원히 각인될지를. 아들은 잠시 멈칫하며 주저한다. 나는 숨죽이고 아무 말 없이 아들을 바라본다. 호기심이 고양이를 죽인다는 말이 있다. 호기심이 지나치면 위험할 수도 있다는 의미다. 아들은 모르는 이에게 낚싯대를 건네받고 완전히 새로운 세상으로 발을 내딛는다. 물고기가 빠져나가려고 퍼덕이자 낚싯대가 깜짝 놀랄 정도로 크게 휘며 낚싯대와 나란히 선 아들의 팔에 낚싯대 릴 탈착 부위가 맞닿는다. 아들의 눈이 저녁 식사용 접시만큼이나 커진다. 아들은 흙먼지를 일으키며 살짝 비틀댄다. 입을 알파벳 'O'자 모양으로 벌린 채 아무 소리도 내지 않는다. 아들은 낚싯대를 단단히 움켜쥔다. 릴에서 낚싯줄이 풀리면서 쌩하는 소리와 딸깍거리는 소리만 들린다. 물이 출렁이며 파도가 일어 육지 쪽으로 밀려온다. 낚싯대 끝에 있는 것이 아들을 완전히 압도한다. 잔뜩 겁을 먹은 아들은 낚싯대를 주인에게 돌려주려 한다. 낚싯대 주인과 나는 둘 다 거절한다. 우린 상충되는 조언들을 외치기 시작한다. "왼쪽으로 돌려, 아니 오른쪽으로, 릴을 앞으로…, 아니 거기 말고 다른 쪽으로…, 릴, 릴, 안 돼, 멈춰! 그냥 줄이 풀려나가게 둬…, 잡아…, 낚싯대 끝을 낮춰…, 나뭇가지들을 조심해." 이토록 빛나는 몇 분 동안 우리는 완전히 제정신이 아니다. 물고기가 우리를 녹초로 만든다. 은유적으로 말하자면 최대한 즐거운 방식으로 우리 코를 비틀어 쥐고 한껏 골탕을 먹이고 있다. 마침내 지친 물고기가 수면 위로 몸을 뒤집으며 퍼덕인다. 노인은 그물망으로 물고기를 물에서 건진다.

부드러운 풀밭 위에 누운 잉어의 크기는 아들 어깨너비만 하다. 최소한 3.5킬로그램은 나감 직한 큰 고기다. 지금까지 내가 잡았던 가장 큰 물고기보다도 두 배는 될 것 같다. 용처럼 짙은 녹색을 띤 멋진 수컷이다. 물고기의 올리브색 옆면이 참매의 오렌지색 둥근 눈과 대조를 이룬다. 아들은 신이 나서 웃으며 물고기 옆면을 만져보더니 내게 부드럽고 미끈거리는 촉감이라고 말한다. 나는 아들에게 잉어는 훌륭한 보약이라는 사실을 알려준다. 고대 마녀와 드루이드•가 살던 시대에는 잉어를 의사 고기라고 불렀으며,

• 고대 켈트족의 종교였던 드루이드교의 성직자

미끈거리는 점액질로 각종 질병을 고쳤다는 이야기도 들려준다. 아들에게 점액질을 핥아먹어보지 않겠냐고 묻자 아들은 바보같이 굴지 말라고 일축한다.

낚시꾼에게 물고기를 돌려주고 고맙다는 인사를 한 뒤 우리의 자리로 이동한다. 다섯 시간 후, 우리는 물고기 점액질로 뒤범벅된다. 아들의 입가와 머리카락에는 온통 초콜릿 무스 범벅이다. 우린 아름다운 물고기를 많이 잡았다. 기대와 현실이 꽤 비슷하게 맞아떨어진 그런 날이다. 내가 처음으로 부모로서 깊은 기쁨을 느꼈던 날이기도 하다.

걸을 야생 먹잇감이 있는 세계로 발 들이게 하기는 훨씬 더 힘들다. 걸은 변덕 때문에 늘 허둥대고 사냥감을 놓친다. 사냥감을 놓칠 때면 걸은 아무것도 없는 발에 나뭇가지들만 꽉 움켜쥔 채 산만한 아이처럼 바닥을 버둥거린다. 완전히 차분해지기 전까지는 내가 만지는 걸 절대 허용하지 않을 것이다. 15분 정도 기다리니 이윽고 걸이 나뭇잎과 산사나무 가지들이 잔뜩 엉겨 붙은 발로 내 장갑 위에 올라온다. 걸의 발에는 긁히고, 베이고, 뚫리고, 부딪힌 상처들이 생기기 시작한다. 걸은 매일 소독약을 뿌리고 칫솔로 문질러주는 내게 친절하게 굴지 않는다.

내게는 섹시 렉시라는 이름의 또 다른 암컷 새매가 있었다. 지금 걸과 무척 비슷했다. 렉시도 사냥감을 놓칠 때마다 발에 나뭇가지들을 잔뜩 움켜쥐고 맹렬하게 버둥거리곤 했다. 렉시는 마치 1초에 여섯 발씩 총알을 발사하는 기관총 같았다. 새를 죽이기에는 더없이 완벽한 활동력이었으나 뾰족한 나뭇가지에 대처하기엔 적합하지 않았다. 한번은 산사나무 가시가 부러져 렉시의 부드러운 발바닥에 박혔는데 그 위로 작은 딱지가 앉았다. 그 부위가 곪기 시작하면서 고름이 고이고 상처가 부풀었다. 부푼 상처가 단단해지면서 성냥개비 끝부분에 불붙는 부위와 비슷한 크기의 결정이 생겼다. 렉시는 진정제를 맞고 천 파운드(한화 약 150만 원) 정도 하는 외과 수술을 받아야 했다. 걸도 계속 거칠게 굴면 얼마 가지 않아 렉시와 비슷한 부상을 입게 될 것이다. 산사나무 가시덤불에서 멀리 떨어진, 탁 트인 들판에서 걸을 훈련시키는 방법이 유일한 해결책이다. 그런 들판에서라면 걸이 발에 부상을 입을 확률이 줄어들 것이다. 하지만 사냥에 성공할 확률 역시 줄어들 것이다. 어느 쪽을 선택해도 절망스럽다. 두 상황 모두 나쁘긴 마찬가지다.

다음 날 걸은 잔뜩 흥분해서 욕구 불만을 표출하며 잔뜩 성질을 부린다. 나도 걸의 기분과 완전히 똑같다. 우리는 평평한 들판을 세 시간 동안 아무 소득도 없이 걷고 있다. 나는 전혀 수확되지 않은 옥수수 밭을 멍하니 걷는다. 새 한 마리가 날아오더니 고개를 숙이고 바닥에 흩어진 씨앗을 먹는다. 새와 매와 나는 모두 서로를 바라본다. 걸은 굳이 성가시게 새를 쫓지 않는다. 새는 달아날 기회를 잡아 낡은 알루미늄 수조 아래 하늘하늘한 쐐기풀 숲으로 탈출한다. 하지만 새는 개들 때문에 이내 풀숲에서 튀어 오른다. 걸이 마음을 고쳐먹고는 3미터 전방, 2미터 상공에 있는 먹잇감을 움켜쥔다. 뜻밖에, 갑자기, 빠르게. 나는 화들짝 놀란다. 걸이 해냈다.

안도의 순간은 짧다. 채 1초도 되지 않아 우리의 시적인 순간은 고통으로 바뀐다. 걸이 빠르고 맹렬하게 산울타리 위로 곡선을 그리며 비행하더니 저 멀리 사라져버린다. 나는 원격 추적기로 30분 동안 하늘을 샅샅이 뒤진다. 아무것도 없다. 채널을 바꾸자 신호가 잡힌다. 신호는 여기서 들판 세 개를 지나쳐 저 멀리 있는 지점을 가리킨다. 아주 작고 희미하게 방울 소리가 들린다. 나는 땅 위를 살피고 무성한 수풀을 헤집고, 나뭇가지를 젖히며 걸을 찾는다.

커다란 오크나무 밑동에 손가락 한두 개 길이 정도 되는 깃털들이 흩어져 있다. 나무 위쪽은 나뭇잎들이 빽빽하게 나 있어서 잘 보이지 않는다. 나는 울퉁불퉁한 나무 몸통에 몸을 바짝 갖다 대고 두 팔로 나무기둥을 감싸 안은 뒤 위를 올려다본다. 나뭇가지 중간 정도에서 걸이 죽은 새를 먹고 있다. 똑똑한 걸! 걸은 높은 곳으로 날아가 안전한 곳에서 먹이를 먹는 법을 터득했다. 걸에게는 생존을 위한 좋은 조짐이고 내겐 좋지 않은 조짐이다. 걸이 식사를 마치기 전까지는 걸을 내려오게 할 방법이 없다. 혹시라도 내가 방해하면 걸은 장소를 옮길지도 모른다. 나는 걸이 식사를 하고 있는 나무 기둥에 기대어 앉아 잎담배를 말며 기다린다. 걸은 먹잇감을 잡아 뜯으며 식사를 한다. 베개에서 터져 나온 깃털처럼, 작은 깃털들이 나뭇가지에서 빙글빙글 돌며 떨어져 내 얼굴을 부드럽게 간지럽힌다. 눈처럼 흩날리던 깃털들이 더 이상 내려오지 않는다. 나는 위를 올려다보며 매일 훈련했던 대로 내 손 위로 내려오라고 손짓한다. 걸이 내 말을 듣지 않을 것이라 생각했는데 뜻밖에도 나뭇가지에서 내려와 장갑 위로 사뿐히 내려앉더니 고개를 숙이고는 내가 준 간식을 먹기 시작한다. 너무도 충격적이어서 하마터면 쓰러질 뻔했다. 이제 걸은 거의 정상 수준이다. 깊은 안도감이 든다.

야생 새매를 길들여 첫 사냥에 성공하는 것보다 더 즐거운 일은 별로 없다. 어린아이를 간지럽혀 코에서 콧방울이 나올 때까지 웃게 하는 것은 그런 즐거움 중 하나다. 절반쯤 가다가 아이의 고무장화가 짝짝이로 신겨져 있음을 깨닫는 순간도 그런 순간 중 하나다. 왼쪽 신발과 오른쪽 신발이 바뀌어 있다. 우리는 큰 소리로 깔깔대며 마치 궁전의 어릿광대처럼 행진을 하고, 이리저리 으스대며 걷고, 문워크도 한다. 신발을 제대로 신을 생각은 하지 않는다.

보이의 사냥 실력과 성공 횟수가 꾸준히 증가하고 있다. 걸은 처음과 비슷하다. 걸은 사냥에 실패하면 좌절과 분노에 휩싸여 돌아오는 속도가 느려진다. 이 경우에는 전략을 바꾸는 방법 외에는 다른 방도가 없다. 나는 염두에 둔 두 가지 방법에 속임수를 더한다. 두 가지 방법 모두 충분한 잠재력을 일깨워 걸을 더 나은 방향으로 변화시킬 수 있는 방법이다. 다만 안타깝게도 두 방법 모두 위험이 내재되어 있다.

예전에는 영국의 매잡이들이 말을 타고 참매나 새매를 날리곤 했다. 높은 곳에서 날릴 수 있다는 이점이 있고 험한 지역도 쉽게 다닐 수 있기 때문이다. 오늘날에도 조금 다른 형식이지만 기본적으로 같은 맥락의 방법을 사용한다. 몇몇 매잡이들은 말을 타는 대신 트럭이나 오프로드 자동차를 이용한다. 까마귀와 비둘기, 까치 등은 매잡이가 매를 데리고 농장을 걸어 다닐 때보다 트럭이 돌아다닐 때 한결 경계를 늦춘다. 인간이 바보 같은 짓만 저지르지 않는다면 차로 매를 날리는 방법은 효과가 좋다.

몇 년 전, 차를 타고 들판을 가로질러 집으로 가던 중 나는 매를 날렸고 매는 까치를 잡았다. 나는 트럭에서 뛰어나와 매를 도와주기 위해 짧은 거리를 달려갔다. 무릎을 꿇고 매가 사냥감을 먹는 모습을 지켜봤다. 그런데 어디선가 낯선 경고음이 울리면서 한참 아드레날린이 치솟던 순간을 방해했다. 의아하게 생각해 뒤를 돌아본 나는 끔찍한 광경을 보았다. 도요타 하이럭스가 뒤로 굴러가고 있었고 개는 열린 문을 무력하게 바라보고 있었다. 트럭에서 뛰어내릴 때 발로 기어를 건드려 기어가 후진에 놓인 것이다. 미처 손을 쓸 겨를도 없이, 값비싼 1톤짜리 트럭은 농장의 농업용 저수지 쪽으로 굴러가더니 시야에서 사라졌다. 아들이 태어나기 전, 아들의 어머니에게 빌린 돈으로 산 트럭이므로 엄밀히 말하면 내 소유도 아니었다. 가까이 가서 보니 문이 나무에 걸려 있었다. 그 덕분에 삐걱거리는 소리와 금속 마찰음을 내며 굴러가던 차의 속도를 잠시 늦추긴 했지만 문은 이내 뒤로 홱 젖혀졌다. 뭔가 폭발하는 소리와 함께 하이럭스는 저수지가 있는 비탈로 굴러 내려갔다. 차는 처참하게 망가졌다. 나는 공연히 개를 원망했다. 그 순간 나는 맹세했다. 이것이 차를 타고 매를 날리는 마지막이 될 것이라고.

차를 이용하지 않으려면 독일에서 보았던 독수리 두 마리처럼 나무에서 자유롭게 날도록 하는 수밖에 없다. 안타깝게도 걸은 나뭇가지에 몇 차례 걸리면서 통제하기가 더욱 힘들어졌다. 걸은 처음에는 높은 곳에서 적극적으로 사냥감을 찾기 시작했지만 점점 내켜 하지 않으며 그냥 되돌아왔고 저 혼자 사냥을 하기 시작했다. 매잡이의 입장에서 매가 혼자 사냥하도록 부추기는 것은 좋지 않다. 매를 잃어버릴 가능성이 매우 크기 때문이다. 물론 재활을 마친 매에게는 완벽한 방법이다. 균형 잡힌 활동을 통해 언제 멈춰야 할지를 알게 되기 때문이다. 만약 내가 걸을 너무 멀리까지 보내면, 너무 많은 자유를 누리게 된 걸은 돌아오지 않을 것이다. 어쩌면 방울과 발목 끈과 원격 추적 장치를 단 채 훨훨 날아갈 것이다. 장비를 잃는 것은 그다지 중요한 문제가 아니지만 걸은 평생 발목에서 나는 방울 소리를 들으며 살아야 한다. 여름에는 큰 문제가 아니다. 아직 순진하고 미숙한 어린 먹잇감들이 많은 계절이라 걸에게 유리할 것이다. 하지만 한겨울에는 얘기가 다르다. 사냥감들이 극도로 예민해지고 힘도 세지고 위장술도 발달해 눈에 잘 띄지 않는다. 당연히 방울 소리는 쉽게 감지될 것이다. 걸의 발목에 채워진 방울은 걸의 생사를 가르는 요소가 될 것이다.

자유 비행으로 효과를 보려면 매잡이인 내가 모든 요소들을 아주 가까이서 통제해야 한다. 어쩌면 이 과정이 걸을 놓아주기 전 마지막 단계가 될 수도 있다. 세상의 모든 계획은 늘 잘못된 길로 들어서기 마련이다. 만약 이 방법이 실패한다면 매와 인간과의 사랑은 매사냥에 대한 절망스러운 실망과 방향 없는 증오로 바뀔 것이다.

늘 아들과 바닷가에 가고 싶었다. 바닷가는 내가 가장 사랑하는 장소 중 한 곳이며 아들과 함께하고픈 곳이다. 바다는 내게 행복한 어린 시절의 추억이 깃든 곳이며, 어른이 된 내가 그 향과 맛을 혀로 직접 느끼고 싶을 때 찾아가는 곳이다. 웨일스 해안에 위치한 이 바닷가는 자연 만에 펼쳐진 공간이다. 대여섯 명 정도의 사람들이 야영을 하기 딱 맞을 정도로 아담하다. 농부들이 불을 피울 수 있게 허락해주고 몰래 도축한 양고기나 햄버거도 판다. 석양도 완벽하다. 나는 이곳에서 돌고래를 보기도 했고 어망으로 커다란 농어를 잡기도 했으며 바위 틈 깊은 곳에서 바닷가재를 꺼내기도 했다. 썰물 때는 바닷가에 온갖 바다 생물들이 우글거린다. 삿갓조개 무리나 달팽이들이 해변을 활기차게 기어 다닌다. 엄지손가락만 한 말미잘이 바람에 흔들리는 종려나무처럼 몸을 흔들기 시작한다. 각종 게, 새우와 참새우, 방망이 머리처럼 생긴 망둥이, 부츠 끈처럼 생긴 붕장어 등이 바위에서 나와 버려진 질긴 살점들을 어적어적 씹어 먹는다. 이곳은 양동이를 쉽게 채울 수 있는 곳이자 시간이 잠시 멈추는 곳이며 자신도 모르게 햇볕에 살이 타는 곳이다.

안타깝게도 이곳은 아들이 사는 곳에서 여덟 시간이나 떨어져 있다. 당일 여행은 불가능하다. 절충안을 궁리한다. 아들이 사는 곳에서 45분 정도 떨어진 곳에 사우스코스트가 있다. 사우스코스트에 도착하자 우리의 부푼 기대와 온갖 모험 계획들이 하늘 높은 곳으로 허망하게 사라진다.

우선, 어디에서도 공원을 찾을 수 없다. 주차장은 만원이다. 모든 거리는 온통 주정차를 할 수 없는 두 줄 노란선 뿐이고 이정표와 주차단속원의 수는 거의 그 거리를 다니는 사람의 수만큼이나 많다. 우리가 바다에 도착한 때는 밀물 때여서 썰물 때까지는 여섯 시간이나 기다려야 한다. 영국 해협의 물은 소용돌이가 잦고 흙탕물이 일어 갈색의 진탕이다. 바위 사이에 난 작은 웅덩이도 없다. 해변은 놀랍도록 황량하다. 이판암과 조약돌이 있는 긴 해변이 하나 있을 뿐이다. 버려진 플라스틱 쓰레기 덩어리 사이에 드문드문 있는 돌들이 아름답다는 건 인정한다. 하지만 해변은 왼쪽에서 오른쪽까지 지평선 너비가 획일적으로 똑같다. 어떤 이들은 우리 바로 옆에서 개가 똥을 누게 하고는 치우지도 않는다.

우리는 이런 방해에도 굴하지 않고 물수제비뜨기를 하고 바위를 쌓은 다음 한꺼번에 무너뜨리는 놀이를 한다. 예쁜 조가비를 주워 서로 크기와 모양과 색을 비교한다. 우린 걷고 탐험한다. 에타와 플래시는 수영을 하고 쓰레기통에서 음식을 찾아 먹는 갈매기를 쫓아다닌다. 우린 상어나 홍어 같은 연골 어류와 갑오징어 뼈도 찾는다. 긍정적으로 생각한다면 아주 나쁘지는 않다. 몇 시간 후 우린 아이스크림을 사 먹고 집으로 돌아간다.

집으로 가는 길 중간 즈음에 아들이 심각한 얼굴로 나를 보며 말한다.

"나 아주 진지하게 실망했어."

아들의 말에 웃음이 터진다. 내 심정과 완전히 똑같기 때문이다. 솔직한 말이다. "완전히 부적당해." 나도 이렇게 말하고 싶었다. 아들은 모른다. 자신이 지금 나를 얼마나 행복하게 해주었는지.

문득 깊은 생각이나 고민 없이도 예기치 못했던 감정의 물결이 나를 휩쓸고 지나간다. 나는 이 자연스러운 힘에 충격을 받는다. 그 감정을 제어하려고, 억지로 누르려고 애쓰다가 결국 포기하고는 그것이 흐르는 대로 내버려둔다. 나는 고개를 돌리고 이렇게 말한다.

"사랑해."

아이에게 사랑한다고 말한 건 처음이다. 아들이 이 말을 알아들을 만큼 큰 것도 처음이다.

자유 비행 훈련을 하는 첫날, 나는 걸을 데리고 오두막 근처에 있는 작은 숲으로 가서 한쪽 팔을 옆으로 쭉 펴고 잡고 있던 것갖을 놓는다. 걸은 내 왼편의 무성한 쐐기풀 숲 위로 솟은 나무 위에 앉는다. 대륙검은지빠귀와 개똥지빠귀, 숲에 살고 있는 다른 새들이 쩍쩍거리며 경고의 소리를 내기 시작한다. 죽은 나무 기둥을 타고 두껍게 올라간 넝쿨 사이로 산비둘기 한 쌍이 푸드덕거리며 나온다. 몇몇 작은 새들도 내 발 아래서 달아난다. 걸이 움직인다. 머리 위에서 울리는 걸의 방울 소리로 추정컨대 걸은 목표물을 정했다. 잠시 방울 소리 듣기를 멈춘다. 만약 걸이 멀리 날아간다면 방울 소리는 점점 희미해질 것이다. 지금은 그렇지 않다. 아주 크고 또렷하게, 규칙적으로 울린다. 땡…, 잠시 멈춤…, 땡…, 잠시 멈춤…, 땡… . 미소가 나온다. 익숙한 소리다. 죽은 사냥감에서 살점이 뜯어져 나오면서 동일한 힘과 동일한 방향으로 작은 방울을 치면서 같은 소리가 나오는 것이다. 땡…, 잠시 멈춤…, 땡…, 잠시 멈춤…, 땡…. 걸이 사냥감을 죽였다. 나는 방향을 가늠하려 주위를 살펴본다. 방울 소리는 복화술사의 목소리처럼 섬세하게 울린다. 비둘기들이 간신히 퍼덕거리며 내 머리 너머로 휙 날아가더니 넝쿨에 부딪치고는 화들짝 놀라 즉시 방향을 바꿔 숲을 벗어난다. 걸을 찾았다. 걸은 내 머리 위 높은 곳에 있는 비둘기 둥지를 찾았다. 나무에 오르는 수밖에 없다.

나무 꼭대기에 올라가자 걸이 보인다. 걸은 오래된 나뭇가지들이 이상한 형태로 뭉쳐 있는 나무 꼭대기에 불안스레 앉아 있다. 걸의 발밑에는 다 자란 비둘기 한 마리가 죽은 채 붙들려 있다. 그 비둘기의 형제 혹은 자매일 비둘기가 무심하게 죽은 비둘기를 바라본다. 나는 나무 기둥에서 떨어지지 않으려고 안간힘을 쓰며 몸을 바짝 낮추고 더 깊숙이 기어간다. 걸은 계속 먹이를 먹고 있다. 나는 조금 더 앞으로 기어가 죽은 비둘기를 잡는다. 걸은 발을 이리저리 움직이더니 왼발을 슬쩍 뻗어 내 손 등에 올린다. 걸은 비둘기 살갗을 벗기고 부드러운 고기를 꺼내 먹고, 가슴에 구멍을 파 신선한 간에서 나온 따뜻한 피를 마시느라 여념이 없다. 이제 걸과 나 사이 거리는 불과 10센티미터 남짓밖에 되지 않는다. 건조하게 마른 배설물의 퀴퀴한 냄새가 난다. 뜯어진 살갗과 둥지 가장자리에 여기저기 묻은 흰색의 비둘기 배설물이 나뭇가지들 위에 놓여 있다. 피 냄새가 난다. 걸의 발과 내 손등 위로 붉은 진드기들이 떼를 지어 지나간다. 작은 곤충들과 딱정벌레들이 둥지 밑바닥에서 썩어가는 깃털 무더기 위를 이리저리 헤집고 다닌다. 파리가 윙윙대는 소리가 들리고 매끈한 녹색 넝쿨 잎사귀가 얼굴에 닿는다. 무릎과 가슴에서 나무에 낀 축축한 이끼가 느껴진다. 썩은 나무의 쪼개진 부분과 죽은 넝쿨 가지가 내 팔을 긁으며 엉덩이 사이로 떨어진다. 아직 살아있는 다른 비둘기는 둥글납작한 부리와 무표정한 눈동자를 한 채 넝쿨에서 규칙적으로 호흡을 하고 있다. 암울한 상황이지만 밝은 미래가 전혀 없는 것은 아니다. 한 혈육이 죽으면 남은 새끼새는 먹이를 두 배로 먹게 된다. 설령 그렇지 않더라도 걸은 교묘하게 기회를 포착하는 기술을 또 하나의 귀중한 교훈으로 터득했다. 아마 자유로워지면 사용하게 될 것이다. 이는 걸과 보이가 남은 평생 사냥하는 방식이 될 것이다. 이것이 야생 새매가 살아남는 방식이다. 비둘기는 대단히 훌륭한 최고의 식사감이다. 큰 수고를 하지 않고도 높은 수준의 보상을 받은 것이다. 앞으로 이틀 혹은 삼일 정도는 걸의 몸이 이 비둘기 고기의 덕을 볼 것이다. 걸은 더 튼튼해지고 강해진 기분을 느낄 것이다. 먹이와 이런 기분 사이의 연관성은 당연히 야생으로 돌아갔을 때 걸의 생존을 지켜줄 것이다. 나는 걸을 들어 올려 장갑에 단단히 맨다. 그리고 걸이 먹다 남은 아침 식사인 비둘기 고기를 머리에 인 채 침팬지처럼 나무를 타고 내려온다.

나는 두꺼운 금속줄에 연결된 벨트에 매달려 지상에서 높은 곳에 묶여 있다. 아들은 바로 내 앞에 있다. 조금 겁이 난다. 우리는 아들이 사는 곳 근처 숲에 있는 'Go Ape!'라는 이름의 훈련장에 와 있다. 아이들과 함께 온 다른 가족들도 매우 많으며 다들 이 훈련장에 마련된 다양한 과정을 수행 중이다. 훈련장은 굉장히 잘 만들어져 있고 무척 재미있다. 몇몇 훈련 코스를 지나고 나니 조금은 우쭐한 마음이, 조금은 용감한 마음이 생긴다. 우린 다른 코스를 향해 돌진한다. 한 손 들고 한 발로 껑충껑충 뛰기, 눈 감고 뒤로 기대기 등 우스꽝스러운 게임을 한다. 아들은 점점 더 흥분하며 열광한다. 우린 다른 가족들보다 앞서서 달린다. 아들 또래의 다른 남자아이들은 아들보다 훨씬 더 머뭇거린다. 흔들리는 높은 다리를 건너는데 아들이 어떤 남자아이와 소곤거리며 대화하는 모습이 보인다. 그 남자아이는 말소리가 간신히 들릴 정도로 작다. 뭐라고 말을 하면 다른 아이들이 뒤를 돌아보아야 할 정도다. 그 아이는 얼굴을 찡그리더니 화를 내기 시작한다. 나는 무슨 일이 벌어지고 있는지 정확히 안다. 내 유전자를 지닌 유일한 아이가 15미터 상공에서 논쟁에 불을 지폈을 가능성이 크다. 적당한 감정은 아니지만 어딘지 모르게 뿌듯하다. 중학교 시절 나는 무척 많이 싸웠다. 나는 늘 뭔가를 말하고 싶은 충동을 억누르지 못했고 그 충동은 늘 잘못된 대상에게, 주로 선생님이나 나보다 덩치가 큰 학생 혹은 상급생 등에게 향하곤 했다. 나이가 들면서 그런 태도를 자제하는 법을 혹은 그런 일이 벌어질 것 같은 상황을 피하는 법을 배웠다. 그런데 지금 내 아들이 개구쟁이 짧은-꼬리원숭이처럼 누군가에게 소곤거리고 있다. 아들과 이야기를 하던 아이가 진지하게 화를 내며 동요하고 있다. 다행히도 그 아이의 아버지는 바로 아래서 정신없이 아이폰에 몰두하고 있다. 만약 그 사람이 상황을 파악했더라면 분명 아버지들끼리의 싸움으로 번졌을 것이다. 아들의 목소리가 들린다. "난 그냥 빈정대는 것뿐이야." 어린아이의 입에서 나온 말치고는 과히 듣기 좋은 말은 아니다. 그 말은 또 다른 다툼을 일으킨다. 싸움이 더 격해지려고 하던 시점에 내가 적절하게 끼어든다. 아들은 장난기 어린 미소를 지으며 조금 수줍어한다. 나는 아들에게 윙크를 한다. 밧줄을 타고 흔들흔들거리며 내려와 가볍게 착지하면서 아들과 나 사이에는 무언의 공감대가 생긴다.

　나는 늘 산울타리나 나무, 울타리 기둥에서 걸을 날린다. 걸은 낙엽송이 길게 이어진 숲에서 어린 까치나 갈까마귀를 잡으며 거의 사냥에 성공하고 있다. 더 큰 새들도 합법적인 음식이라는 사실을 깨우친 걸은 이따금 까마귀를 쫓아 200~300미터 이상 추격하기도 한다. 이런 추격이 위험할 수도 있다는 사실을 알고 있다. 놓아줄 때가 가까워지면서 걸의 지나친 열의를 줄이려고 노력하고 있지만 걸은 활기차게 추격하고 적극적으로 수색한다. 렉시도 첫 해에는 걸과 비슷했다. 하지만 하마터면 거의 죽을 뻔했던 적이 있다.
　렉시는 들판 한가운데에서 어리고 약한 까마귀 한 마리를 노렸다. 까마귀는 렉시를 너무 늦게 알아채고는 공황상태에 빠져 허둥댔고 렉시는 위를 빙빙 돌다가 까마귀를 홱 낚아채 6미터 정도 들어 올렸다. 그리고 두 새는 줄에 매달린 두 개의 돌처럼 빙글빙글 돌며 떨어졌다. 렉시에게 가까이 가기가 쉽지 않았다. 두 새가 있는 곳으로 가려면 산울타리를 가로질러 달려가야 했다. 갈아놓은 밭에 발이 푹푹 빠지면서 진흙투성이가 됐다. 마치 콘크리트로 된 부츠를 신고 달리는 기분이었다. 그런데 그렇게 먼 거리에서도 뭔가 잘못되었다는 게 느껴졌다. 렉시는 까마귀의 등에 올라탄 채 발톱으로 까마귀의 머리를 죄고 있었다. 그때 까마귀가 다른 까마귀를 부르며 울기 시작했다. 저 멀리 나무들이 늘어선 곳 위로 마치 검은 나비 떼처럼 까마귀 무리가 요란하게 우짖으며 소용돌이치고 있었다. 어마어마하게 많은 까마귀 떼였다. 족히 300마리는 될 성싶은 까마귀들이 모두 방어 태세를 단단히 갖추고 있었다. 까마귀 떼는 상황을 수습하러 달려가는 나와는 비교도 되지 않게 빨랐다. 땅에 착지한 까마귀들은 렉시를 빙 둘러싸더니 쪼고 괴롭히기 시작했다. 마치 쓰러진 소의 몸에 달려들어 물어뜯는 독수리나 하이에나 같았다. 내가 그곳에 도착했지만 까마귀 떼는 도망가거나 겁먹고 흩어지지 않았고 오히려 더 거대한 검은 무리를 이루어 강력하고도 거대한 울음을 울고 있었다. 내가 그 까마귀를 죽이자 까마귀 무리 사이에서 기묘한 분위기가 흐르더니 까마귀들이 한꺼번에 위로 날아올랐다. 마치 머리 위로 두꺼운 검은 담요가 있는 것 같았다. 까마귀 울음소리가 무서울 정도로 커졌다. 나는 렉시를 감싸고 손으로 머리를 가렸다. 그러자 섬뜩할 정도로 신속하게 울음소리가 줄어들면서 까마귀들이 여러 무리로 흩어져 하늘로 올라가며 후퇴했고 온화하게 관목 숲으로 돌아갔다. 그날 이후 나는 까마귀들을 깊이 존경하게 되었다. 까마귀는 똑똑하고 용감하며,

관찰력이 뛰어나고, 아름답다. 하지만 걸이 야생으로 돌아갔을 때 매잡이의 도움도 없이 까마귀들을 무턱대고 쫓아갔다가는 분명 죽을 것이다. 이 상황을 막으려면 장소를 바꿔야 한다. 나는 앞으로 걸을 놓아주게 될 숲으로 가서 걸과 함께 사냥을 시작한다. 이 마지막 훈련을 통해 걸이 숲에 서서히 적응하기를 기대한다.

아이 옷을 갈아입히고 등교 준비를 시키는 일은 어렵지 않다. 아들은 학교를 무척 좋아한다. 아이는 상상력을 발휘해 인간의 역사와 잠재력을 이해한다. 모든 주제에 관심과 호기심이 있으며 등교 준비를 할 때면 호들갑스럽게 굴진 않지만 몹시 들떠 있다. 아들의 이런 성향이 나에게서 온 것임을 알고 있다. 오두막으로 이사를 가기 전까지 나는 교육 시스템에서 벗어난 적이 한번도 없다. 초중고등학교, 칼리지, 대학을 거쳐 윈체스터 미술 대학원에서 석사 학위를 받고 케임브리지 대학을 거쳐 마침내 교사가 되었다. 아이가 학교를 좋아하는 것을 보니 뿌듯하다.

아이가 조끼와 바지 입는 것을 도와주는데 어쩌다 보니 바지 앞뒤를 거꾸로 입혔다. 다시 고쳐 입히고 셔츠와 점퍼를 입히고 양말을 신긴다. 아이는 가방에 무엇을 챙겨야 하는지, 그 물건들은 어디에 있는지를 내게 가르쳐준다. 시간이 조금 지체되어 차로 달려가 후다닥 학교로 출발한다. 절반쯤 가고 있는데 아이가 도시락을 챙기지 않았다고 말한다. 아이는 도시락을 챙기지 못한 나를 나무라며 키득거린다. 나는 애써 무시하며 공연히 개를 탓하고, 날씨를 탓하고, 장난꾸러기 요정들을 탓한다.

아이와의 말싸움에서 진 나는 어쩔 수 없이 차를 돌려 집으로 향한다. 학교에는 늦을 것이다. 아이는 처음에는 걱정만 하다가 점점 당황하며 어쩔 줄 몰라 한다. 학교에 도착한 아이는 가방도 도시락도 차에 둔 채 교문으로 달려간다. 다시 아이를 불러 가방과 도시락을 건네주자 받아들고는 전속력으로 운동장을 가로지른다. 몸에 비해 커다란 가방이 덜렁거리며 아이의 다리에 부딪힌다. 그 와중에도 아이는 필사적으로 손을 흔들며 작별 인사를 한다.

　어린 시절 나는 학교에 가기 전에 온갖 짓궂은 장난을 당하곤 했다. 한번은 가방에서 영어 숙제를 꺼내려고 하는데 책이 있어야 할 가방에 무와 슬리퍼가 들어 있었던 적도 있다. 창피했다. 분명 숙제를 했는데 곤란하게 된 나는 상황을 설명했지만 선생님은 웃음기 없는 험상궂은 표정을 지었다. 학교에 가야 하는데 신발 끈이 의자에 단단히 매듭지어 묶여 있던 적도 있다. 시간이 없었기에 가위로 끈을 잘라야 했고 결국 끈 없는 신발을 신고 등교를 해야 했다. 늦잠을 자는 바람에 지각할까 봐 허둥댔던 적도 있다. 부모님은 어서 서두르라고 재촉했고 나는 부지런히 학교로 출발했다. 약 3킬로미터 정도 되는 등굣길을 올림픽 사이클 선수처럼 자전거 페달을 밟으며 한참을 간 후에야 그날이 토요일임을 깨달았다. 이런 이야기들이 우리 가족에게는 전설처럼 내려와 사람들에게 큰 웃음을 주곤 한다. 아들에게도 웃음을 주고 싶은 마음에 이 이야기들을 들려준다. 하지만 아이는 어디서 웃어야 할지 알지 못한다. 아들이 등굣길에 쩔쩔매며 당황하는 걸 보니 이 이야기들이 새로운 의미를 갖기 시작했고 나는 그 이야기들이 어떤 의미였는지를 알게 된다. 지금의 나는 이런 장난을 아이에게 친다는 것을 상상도 못 한다. 그런 장난을 왜 쳐야 하는지도 잘 모르겠다. 만약 아이에게 그런 장난을 친다면 아이가 어떤 교훈을 얻게 될지도 잘 모르겠다.

보이의 지난 사냥 모습을 보니 모든 훈련은 충분하며 이제 보이를 보내주어야 할 때가 임박했다는 생각이 든다. 감자들이 들쭉날쭉 자란 밭, 유채 밭을 어슬렁거리는 생명체들, 녹색의 접힌 잎사귀들은 곤충들에게 오아시스다. 곤충들보다 먹이사슬에서 한참 위에 있는 포식자들에게도 마찬가지다. 수풀을 지나가는데 새 한 마리가 나무 위에서 갑자기 튀어 나오더니 하늘로 빠르게 날아간다. 보이가 허공을 가르더니 기이할 정도로 정적인 순간을 연출하며 사냥감을 잡는다. 보이는 주위를 두리번거리며 다시 되돌아온다. 나는 5~10초 정도 하늘에 있는 보이를 보며 빙그레 웃다가 조용히 팔을 들어 올린다. 보이가 내 옆을 지나쳐 한 바퀴 회전하고는 전리품과 함께 장갑 위에 앉는다. 다른 어떤 매도 이렇게 한 적이 없었다. 나는 감히 꼼짝할 엄두도 내지 못한다. 움직일 수가 없다. 자고로 신뢰할 만한 횃대는 움직여서는 안 된다. 보이가 먹잇감을 물어뜯고 깃털을 뽑자 작은 새의 맨몸이 드러난다. 나는 고무 밴드로 된 장갑 목 부분을 채우고 보이를 장갑에 고정시킨다. 보이는 나의 열 번째 새다. 10은 마법의 숫자다. 이제 보이는 착륙할 지점의 안전성을 고르고 확인할 만큼 건강하고 침착하다. 그의 횃대가 되어 영광이다. 잎사귀가 무성해 몸을 숨기기 좋은 나무들이 이렇게 울창한 숲에서 보이는 안착할 장소로 나를 택했다. 보이가 마지막 사냥감을 편히 뜯고 먹을 수 있도록 땅바닥에 가만히 앉아 보이에게 작은 고기 조각들을 먹여준다.

보이는 내가 날린 매 중 최고의 매이자 순수한 매사냥의 화신이다. 이런 유대감을 나누다 보니 생각들이 위험한 영역으로 들어가 보이를 계속 기르고 싶다는 바보 같은 생각까지 든다. 법을 어기는 건 어렵지 않다. 보이를 숨겨두고 은밀하게 계속 기를 수도 있다. 어디론가 도망가서 무법의 매잡이가 되어 숲에 몸을 숨기고 한 달 더 보이와 있을 수도 있다. 이내 생각이 제자리로 돌아오면서 보다 분별력 있는 방향으로 흐른다. 보이를 소유하게 되었을 때 생기는 책임이 어떤 것인지 잘 알고 있다. 내가 베푼 마지막 친절은 그를 놓아주기 위한 행위여야지 지속적인 구속을 위한 행위여서는 안 된다. 생각이 다시 흔들린다. 보이를 자유롭게 놓아주지 않고 내 열망을 정당화할 수 있는 방법은 없을지 생각하게 된다. 나는 보이가 아무 대가도 바라지 않고 친밀한 순간들을 끝도 없이 베풀어주리라는 사실을 알고 있다. 관대해야 한다는 생각이 나를 지독히도 유혹한다. 나는 집요하게 나 자신을 설득한다. 야생에 놓아주기에는 보이가 너무 다정하다고, 너무 길들여져 있다고. 현대 사회를 악마처럼 축소해놓은 것 같은 내 마음속에서 열망이 소용돌이친다. 매를 자연에서 떼어놓기는 쉬우나 되돌려주기는 훨씬 어렵다. 보이와 함께 집에 도착한 나는 손과 팔에 단순한 세 글자를 마커로 쓴다. 보내자.

마지막에서 두 번째 사냥을 한 걸을 냇가 근처의 나무 위에 올려놓는다. 냇물은 작은 두 개의 섬이 있는 호수에서 270미터가량 떨어져 있다. 나는 울타리에서 미끄러져 내려와 들판으로 달려가 냇물을 껑충 뛰어넘어 사냥감을 찾기 시작한다. 쇠오리 한 쌍이 엉뚱한 방향으로 빠르게 움직이고 있다. 회색과 검은색, 갈색의 부드러운 털을 한 토끼가 내 오른쪽에 있는 통나무 더미로 뛰어든다. 평범하게 생긴 작은 새들이 무질서하게 튀어나오며 내 뒤쪽으로 스쳐 날아간다. 쇠물닭이 날아간다. 쇠물닭은 다리를 이상하게 흔들며 엉성하게 비행한다. 걸은 자유롭게 풀어주어도 좋을 만큼 거의 완벽한 몸무게에 도달했다. 그래서인지 그다지 열의를 보이지 않으며 40~50미터 앞만 내다본다. 쇠물닭이 비행속도를 늦추고 땅으로 내려앉더니 작은 머리를 까닥이며 걷는다. 쇠물닭이 안주하는 듯한 움직임의 변화가 매를 자극한다. 걸은 목표물을 향해 땅에 스치듯 저공비행을 한다. 쇠물닭은 안전한 갈대숲 사이로 숨어들고 걸은 나뭇가지 위에서 몸에 팽팽하게 힘을 준다. 걸은 사냥감을 찾기 위해 고개를 죽 빼고 위아래로 오르내린다. 쇠물닭이 다시 날아오르고 나는 쇠물닭 쪽으로 달린다. 쇠물닭이 순식간에 물을 건넌다. 걸이 쇠물닭을 움켜잡고 호수를 건너 섬 중앙으로 날아가면서 호수 표면에 동그란 파문을 남긴다.

　나의 첫 매 데이지와도 호수에서 비슷한 경험을 한 적이 있다. 데이지가 검둥오리를 잡아 물 위로 날아가다가 추락한 적이 있다. 검둥오리가 데이지를 맹렬하게 후려갈기며 아래로 내려와 물 아래까지 끌고 간 것이다. 데이지는 검둥오리를 놓아주었지만 몸이 갈대에 얽히는 바람에 물 위로 간신히 머리만 내놓고 있었다. 나는 데이지를 찾으러 물속을 걸어가다가 물이 가슴 높이까지 오고 바닥은 진흙이 두텁게 깔린 곳에서 넘어졌다. 몸이 진흙에 쑤욱 빠지자 검은 흙탕물이 뭉게뭉게 일어났고 온갖 부유물들이 물살에 휘말려 소용돌이 쳤으며 썩은 부유물에서 나온 부패한 거품이 사방에 떠올랐다. 나는 갈대를 손으로 움켜쥐고 진흙탕에서 빠져나와 호숫가로 달려갔다. 그곳에서 낡은 배 한

척을 타고 다시 데이지가 있는 곳으로 갔다. 나는 데이지를 갈대숲에서 꺼내 배 바닥에 눕혔다. 집으로 오는 동안 체력이 약해질 대로 약해진 데다, 온몸이 푹 젖은 탓에 데이지는 발작을 일으키며 쇼크상태에 빠졌다. 어두컴컴한 방에서 나는 가는 플라스틱 관을 데이지의 입에 넣고 목구멍을 거쳐 모이주머니까지 넣었다. 그리고 포도당 용액이 든 주사기를 관과 연결해 포도당을 데이지의 소화기관까지 밀어 넣었다. 15분쯤 지나자 데이지는 벌떡 일어나 똑바로 섰다. 나는 데이지에게 포도당을 흠뻑 묻힌 신선한 고기와 레드불• 몇 방울을 주었다. 포도당과 레드불의 조합은 흡사 마라톤 주자에게 땅콩버터 한 수저나 바나나 한 개를 준 것 같은 효과를 냈다. 한 시간 후 데이지는 깃털을 털고 소리를 질렀다. 마치 이렇게 말하는 것 같았다. '다시는 그렇게 안 할 거야!'

　잔뜩 겁에 질린 쇠물닭이 걸을 호수로 끌고 내려갈지도 모른다. 물속으로 걸어 들어가 보니 천만다행으로 바닥의 흙이 두텁고 단단하다. 개 두 마리도 따라 들어와 내 옆에서 의기양양하게 뱅글뱅글 돌며 헤엄치다가 이따금 쿨럭거린다. 개들의 입에는 부러진 나뭇가지며 수련 잎이 물려 있다. 걸이 착지한 섬에 도착해 뭍으로 기어올라가서 보니 1미터도 넘게 자란 가시나무와 쐐기풀, 채찍처럼 휜 묘목들과 산사나무 등이 섬을 두텁게 덮고 있다. 가시나무 덤불이 너무 빽빽하게 자라 있어서 차라리 기어가는 편이 더 나을 정도다. 마른 갈색 가시들을 헤치며 걷다가 억세게 뻗은 나뭇가지에 모자가 걸려 벗겨진다. 어두운 나무 그림

• 고카페인 음료

자 사이로 걸의 창백하게 흰 깃털이 보인다. 걸의 몸이 햇빛 속에 빛나고 있다. 쇠물닭은 죽어 있다. 쇠물닭의 살과 피부는 질기고 두툼해서 걸이 살을 헤집느라 애를 먹고 있다. 나는 걸에게 다가가 칼로 가슴에 작은 구멍을 내어준다. 걸이 구멍을 이용해 한결 수월하게 먹이를 뜯는다. 나는 걸이 마음껏 식사를 할 때까지 몇 분간 기다린다. 걸이 지닌 욕망, 물을 피하는 능력, 마른 땅에서 먹이를 먹는 능력 모두 확실하게 검증되는 순간이다. 똑똑한 걸! 걸이 식사를 절반 정도 했을 때 나는 쇠물닭의 사체 위에 있는 걸을 내 쪽으로 당겨 무릎에 올린다. 걸은 자신이 겪은 어려움은 잊어버린 듯 아랑곳하지 않고 계속 먹이를 먹는다. 나는 주먹을 높이 치켜들고 그 위에 걸을 앉힌 채 물을 다시 건너온다.

몇 시간 전 걸은 거대한 라임나무 꼭대기에서 작은 새 한 마리를 먹었다. 식사를 마친 걸은 몇 초 동안 나를 부담스러울 정도로 빤히 쳐다보더니 등을 돌리고는 하늘로 휙 날아가 날개를 쭉 펴고 바람처럼 빠른 속도로 사라졌다. 높은 곳에서 부는 바람과 석양이 가까워지면서 황금빛으로 물든 구름이 걸이 날아간 방향과 같은 방향으로 흘러가고 있었다.

돌아오기를 거부하는 걸을 찾아 나는 온 들판을 이리저리 헤매고 다닌다. 난 지독한 절망감에 사로잡혀 공연히 개들에게 흙을 던지고 점점 더 거친 말들로 세상을 향한 저주를 퍼부으며 계속 걸을 찾아다닌다. 마치 걸을 찾아 온 도시를 헤집고 다니는 기분이다. 마침내 걸을 찾아 가까이 다가가자 걸은 땅으로 내려오더니 다시 빙글빙글 돌며 하늘이라고 하는 적의 진지 속으로 높이 올라간다. 땅거미가 어둑하게 내려오고 거의 3킬로미터를 더 달리고 나니 목구멍에서 담즙과 호흡이 거칠게 뒤엉킨다. 피곤하다. 음식을 먹지 않아 속이 허하고 어지럽다. 걸은 마지막으로 가파른 산비탈 아래 울창한 숲속으로 이동한다. 이 산을 오늘만 세 번 오르내렸다. 나는 충실하게 걸을 따라와 15미터 아래 지점에 선다. 걸은 또다시 미끼를 거부한다. 어두워지기 직전, 원격 추적기 신호를 보니 걸이 달아나고 있는 것이 확인된다. 내가 이렇게 지극정성으로 보살펴주니 마음 편히 외박을 하겠군!

제멋대로 구는 걸의 행동과 잠들기 전 다리에 일어날 뻐근한 경련을 생각하니 걸이 끝도 없이 원망스럽고 미워진다. 그럼에도 불구하고 나는 저녁 어스름이 끝나고 어두워지기 전에 걸을 되찾아야 한다는 일념으로 최대한 차를 빠르게 운전해 먼 곳에 도착한다. 옷도 갈아입지 못하고, 씻지도 못하고, 양치질도 못하고 있다. 커피도 없다. 새벽 3시. 완연한 어둠 속에서 매잡이는 스멀스멀 올라오는 회색 안개와 어른거리는 그림자를 뚫고 여우처럼 소리 없이 헤매고 있다. 걸의 동작이 멈춘 지점에 도착했지만 부러진 나무 기둥에 발부리가 걸려 넘어지면서 계곡 아래로 굴러 떨어진다. 떨어진 곳은 따뜻한 공기와 차가운 공기가 공존해 온도가 기이하고 급격하게 변하는 변온층이다. 스위치를 켜자 원격 추적기에서 나는 신호음이 여명을 뚫고 울려 퍼진다. 걸은 아직 여기 있다. 단지 내가 찾지 못할 뿐. 나는 또 기다린다. 첫 빛이 내려앉기 전 어두운 푸른빛 아래로 부드러운 검은 빛이 촘촘한 나무 꼭대기에 드리운다. 동이 트면서 빛의 무질서한 확산이 시작된다. 처음에는 가는 실로 짠 레이스 받침 같은 잎사귀들이 촘촘한 모자이크를 만든 것처럼 나무들이 보인다. 그다음에는 돌출된 나뭇가지들이 마치 얼음 덩어리가 갈라져 생긴 검은

틈처럼 왼쪽과 오른쪽에서 보인다. 윤곽이 둥그스름한 것들도 형태를 드러낸다. 도토리, 솔방울, 둥지, 비둘기, 매! 굴뚝새가 부르는 하나의 음표로 된 단조로운 노래와 함께 새벽의 합창이 시작된다. 걸도 끼어들어 새에게 안녕 하고 인사를 하며 움직인다. 그리고 또 움직인다. 걸은 찌그러진 네모 모양의 공간을 날아다니며 쉬지 않고 사냥 준비를 한다. 나는 걸의 방울 소리를 따라 빨리 걷다가 발이 엉키고, 다치고, 넘어진다. 걸은 여러 나무들을 오르내리며 아래쪽에 보이지 않는 새들을 향해 찌르는 듯 날카로운 비행을 몇 차례 시도한다. 걸이 있는 곳에서부터 약 5미터 정도 거리에 죽은 꿩 한 마리를 통째로 던진다. 분홍빛 맨살이 창백하게 드러난 고기와 내장, 잘게 자른 간 조각을 검은 밧줄에 묶어 나무 위로 던진다. 걸이 잠시 가만히 있더니 못마땅한 듯 돌아온다. 걸이 먹이를 먹는 모습을 보고 있자니 몹시 고단하다. 애증이 엇갈린다. 이제 걸을 놓아주어야 할 때다. 걸도 준비가 되었다.

놓아주기

보이와 걸을 놓아주기 일주일 전, 나는 두 매를 푹 쉬게 하고 인간이 구할 수 있는 최고 등급의 고기를 먹인다. 걸과 보이는 오리고기와 비둘기고기를 먹고 난 후 최고 몸무게를 경신한다. 몸무게가 몇 십 그램 늘었으니 사냥을 나선 두 매가 일주일 동안 너무 약해지는 일은 없을 것이다. 이 기간 안에 매가 사냥에 성공해 먹이를 먹는 일은 대단히 중요하다. 지금껏 두 매의 활약으로 보면 사냥에 실패할 일은 거의 없을 듯하다. 나는 두 매끼리 식사를 하도록 내버려두고 그 자리를 떠난다. 불필요한 상호작용을 중단하는 것이다. 식욕을 느낄 겨를도 없고 아주 잠깐씩만 인간과 접촉한다. 주말이 되자 두 매는 안절부절못하며 더 예민하고 더 불안해한다. 두 매는 점차 나의 존재를 덜 반긴다. 애당초 그렇게 친절하지 않았던 걸이었기에 걸이 지나치게 다정하게 굴까 봐 걱정할 일은 없다. 보이가 야생에 걸맞은 모습으로 회복되어 인간에게 친절하게 굴던 모습도 사라진 걸 보니 조금 안심이 된다.

두 매와 함께하는 마지막 날 밤, 나는 매들을 데리고 실내로 들어가 몇 시간 동안 바라보고, 깃털의 냄새를 맡으며 두 매를 기억에 새긴다. 어둠이 찾아오고 난롯불이 피어오르자 벽에 두 매의 흐릿한 그림자가 어른거린다. 나는 두 매에게 행복하고도 슬픈 축배를 든다. 플래시와 에타에게도 구운 닭고기를 준다. 보이와 걸을 데리고 그들이 마지막 밤을 보낼 숙소로 데려다준다.

매를 놓아주는 날 아침, 나는 분주히 서두른다. 걸을 낡은 바지에 넣고 둘둘 말아 어깨에 마스킹테이프를 붙인다. 발목 끈을 잘라내고, 방울을 떼어내고, 내 랜드로버 차 뒷좌석에 걸을 둔다. 못마땅해하며 반항하는 보이는 운전하는 동안 장갑 위에 올려둔 채 400미터가량을 운전해간다.

나는 두 새가 자유를 맞는 순간을 함께할 지역 주민 몇몇을 초대했다. 다소 흥분한 나는 예정보다 일찍 도착했고 초대한 이들은 아직 오지 않았다. 먼저 보이를 이동식 횃대에 앉히고 걸에게 간다. 트럭 뒷문을 열자 퍼덕이는 옅은 회색의 줄이 내 시야 가장자리로 지나가는 게 느껴진다. 뱀이 허물을 벗어놓은 듯 아무엇도 들어 있지 않은 바지 사이로 가벼운 바람이 풀썩인다. 탈출의 명수이자 야생 매인 걸은 저 혼자 해냈다. 걸은 홀로 자유를 찾아 떠났다. 맹렬하고 똑똑하고 성난 걸은 떠났다.

사람들이 도착해 이곳으로 오는 길에 번개처럼 스쳐가는 걸을 보았노라고 들려준다. 걸은 길을 따라 사람들의 머리 위를 지나 숲으로 갔다고 한다.

웃음이 나온다.

'아무렴! 그래야 걸이지!'

보이를 횃대에서 들어 올린 다음 무리에서 가장 어린아이에게 내가 보이의 발목끈과 방울을 떼는 동안 보이를 잡고 있어 달라고 부탁한다. 모두가 지켜보는 가운데 나는 고개를 끄덕인다. 보이가 풀려난다. 나는 보이가 쏜살같이 빠르게, 아주 멀리 날아갈 것이라고 생각했지만 보이는 빙글빙글 돌며 올라가더니 우리들 머리 바로 위에 있는 나무에 내려앉는다. 보이는 그 장소에 20분 동안 꼼짝 않고 앉아 있다. 나는 팔을 흔들며 '쉬이' 소리를 낸다. 당장 꺼지라고 말한다. 보이는 듣지 않는다. 나뭇가지들을 던지기도 했지만 어떻게 해야 보이를 떠나게 할 수 있는지 모르겠다. 조금 당황스럽다. 사람들이 보이 사진을 찍고 영상을 촬영하는 동안 나는 가만히 보이를 바라본다. 보이와 걸을 놓아주는 일이 내 생각처럼 되지 않는다. 내가 마음속으로 생각했던 마지막 분명 아니다. 어릴 적 수달이나 사자를 놓아주는 이야기가 담긴 책에 묘사된 것 같은 마지막도 아니다. 그렇다면, 나는 무엇을 기대했던가? 두 매가 석양을 향해 날갯짓하며 날아가는 장면과 함께 엔딩크레딧이 올라가는 낭만적인 영화 장면을 상상했던가? 그랬다면 무정부주의자이자 현실주의자인 두 매는 대본을

읽지 않은 것이다. 모인 사람들은 매가 날아가지 않는다는 사실에 별 신경을 쓰지 않고 야생 매를 이토록 가까이 보고 있다는 사실에만 탄성을 지르고 있다. 지루해진 나는 적당히 핑계를 대고 인사를 나눈 뒤 집으로 돌아온다.

오두막으로 돌아와 차 한 잔을 타서 내 일을 하러 간다. 보통 이 시간 즈음이면 나는 매들과 함께 사냥을 하곤 했다. 하지만 지금 이곳은 방울 소리도 울리지 않고 적막하고 조금 공허하다. 일상이 바뀌었다. 그게 전부다. 감상적인 생각도, 상실감도, 기대했던 슬픔도 느껴지지 않는다. 애초부터 보이와 걸은 내 소유가 아니었으며, 잠시 내게 머문 것뿐이다. 그들을 상실한 게 아니라 단지 그들이 장소를 옮겼을 뿐이라고 생각하기로 한다. 나는 원한다면 언제든 그들의 세상을 방문할 수 있는 열쇠를 가지고 있다. 나는 그저 문을 열고 조용히 앉아 지켜보고 기다리기만 하면 된다. 그것으로 족하다.

아들과 함께 앉아 땅을 파고 있다. 돌아가기 전까지 아들과 함께할 수 있는 시간은 한 시간 남짓이다. 불안하고 초조하다. 늘 그렇다. 어쩌면 아들이 내 기분을 눈치채고 있는지도 모른다. 어쩌면 알아채지 못했는지도 모른다. 어느 쪽이든 아들은 나를 빤히 바라보며 들릴락 말락 한 목소리로 속삭인다.

"나 때문에 여기 있게 해서 미안해요."

아들은 면도날처럼 예리하게 죄책감을 느낀다.

"네 탓이 아니야. 너 때문에 있는 게 아니란다. 하지만 이제 가야 해. 곧 돌아올게."

이 말로는 충분하지 않다.

내가 무슨 말을 한들 아들에겐 선택의 여지가 없지 않은가?

　드디어 보이와 걸이 마을의 다른 지역에서 각각 모습을 드러낸다. 이웃이 우리집 문을 두드린다. 이웃은 길에서 다친 새매를 보았다고 한다. 나는 길을 따라 내려가며 살펴보았지만 매는 없다. "당신이 가지고 있던 것처럼 작은 매였어요. 날개를 쫙 펴고 바닥에 납작하게 누워 나를 빤히 쳐다보고 있었어요." 이웃이 설명해준다. 사람의 손길이 닿지 않은 야생 새매라면 인간과 그렇게 가까이 있는 것을 참지 못할 것이다. 마음속에 확신이 든다. 보이가 사냥 중이구나.

　걸은 늘 거리를 유지한다. 걸은 한밤중에 순찰을 할 때에만 유령처럼 언뜻 보일 뿐이다. 가끔 걸이 내게 먹으라고 땅에 던져둔 비둘기들도 보인다.

　보이와 걸을 놓아준 지 얼마 되지 않아 문자 한 통이 온다.
　'갓 부화함, 작은 머리, 땅딸막한 다리, 못생김…, ET 같음.'
　이 문자를 받기 대략 36일 전 이른 새벽, 영국 북부에 완벽한 순백의 알이 있었다. 이 알 말고도 알이 세 개 더 있었다. 각 알마다 연필로 조심스레 쓴 글자가 있다. A, B, C, D. 내 것은 세 번째 왕좌에 있는, C였다.

　스스로 지속적이고 자유롭게 음식을 공급할 수 있을 만큼 강하고 뛰어난 토종 매가 하나 있다. 작은 머리에 ET처럼 생긴, 수컷 참매다. 파키스탄에 있을 때 하이더가 수컷 수리매를 날린 적이 있다. 걸과 보이를 풀어준 지금, 나는 이 참매를 이용해 모든 매사냥의 원천으로, 기본으로, 그 원래의 목적과 의미로 돌아

갈 것이다. 지금부터 이 계절이 끝날 때까지 나는 이 매가 잡아
온 고기만 먹게 될 것이다.

5장
다시 찾아온 봄의 기적

여름

작은 나무 식탁에 앉아 아들과 함께 아이스크림을 먹는다. 아들은 딸기 아이스크림을 먹는다. 내 것은 민트 초코칩이다. 아들의 어머니는 차를 마시러 갔다. 나는 아들에게 알과 갓 부화한 새끼 매 이야기를 들려준다. 파키스탄 이야기도 들려준다. 아들은 학교에서 여러 종교에 대해 배우고 있다고 말한다. 그러다 생활과 문화, 사람들 이야기로 샌다.

"사람들은 태어날 때부터 종교가 있어?"

"아니. 우린 동물로 태어나는데 다들 그걸 잊은 척한단다."

"모하메드가 뭐야?"

"예언자야. 예수랑 비슷하지. 다만 모하메드는 매를 날렸고 예수는 낚시를 하고 빵을 구웠다는 점이 다르단다."

"아빠는 신을 믿어?"

"그렇지 않아. 신은 너무 단호해 보여. 그런 단호함은 이 모든 것을 설명할 수 있을 정도로 아름답지 않다고 생각해. 솔직히 말하자면 아빠는 아무 종교도 믿지 않아. 넌 신을 믿니?"

"이젠 아니야. 하지만 천국과 지옥은 믿어."

질문은 끝도 없이 이어진다. 아들의 어머니가 돌아오고 난 후 우린 알과 새끼 매를 보러 간다. 나는 아들에게 'C'로 시작하는 이름을 지어달라고 부탁한다. 아들은 조금도 망설이지 않고 명랑하게 말한다. "셰프." 내가 받아친다. "캐처." 작은 새의 이름이 생겼다. 셰프 캐처. 줄여서 CC.

내 아들이 이름을 지어준 첫 맹금류다. 아들은 이 매를 통해 처음으로 매가 비행하는 모습을, 사냥하는 광경을 보게 될 것이다.

각인

매를 기르는 방법은 다양하다. 상대적으로 보다 쉽고 일반적으로 널리 알려진 방식도 있다. 매사냥 역사와 그에 관한 문헌, 소설에 나온 방법과 서양의 대다수 매잡이들이 사용하는 방법은 부모 양육 방식이다. 부모 양육 방식으로 키우려면 야생에서건 새장에서건 다 자란 성인 매가 생애 초기 동안 길러야 한다. 그러면 매잡이의 손에 들어올 때는 본능이나 성격이 완전히 형성돼 있다. 인간과의 어떤 접촉도 없이 태어나서 처음 몇 주를 자연에서 고립되어 자라면 매는 극도의 공포심을 갖게 된다. 이 공포심에 갇히면 매의 진짜 본성은 약화되고 왜곡되고 부분적으로 감춰진다. 결과 마찬가지로 부모 양육 방식으로 자란 매들은 분리적 성향인 '타자성'을 지니게 된다. 이러한 성향을 갖게 되면 인간과의 교류가 불가능한 것은 아니지만, 어려움을 겪는다. 타자성이 생긴 매는 진정한 충성심이나 애착이 없어지므로 아주 소수의 매잡이들만이 매를 길들일 수 있다. 제아무리 관찰력이 좋은 사람이라도 부모 양육으로 자란 매를 대할 때는 눈에 보이지 않는 장벽에 가려진 습성을 추측해야 한다. 심지어 매를 인간처럼 대하다 오해를 하기 쉽다.

CC는 전혀 다르다.

나는 CC를 부모 양육 방식과는 정반대의 방식으로 기를 것이다. 내 목적은 각인이다. 매를 각인시키려면 많은 시간을 들여야 한다. 제대로 해내기도 대단히 어렵다. 고대에 사용한 방법인데, 당연히 카자흐스탄의 베르쿠치가 가장 먼저 시도했다. 이 방법은 고대의 무역 경로를 통해 제대로 전파되지 못했다. 과거의 무역에서는 일반적으로 다 자란 매가 거래되었기 때문이다. 결과적으로 각인은 조류 전문 분야와 과학계 외의 사람들에게는 거의 알려지지 않았다. 전체 매 세계 중 아주 작은 세계인 영국의 매사냥 분야에서도 지극히 소수의 매잡이들만이 훈련의 일환으로 각인을 꾸준히 시도하거나 이용한다.

나는 외국을 돌아다녔던 여정을 통해 매를 관찰하게 되었고, 보이와 걸을 놓아주면서 야생 매와 자연의 흐름에 더 가까워질 수 있었다. CC가 수정된 순간부터 CC와 각인 과정까지 거치면서 나는 여러 겹의 층들을 걷어내고 완전히 그의 세계에 푹 빠져들었다.

가장 단순하게 표현하자면 각인은 매가 어릴 때부터 유년기를 거쳐 다 자랄 때까지 인간이 직접 양육하는 것이다. 이 단순한 개념에서 맹금류의 새로운 세계가 시작된다. CC 생의 첫 며칠 동안은 뇌의 가소성• 때문에 어떤 경험이라도 그것을 정상으

253
다시 찾아온 봄의 기적

로 받아들이게 될 것이다. CC는 이러한 경험들에 대해 본능적으로 두려움을 짧게 느끼다가 곧 뿌리째 지워버리게 된다. CC는 자라면서 나와 개를 각인하게 될 것이다. 자신의 미묘한 감정의 범주를 잠그고 두려움 없이 환경을 받아들일 것이다. CC는 처음부터 자연스럽게 내 주위에서 행동할 것이며 나를 대리 부모, 대리 아버지로 보게 될 것이다. 나와 CC 사이의 관계는 CC의 가장 순수한 행동 메커니즘을 이끌어낼 것이고 그 속에 있는 무수히 다양한 표현들을 드러나게 할 것이다. 첫 해의 몇 주, 몇 달이 지나면서 우리의 관계는 순수하게 상호적인 관계가 될 것이다. 매와 인간 사이에 있는 장막을 뚫고 경계를 옅게 만들어 내 인생과 CC의 삶은 노예 상태를 초월하는 심원한 유대감을 형성하며 수축된 아코디언처럼 밀접해질 것이다.

그것이 각인의 힘이며, 그것이 인간과 매 사이에 맺어진 친밀함이다. 인간은 맹금류가 지닌 본질적이고 개인적인 행동에 직접 접근하게 된다. 각인이 되어 다 자란 매는 짝을 찾아 지저귀고 짝짓기를 시작하며 둥지를 짓고 매잡이가 있는 곳에서 정자를 기부하거나 정자를 품는다. CC의 생물학적인 부모도 각인된 매다. CC는 아서와 비비안이라는 이름을 가진 두 매 사이에서 인공수정 방식으로 태어났다.

4월에서 7월 사이 몇 달간 영국의 개인 가정집에서, 침실에서, 창고에서, 뒷마당에서 이상한 과학 현상이 일어난다. 도시 곳곳에서 누군가에 의해 매의 본능적 행동과 혈통이 은밀하게

• 뇌 세포와 뇌 부위가 끊임없이 유동적으로 변하는 성질

연구되고 조종되고 있다. 연구를 진행하는 사람들은 맹금류와 무관한 직업을 가진 사람들이다. 벽돌직공, 전기 기사, 요리사, IT 기업 컨설턴트, 무직자, 자영업자, 역사학자, 예술가 등 다양한 문화와 배경을 가진 사람들이 가장 뛰어나고 순수한 혈통의 영국 토종 매를 연구하고 가려내고 성공적으로 교배하는 일을 해오고 있다.

이론상으로는 간단하게 참매를 포획해 교배시킬 수 있다. 수컷 매와 암컷 매를 커다란 사육장에 함께 넣어두고 기다리면 된다. 4월에는 구애 활동을 하고, 둥지를 짓고, 교미를 한 다음, 암컷 매가 알을 낳고, 품고, 부화시킬 것이다. 새끼 매들은 매 부모의 손에서 자연스럽게 길러질 것이며, 부모 양육 방식으로 자라게 될 것이다.

하지만 현실은 이론보다 훨씬 더 어렵다. 자연에서 일어나는 과정에서 인간이 중재자 역할을 하면 새 생명을 번식시키기가 어려워진다. 매를 포획해 교배시키는 과정에서 일이 잘못될 가능성은 얼마든지 있다. 몸집이 더 큰 암컷 매가 수컷 매를 죽일 수도 있고, 알이 으깨지거나 둥지에서 떨어질 수도 있다. 새끼 매들이 굶어 죽을 수도 있고, 부모에게 먹힐 수도 있으며, 질식하거나 바닥에 내동댕이쳐질 수도 있다. 박테리아 감염, 질병, 불임 등도 흔하다. 이 중 어느 한 가지 일이라도 일어나면 양육자는 실수를 만회하기 위해 일 년을 기다려야 한다. 기다린 후에도 또 다른 문제가 생겨 또다시 일 년을 기다려야 할 수도 있다. 이러한 문제들을 피하기 위해 서양의 매잡이들은 각인이라는 과정을 개발했다.

CC의 양육자인 스티브는 내 매잡이 친구들 중에 가장 나이가 많다. 우리는 감성의 척도가 정반대다. 성격도 전혀 다르다. 우리 관계를 벤다이어그램으로 그린다면 친구로서 교집합은 '매'뿐이다. 집요하고 호기심이 많은 나는 더 많이 배우기 위해 이곳저곳 밖으로 다녔다. 대학 강사이자 과학자의 사고방식을 지닌 스티브는 양육과 번식을 파고들었다. 스티브는 내가 아는 매잡이 중 가장 체계적이고, 차분하며, 한결같다.

CC가 태어나기 2~3년 전 스티브는 CC의 부모 매인 아서와 비비안을 따로 각인시키고, 훈련시키고, 사냥시켰다. 두 매가 다 자라고 짝짓기 철이 되었을 때 스티브는 두 매를 분리시켜 각기 다른 새장에 나란히 두었다.

봄이 완연하게 무르익은 어느 날, 낮의 길이가 길어지고 기온이 올라가면서 호르몬이 왕성해져 피의 흐름을 타고 분출되면서 두 매는 교미하기 좋은 상태가 되었다. 스티브는 두 매를 각인시키고 변화시킨 후 마치 암컷 참매가 수컷 참매를 대하듯 행동했다. 음식을 주고, 행동하고, 만지고, 부르며 아서와의 연애를 시작했다. 스티브의 존재와 행동에 자극을 받은 아서는 스티브의 호의에 보답했다. 아서는 스티브를 이상하게 생기긴 했지만 아주 섹시한 암컷 참매로 여겼다. 그렇게 며칠이 지나면서 두 종 간의 구애가 완성되었다. 스티브는 아서에게 비닐장갑을 낀 깨끗한 손으로 선물을 주었다. 아서는 흥분하며 선물을 받았고 그 위에서 깡충깡충 뛰며 안절부절못했다. 스티브는 적당한 장소로 자리를 옮겨 아서를 지그시 눌러 플라스틱 판 위에 아서의 정액을 받았다. 스티브는 끝이 고무로 된 피펫을 이용해 정액을 빨아들인 다음 몇 개의 유리관에 조금씩 넣고 주위를 깨끗하게 한 다음 안정적인 온도를 유지하도록 냉장고에 보관했다.

스티브는 두 매와 각각 연애를 진행했다. 그는 크고 멋진 둥지를 지어 암컷 참매 비비안의 마음을 얻었다. 비비안은 야생에서처럼 스티브가 선물한 둥지를 이리저리 다시 손보고 고쳐 자신의 특수한 상황에 잘 맞는 둥지로 바꿨다. 비비안이 둥지를 다시 손보는 것을 본 스티브는 아서에게 그랬던 것처럼 비비안에게 음식 선물을 주며 그의 마음을 얻으려 애썼다. 이번에는 정반대의 일이 일어났다. 비비안이 스티브의 행동을 이해한 것이다. 비비안은 스티브를 좀 이상한 모양이긴 하지만 아주 잘생긴 수컷 참매로 본 듯했다. 비비안은 날개를 퍼덕이고 고개를 까닥이며 마치 고양이 울음소리 비슷한 큰 소리를 내며 도발적으로 스티브를 불렀다. 호르몬 수치가 절정에 달한 비비안은 둥지 가장자리에 물구나무서듯 고개를 아래로 하고 꼬리를 위로 치켜올리고 아래쪽에 있는 깃털을 가르더니 스티브에게 성기를 드러내보였다. 스티브는 수컷 참매가 올라타 교미하는 것과 비슷한 강도로 비비안의 등을 누르며 분홍빛 성기에 아서의 정액을 조심스럽게 넣었다. 성적인 만족감을 느낀 비비안은 아서의 정액을 빨아들였다.

번식 성공률을 극대화하기 위해 스티브는 아서에게 받은 정액을 하루에 두 번씩 비비안에게 주입했다. 한 번은 동이 트기 전에, 또 한 번은 저녁 늦게.

비비안의 몸속 산도를 타고 CC의 절반인 작은 투과성 덩어리가 내려왔다. 나머지 절반은 아서의 정액에서 형성되어 이리저리 몸을 흔들며 자연스럽게 작은 덩어리 안으로 들어갔다. 수정된 난자 주위로 부드러운 막이 생겼고, 둘이 합쳐져 완성된 CC는 계속 아래로 내려오면서 단단해지고 밀봉되어 자궁에 안착할 준비를 했다.

　　비비안은 모두 네 개의 알을 낳았다. 모두 환한 흰색에 작은 달걀 정도 크기였다. 비비안은 스티브를 전적으로 믿었기에, 스티브가 자신의 알을 가짜 알들로 바꾸기 위해 만지는 것을 허용했다. 그 덕분에 비비안이 둥지에 있는 알을 깨트리거나 손상시킬 위험을 제거할 수 있었다. CC와 다른 알들은 온도가 정확히 섭씨 37.4도로 유지되는 인큐베이터로 안전하게 옮겨졌다. 비비안이 알을 품었을 때와 똑같은 온도였다.

　　며칠 후 스티브는 알의 발달 상황을 관찰하기 위해 알들에 강한 빛을 쐬었다. 빛을 투과시켜 본 CC는 점차 모습을 갖춰가며 하나로 합쳐지고 커지는 검은 그림자처럼 보였다. CC의 알은 날이 갈수록 무게가 늘었다. CC가 자라면서 매일 15퍼센트씩 인큐베이터의 습도를 낮춰야 했다. 딱 적당한 습도여야만 알이 제대로 발달할 수 있기 때문에 정밀하게 습도를 맞춰야 한다.

　　34일째 되던 날, 알이 비좁게 느껴질 정도로 자란 CC가 이리저리 몸을 꿈틀대며 알 속의 얇은 막을 뚫고 껍질에 구멍을 냈다. 작은 공기방울이 CC 뒷목의 작은 근육을 자극한다. 이로써 CC가 일생 동안 취할 행동 중 가장 중요한 행동인 첫 숨을 쉬었다. 뒷목의 작은 근육은 CC가 단단한 알을 깨고 자유로워지도록 진화를 도와주었고 오직 한 번만 사용된다. 만약 이 근육에 공기가 충분하지 않다면 CC는 몸이 지나치게 약해지고, 질식해 죽을 것이다. 생존을 위한 첫 투쟁인 첫 숨을 쉬고 알을 깨고 나오기까지는 이틀이 걸렸다.

　　세상에 도착했을 때 CC는 신용카드 정도 크기에 온몸이 흠뻑 젖은 생명체였다. 따뜻한 조명 아래서 몸을 말린 CC에게 스티브는 얇고 흐물거리는 닭다리 살을 주었다. 이 첫 식사는 양은 적어도 영양가가 매우 높고 단백질을 풍부하게 함유하고 있다. CC가 평생 동안 먹을 음식을 소화시키는 데 필요한 박테리아와 효소의 생성을 촉진해줄 것이다. 식사를 한 CC는 작은 플라스틱 유아용 침대에 누워 몸을 따뜻하고 보송하게 해주는 붉은 조명을 쐬었다. 바로 이 순간에 스티브가 내게 문자를 보낸 것이다.

　인공수정 후에 매 단계별로 신중하게 최선의 조치를 취했지만 네 개의 알 중 두 개만 부화했다. 그리고 두 개의 알 중 CC만 살아남았다. CC의 누이 레드는 태어난 지 일주일 후 세상을 떠났다. CC는 스티브가 6년 동안 지극 정성으로 보살피고, 학습시키고, 애정과 돈을 쏟아부으며 만들어낸 매들 중 첫 참매였다.

　태어난 지 21일 된 CC는 첫 번째 중요한 발달 단계에 접어들었다. CC는 비틀거리다가 처음으로 똑바로 섰다. 이 과정을 혼자, 자신만의 방식과 자신만의 힘으로 해내면서 자신이 건재하고 앞으로도 살아남으리라는 사실을 입증해 보였다. 이 시점에 스티브가 내게 연락해 CC를 데려가라고 했다. 내가 그 집에 도착하자 내 계획을 알고 있던 스티브는 대단히 너그럽게도 내게 CC를 공짜로 주었다.

　아들이 마당에서 공을 차며 신나게 웃고 있다. 개들이 짖으며 뛰어다닌다. 지나치게 흥분해 한껏 신이 난 에타가 아들의 등에 발을 걸치자 플래시는 아들의 머리에 앞발을 걸친다. 본격적인 섹스 행위라기보다는 놀이 삼아 아들을 복종시키려는 행위에 가깝다. 두 개는 아들의 허리를 굽히려고 하는 중이다. 에타와 플래시는 아들을 시시한 존재로 보고 서열을 아래로 내리려 한다. 아이는 조금도 받아들이지 않는다. 아이는 웃으면서 에타를 향해 소리를 지르기 시작한다. 에타는 아이를 무시하고 등에 올라타 엉덩이를 엘비스 프레슬리처럼 흔든다. 에타는 매우 당황스럽다는 표정으로 나를 바라본다. 마치 자신이 왜 이러고 있는지 모르겠지만 반드시 해야 할 일이 무언지는 알고 있다는 듯한 표정이다. 에타보다 어린 플래시는 이내 주의가 산만해져 마당에 나타난 고양이를 향해 달려간다. 에타에게 눌린 아들은 에타를 향해 삿대질을 하며 나무란다.

"에타, 그만해! 넌 고추도 없잖아."

아들은 생물학적 지식이 놀라울 정도로 풍부하다. 자신이 어떻게 세상에 나왔는지에 대해 상당히 진지하게 궁금해한다. 아이는 인간의 신체에 대해서 알고 있다. 금기는 없다. 아들은 섹스에 대해 무척 많이 물어본다. 제 지식을 뽐내며 난자와 정자에 대해 자랑스레 설명하기도 한다. 아이는 생명이 어떻게 만들어지고 어떻게 사라지는지를 알고 있다. CC가 어떻게 태어났는지도 알고 있다. 그 부분에 대해 우리의 지식은 나란하다. 아들의 어머니와 나는 이 모든 것에 대해 꽤 솔직한 편이다.

그때 나는 내 아들을 갖고 싶은 충동이 강했다. 30대 중반까지 나는 진심으로 아이를 원하지 않았는데 갑자기 뭔가가 바뀌었다. 마치 생체 시계가 똑딱거리는 수컷이 된 것처럼 이상했다. 스스로도 나의 이런 감정에 무척 놀랐다. 아들은 사고로 생긴 것도 아니고 그렇다고 철저한 계획하에 생긴 것도 아니다. 설령 꼼꼼하게 계획해 아들을 임신했다고 해도 아들의 탄생에 대해 내 마음속 깊은 곳에 잠재하는 반응까지 계획할 수 없었을 것이다. 그때 내가 앞으로 상황이 얼마나 어려워질지 알았더라도 이 아이가 생겼을까? 이 질문은 논란의 여지가 있다. 아들의 어머니는 확고했다. 다른 선택은 추호도 없었다. 그녀의 몸. 그녀의 선택.

마당 잔디밭에서 아들과 씨름하던 개들은 다시 한번 합체를 시도한다. 아들의 아름다운 얼굴과 표정, 지금의 저 모습을 보니 앞으로 아들이 무엇이 될지 생각만 해도 흥분된다. 아들의 어머니가 옳았다. 두려워하지 않아도 괜찮았다.

나는 아들에게 여자 친구를 사귀고 싶지 않냐고 물어본다.

"절대 아냐."

"그럼 남자 친구는?"

"사양할게."

"그럼 어른이 되면 뭐 하고 싶어? 결혼은 할 거야?"

"아니. 크면 집도 사고 엄마를 위한 아파트도 지을 거야."

"아빠는? 내가 늙으면 누가 날 도와주지?"

아들은 얼굴을 찌푸린다. 아들은 몇 초간 자신의 솔직한 생각과 내가 듣고 싶어 하는 말 사이에서 고민한다. 마침내 아들이 내게 진실을 말한다.

"아빠는 스스로 돌볼 수 있잖아."

웃음이 나온다. 잘했군. 아들은 내게 빚진 게 없다. 그의 인생은, 아직 창창한 그의 삶은 그의 것이다.

CC는 인간 외에 다른 생명체는 모른다. 오로지 내 존재와 움직임에 깊은 관심을 보일 뿐 나를 보고도 전혀 두려워하지 않는다. CC는 대략 포도 한 송이 정도의 몸집에 흰색 깃털로 덮여 있다. 가만히 만져 보니 겉으로 보여지는 것처럼 구름 같은 푹신한 질감은 아니고 부드러운 거품 같은 느낌이다. 등에 점무늬가 있고 어린 날개의 끝과 뾰족한 꼬리에는 거미줄처럼 섬세하게 가는 끝이 둥글게 말린 무늬가 있다. 참매와 새매 모두 그러하듯이 나이대의 눈동자는 수레국화 같은 푸른색이다. CC의 다리는 이미 인간 손가락만큼이나 굵다. 똑바로 서서 뭉툭한 날개를 쫙 펴고, 발과 길고 어두운 색의 발톱을 쭉 펴면, 몸집이 어깨 너비보다 더 넓어진다. 태어난 지 22일밖에 되지 않았음에도 불구하고 몸집이 다 자란 보이와 걸의 두 배 혹은 세 배는 족히 된다. 가볍게 토닥여주며 이름을 부르자 섬세하고 부드러운 목소리로 재잘재잘 지저귄다. 내가 손가락을 움직이면 머리가 따라 움직인다. 내가 얼마나 가까이 있는지 멀리 있는지에 따라, 내가 얼마나 빨리 움직이느냐에 따라 홍채가 작은 점이 되었다가 커다란 검은 원이 되었다가 한다.

스티브의 집을 나오기 전 그의 아내 홀리와 나는 잔디밭에 앉아 차를 마시며 피크닉을 즐긴다. 스티브는 CC와 함께 퍼시벌 경이라고 부르던 작은 쇠황조롱이를 기르고 있었다. CC와 퍼시벌 경도 햇볕이 내리쬐는 돗자리에 함께 앉는다. CC보다 몇 배는 작은 퍼시벌 경은 그 차이를 전혀 인정하지 않는다. 퍼시벌 경은 CC에게 맹렬히 덤벼들어 이제 막 난 깃털을 당기고 뜯는다. 그러다가 깃털이 마음대로 잘 잡히지 않자 점점 심통을 부리며 화를 낸다. 퍼시벌 경은 날개를 퍼덕이며 발길질을 해 CC를 잔디밭으로 밀어내려 한다. 퍼시벌 경이 성가시게 굴자 짜증이 난 CC는 일어나 홀리 쪽으로 두어 걸음 걸어오더니 홀리의 부드러운 운동복 바지에 몸을 둥글게 말고 편하게 자리를 잡는다. 내가 부리 앞에서 계속 손가락을 왔다 갔다 하며 장난치자 CC도 장난을 치며 내 손가락 끝을 부리로 쫀다. 부리는 끝이 뾰족하고 옆면이 면도날처럼 날카로우며 이미 강한 근육이 잘 잡아주고 있어서 단단한 것도 자를 수 있다. 내 부드러운 피부에 닿는 촉감이 무척 날카롭다. 나와 장난치는 것이 지루해진 CC는 결국 날개에 고개를 묻고 몸단장을 하고, 마치 물이 물고기 비늘을 통과하듯 불어오는 바람에 깃털을 말린다.

집으로 오는 길 플래시와 에타가 상자 안에 있는 CC를 들여다본다. CC는 위로 올라가 플래시와 에타의 주둥이를 쪼고 잡아당긴다. 개들이 화들짝 놀라 의자에서 껑충껑충 뛰며 짖는다. CC가 뒤쪽 트렁크에서 개들의 움직임을 주시한다. 개들이 충분히 멀리 있다는 사실을 확인하고 마음을 놓은 CC는 상자 모서리로 올라가 잠을 잔다. 우리가 집에 도착하는 순간부터 나는 오로지 매를 위해 행동하게 될 것이다. CC가 살아가는 모든 과정을 세심하게 관찰하고 보살필 것이다. 나는 뼈와 부리와 발과 살생본능을 타고났으며, 기계처럼 정밀하고도 부드러운 이 존재와 밀접한 관계를 맺을 것이다. 보이와 걸과는 다른 종류의 관계를 맺을 것이다.

오후 늦게 오두막에 도착한 나는 첫 번째 업무에 착수한다. 오두막 근처에는 야생 참매와 새매 둥지가 무수히 많다. 하나하나가 모두 건축적으로 놀랍다. 재료와 위치, 높이, 방향, 장소 등 모든 요소가 완벽하다. 내가 CC를 위해 지은 둥지는 튼튼하고 안전하지만 CC가 야생에 살았더라면 가졌을 법한 진화된 둥지와는 비교도 되지 않는다. 둥지 바닥에는 갓 딴 랠란디 나뭇가지를 나선형으로 깔았다. 연필 크기만 한 녹색 나뭇가지는 인간이 만든 이동식 둥지에 더없이 완벽한 소재다. 참매 둥지는 표면이 고르지 않으며 전체적으로 편한 모양은 아니다. CC가 둥지에서 움직이려면 랜란디 나뭇가지를 붙잡아야 한다. 같은 장소에 오래 앉아 있으면 건강에 좋지 않다. 둥지가 너무 편안하면 한 곳에 오래 앉아 있을 것이고 그렇게 되면 전족 문화가 있던 시절 여인들의 발처럼 뭉개질 것이다.

나뭇가지에 붙은 잎사귀는 반드시 싱싱해야 한다. 잎마다 작은 틈이 있어야 하고, 독성이 없어야 하며, 풍부해야 한다. 집으로 오는 길에 보여주었듯 CC는 지저분하다. 어른의 털이 계속 나오면서 얇고 건조한 각질이 거칠고 둥근 모양의 비듬처럼 몸에서 계속 떨어질 것이다. 그리고 랜란디 나뭇가지 사이의 틈으로 각질들이 빠져나와 둥지 바닥에 쌓일 것이다. 나뭇가지 틈이 없다면 둥지에 각질들이 쌓이고 음식에 묻어 불쾌할 것이다. 식사를 할 때 CC는 열렬하게 몰두할 것이며 고기를 바닥과 머리, 가슴, 마룻바닥 위로 던지고 내동댕이쳐가며 먹을 것이다. 여름 중반쯤 되면 고기 찌꺼기를 먹으러 달려든 파리와 말벌들이 윙윙거릴 것이고 나뭇가지 사이로 배설물이 뚝뚝 떨어질 것이다. 잠자리가 될 나뭇가지는 주기적으로 바꿔줘야 하기에 신선한 나뭇가지들을 늘 준비해두어야 한다.

둥지를 만드는 데는 약 한 시간 정도가 걸린다. CC는 새 집에 안착해 이리저리 몸을 움직이고, 빙글빙글 돌다가 알을 품은 닭처럼 둥지에 깊숙이 앉는다. CC는 오두막을 이리저리 누비고 다니는 개들의 움직임을 주시하며 잠도 자지 않고 바짝 경계한다.

야생 참매 부모라면 새끼에게 온갖 종류의 동물을 가져다줄 것이다. 참매의 둥지에서 스물두 종류의 새와 동물의 깃털과 털을 본 적이 있다. 참매는 주로 비타민과 미네랄을 충분히 제공하는 음식들을 먹는다. 걸은 나를 만나기 전 바로 이 미네랄과 비타민이 심각하게 결핍되어 있었다. 나는 CC를 걸처럼 발톱 때문에 고생하게 만들고 싶지 않았기에 야생 참매 부모가 있었다면 가져다 주었을 음식들을 주었다. 다 자란 상태에서 나에게 온 걸이나 보이와 달리 CC는 닭고기만으로는 부족하기에 비둘기 고기와 꿩 고기, 오리 고기 등도 준비한다.

닭이나 꿩은 믿을 만한 매 전용 먹이 상인에게 쉽게 구할 수 있다. 그러나 비둘기와 오리는 조금 더 복잡하다. 반드시 철로 만든 총알을 사용하는 사냥꾼이 잡은 야생 가금류를 사와야 한다. 총알에 아주 약간의 납이라도 포함되어 있다면 모든 맹금류에게 치명적이다. 오리나 비둘기의 몸에 박힌 핀셋 머리만 한 작은 파편 하나가 CC를 즉사시킬 수 있다. 냉동실에서 신선한 비둘기 고기를 꺼내 껍질을 벗기고 고기를 꼼꼼히 검사한다. 칼끝으로 짙은 밤색 가슴의 얇은 막을 툭툭 터트린 다음 각 구멍에서 철 총알을 꺼낸다. 이 새들이 철로 된 총알에 맞았다 하더라도, 납 총알을 사용한 적 있는 사냥꾼의 총에 맞았을 수도 있다. 나는 새의 가슴살을 잘게 잘라 확인하고 또 확인한다. 좀 더 확실하게 확인하기 위해 흐르는 물에 씻는다. 깃털이 다 자랄 때까지 CC는 끊임없이 음식을 먹어야 한다. 하루도 빠짐없이 매일 먹어야 한다. 이 모든 음식은 정확한 기준에 따라 늘 신선하게 준비되어 있어야 한다.

모든 매들은 식사 후 18~20시간 이내에 소화되지 않은 깃털이나 털을 작은 공 모양으로 만들어낸다. 이 분비물은 위장과 목구멍 안쪽에 축적된 지방을 훑고 내려가 식도를 깨끗하게 유지하도록 진화한 장치다. 또한 이 분비물은 CC를 키우는 내게도 도움이 된다. 사냥을 나서기 전 매의 분비물을 검사하는 파키스탄의 매잡이들처럼 이 덩어리를 살펴보면 CC의 건강 상태를 확인할 수 있다. 분비물이 단단하고 작게 뭉쳐 있으면 건강과 소화 능력이 괜찮다는 의미다. 분비물이 부드럽고, 물렁하고, 변색되어 있거나 냄새가 나거나 고기가 포함되어 있다면, 병에 걸렸을 수도 있다. 그래서 나는 CC의 훌륭한 고기 만찬에 작은 뼛조각과 다진 깃털, 비타민 파우더를 약간씩 섞는다.

CC가 다 자랄 때까지 손으로 먹이를 주면 음식을 보고 지나치게 공격적으로 굴고 끊임없이 소리를 질러댈 가능성이 크다. 야생에서라면 부모가 물어다주는 먹이를 형제자매들보다 더 많이 먹기 위해 방어적인 공격성을 드러내고 큰 소리를 지르는 것이 유리하다. 훗날, 이 매가 다 자랐을 때에도 음식에 대해 공격성을 보이면 부모는 어쩔 수 없이 먹이 공급을 중단한다. 그러면 젊은 매는 둥지를 떠난다. 모든 참매에게는 이러한 공격성이 깊게 내재되어 있고 심리의 원천적 부분을 차지한다. 이 성향을 완전히 제거하기란 거의 불가능하다. 몸무게 1킬로그램 정도로 다자라고 굶주리고 방어적이며 강철처럼 단단한 세 개의 발톱을 지닌 참매는 위험한 존재다. 그렇다고 부모의 역할을 거절하는 것은 사치다. 나는 CC가 공격성을 보여도 내가 해야 할 일을 다할 것이다. 먹이를 손으로 직접 주면 통제할 수 없는 상황이 생길지 모른다. 매가 자고 있을 때 음식을 넣어주고, 식사를 다 마친 후에만 교류하는 방식이 더 나을 것이다.

나는 CC가 호흡할 때마다 흰색 몸이 들썩이는 모습을 지켜본다. CC는 마치 꿈을 꾸듯 고개를 홱 돌리기도 하고 까닥거리기도 한다. 냄새 때문인지, 나의 기척 때문인지 CC는 잠에서 깨둥지 밖을 내다보더니 주위 환경이 바뀐 것을 알아채고 흥분하며 지저귀기 시작한다. CC는 불안한 걸음으로 비틀거리며 앞으로 달려 나오더니 밥그릇에 고개를 넣는다. 동굴 벽 위로 오르는 박쥐처럼 작고 뭉툭한 날개를 쫙 펼치고는 흥분한 아이처럼 몸을 비틀고 허둥지둥 뒤로 물러났다가 부리를 격렬하게 밥그릇에 넣는다. CC는 게걸스럽게 먹는다. 빠르고 열정적으로 고깃덩어리를 잡아 뜯어 꿀꺽 삼킬 때마다 가슴 깊은 곳에서 '삑' 하는 소리가 난다. 너무 큰 고기 조각이 입에 다 들어가지 못해 부리 옆에 덜렁거리자 고개를 털어 고기 조각을 땅에 떨어트린 뒤 다시 먹는다. 고기를 충분히 먹어 꽉 찬 모이주머니가 작은 귤만큼 커졌다. 그동안 예민하게 긴장되어 있던 CC는 움직임이 느려지고, 편안해지고, 온화해지고, 어쩔 줄 몰라하며 흡족해한다. 둥지 안에서 몸을 흔들자 CC의 단단하고 뚜렷한 윤곽이 느긋하게 이완되고 둥근 머리가 헝클어진다. 나는 CC를 집어 들어 내 무릎 위에 앉힌다. 그러고는 마치 고양이를 쓰다듬듯 쓰다듬는다. 개들이 와서 고기 냄새를 풍기는 이 솜털 뭉치를 샅샅이 관찰한다. 딱히 이렇다 할 것을 찾지 못한 개들은 이번에는 빈 둥지로 가서 남은 고기가 없는지 살펴본다. CC가 몸 흔드는 것을 멈추더니 정확히 내 다리 사이 틈으로 마룻바닥에 배설물을 떨어뜨리고는 잠이 든다.

　나는 CC를 이동식 둥지에 앉히고 인간 세계에 완전히 적응시키기 위해 어디든 데리고 다닌다. 이동식 둥지는 슈퍼마켓에서 빌린 커다란 양동이에 랠란디 가지를 깔아 만들었다. CC는 넓적한 머리 위에 달린 푸른 눈으로 새롭고 낯선 세상의 모서리를 쿡쿡 찔러본다. 은행에 세금을 내러 갈 때도 함께 간다. CC가 은행 카펫에 흰 배설물을 쏟아낼 때면 그의 매력도 상쇄된다. 동네 공원에 가서 CC를 둥지에서 꺼낸 다음 풀밭 위를 걷게 한다. CC는 흔치않은 구경거리가 된다. 공원에 가면 순식간에 호기심 많은 어른과 아이들이 우리를 둘러싼다. CC 덕분에 속사포처럼 질문을 쏟아내는 사람들과 그럭저럭 대화를 나눈다. 사람들에게 CC의 태생과 미래를 이야기하고, 우리 앞에 놓인 솜뭉치 같은 생명체와 안전하게 상호작용할 수 있는 조건들을 이야기하다 보니 마음이 편안해진다.

더운 기운이 가시지 않은 늦여름 저녁, 개들과 매 전용 상자(상자에 끈을 매달아 목에 걸고 다닐 수 있는 상자)에 CC를 넣고 함께 들판을 걸어 강가에 있는 펍에도 두어 번 갔다. 이곳은 꽤 인기가 좋은 곳이다. 역시나 반응은 같다. 사람들이 CC를 가리키며 다가와서는 만진다. 그러고는 모두 질문을 쏟아붓는다. CC는 스트레스 증상을 보이지 않고 모든 상황을 느긋하고 평온하게 받아들인다. CC는 지금 정보를 흡수하고, 인간 세계를 평범한 세계로 인식하고 있다. 마치 자신이 인간인 것처럼 말이다. 사람들과 함께하는 시간에 금방 싫증이 난 CC는 뒤뚱거리더니 나무 탁자 아래로 떨어진다. 밴텀닭 한 무리가 매의 모습을 보더니 강둑을 향해 후다닥 흩어진다. 칼새와 제비가 펍 정원으로 큰 소리를 내며 들어와 CC를 확인하고는 우리 머리 위에서 빙글빙글 돌더니 멀리 올라간다. 매의 습성을 잘 모르는 한 여성이 CC에게 채소를 먹이려고 내민다. CC는 그 여성의 손에서 채소를 낚아채더니 바닥에 내동댕이친다. 내가 얼른 가서 하마터면 처음이자 유일한 채식을 할 뻔한 CC를 곤경에서 멀찍이 떨어트려준다

새끼 참매는 말똥가리나 새매용 식사로 수월하게 식사를 할

수 있지만 잔디에 혼자 풀어두지는 못할 것이다. 오두막에 온 이후로 CC는 계속 자라고 있다. 나는 오두막 문 앞에 커다란 사각형 우리를 만들어 거기에 CC를 두기로 한다. 나는 그림을 그리는 동안에도 우리 안에 있는 CC를 본다. 그곳에서 CC는 햇살과 신선한 공기를 안전하게 쬘 수 있다. CC는 둥지에서 훌쩍 뛰어내려 인조잔디 위를 비틀대며 이곳저곳 탐사한다. 힘이 세지면서 둥지에서 나뭇가지를 멀리 던지고, 몸을 앞으로 기울이고, 날개를 쭉 펴고, 여기저기 걸어 다닌다. 며칠 지나자 넘어질 때마다 더욱 자신감을 갖고 균형을 잡아 똑바로 일어서서 다음 단계에서 갖춰야 할 중요한 요소들을 단련해나간다. 일주일 후, 계속 넘어지고 비틀대고 기우뚱하던 CC는 움직임이 확연히 달라졌다.

매의 모든 속성과 신체적 특징을 통틀어 나를 매료시키는 것은 단연 깃털이다. 머리카락이나 손톱, 비늘, 털과 비교해도 깃털은 생명체의 피부에서 자라나는 가장 복잡한 유기체다. 깃털은 단순히 비행에 유리하게만 진화한 것이 아니라 다른 행동들도 조종할 수 있도록 진화해왔다. 위장술을 펼치고, 방어하고, 섹스할 때에도 깃털은 제 역할을 다한다. 깃털은 새의 체온을 따뜻하게 혹은 차갑게 유지시켜주고, 포식자를 당황스럽게 만들거나 혼란스럽게 하며, 소리를 내거나 감추고, 더 잘 듣게 해주기도 한다. 또한 둥지를 정돈하고, 물을 나르고, 소화를 도와준다. 확대경으로 보면 절반쯤 자란 CC의 깃털 역시 인상적이다. 포식자에게 잡아먹히지 않도록 진화한 이 깃털은 묘사하기 어려울 정도로 복잡한 무늬가 있고 숨이 막힐 만큼 아름답다. 깃털은 촘촘하고 곧게 자랐으며 소용돌이무늬, 관, 미늘, 납작한 가닥들, 갈고리, 비대칭의 정맥들이 있다. 놀랍게 진화된 깃털들과 깃대를 관찰하고 있는데 CC가 생애 최초로 중력을 거슬러 위로 올라간다. CC는 껑충 뛰어 땅 위로 날아올라 잠시 떠 있다가 다시 땅으로 돌아온다. 비록 짧은 첫 비행이었지만 CC와 나는 둘 다 몹시 의기양양해진다. 나는 미소를 짓고 CC는 마치 월드컵 경기에서 방금 골을 넣은 선수처럼 혼자 달려가며 날개를 활짝 편다.

　　CC는 날로 성장하고, 에너지가 넘치며, 활동량이 늘어간다. 일말의 두려움 없이 더 많이 움직이고 탐험 영역을 더 구석구석 넓혀가고 있다. 마을에 볼일이 있어서 CC를 둥지에 앉혀 플래시와 에타의 집 옆 의자에 두고 집을 나선다. 일을 마치고 집에 돌아와 보니 개들은 내가 집을 나서기 전과 똑같은 자세로 여전히 잠을 자고 있다. CC는 어디에도 보이지 않는다. CC가 지저귀는 소리가 들리자 에타가 고개를 들고 두리번거리더니 한숨을 쉰다. 에타 어깨 너머로 보니 소파 위 에타와 플래시 사이에 CC가 자리를 잡고 있다. 개의 털이 나뭇가지로 만든 둥지보다 훨씬 더 아늑하고 따뜻하다는 사실을 알게 된 CC가 제자리를 직접 바꾼 것이다.

　　나는 CC를 들어 올려 둥지로 되돌려 보낸다. CC가 격렬하게 언짢아하며 소리를 지르고 버둥거리며 반항한다. 20초쯤 지나 CC는 둥지 위에 서서 소파 팔걸이 위를 향해 전략적으로 뛰어내리더니 다시 퍼덕퍼덕 날갯짓을 하며 개들 뒤로 부드럽게 안착한다. 하는 짓이 이렇게 웃긴 매는 살면서 처음 본다.

　　CC가 내려오다 부딪치면서 겁을 먹었을지 몰라 나는 대안을 제시한다. 개의 등 위가 아니라 소파 팔걸이에 CC를 위한 전용 쿠션을 놓아주기로 한 것이다. CC는 처음에는 쿠션 위에서 이리저리 부산하게 움직이더니 이내 자리를 잡는다. 그러더니 쿠션을 발로 밀며 경계를 확장하기 시작한다. 그러고는 타협도 경고도 없이 갑자기 몇 십 센티미터가량 날아올랐다가 쿠션 위로 하강한다. 그리고 더 격렬하게 날갯짓을 하며 더 높이 날아올라 소파 끝부분에 착지하더니 깡충깡충 뛰어 소파를 가로질러 개들에게 돌아갔다가 부메랑처럼 쿠션으로 되돌아와 쿠션을 발로 뭉갠다. 마치 죽이기라도 하듯. 개들이 씩씩거리고 킁킁거리더니 위층으로 올라가 휴식을 취한다.

CC는 운동을 마치고도 앉을 기색 없이 오두막 뒤쪽에 있는 창문 근처의 의자 위로 기어올라가 퍼덕거린다. CC는 하루 중 상당 시간 동안 유리창 밖에서 바람에 흔들리는 밀을 지켜본다. CC는 거의 위아래가 뒤집힐 정도로 고개를 젖히고 운다. 홍채 근육 발달이라고 하는 특수한 발달 상태에 있는 이 어린 매는 지금 농작물의 꼭대기를 목표물 삼아 초점을 맞추는 중이다.

내가 어디든 앉기만 하면 CC는 즉시 내 무릎 위로 와서 옷자락을 야금야금 씹으며 가지고 논다. 유난히 긴 꼬리를 이용해 내 몸을 기어올라 내 어깨까지 올라간다. 내 머리카락을 죽은 새의 털처럼 씹고 잡아당기기에 어깨는 최적의 장소다.

밤에는 CC를 데리고 위층으로 올라가 내 침대 옆에 둔다. 동이 틀 무렵에는 둥지에서 녀석이 부스럭거리는 소리가 들린다. 새로운 날이 밝으면 CC는 이리저리 움직이다가 점점 더 집요하게 군다. 내 베개로 착지해 내 얼굴 바로 옆에서 퍼덕이며 자꾸만 잠을 깨운다. CC가 날카로운 발톱으로 내 얼굴을 할퀼 때마다 입술이며 볼이 불에 타는 듯 얼얼하다.

어린 매가 단순히 혈기왕성하기 때문에 달리고, 깡충깡충 뛰고, 퍼덕이고, 잽싸게 움직이고, 싸우고, 밀친다고 생각하면 착각이다. 이를 그저 유별나고 매력적인 행동이라고 인격화하기도 쉽다. 하지만 매에게 있어 그냥 새비로 하는 행동은 단 한 가지도 없다. 자신이 다 자랐을 때 맞닥뜨리게 될 전투를 대비해 정신과 근육을 단련시키도록 진화하는 매우 진지한 행동들이기 때문이다.

나는 정원에 홀로 앉아 아들이 노는 모습을 지켜보고 있다. 아들의 상상력이 날로 발전하고 있다. 양손에는 'T'자 모양의 플라스틱 조각이 들려 있다. 아들은 레고와 비슷한 장난감인 '케이넥스K'nex'의 블록들로 뭔가를 만드는 중이다. 아들이 만든 것은 단순하다. 아무리 심오하게 봐주려 해도 기껏해야 팔 두 개에 몸통 하나가 있는 인간 비슷한 형상이다. 아들은 주차장 진입로 가장자리에 있는 벽돌 위에서 균형을 맞추며 블록을 하나씩 하늘로 던진다. 입에서 '휙' 하는 큰 소리를 낸다. 뭔가 속삭이듯 대화하는 소리도 들린다. "아냐…, 잘했어…, 저들과 싸워." 전투를 벌이고 있나 보다. 정원으로 달려오며 폭발 장면이 몇 차례 더 연출되는가 싶더니 모퉁이에서 돌연 사라진다. 몇 분 후 아들은 다시 나타나 발끝으로 벽돌을 디디며 '삐' 소리, '빵' 소리, 기관총 소리, 온갖 다양한 소리를 낸다. 아들이 뭔가에 푹 빠졌을 때는 그 모습이 하도 재미있어서 외면하기 힘들다. 아들은 내가 지켜보고 있다는 걸 눈치채고는 짜증을 내고 나를 의식한다. 그러고는 나에게 그만 쳐다보라고 화를 내며 자신을 염탐하는 눈을 피해 어디론가 달아나더니 다시 정원에 나타나 하늘에 있는 상상의 적에게 포격을 가한다.

초등학교에 다닐 적 나는 기나긴 여름방학 내내 하루의 거의 대부분을 혼자서 지냈다. 난 그게 무척 좋았다. 마음껏 시골 구석

구석을 탐험할 수 있었고 좀 이상한 이유로 푹 빠져 있던 요리책을 마음 놓고 읽을 수 있었기 때문이다. 앞표지에 웃고 있는 여자 사진이 있던 두꺼운 요리책은 아직도 기억난다. 나는 요리책에서 델리아 스미스Delia Smith라는 요리사가 알려주는 요리법대로 하루 종일 상상 속에서 빵을 굽고 여러 가지 요리를 하곤 했다. 상상의 오페라와 연극을 만드는 일도 무척 좋아했다. 나는 부모님의 레코드판을 틀어놓고 여러 가지 색의 수건들을 두르고는 이 의자 저 의자를 뛰어다니고 노래를 부르며 오페라의 다양한 장면들을 재현하곤 했다. 스케치도 하고, 그림도 그리고, 만화책도 읽고, 레이 해리하우젠Ray Harryhausen의 만화 영화에 나오는 이상하고 멋지고 환상적인 세상을 내 마음대로 만들어보기도 했다.

아들이 세 살이 되었을 때 나는 아들을 데리고 놀이모임에 데려간 적이 있다. 모임에는 아들의 유모, 내 아버지, 아들, 나 이렇게 네 명이 참여했다. 뭔가를 해야 한다는 압박감이 어마어마했다. 놀이 지도사는 내게 아들의 '발달 기술과 사회적 기술'을 극대화할 수 있는 놀이법을 알려주었다. 유모는 내 옆에 앉아 있었고 아버지는 카메라로 우리가 있는 공간을 찍고 있었다. 나는 유모와 동시에 손을 뻗었다. 창피했다. "당신이 데려가세요." "아뇨, 당신이 데려가세요." "아니, 당신이 데려가세요." 찰칵찰칵⋯, 망할 놈의 카메라.

나는 억지로 놀아야 하는 게 싫었다. 난 남의 시선을 심하게 의식했다. 그저 아이가 혼자 놀아준다면 정말 행복할 것 같았다.

아들이 정원 모퉁이를 돌아 내게 오더니 놀이모임 기억나냐고 묻는다.

"아니."

난 아들이 되돌아가서 상상의 우주 저편에서 보이지 않는 행성을 파괴하는 장면을 물끄러미 바라본다. 오직 아들만이 그 존재를 알고 있는 우주를.

CC는 하룻밤이 지날 때마다 몸집도 식욕도 거의 세 배씩 커지고 왕성해지는 것 같다. 하루에도 서너 번씩 밥그릇을 채운다. 굉장히 드문 일이라 혼란스럽다. 또다시 식사를 준비하고는 밥그릇을 둥지 안에 넣어주고 주방 문 틈으로 가만히 지켜본다. CC는 밥그릇을 무시하고 플래시는 어슬렁거리며 움직인다. 플래시는 둥지를 쿵쿵거리기 시작하더니 잘게 썰어둔 CC의 먹이를 날름 다 먹어버린다. CC는 플래시의 얼굴에서 1센티미터도 채 되지 않는 거리에서 얼굴을 위아래로 뒤집어 돌리고는 플래시를 빤히 바라본다. 다행히도 이번에는 CC가 그다지 배가 고프지 않은 것 같다. 만약 CC가 들판에서 먹잇감을 잡아먹고 있는데 플래시가 이번처럼 군다면 상황은 많이 달라질 것이다.

오두막은 서서히 매 배설물과 솜털, 깃털 부스러기 등으로 엉망이 되어가고 있다. CC는 천천히 우리가 살고 있는 공간을 점령하고 있다. CC의 위치를 놓쳤다가 오두막 이곳저곳에서 발견하는 일이 점점 잦아진다. 주방에서, 찢어진 행주에서, 열린 옷장 위 선반에서 발견하기도 하고 난로 뒤쪽에서 검댕이를 뒤집어쓴 채 나뭇가지를 씹고 있는 모습을 발견하기도 한다. 몸을 깨끗하게 해주려고 바깥으로 데리고 나가자 CC는 집 안으로 들여보내달라며 계속 소리를 질러댄다. CC가 오두막으로 다시 들어와 거드름을 피우며 날갯짓을 하고 긴 꽁지깃을 까닥거리며 나무 마룻바닥을 쓸고 다니기 전에 나는 10분 정도 후다닥 오두막 바닥을 쓸고 닦는다.

CC가 이만큼 활동성을 보인다는 것은 이제 장비를 장착해 주어야 한다는 의미다. 나는 발찌와 가죽끈을 각각 두 개씩 잘라내 식탁 위에 두고 약간의 깃털과 함께 CC도 식탁 위에 올린다. 내가 회전 고리를 찾으려고 몸을 돌리자 CC가 몸을 앞으로 구부려 가죽끈 하나를 집더니 통째로 삼켜버린다. 내가 몸을 돌려 CC를 보았을 때는 부리 끝에 가죽끈 매듭만 달랑거리고 있었다. 나는 칼을 삼킨 새의 목구멍에서 칼을 꺼내듯 가죽끈을 잡아 목구멍 밖으로 끄집어낸다. CC는 내가 제 '음식'을 빼앗는다고 생각해 포악하게 화를 내며 나를 향해 소리를 지르기 시작한다. 반항의 뜻으로 마룻바닥에서 퍼덕거리다가 이리저리 뒹굴기까지 한다. 우여곡절 끝에 장비를 다 채우고 CC를 데리고 정원에 새로 지은 우리로 간다. 우리 내부에는 활처럼 구부러진 모양의 횃대가 있다. 가죽끈을 고리에 묶자 CC는 고무로 덮인 횃대 위를 기어올라가 즐거운 듯 그 위에 선다. 혹시라도 다리가 아프거나 낮잠을 자고 싶을 때를 대비해 횃대 옆에 둥지를 두고 CC를 그곳에 혼자 둔 채 나온다. 내 모습이 보이지 않고 내 목소리도 들리지 않는 곳에서 CC는 별다른 저항 없이 새로운 생활을 시작한다.

여름이 한창 농익은 어느 날, 국유지의 잔디를 깎으라는 통지서가 날아온다. 10분 거리에 있는 장소로 차를 운전해 가는 동안 CC는 뒷좌석에 앉아 창밖 풍경을 즐거이 감상한다. 긴 주차장과 크리켓 경기장을 가로질러 가서 잔디 중앙에 CC의 횃대를 설치하고 잔디 깎는 기계로 횃대 주위를 빙빙 돈다. CC는 꼼짝도 하지 않고 그 자리에 가만히 있는다. 내가 '윙' 소리를 내며 지나가자 날개를 펼치고 꽁지깃을 완전히 쭉 뻗고는 횃대 옆에서 햇볕을 쬔다. 몇 시간 후 집으로 오는 길에 소 떼와 이상하게 생긴 꿩, 작은 새들, 토끼들을 지나친다. CC는 본능적으로 그 동물들을 뚫어져라 바라본다. 깃털이 빳빳하게 긴장한다. 이제 거의 다 자랐다. CC는 굳이 무엇을 죽여야 하는지 가르칠 필요가 없다. CC는 이미 저 들판에서 움직이는 털 달린 짐승과 깃털 달린 짐승들을 목표물로 삼았다.

기상 관측이 시작된 이래로 가장 더운 날, 맨발로 있는데도 발목에 땀이 흥건하게 흐른다. CC는 그늘에서 부리를 살짝 벌린 채 날개를 쭉 펴고, 다리를 양 옆으로 벌리고 있다. 더운 것이 분명하다. 나는 CC를 들어 보이가 처음 야생 목욕을 했던 장소를 찾아간다. 오솔길을 걸으며 쐐기풀 숲을 지나 작은 개울가에 도착한다. 숲을 관통하는 구불구불한 냇물이다. 나는 자갈 위로 뛰어내려가 CC의 가죽끈을 내 발에 묶고 장갑을 낀다. 은색의 물거품과 어른거리는 그림자와 나뭇잎들이 물결을 따라 빙글빙글 도는 냇물에서 CC는 우습게도 부리를 딱딱 부딪친다. 만약 CC에게 입술이 있었다면 딱 입맛을 다시는 모습이었을 것이다. CC는 고개를 까닥거리며 자갈로 내려가더니 날개를 파닥이며 엉덩이와 꼬리를 모래와 자갈이 있는 곳에 둔다. 물과는 한참 떨어진 곳이다. 아직 CC는 물속으로 걸어 들어가 목욕을 할 만큼 경험이 충분하지 않다. 나는 CC의 어깨에 손을 올리고 물 쪽으로 슬쩍 떠밀어본다. CC는 잠시 멈춰 선다. 자신이 물을 좋아하는지 아닌지를 생각하는 것 같다. 마침내 좋아한다는 결론에 도달했는지 CC는 수영장에 들어간 아기처럼 몇 분 동안 물속에서 뒹굴고 첨벙거린다.

나는 물에 흠뻑 젖어 있고 아들은 욕조에 깊숙이 들어 앉아 잔뜩 들떠 있다. 나는 변기에 앉아 재즈 음악가 흉내를 내며 상상 속 관중에게 이야기를 건네고 있다. 플라스틱 튜브와 금속으로 된 작은 버스 같은 장난감들을 두드려 가벼운 리듬을 만든다. 그러고 는 아들을 가리키며 찰리 파커Charlie Parker 스타일로 연주하는 놀라운 솔로 연주가가 돌아왔다고 소개한다. 그러자 아들은 지독히도 시끄럽게 소리를 지르고 웃으며 물을 첨벙거린다. 덕분에 욕실 바닥이 물로 흥건해진다. 이건 정말 말도 안 되게 웃긴 놀이이지만 아들은 이 놀이를 무척 좋아하고 나 역시 이 놀이가 좋다. 이 놀이 는 우리가 함께 만든 일상이다.

아들이 태어났을 때 우리는 퇴원에 앞서 아기 목욕 시키는 법을 보고 배워야 했다. 그 과정은 혼란스러웠다. 어서 빨리 병원을 나서고 싶은 바람까지 더해져 그 설명이 귀에 들어오지 않았다. 마치 내게 도움을 주기 위한 것이 아니라 내가 어떤 식으로든 무능한 사람이고 내가 아기 목욕시키는 일을 태생적으로 할 수 없으며 아기를 익사시키거나 아기를 괴롭힐 만큼 부주의하다고 말하는 것 같았다. 저 설명이 우리를 위해, 특히 나를 위해 만들어지지 않았을 거라는 생각도 들었다. 완전히 미숙한 사람으로 취급당하는 기분이 들었고 그 사람의 언어와 지시들도 거만하게 느껴졌다. '저 사람은 남자다. 저 사람은 반드시 일을 그르칠 것이다.'라는 식의 암묵적 추론마저 느껴졌다. 시범을 보이는 간호사를 개인적으로 알았기 때문에 더욱 혼란스러웠다. 나는 그 간호사의 아이를 가르친 적이 있다. 그 간호사에게는 다양한 연령대의 아이가 다섯이나 있었다. 헌신적이고 사랑스러운 가족이며 좋은 아이들이다. 하지만 단 한 명도 예외 없이 세수를 하지 않은 지저분한 얼굴에, 얼룩과 오염으로 더러워진 옷을 입고 학교에 왔다. 그 아이들에 대한 기억이 내게 생생하게 남아 있었다. 당시에는 그 간호사의 사생활과 공적인 위치에서 제공하는 서비스가 너무나도 다르게 느껴졌다.

무질서한 재즈가 아들을 엉망진창으로 흥이 나게 만들면서 내가 만든 재즈 공연은 마침내 끝이 난다. 아들의 어머니 자동차가 주차장 진입로의 자갈들을 뭉개는 소리가 들리자 아들은 엄마가 왔다며 뛸 듯이 기뻐한다. 아들 머리에 샴푸를 너무 많이 풀어서 바가지로 물을 열 번도 넘게 끼얹고 나서야 샴푸가 씻겨나간다. 나는 이마에 손을 갖다 댄다. 어릴 적 비누를 눈에 갖다 댔던 기억이 났다. 끔찍했다. 다행히도 내가 그때의 일을 기억해낸 덕분에 아들은 그런 시련은 겪지 않는다. 나는 아이를 욕조에 일으켜 세운 뒤 바닥에 미끄러질까 봐 벌거벗은 몸을 수건으로 구석구석 닦아주고, 잠옷을 입혀 아래층 아이의 엄마에게 보낸다.

정말 간단하다.

거의 다 자란 CC는 새매와 달리 몸집이 굉장히 커서 우리가 비좁다. 깃털도 너무 길어 소파나 의자 다리에 부딪쳐 부러지기 쉽다. 나는 CC의 숙소를 야간용 우리로 옮긴다. 아침에는 수의사에게 가봐야 해서 평소에 입던 옷을 벗고 새로 산 밝은 푸른색 체크무늬 셔츠로 갈아입는다. 우리에서 CC를 꺼내려고 문을 열자 CC가 벌떡 일어나 눈을 크게 뜨고 공격적으로 굴며 내게 미친 듯이 분노를 드러낸다. 무엇이 문제인지 몰라 잠시 골똘히 생각에 잠긴다. 그때 퍼뜩 머릿속에서 떠오르는 것이 있다. 내가 옷을 다른 색으로 갈아입어 매가 나를 알아보지 못한 것이다. CC에게는 밝은 푸른색 옷을 입은 낯선 사람이 자신의 영역으로 성큼성큼 걸어 들어와 자신을 집으려 한 것처럼 보인 것이다. 나는 CC를 우리에 그냥 두고 다시 원래 입던 옷으로 갈아입는다. 그렇게 옷을 갈아입고 나서야 CC를 차분하게 정원에 있는 횃대로 옮길 수 있다. 나는 스티브에게 문자를 보내 CC의 행동에 대해 물어본다. 스티브에게 곧장 답장이 온다.

'각인된 참매는 자폐 성향이 있어, 친구.'

CC의 깃털이 완전히 자라기 바로 직전, CC는 매잡이들이 '우리에 두기 어려운 상태'라고 부르는 단계에 진입한다. 이제 CC는 더 이상 '핏덩이'가 아니다. 즉, 성장을 담당하는 호르몬 메시지를 운반하고, 산소로 가득한 혈액이 깃털의 깃대에서 빠져나와 몸과 살, 근육으로 다시 되돌아간다는 의미다. 사춘기의 인간이 목소리가 변하거나 질풍노도의 호르몬 변화를 겪듯 CC도 비슷한 변화를 겪는 중이다. CC는 점점 공격적이고, 성을 잘 내며, 집요함을 드러낸다. 야생에서 이러한 변화가 일어나면 부모가 지닌 공격적인 저항과 부딪혀 어쩔 수 없이 둥지를 떠나게 된다. 나는 CC를 둥지에서 밀어내기보다는 그러한 변화를 감수하며 훈련을 준비해야 한다.

CC가 태어난 지 56일째 되는 날, 나는 처음으로 CC를 다 자란 매처럼 들어 올린다. 불과 스물네 시간 전과는 뚜렷하게 차이가 난다. CC도 이전과는 전혀 다른 기분을 느끼는 눈치다. 내 장갑 위에 움츠리고 있는 CC는 민첩하게 사고하고 치명적인 분위기를 풍긴다. 그런 CC의 느낌이 내 몸을 타고 흘러내려와 발을 땅 속에 잠기게 하는 기분이다. 참매가 시련의 시간을 견뎌야 하는 이유가 너무도, 정말 너무도 또렷하게 와닿는다. CC는 링 위에 오르기 전 쉴 새 없이 몸을 움직이는 미들급 복서와 같은 상태다. 현재 최적의 상태인 CC는 하이더의 참매와 비슷한 크기에 비슷한 생김새이며 그 매와 똑같이 강렬하고도 정적인 분위기를 풍긴다. CC의 두 눈은 수선화처럼 노랗고, 뒷목은 눈에 확 띄는 짙은 오렌지색을 띠고 있다. 마치 지금 CC의 어깨에 드리운 석양과 같은 색이다. 가느다란 마름모꼴 깃털이 가슴 아래로 굽이친다. 옆에서 보면 가슴 깃털들이 부풀어 있고 자잘한 갈색 하트들이 연한 크림색 덮개를 가로지르고 있는 것처럼 보인다. CC의 깃털은 속도를 더 잘 내기 위해서 이런 형태로 자라는 것이다. CC의 아름다움과 잠재되어 있는 폭력성은 그의 어머니 유전자로부터 물려받은 것이다. 긴장이 풀려 장갑을 움켜잡은 발의 힘이 좀 느슨해지긴 했지만 CC는 여전히 머리를 까닥거리고, 구슬 같은 눈동자를 이리저리 굴리며, 몸을 앞으로 숙여 마치 파충류 같은 소리를 크게 내고 있다.

나는 지나친 자신감과 착각에 빠져 CC의 행동을 과소평가한 나머지, CC를 장갑 없이 손 위에 올린다. CC는 익숙치 않은 횃대인 내 맨손 위로 세차게 내려온다. 마치 얼음 깨는 송곳이 물렁한 점토를 파고들 듯 CC의 발톱이 내 살을 쉽게 쑥 파고든다. 몇 초 동안 내 엄지와 검지가 하나로 붙어 있다. 약간의 피가 솟아오르더니 손바닥을 타고 흘러내린다. 경계가 무너진다. 첫 유혈사태는 새로운 형태의 유대감을 선사한다. 아픈 유대감을.

아들과 아들의 어머니와의 유대감은 아무리 생각해도 늘 궁금하다. 나는 하루 종일 아이를 보고 있었다. 시간을 보내기 위해 아이를 데리고 미술 관련 보드 게임을 사러 갔다. 단서 카드에서 지시하는 대로 다양한 물건, 영화, 책, 특징 등을 그리거나 모형으로 만들거나, 종이를 오려 입체적으로 만들어야 하는 게임이다. 지켜보던 사람은 모래시계의 모래가 다 내려가기 전에 그 사람이 무얼 만들고 있는지 추측해 맞춰야 한다. 게임은 벌써 몇 시간 전부터 탁자에 준비되어 있다. 아들은 엄마가 어서 돌아와서 함께 게임하기만을 기다리고 있다. 아들의 어머니는 6시에 출발해서 약 8시경에 집에 도착한다. 아들의 어머니가 와서 의자에 앉자마자 주사위가 던져지고 게임이 시작된다.

　나는 손에 쥔 단서 카드를 아들이 보지 못하게 아들의 어머니에게만 보여준다. 그녀는 세공용 점토로 기이한 뭔가를 만든다. 아무리 상상력을 발휘해봐도 그 어떤 것과도 닮지 않았다. 아들은 곰곰이 생각하더니 처음으로 정답을 맞힌다. 다시, 아들 어머니의 순서가 돌아오고 또 같은 일이 벌어진다. 그리고 또다시 똑같은 일이 벌어진다. 아들의 어머니가 추측하는 순서가 되자, 아들은 뭔가를 낙서하듯 그리더니 종이 절반을 찢어 구깃구깃하게 만든다. 내가 단서 카드를 쥐고 있으므로 아들의 어머니는 단서 카드를 볼 수 없다. 아들이 단서와 연관된 무언가를 만드는 동안 나는 아주 조금의 힌트라도 얻으려고 안간힘을 쓴다. 결국 아들의 어머니가 정답을 말한다. 매번 똑같다. 당황스럽다. 내가 두 사람에게 속임수를 쓰는 거 아니냐고 말하자 두 사람은 웃으며 그냥 내가 안타까운 패배자일 뿐이라고 말한다. 나는 온갖 노력을 기울이고, 화가로서 내 모든 기술을 동원해 그림을 그려가며 이기기 위해 아등바등한다. 두 사람은 쌍둥이 같다. 서로 이해하는 수준이 정말 절묘한 역작이다. 두 사람은 텔레파시가 통하듯 생각이 통한다.

　내 어머니는 남자들만 없었더라면 정말 놀라운 여성이 되었을 것이다. 어머니는 그늘지고 감정의 변화가 잦으며 지배적인 모습 앞에서는 태도가 달라진다. 나는 어머니를 사랑하지만 우리의 유대는 가볍고 얇다. 뭔가 일관된 정의를 찾아 적용하기가 어렵다. 어머니는 늘 그 자리에서, 회색으로 사위어가고 있다. 어떤 면에서 생각하면 내 모든 인간관계는 애착 관계를 형성하는 데 실패해왔다. 하지만 그것이 어떻게 생겼는지도 모르는데 어떻게 그것을 인식하고, 어떻게 그것을 가지고 적절하게 상황에 대처할 수 있단 말인가?

우린 두 차례 게임을 마치고 보드게임을 정리한다. 벌써 10시다. 아들이 잠자리에 들어야 할 시간이다. 아들의 어머니가 아들에게 고맙다고 말한다. "끔찍한 하루를 보낸 후 내게 딱 필요한 시간이었어." 게임은 정말 재미있었다.

모두 저마다 잠자리로 돌아가자 아들이 아기였을 때가 생각난다. 나는 지금의 내 감정과 그때의 내 감정을 비교해본다. 난 지독한 부끄러움의 벽에 부딪힌다. 다른 혼란스러운 감정들과 함께 그때의 감정들이 얽혀 내 안으로 깊숙하게 침전한다. 아마 나는 아들을 질투했었는지도 모른다. 아들이 제 어머니에게 보이는 애착을, 아들의 어머니가 아들에게 보이는 애착을 질투했었는지도 모른다. 다행히도 그 감정은 지나갔고 뭔가 더 견고하고 훨씬 더 긍정적인 감정으로 변했다. 나는 두 사람 사이의 유대를 이해한다. 그 소중한 가치를 이해한다. 아들이 어머니에게 그토록 강한 애착이 있다는 사실이 기쁘다. 그 애착이 아들을 완전하게 만든다. 부디 아들이 더 나이가 들었을 때 그 애착이 균형 잡힌 인간관계를 형성하는 데 도움이 되길 바란다. 나 자신을 생각해보면 나는 지나치게 많은 울타리를 쳐왔지만 그 울타리를 넘을 힘이나 능력은 없다. 내게 필요한 것은 다 있다. 자연과 아들, 개들, 매들이 내 삶에 함께 있다.

CC를 청년으로 기르는 단계는 쉽다. 나는 CC를 잘 이해하며 CC의 감정을 파악할 수 있고 무엇이 필요한지도 잘 안다. 하지만 사냥에 적응하는 과정에서 CC의 반응을 조절하는 것은 전적으로 또 다른 문제다. 자연에서 부모 매에게 길러진 매와 달리 CC는 약간의 동기만 있어도 집으로 되돌아올 것이다. 다만 각인된 매를 훈련시킬 때 생기는 뚜렷한 힘의 전이가 걱정스럽다. 나는 CC에게 결핍된 두려움을 전해 받았다. 이제 내가 예기치 않은 상황, 부상, 내 물리적 존재를 두려워한다. 지난 55일 동안 CC가 보여주었던 매력적인 행동은 사라질 것이고, 수개월이 지나도록 돌아오지 않을 것이다.

제대로 훈련을 시작하면 CC는 직접적이고 지배적인 방식으로 불쾌한 소통을 하게 될 것이다. 신체 능력도 극단적으로 발휘해야 한다. 물기, 발로 차기, 강타하기, 날개로 후려치기, 퍼덕이기 등을 최대로 활용하고 나를 심하게 공격할 것이다. 사전경고도 없고 어떤 식으로든 의사를 표현하지 않을 것이다. 잘못된 접근방식을 사용하면 나는 즉시 가혹한 벌을 받게 되며, 이러한 상황 속에서 누가 누구를 가르치는지 식별하기 어려울 것이다. 거의 대부분 매잡이들이 각인된 매에게서 이러한 반응이 나타나는 것을 두려워한다. 하지만 이 공격성만이 CC와 소통할 수 있는 유일한 수단이다. CC의 공격성은 현장에서 사냥 성공 횟수가 증가할수록 점차 줄어들 것이다. 그때까지는 그저 이 과정을 견뎌야 하고, 이 특별한 학습 단계에 대처해야 한다. 그러고 나면 CC가 나를 동반자로 존중하기 시작할 것이다.

20분 동안 아들과 토론 중이다. 이제 토론은 논쟁이 되기 직전이다.

"너는 기본적으로 너무 어려."

"흠. 하지만 나는 18세 관람가 영화도 본 적이 있는걸."

"그건 우연이었어."

"흠. 아빠가 그걸 보게 한 게 처음은 아니었어."

"맞아. 하지만 그것도 우연이었어."

"어떻게 아빠는 영화를 우연히 봐? 그리고 그 영화에서는 욕설도 나왔어. 어른들이 책임을 져야 하잖아."

"알아. 다른 사람 이야기는 하지 마. 그게 18세 관람가 영화였는지 몰랐어. 아무튼 너는 기본적으로 너무 어려. 그러니 〈그랜드 테프트 오토Grand Theft Auto〉는 말할 것도 없어. 너무 폭력적이야."

"아빠도 그 게임 했잖아."

"맞아. 하지만 나는 마흔세 살이야."

"나 그 게임 다운로드 받을 거야."

"돈은 어떻게 낼 건데?"

"나 돈 있어."

말싸움이 끝도 없이 이어진다. 이럴 때 보면 아들은 마치 로마 신화에 나오는 메르쿠리우스* 같다. 내 말의 요점을 공격하고 방어하는 능력에 입을 다물지 못할 정도다. 나는 좌절과 감탄 사이에서 오도 가도 못하고 있다. 아들의 지적인 능력이나 언어 능력은 제 몸무게 수준보다 한참 위다. 사실 아무래도 상관없다. 아들은 무엇이 진짜고 무엇이 가짜인지를 구분하는 능력이 완벽하다. 게임

---

* 상업, 과학, 웅변의 신

의 내용을 다루는 솜씨도 완벽하다. 나는 아들이 야구 방망이를 집어 들고 노인을 죽도록 패지 않으리라고 굳게 믿는다. 대화는 논리와 진실에서 원칙의 문제로 자연스럽게 흘러갔다. 어느새 나는 과거에 내가 들었던 단어들을 다시 내뱉고 있다. 기분이 이상하다. 나는 진부한 말들을 늘어놓기 시작한다. 정당하지 않은 권력을 단정적으로 드러낸다. 내 아버지가 하던 말을, 세상의 모든 아버지들이 하는 말을 나도 하고 있다. 마침내 나는 보편적인 아버지가 되었다. 웃기기도 하고 약간 짜증이 나기도 한다.

어떠한 형태의 개인적인 책임도 완벽히 회피할 수 있는 말을 나는 잘 알고 있다. 난 아들에게 이렇게 말한다.

"엄마한테 물어봐."

"벌써 물어봤어. 엄마는 절대로 그 게임 못 하게 할 거야."

아이는 그날 하루 종일 나와 소프트볼을 하며 놀았다.

CC의 식사량을 하루 한 끼로 줄이기 시작한다. 하루치 식사를 챙겨 개들과 함께 CC를 데리고 들판을 가로질러 간다. 도중에 CC가 크고 단단한 변을 본다. CC는 집으로 돌아오는 길에, 집에 돌아와서도 내내 큰 소리로 울어댄다. 너무 시끄럽게 울어서 우는 소리가 나무며 오두막 벽에 반사되어 튕겨 나온다. CC는 고개를 돌려 나를 보더니 내 얼굴을 향해 쉬지 않고 소리를 지른다. 다리를 이리저리 움직이며 장갑을 세게 움켜잡는 바람에 뼈가 으스러질 지경이다. 두툼한 가죽 장갑을 꼈음에도 불구하고 CC가 중간 발톱으로 엄지 아래쪽 손바닥 둥근 부분을 워낙 강한 힘으로 누르다 보니 마치 무딘 볼펜 끝으로 손바닥을 쿡쿡 찌르는 느낌이다. CC의 무게를 재본다. CC는 저울을 발로 꽉 움켜쥐고 나뭇가지까지 들어 올리더니 장갑을 향해 밀친다. 정확한 몸무게를 재기까지 약 5~10분 정도가 걸린다. CC는 이제 몸무게가 최고에 달해 약 900그램 가까이 된다. 나는 CC를 혼자 두고 저 멀리 해가 지는 광경을 지켜본다. 땅거미가 내려앉아 어둑해질 무렵 나는 다시 한번 시도한다. 몸무게는 아까와 같다. 다만 CC는 장갑 위에서 더 빠르게, 더 시끄럽게, 더 오래 분노하고 소리 지르며 웅크리고 있다. CC는 내게 아주 똑똑히 말하는 중이다. 지금 배가 고프다고.

CC가 눕는다.

보통 매잡이는 매를 장갑으로 부른다. 하지만 화가 잔뜩 나고 몸무게가 거의 1킬로그램 가까이 되며 각인된 참매의 경우에는 장갑으로 불렀다가 문제가 생길 수도 있다. 장갑으로 날아와 나를 공격할 수도 있기에 나는 CC의 주의를 환기시킬 미끼를 준비한다. 걸의 경우에도 미끼가 필요했다. 걸은 나를 무서워했기 때문이다. 지금 내가 미끼를 이용하는 건, 내가 CC를 무서워하기 때문이다.

나는 CC의 회전 고리에 끈을 매달고 CC를 횟대 위에 올려둔 다음 조금 떨어져서 미끼를 마룻바닥을 향해 던진다. CC가 즉각 반응을 보이며 미끼를 움켜잡고 마룻바닥에 짓이긴다. 장갑 위에서도 똑같이 행동한다. 날개를 방어적으로 쫙 펴서 먹이를 가리고는 나를 위협하고 떼어놓기 위해 큰 소리를 낸다. 개들이 꽤 가까운 곳에 있는 것을 본 CC는 개들에게도 공격할 태세를 취한다. 개들이 허둥지둥 흩어진다. CC는 먹이를 찢어 한 입 가득 넣고는 입에 음식을 문 채 큰 소리를 낸다. 나는 살그머니 자세를 낮추고 CC가 위협하지 않는 틈을 타 장갑에 손을 뻗는다. 그러자 CC는 더 이상 화를 내지 않고 계속 먹이를 먹는다. 나는 오른쪽 맨손에 장갑을 끼우고 CC가 먹이를 먹는 동안 손가락 끝으로 CC의 발을 톡톡 건드리기 시작한다. CC가 고개를 들고 잠시 가만히 있더니 다시 식사를 한다. 나는 아주 천천히 장갑을 벗고 맨손으로 조심스럽게 먹이를 잘게 찢어 손가락으로 CC에게 먹여준다. 내가 도와주면 식사를 더 수월하게 할 수 있다는 걸 보여주고 싶다. 내가 자신의 음식을 훔치는 게 아니므로 음식을 지키려고 필사적으로 방어하지 않아도 된다는 걸 알게 해주고 싶다. 내가 미끈거리는 고기를 만지작거리자 CC가 돌연 식사를 중단하더니 미끼용 먹이에서 물러나 내 손목 위로 올라온다. 꼼짝도 할 수 없다. CC가 발로 단단하게 손목을 쥔다. 날카로운 발톱 끝이 곧장 푸른 정맥 중앙을 향하고 있다. 숨을 들이쉬고는 그대로 호흡을 멈추자 심장 박동이 느껴지면서 지독한 고통과 함께 병원으로 가는 장면이 떠오른다. 느슨하게 굽이치던 깃털들이 쫙 펴진다. CC는 나를 몇 초 동안 빤히 바라본다. 나는 공손하게 굴복하며 시선을 마룻바닥으로 떨군다. 뜻밖에도 부드러움이 느껴지더니 CC가 내 팔을 디디고 걸어가 다시 미끼 고기가 있는 곳으로 간다. 나는 계속 CC의 먹이를 잘게 찢어준다. 식사를 마친 CC는 혹시 흘린 고기가 있지 않은지 주위를 둘러본다. 나는 뒤로 물러나 무릎을 꿇고 앉는다. 그리고 내 손에 쥔 닭다리 고기를 CC에게 내민다. CC는 흥분하더니 내 장갑 위로 올라온다. 안도와 흥분에 몸이 떨린다. 첫 수업을 더없이 기분 좋게, 아무 상처도 입지 않고 무사히 마친다.

　며칠 사이에 CC는 180미터까지 날아올라 다양한 위치에서 미끼를 낚아챈다. 먹이가 있는 곳에 도착할 때마다 CC는 바로 먹이를 먹는다. 우리의 일상적인 규칙을 만들기 위해 나는 CC에게 손으로 먹이를 주며 반복적이고 일관되게 행동한다. 매 수업을 성공할 때마다 우리 사이에 신뢰가 쌓인다. 보이와 마찬가지로 CC도 매우 영리해서 진척이 빠르다. CC의 반응을 가까이서 관찰해 보니 이제 충분히 자유 비행을 할 때가 되었다.

CC를 자유롭게 날리려면 위치를 파악할 수 있도록 도와주는 원격 추적기와 방울을 달아야 한다. 원격 추적기는 스프링 클립으로 부착하면 된다. 스프링 클립을 맞물리게 한 뒤 플라스틱 배낭 안에 넣는다. 배낭을 CC에게 부착하려면, 두 개의 얇은 테프론 소재 끈을 매의 어깨와 가슴에 두른 뒤 단단히 잡아당긴 다음 앞쪽으로 묶는다. 이는 성가시고 까다로운 작업이다. CC에게 가리개 모자를 씌워야 하고 작업을 도와줄 다른 매잡이도 필요하다. 스티브와 홀리, 나는 약 40분가량 이 작업을 한다. 뭔가 잘못되자 우린 이런저런 언쟁을 벌이고 다투기 시작한다. 우린 서로에게 소리를 질러댄다. 홀리는 눈물을 터트릴 뻔했다. 이 과정에서 CC는 조용히 낮은 자세로 잔뜩 화가 난 채 장갑 위에 있다. CC의 날개가 마치 죽은 꿩처럼 옆쪽으로 늘어져 있다. 모두의 분노가 가라앉자마자 나는 CC를 정원에 있는 횃대에 올려두고 목욕을 즐기도록 내버려둔다.

다음 날 아침, 나는 CC를 날리기 위해 마지막으로 끈을 묶는다. 내가 우리로 다가가자 CC가 난폭해진다. CC는 장갑 위에서 몸을 완전히 세우고, 날개를 옆으로 쫙 벌린 뒤, 장갑을 엄청난 힘으로 단단히 움켜잡고, 가슴을 한껏 부풀린다. 머리 깃털들을 벼슬처럼 쭈뼛 세우고, 경계 태세를 갖추듯 눈을 더 밝고 크게 뜬다. CC는 쉬지 않고 긴 울음소리를 낸다. 가슴이 미어지게 아프다. 우리는 몇 발짝 뒤로 물러난다. CC에게 고정시킨 배낭이 밤새 곪는 바람에 CC는 깊이 분노하고 있다. CC가 얼마나 빨리 자신의 감정을 인지하고 드러내는지, 그 민감함의 속도에 놀랄 뿐이다. CC의 분노를 이해하며 내 행동이 일관되지 않았다는 사실도 인정한다. 나는 CC를 온화하게 존중해주다가 뚜렷한 이유도 없이 끔찍하게 거친 손으로 그에게 폭력적으로 굴었다. 스티브 말로는 그때 CC가 가리개를 썼기에 망정이지 만약 내가 하는 일을 내내 지켜봤더라면 상황은 훨씬 더 안 좋았을 것이라고 한다. 유일한 치유책은 시간과 인내뿐이다. CC는 3일 동안 완고하게 불신을 드러내고 있다. 그 과정을 다시 시작해서 자유 비행에 성공하고 마침내 사냥을 하게 하려면 끊임없이 가까이 다가가서 매 10분마다 한 번씩 토닥여주어야 한다.

토끼

인내나 여름날의 더위, 두터운 수풀 같은 개념이나 '우리에겐 내일이 있어' 같은 추상적인 생각을 매에게 설명하기는 불가능하다. CC의 몸과 마음은 오직 현재에만 존재한다. 우리는 계속 사냥감을 놓치고 있고 어떤 날은 토끼를 한 마리도 보지 못한다. 실패를 거듭하면서 CC는 끊임없이 분노하며 몸에 잔뜩 힘을 주고 있다. 본능적으로 감정을 완전히 표현할 배출구가 없는 CC의 모든 신경 하나하나에 점점 좌절감이 쌓이고 있다. CC의 비명은 80, 90 아니 100데시벨에 달한다. CC가 내는 소리는 마치 바람에 쉬지 않고 흔들리는 녹슨 문 소리 같다. 혹은 손톱으로 칠판을 긁는 소리 같다. 내가 보고 있지 않을 때 CC는 일부러 내 귀에 바짝 대고 최대한 크게 소리를 지르며 어서 서두르라고 말한다. 나는 그렇게 확신한다. 밤에 CC를 우리에 넣고 나면 내 귀에서는 '이이이이이' 하는 이명이 계속 울린다.

사냥에 실패한 지 넷째 날 아침, CC의 몸무게를 재보니 정상보다 적다. 늘 그렇듯 CC의 한쪽 발은 저울에 난폭하게 매달려 있고, 다른 한쪽 발은 내 장갑을 붙잡고 있다. 식탁에서 저울이 들어 올려지면서 그곳에 있던 가죽끈과 젓갖이 이리저리 엉킨다. 장갑을 벗고 끈들을 정리하는데 CC가 내 벨트를 찌른다. CC는 어마어마한 속도로 저울을 떨어트리고는 내 배와 가슴, 어깨를 공격하며 나를 찌르고 발로 찬다. 그러다가 내 얼굴과 목 바로 앞에서 공격을 멈춘다.

비행을 하다가 토끼를 놓쳤을 때 내가 재빨리 미끼 고기를 주지 않으면 CC는 거의 죽일 듯이 내 어깨나 다리를 공격한다. 장갑을 끼지 않은 오른쪽 맨손이 주로 CC가 내리는 벌의 대상이다. 온통 발톱에 찢어지고 긁힌 자국투성이다. 가운뎃손가락도 심하게 얻어맞아서 감염되는 바람에 손가락을 구부릴 때마다 극심한 고통을 느낀다. 양쪽 어깨와 왼팔 윗부분은 CC가 일부러 장갑을 지나쳐 맨살로 돌진하면서 낸 콕콕 찌른 작은 상처들로 뒤덮여 있다.

CC는 10분 동안 탁 트인 공간에서 토끼 네 마리를 놓친다. 마지막 비행에서 CC는 곧장 내 머리를 향해 부메랑처럼 돌아온다. CC가 내 머리 바로 위에서 빙빙 도는 바람에 나는 마치 잔뜩 성이 난 커다란 말벌을 쫓듯 허공에 대고 손을 이리저리 허우적거려야 했다. 이후 커다란 토끼를 다시 한 번 놓친 CC는 공격 의지를 최대로 높여 아무 소리도 내지 않고 조용히 산울타리 뒤로 넘어가더니 다시 산을 넘어와 온 힘을 다해 나를 공격한다. 그 어떤 소리도 전혀 나지 않았기에 나는 전혀 낌새를 채지 못한다. 나의 뇌가 방어적으로 몸과 마음을 분리시킨다. 뭔가 잘못되었다는 사실은 알지만 그것을 느낄 수는 없다. 기괴한 울음소리가 들린다. 마치 털실 위에 풍선을 문지르는 것 같은 소리다. CC의 발톱이 내 오른쪽 어깨 위 살갗을 깊숙이 파고든다. 고개를 돌려 CC를 바라보는데 CC의 발톱이 근육으로 곧장 찔려 들어오면서 내 귀에 깊고, 요란하고, 찢어지는 비명소리가 들린다. 갑자기 불에 타는 듯한 고통이 느껴진다. CC는 온 힘을 다해 발톱을 힘껏 움켜쥐고 나는 왼쪽에서 오른쪽으로 자리를 이동하며 필사적으로 CC를 피해 달아난다. 내가 움직일 때마다 발톱은 더 깊숙이 파고든다. 나는 어쩔 수 없이 옷을 벗어 CC를 어깨에서 강제로 떼어내어 마루에 던진다. 그다음 날 CC에게 식사를 한가득 제공한다. 멍하고, 어지럽고, 구토가 날 것 같은 심경으로 CC 옆에 앉는다.

다음 날이 되자 고통이 어마어마하다. 쇄골에서부터 가슴, 허리에 이르기까지 오른쪽 몸통 전체가 노란색, 푸른색, 자주색으로 얼룩덜룩하다. 마치 자동차에 치인 것 같다.

나는 스티브에게 문자를 보낸다.

'이 거지 같은 참매는 뭐에 각인이 된 거야? 난 피학성 변태 성욕자가 아니야. 지금 너무 고통스러워.'

그러자 스티브가 슬며시 에두르는 말투로 답장을 보낸다.

'포스를 사용하게, 젊은 제다이 용사여. 냉장고가 그득하게 찰 때까지 기다려. 그럼 참매의 각인이 뭔지 알게 될 테니. 또한

좀 더 빨리 움직이는 법도 알게 될 거야.'

물론 스티브의 말이 옳다. 이런 행동을 문제 삼을 것이 아니라 이해하고 받아들여야 한다. 내가 사냥에 이용하고자 하는 것도 바로 이 두려움 없는 공격성이다. CC에게는 자신의 공격성을 적절하게 발휘할 기회를 포착해 밖으로 꺼내는 훈련이 필요하다. CC는 자신의 본능을 충족시키고 기술을 마음껏 발휘해야 한다. CC에겐 살생이 필요하다.

내 손에 들린 편지에는 이렇게 쓰여 있다.

'귀하의 자녀는 석기 시대에 대해 배울 예정입니다. 자녀를 석기 시대의 혈거인처럼 입혀서 보내주셨으면 합니다.'

우리는 집에 와서 구글을 샅샅이 검색해 혈거인의 옷차림을 찾는다. 아들은 분명 부족의 우두머리 사냥꾼을 원할 것이다. 우리는 영양의 두개골을 헬멧처럼 쓴 사람의 그림을 찾아 어떻게 만들지 궁리를 시작한다. 나의 예술 감성이 점점 과해진다. 나는 세 시간 동안 두꺼운 도화지로 두개골의 기본 모양을 만들고 신문지를 둘둘 말아 뿔을 만들었다. 차를 운전해 각종 모형 관련 전문 상점에 가서 모드록Modroc•과 물감, 폴리스티렌 막대, 가짜 호랑이 털한 롤, 고무창이 달린 캔버스 소재의 운동화를 구매한다. 이제 마지막 단계에 접어든다. 아들이 고개를 끄덕이거나 가로저으면서 승인 혹은 불승인을 표시하면 나는 아들의 요구에 따라 계획을 수정해가며 작업한다. 이는 우리가 처음으로 진지하게 몰두한 예술 탐사이며 그 범위는 내 안전지대 안에 있다. 나는 예술과 조형물의

• 조형물을 만들 때 사용하는 재료로 건조된 얇은 반죽 형태의 합성물

본질적인 가치를 알고 있다. 이것은 내 최고의 작품이다. 나는 조금도 망설이지 않고 아들에게 내가 할 수 있는 것을 보여준다. 나는 아들이 감동을 받아 나를 자랑스러워하도록 노력하는 중이다.

나는 다른 분야에서는 롤모델이 될 만큼 정교한 능력을 갖고 있지 않다. 나는 남자란 어떠해야 한다는 식의 일반적인 규정에 동의하지 않는다. 다른 40대 남자들의 삶을 관찰하고 그들의 가족과 재산 상황을 보면서 내가 그들과 같지 않고, 시대착오적이며, 괴상하다는 사실도 알고 있다. 나는 필연적으로 발생할 문제들을 잘 알고 있다. 아들은 살면서 평범한 조언이나 지도, 일반적인 관점을 접하지 않을 것이다. 아들이 어른이 되었을 때 나의 존재, 나의 생각과 감정에 어떻게 반응할지를 생각하면 궁금하기도 하고 걱정되기도 한다. 나는 기껏해야 창의적인 의견, 남들과 다른 대안을 제안할 수 있을 뿐이다. 최악의 경우에는 내가 전혀 도움이 되지 않을 수도 있다.

나는 식탁에 앉아 계속 나의 창의력을 뽐내고 있다. 마스크에 모드록을 덧바르며 형태를 만들고 진짜 뼈처럼 부드러운 질감이 나도록 계속 매만진다. 거기에 칠을 한다. 누르스름한 색과 흰색. 붓으로 눈가와 뿔이 난 자리의 색조와 음영을 조절한다. 아들의 어머니 집 뒤편에 있는 숲으로 가 꿩 깃털과 나뭇가지, 낡고 긴 끈 한 가닥을 주워 온다. 폴리스티렌 막대에 구멍을 내고 구멍에 끈을 꿴다. 막대 양쪽 끝에 모드록을 덧바르고 붉은색을 칠해 신선한 살점 조각과 비슷한 느낌을 낸다. 가짜 호랑이 털을 반으로 접어 가운데 구멍을 뚫은 후 판초 모양으로 만든다. 남은 끈은 짧게 잘라 여러 가닥으로 만든 다음 접착제를 발라 운동화에 붙여 헐거인의 나막신을 만든다. 마지막으로 도화지를 창 모양으로 오려 끝 부분에 꿩 깃털을 둘러가며 붙인다. 이제 작업이 끝났다. 작품을 식탁 위에 올려두자 아들이 최종 승인의 의미로 고개를 한 번 끄덕인다. 두말할 나위 없이 아들은 혈거인의 의상을 가장 잘 구현한 학생이 될 것이고, 이 세상에서 가장 노련한 사냥꾼이자 사냥한 고기를 먹는 최고의 킬러 혈거인이 될 것이다.

두 시간째 아무것도 보이지 않는다. 온몸이 땀으로 흥건하다. 셔츠 안쪽으로 겨드랑이에서 흘러내린 땀방울이 옆구리로 뚝뚝 떨어진다. 모자 테두리에 둘러진 띠에 검은 얼룩이 번지고 소금기를 머금은 땀이 눈썹으로 흘러내려 눈으로 스며든다. 간밤에 비가 많이 내렸다. 옥수수 밭에서는 수분을 머금었던 옥수수들이 햇볕에 건조되느라 천 개의 시계가 돌아가는 것 같은 소리가 난다. 개들도 지칠 대로 지쳐 있고 땅에서는 뜨거운 수증기가 무럭무럭 올라온다. 에타는 내 발밑에서 가고 서고 구르기를 반복하며 헐떡거린다. 마침내 나는 포기한다. 개울가로 가서 더위를 식힐 거라고 에타를 타이른다.

약 36미터 앞쪽에 토끼 한 마리가 옥수수 밭에서 뛰어나와 달리기 시작하자 트랙터 바퀴자국을 따라 뽀얗게 먼지가 일어난다. 나는 CC를 바라보며 기다린다. CC는 제 날개를 다듬는 데 열중하느라 토끼를 보지 못한다. 개들도 마찬가지다. 난 일어나서 팔을 위로 똑바로 치켜든다. 뭔가 가볍게 부딪치는 느낌과 낯선 허전함이 느껴진다. 마치 조용히 팔을 떼어내어 앞에다 던져버린 느낌이다. CC가 시속 80~90킬로미터 속도로 가속을 하며 순식간에 저 멀리 날아간다. 토끼는 여전히 약 60~70미터가량을 달리고 있다. 그러다 갑자기 멈춰 서서 두리번거리더니 매를 바라본다. CC가 토끼를 향해 거세게 달려들어 가볍게 하늘로 들어 올린다. 마치 바람에 펄럭이는 느슨한 돛처럼 토끼가 CC의 발아래서 버둥거린다. 그리고 둘은 충돌 지점을 훨씬 지나 착륙한다.

전속력으로 질주해 무릎으로 슬라이딩을 해서 보니 CC의 뒷발톱이 토끼의 두개골에 깊숙하게 박혀 있다. 토끼는 죽었지만 여전히 움직인다. CC가 토끼를 완전히 죽였다. 확실히 끝내기 위해 나는 몸을 굽혀 토끼의 목을 빠르고 정확하게 비틀어 꺾는다. 내가 간섭하자 CC가 반항하며 소리를 지르더니 토끼를 덮친다. 나는 뒤로 물러나 CC가 하고 싶은 대로 하게 내버려둔다. CC가 토끼의 털을 뜯어내고 벗기자 CC의 부리와 눈에 가느다란 털 가닥들이 묻는다. 짜증이 난 CC는 머리를 날개에 문지르고 몸을 흔들어 털을 털어내더니 재채기를 한다. 내가 장갑 낀 손으로 몸을 앞으로 굽혀 토끼의 가슴을 칼로 갈라 벌리자 갈비뼈와 흉강이 드러난다. CC가 갑자기 조용해지더니 토끼의 사체로 난폭하게 달려든다. 나는 또 뒤로 물러나 CC가 먹이를 먹도록 내버려둔다. 토끼의 폐와 심장 주위로 피가 흥건히 고인다. CC가 움직이자 토끼의 몸이 기우뚱거린다. CC의 발에 피가 쏟아지며 깃털을 적시고 작은 개울로 뚝뚝 떨어진다. 나는 토끼의 몸속에 손을 넣어 짙고 축축한 온기를 느낀다. 계속 토끼의 가슴속을 후벼 파는 CC에게 토끼 살점을 잘게 찢어 먹여주자 그대로 받아먹는다.

나는 따스한 간 한 덩어리를 입으로 가져간다. 단단한 젤리 같은 촉감에 아릿한 쇠 맛이 난다. CC가 푸른색과 회색의 창자를 꺼내 먹기 시작한다. 짐승의 창자는 매에게 그리 좋은 음식이 아니다. 내가 창자 끝을 잡고 당기면서 CC와 나 사이에 잠시 짧은 전쟁이 일어난다. 나는 남은 위장을 모두 꺼낸 뒤 내 등 뒤로 숨겨 CC가 최상의 고기만을 먹을 수 있도록 해준다. 그런데 개들이 창자를 발견하고는 격투를 벌인다. 먹을 만큼 먹은 CC는 차분하게 식사를 한다. 나는 마지막으로 토끼의 머리를 잘라낸다. 그러고는 장갑 낀 손으로 꼭 움켜쥐고 CC에게 내민다. CC는 식사를 중단하고, 내가 내민 토끼 머리를 보더니, 내 손에 있는 걸 탐내기 시작한다. 꽤 공정한 거래라고 생각하는 것 같다. CC는 토끼 머리 위로 뛰어올라와 장갑 손바닥 위를 이리저리 뛰어다닌다. 그러고는 두개골에 붙은 살점을 찢고 뜯어낸다. CC가 부리에 힘을 주자 토끼 두개골에 금이 간다. 두개골이 쪼개지고 눈구멍 주위 뼈가 함몰되며 조각나자 CC가 토끼 눈알을 쪼아먹는다. 토끼 두개골에서 나온 액체가 내 셔츠로 쏟아진다. 나는 무릎을 꿇고 남은 토끼의 몸을 매 사냥용 재킷 주머니에 넣는다.

한 20분가량 토끼 두개골을 찢고 뜯어내자 CC의 모이주머니가 완전히 팽팽하게 늘어난다. CC는 피를 흠뻑 뒤집어쓴 채 장갑 위에서 일어선다. 울음소리가 점차 낮아지며 가는 '삐' 소리로 잦아든다. CC는 장갑 위에 낮게 엎드려 가죽장갑 가장자리에 부리 옆면을 비비며 마른 살점과 피를 닦아낸다. 그러고는 어깨를 아래로 하고 옆으로 누워 눈 근처에 묻은 털들을 비벼 털어낸다. CC가 장갑을 움켜잡은 발의 힘을 서서히 빼기 시작하고 우린 집으로 가는 먼 길을 걷기 시작한다. 쿵쿵대며 부딪치는 죽은 토끼의 무게 때문에 재킷 끈이 어깨 뒤로 팽팽히 당겨진다. 늘 그렇듯 마음 깊은 곳에서 무거운 감정이 올라온다. 나는 내 행동의 잔학함을 알고 있으며, 한 생명을 빼앗은 데 책임감을 느낀다.

나는 이전부터 수백 마리의 토끼 고기를 먹었다. 돈을 마구 쓰던 시절 나는 레스토랑에서 기꺼이 비용을 지불하며 먹는 즐거움을 누렸다. 토끼는 농장에서 사육되었으리라 짐작되며 수많은 사람의 손을 거쳐 요리가 되어 식당 식탁에 올라왔다. 생명과 음식 사이의 머나먼 거리감 때문에 토끼가 어떻게 죽었는지에 대해 걱정할 필요가 없었다. 한때 당당하고 활기 넘쳤던 동물들의 가장 사적인 부위를 한낱 소품으로 전락시킨 TV 프로그램이 생각난다. 어느 겨울, 새벽 5시에 일어나 도살장 기계에서 단 하루 만에 소 250마리와 그보다 훨씬 많은 돼지와 닭을 죽이는 일에 참여하거나 지켜보며 6개월을 보냈던 때도 기억난다. 너무도 빠르고 거대한 과정을 지켜보며 일종의 자기만족감을 느끼기도 했다. 바로 그곳에서 기계 라인 사이로 동물의 조각난 창자와 심장, 폐 등이 무더기로 버려졌다. 그곳에서 지루함을 달래거나 웃음을 유발하기 위해 얼굴에 피를 튀기거나 얼굴을 피로 적시기도 했다. 그곳에서 적은 월급을 받으며 아무 생각이나 고민 없이 동물을 굴욕적으로 얇게 저미고 주사위처럼 잘라 대량생산의 산물로 만들었다. 그곳에서 나온 최종 생산물은 영국 최고 규모의 대형마트 다섯 군데로 배달되었으며, 아무도 먹지 않을 남은 부위는 냉동된 채 산더미처럼 거대하게 쌓였다.

손과 손톱 아래에서 토끼의 피가 말라붙는 것이 느껴진다. 나는 토끼의 생명에 전적인 책임감을 느낀다. 남은 계절 동안 우리가 사냥할 다른 모든 생명에게도 그러한 책임감을 느낀다. 나는 토끼가 죽은 방식을 떠올리며 마음이 편안해진다. 그 순간의 진정성을 느낀다. 우리가 이 토끼를 얻기 위해 거쳐온 고된 과정들을 이해하며 나의 행동과 매의 행동이 매우 솔직한 것이었음을 느낀다. 도덕적 모호함은 없다. 토끼는 우리에게 사냥을 당했고 자연스러운 죽음을 맞이했다. 공정하게 그리고 존중받으며 죽어갔다. 이 토끼의 수많은 형제자매들은 여전히 생을 지속하기 위해 끊임없이 달아나고 있다.

오두막 뒤편에서 CC가 바람을 쐬며 몸을 말리도록 두고 나는 집 안으로 들어온다. 토끼 몸을 갈라 뼈를 제거하고, 적당한 크기로 자른 뒤, 개들에게도 주고, 나머지는 난로 위에서 직화로 빠르게 요리한다. 내 위가 CC의 모이주머니처럼 즐겁게 늘어난다.

다음 날 아침이 되도록 CC의 모이주머니에 아직도 토끼 고기가 남아 있다. 우린 다음 날 새벽에 다시 들판에 나가기 위해 잠시 휴식을 취한다.

아들에게 뭘 좀 먹이려고 안간힘을 쓰고 있다. 아이에게 음식을 먹이기가 목욕시키기보다 훨씬 더 어렵다. 아들의 미각은 빛에 반응하는 내 눈의 감도만큼이나 섬세하고 민감하다. 한번은 유통기한이 임박한 빵을 슬쩍 주었더니 바로 뱉었다. 그런 이유로 아들이 좋아하는 음식을 주는 일은 만만치 않다. 아들의 어머니가 내게 뭔가 지시했지만 다 잊어버렸다. 아들은 몸이 홀쭉하게 말라 참새가 모이 먹듯 깨작거리며 음식을 먹는다. 저렇게 먹다가 배고플까 봐 걱정이다.

나 역시 내 마음대로 내버려두면, 음식을 앞에 두고 다른 일을 하기 십상이며, 그런 날들이 몇 달씩 지속되기도 한다. 나는 500밀리리터 머그컵에 차가운 차를 마신다. 돼지고기를 배가 터지도록 많이 먹어서 몸무게가 88킬로그램까지 불어난 적도 있다. 그 이후 며칠 동안 오이만 먹었다. 나는 뭐든 먹기는 하지만 주로 하루에 한 끼 정도만 먹는다. 나는 매잡이로서는 최상의 식습관을 가졌다. 나는 꿩이나 토끼나 가릴 것 없이 몇 마리라도 먹을 수 있다. 아들도 똑같다. 아들은 다양한 종류의 음식을 먹고 기꺼이 새로운 음식을 시도하지만 몇 번이고 반복해서 먹을 만큼 가장 좋아하는 음식들이 있다. 그런 음식들은 늘 정확히 똑같은 기준으로 준비되어야 한다. 아들은 고기에 채소를 곁들인 요리처럼, 단순한 유형의 사람이다.

나는 아침 식사로 적당한 음식 목록을 찾아본다. 아들은 보통 잼을 바른 샌드위치를 먹지만 지금은 배가 고프지 않은 상태다. 난 냉장고와 냉동실을 열어 아이디어를 궁리한다. 마침내 커다란 그릇에 바닐라 아이스크림을 담고 그 위에 황금색 시럽을 끼얹은 음식을 아들에게 전달한다. 아들은 그것이 굉장한 이벤트라고 생각하는지 15분 동안 껑충껑충 뛰어다니기 시작한다.

부모로서는 최악의 결정이다.

CC가 장갑에서 날아오르고, 토끼가 풀밭을 가로질러 달리며 이리저리 방향을 틀면서 울타리 기둥을 가로질러 간다. CC가 전속력으로 울타리 줄에 부딪친다. 마치 두꺼운 도화지로 만든 원기둥을 주먹으로 내려친 것처럼 목이 뒤로 확 젖혀진다. CC는 바닥으로 떨어져 두툼하게 깔린 나뭇잎 더미에 대자로 뻗는다. 온몸을 부르르 떨며 기이한 자세로 빙글빙글 돌기 시작한다. 머리를 왼쪽으로 까닥이더니 오른쪽으로도 까닥인다. 자리에서 일어서다가 넘어진다. 다시 일어나는가 싶더니 마치 초점을 맞추지 못하고 술에 취한 듯 비틀댄다.

CC가 죽어가고 있다.

나는 충격에 휩싸여 그 자리에 못 박힌 듯 꼼짝도 못 하고 서서 CC의 생명이 마지막으로 부르르 떨리는 광경을 지켜보고 있다. CC는 안전한 곳을 찾아, 위로받을 곳을 찾아, 내가 있는 쪽을 향해 노를 젓듯이 버둥거린다. 심장이 잠시 멈췄다가 정처 없이 표류하며 몸에서 떨어져 나가는 기분이다. 마치 누군가 내 물렁한 뇌 표면에 전기 자극을 주는 것만 같다. 나는 비참한 심 정으로, 토사물 냄새가 나는 입으로 소리를 지른다. 내 감각들 이 닫혀버린다. 나는 조용히 그 자리에 서서 온몸을 대자로 펼친 CC가 마침내 움직임을 멈추는 광경을 지켜본다.

2~3초 후, CC가 다시 꿈틀댄다. 그러더니 날개를 퍼덕인다. 땅 위를 구르더니 벌떡 일어나 소리를 지른다. 나는 CC를 꼭 감 싸 안는다. 그리고 욕을 퍼붓는다. "이 망할 놈아!"

CC가 천천히 움직이다가 장갑 위로 다시 올라가자 내 마음 깊은 곳에서 분노가 치밀어 오른다. 무수한 참매들을 울타리에 부딪쳐 죽게 만들었을 사유지들로 가득한 영국에 악담을 퍼붓 는다. 난 낭만적인 사람이 아니다. 영국 그 어디에도 참매가 자 유롭고 마음 편하게 날 수 있는 곳이 없다. 이 왕국에 그런 곳은 없다. 나는 과거의 시간들을 상상하며 침을 뱉는다. 자신들의 이 기적인 소유욕을 채우기 위해 땅을 조각조각 가르기 시작한 사 람들을 저주한다. 그렇게 울타리로 둘러싸는 바람에, 내 매가 거 의 죽을 뻔했다. 무엇보다도 CC를 그렇게 날린 나 자신을 저주 한다. CC를 붙잡았어야 한다.

이제 겨우 시작이라는 걸 안다. 엄청난 충돌을 했다고 해서 매가 바로 죽는 건 아니다. 며칠 뒤 뇌에 피가 고이거나, 색전증이 생기거나, 트라우마와 쇼크가 생겨 죽을 수도 있다. 이런 일들이 일어나지 않는다 해도 만약 또다시 이 정도 수준의 충격을 받는다면 의식을 잃는 정도가 아니라 즉사할 것이다. 더 끔찍한 것은 2차 감염의 위험이 극도로 높다는 것이다. 그중에서도 아스페르길루스증에 감염될 위험이 가장 크다.

아스페르길루스증은 매의 흉강에 퍼지는 작은 곰팡이 균의 일종이다. 새들은 가슴 안과 배 안을 나누는 근육인 가로막이 없다. 그래서 가슴, 위장, 폐, 기관지, 심지어 날개 등 몸의 어느 부위든 감염에 쉽게 노출된다. 새의 몸속은 따뜻하고 축축한 작은 주머니와도 같아서 아스페르길루스균이 어디든 이동해 퍼질 수 있다. 아스페르길루스균은 대단히 치명적이며 매우 고통스럽다. 몸 이곳저곳을 옮겨다니기 때문에 치료에 오랜 시간이 걸리며 잘못하면 인간도 죽일 수 있을 정도로 강력한 균이다. 참매의 80퍼센트가 이 아스페르길루스증으로 고통 받다가 죽는다.

다 자란 깃털을 지닌, 눈부시게 아름다운 수컷 매 빌 사익스를 다른 매잡이에게 빌려왔다. 보이처럼 빌 사익스의 눈도 불타는 석탄처럼 진한 오렌지색이다. 깃털은 회색과 청색이 섞여 있다. 몇 년 동안 여러 새장에 갇혀 있던 터라 다루기도 까다롭고 이해하기도 어려운 새다. 빌은 침묵과 폐쇄성, 부모 양육 성향이 매우 복잡하게 얽혀 있었다. 마치 오늘 석방된 소시오패스 상습 범죄자처럼 잠시도 안정적으로 머물러 있지 못했다.

빌은 처음으로 잡은 동물인 회색 다람쥐에게 발목 윗부분을 세게 물렸다. 꿰맬 방법도 없는 안 좋은 위치에 구멍이 나버렸다. 수의사는 자연스럽게 치유되도록 내버려두는 수밖에 없다고 했다. 그러고는 혹시라도 생길지 모를 감염을 막기 위해 어마어마한 양의 항생제를 처방해주었다. 맹금류에게 항생제를 먹이면 면역체계가 약해진다. 즉시 상처를 치료할지 감염의 여지를 남겨둘지 사이에서 균형을 맞추기란 거의 불가능한 선택을 하는 것과 같았다.

며칠 후 달그락거리는 소리가 느리고 낮게 들렸다. 빌이 숨을 쉴 때마다 마치 하수구에서 점액질로 덮인 거품이 터질 때 나는 소리와 비슷한 소리가 끈끈한 점액질과 함께 흘러나오고 있었다. 조류 약을 처방받기 위해 전문의를 찾아가 빌의 목에 내시경을 밀어 넣고 목 안을 살펴보았다. 광섬유를 통해 전송되는 영상에서는 빽빽하게 자란 곰팡이 균이 빌의 기관지를 거푸집처럼 통째로 덮으며 사방으로 뻗는 바람에 내장 표면이 찢어지고, 갈라지고, 망가져 달 표면처럼 얽힌 모습이 보였다. 내시경 카메라가 더 깊숙이 들어가자 상처 나고 멍든 폐 조직이 보였다. 이전에 드러나지 않았던 감염 때문에 생긴 상처였다. 최근 발생한 감염 포자는 빌의 공기 주머니 가장자리에 깊숙이 박혀 있었고 생존 가능성은 희박했다.

아스페르길루스 포자들을 제거하기 위해 어마어마하게 비싼 치료를 받았다. 이후에는 세 종류의 복잡한 약물 처치를 받아야 했다. 약물 처치를 받아야 이후 두 달 동안의 치료도 받을 수 있었다. 회복 속도를 빠르게 하기 위해 나는 빌이 가장 무겁고 건강한 상태의 몸무게가 될 때까지 음식을 먹였다. 결과적으로 빌은 한 번도 배곯은 적이 없었으며 성격은 몹시 날카로워졌다. 세 가지 약물 치료 중 두 가지는 으깬 알약과 물약을 하루 두 번 빌의 음식에 넣는 것이었다. 하지만 약을 먹이고 한 시간 후에 돌아와 보면 실망스럽게도 거품이 묻은 분홍색 알약이 횃대 아래 떨어져 있거나 액체 약물이 벽에 튀어 있었다. 회복하려면 하루도 빠지지 않고 약을 먹는 일이 대단히 중요했기 때문에 나는 손으로 직접 빌에게 물리적인 힘을 가해가며 약을 먹였다. 빌은 복수심에 가득 차 나를 증오했다.

세 번째 동시 진행 치료는 F10이라 불리는 방법인데 살균제를 분사하는 치료였다. 여기에 사용되는 네뷸라이저는 사람의 입과 폐, 호흡기 질환을 치료하는 데 사용되는 시끄러운 펌프와 튜브가 달린 작은 분사기다. 물을 희석한 F10이 네뷸라이저를 통해 나오면 미세한 수증기 입자가 생긴다. 그리고 얼굴에 댄 마스크의 관을 통해 나오는 입자들을 폐까지 깊이 들이마셔야 치료가 된다. 빌에게 이 방법을 쓰려면 커다란 상자에 빌을 넣고 문을 닫은 후 옆으로 튜브를 넣어야 했다.

하루에 두 번, 30분씩 아침저녁으로 이 약물 분사 치료를 해야 했다. 빌은 상자에서 빠져나오려고 미친 듯이 문에 몸을 부딪쳤고 그 바람에 깃털들이 뭉개지고 부러졌다. 부리 위쪽 살에는 멍이 들었고 얼굴에는 베인 상처가 있었다. 빌은 200시간도 넘게 이 치료를 받아야 했다.

이 장기 치료는 매잡이로서의 내 신념과 맹금류에 대한 사랑, 자연에 대한 깊은 애정을 실험하는 과정이었다. 결론부터 말하자면, 나는 빌을 살렸다. 하지만 빌은 다시는 사냥에 나가지 못했다. 나는 수없이 생각했다. 차라리 그때 빌을 죽게 내버려두는 것이 더 친절한 처사였을지도 모른다고.

CC에게 감염이 생길지도 모르고 CC가 죽을지도 모른다는 두려움이 나를 점점 더 어두운 생각으로 침잠하게 한다. 매사냥과 죽음과의 관계 사이에서 기이한 모순이 느껴진다. 한편으로는 먹잇감이 된 동물들의 존재에 대해 적극적으로 생각하다가 또 다른 한편으로는 사고나 질병, 부상 등으로부터 매를 보호하기 위해 그런 생각을 완강히 거부한다. 나는 이 두 가지를 매의 생명과 다른 동물의 생명이라고 하는 잘못된 이분법으로 구분한다.

바닥에서 퍼덕이는 CC를 보면서, 빌의 몸 안에 퍼진 아스페르길루스 포자를 보면서, 벗겨지고 부러진 걸의 발톱을 보면서, 보이의 부러진 깃털을 보면서, 자연은 내 방식대로 대상을 구분하지 않는다는 사실을 깨닫는다. 특권 따위는 없다. 삶은 직설적인 순간들에 죽음을 툭 던진다. 도망칠 곳은 없다. 맨 밑바닥부터 맨 꼭대기까지, 인간부터 매에 이르기까지, 토끼부터 꿩에 이르기까지, 분주히 날아다니는 날벌레, 부드러운 민달팽이, 선충류, 식물, 더 깊숙하게는 미생물에 이르기까지, 그 무엇이든 늘 두 가지 단순한 사실과 맞닿아 있다. 삶의 생기와 죽음의 확실성.

나는 짧은 시간 동안 CC가 자라는 과정을 함께했다. 그가 숨쉬고, 먹고, 나는 모습을 보았으며, 내 몸 깊숙이 그 존재를 느꼈고, 우리가 '바깥에서' 보낸 시간들, 하늘을 날던 시간들을 통해 깊은 유대감을 느꼈다. 만약 CC의 발톱이나 깃털이 부러지는 상황이 생긴다면 나는 조금도 망설이지 않고 상황에 끼어들 것이다. 하지만 아스페르길루스증은 완전히 다른 문제다. CC는 다른 매들이 그러하듯 질주하며 자유분방한 경험들로 채워진 삶을 살아야 한다. 명확하고 자연스러운 행동을 자유롭게 즉각 표현하며 살아야 한다. 어딘가 다쳐서 남은 15년을 횃대 위에서만 평생 살아야 한다면 CC의 삶에 무슨 가치가 있겠는가?

이런 생각에까지 이르자 고통이 감당할 수 없이 커진다. 온통 깊은 슬픔뿐이다. 무기력하다. 상황에 맞서 싸우기보다 그냥 그 상황에 나를 던져놓고, 상황이 내 위를 굴러가게 내버려둔다. 어쩌면 매잡이의 삶을 그만두어야 하는 건 아닐까 하는 생각마저 든다. 나 자신을 내려놓고 손을 떼야 하는 건 아닐까. 참견 그만하고 되돌아와 매가 없는 편안하고 안전한 삶을 살아야 하는 건 아닐까. 하지만 매와 함께했던 그 모든 과정들이 본질적으로 나 자신이다. 나를 베면, 깃털이 흐를 것이다. 이 일은 내가 신성하게 여기는 일에 가장 가깝다. 이 일을 그만두는 것은 숨을 멈추는 것과 같을 것이다. 자연 그 자체를 부정하는 것과 같을 것이다.

CC의 상처 조직이 단단하게 아물고 있음에도 불구하고 스티브와 홀리는 내가 괜찮은지 보려고 CC의 의붓형뻘인 쇠황조롱이 퍼시벌 경을 데리고 우리 집을 찾아온다. 퍼시벌 경은 여러 가지 면에서 CC와는 정반대다. 퍼시벌 경의 방문으로 분위기가 환기될 수 있으므로 무척 반가운 방문이다.

태어났을 때 퍼시벌 경의 알은 밝은 구릿빛이 감도는 갈색이었으며 알 위쪽과 아래쪽에 초콜릿색의 반점들이 있었다. 갓 부화한 퍼시벌 경은 크기가 호박벌만 했다. 부리는 기껏해야 보드게임인 트리비얼 퍼수트에 들어 있는 노란색 파이 한 조각만 했다. 다리와 발은 창백한 분홍색이었는데, 가느다란 실처럼 생긴 벌레 같던 한 쌍의 다리는 시간이 흐르면서 점차 노란색으로 변하며 튼튼해졌다.

스티브는 퍼시벌 경을 정원 앞에 있는 우편함 위에 올려둔다. 퍼시벌 경은 몸집이 작고 왜소해서 몸길이가 25센티미터밖에 되지 않으며 몸무게도 280그램 정도다. 스티브가 퍼시벌 경을 들어 올리자 퍼시벌 경이 스티브의 맨손을 할퀴더니 오두막 식탁 위로 올라간다. 퍼시벌 경은 부리로 털을 정리하며 침착하고 용기 있는 모습을 보여준다. 거만한 분위기를 물씬 풍기는 퍼시벌 경은 호기심이 많고 뻔뻔하며, 쾌활하고, 겁이 없고, 속임수에도 능하다. 퍼시벌 경을 보면 매력적인 한 아이가 생각난다. 아침 식사로 하리보 젤리를 한 움큼씩 먹는 아들을 보는 것 같다. 매끄럽고 윤기 흐르는 겨자색과 붉은 갈색의 털을 한 퍼시벌 경은 CC와 달리 끈기 있고 확고하게 비행하는 작은 새로 진화해왔다.

매사냥에서 가장 순수하고, 가장 멋지고, 가장 초현실적으로 아름다운 점을 추출해낸다면 깃털이 난 완전한 존재로 응축될 것이다. 그리고 그 결과가 바로 퍼시벌 경일 것이다. 쇠황조롱이의 몸집이 조금만 더 컸어도 세상에서 가장 뛰어난 맹금류가 되었을 것이다. 스티브는 퍼시벌 경이 비행할 때면 백송고리만큼이나 용맹하고 끈기가 있다고 말한다. 퍼시벌 경의 응집된 힘과 마이티마우스 미사일처럼 강하고 빠른 능력에 감히 견줄 수 있는 새는 오직 한 종류뿐이다.

재잘재잘 지저귀던 종달새 한 마리가 여름의 밭 위로 높이 올라가더니 하강하며 밭으로 들어간다. 그러고는 흰색 테두리의 꼬리를 쫙 펼치고 수십 미터 상공으로 날아오른다. 엄청난 지구력과 놀라운 비행이다. 쇠황조롱이는 이 작은 종달새처럼 날 수 있을 것이다. 쇠황조롱이를 날릴 때는 사냥 성공을 크게 걱정하지 않아도 된다. 퍼시벌 경의 비행은 미학적이다. 늦여름 하늘을 정교하고 세련되게 가로지르는 비행은 일 년에 단 6주 동안만 엄격한 통제하에 이루어진다. 지속 시간이나 흐름, 형태가 압도적으로 빼어난 하나의 예술 작품과 같다. 쇠황조롱이와 쇠황조롱이의 사냥감은 피를 흘릴 필요도 없이 순수하게 비행만으로 완벽하다. 내게 필요한 것도 바로 이것이다. 좋은 사냥 방식이다.

우리는 개들과 함께 차에 올라 오두막에서 몇 시간 떨어진 매의 본거지로 간다. 종달새는 발뒤꿈치 정도 깊이의 얕은 땅에 둥지를 틀고 아주 얇은 껍데기를 가진 1페니 동전 크기만 한 알을 낳는다. 봄철, 영국의 이 지역에서 종달새 몇 마리가 짝을 지어 서너 개씩 알을 낳은 것을 본 적이 있다. 그해 종달새는 일 년 전과 마찬가지로, 전해나 그 전해와 마찬가지로 새끼를 기르기 좋은 계절을 누리고 있었다. 종달새의 거주지와 겨울을 나는 서식지는 생존율과 개체 수, 번식에 매우 중요했다.

11월, 종달새들이 큰 무리를 지어 작물 밑동만 남은 밭을 가로지르며 잔물결처럼 흩어졌다. 새들은 마치 춤을 추듯 거센 바람을 유연하게 타고 흐르며 비행했고 나는 그 모습에 완전히 매료되었다. 고작 식물 씨앗이나 작은 벌레만 먹는 저 작은 새가 어떻게 그토록 엄청난 에너지와 힘을 지니고 있는지, 그 기적과도 같은 능력이 놀라울 따름이었다.

티셔츠가 축축하게 젖을 정도로 햇볕이 강하던 9월 중순에 스티브와 나는 퍼시벌 경과 함께 빈 밭을 지나고 있다. 가벼운 바람이 우리 피부를 쓰다듬으며 더위를 식혀주고, 세상은 바늘 끝처럼 선명하게 빛나고, 건조한 땅은 신기루처럼 일렁이며 희미하게 반짝인다. 더 없이 깨끗한 군청색 하늘 너머로 창백한 하늘색 지평선이 펼쳐진다. 새들이 하늘 높은 곳에서 경작지들을 가로지르며 흩어진다. 서른 마리 혹은 보이지 않는 새들까지 합하면 더 많은 새들이 복잡한 황금 선율과 여러 겹의 화음으로 이루어진 가장 아름다운 노래를 준비하고 있다. 그 노래는 뜨거운 열기를 뚫고 40만 제곱미터가 넘는 땅에 비처럼 내릴 것이다.

처음 몇 번의 비행은 실패다. 퍼시벌 경은 종달새가 강하다는 걸 잘 알고 있어서 새들이 날아오른 뒤 쫓아갔다가 금방 되돌아온다. 성과 없이 되돌아올 때마다 내 머리 위에 앉아 머리를 짓밟고 머리카락을 잡아 뜯으며 분풀이를 한다. 퍼시벌 경의 발톱으로 머리에 침을 맞는 기분이다. 마침내 커다란 머리 깃을 한 종달새 한 마리가 들판을 이리저리 다니다가 하늘로 날아오른다. 퍼시벌 경은 가볍게 날아올라 기계처럼 정확한 날갯짓으로 뒤쪽에 있는 종달새를 가로막는다. 앞서거니 뒤서거니 하던 두 새는 원뿔 모양으로 소용돌이치듯 원을 그리며 하늘로 올라가더니 마치 진주처럼 빛나는 나선형의 조가비처럼 하늘을 휘몰아친다. 두 마리의 섬세한 탱고 댄서들은 서로 등 위로 올라가 치고받으며 싸운다. 두 새는 마치 거센 바람에 소용돌이치며 날리는 나뭇잎처럼 하늘로 높이 더 높이 올라간다. 더 높이 올라갈수록 종달새의 소리가 더 커진다. 하늘 높은 곳에서 이리저리 날아다니는 종달새의 창백한 깃털 위로 햇살이 은은하게 반짝인다. 종달새가 자신감이 넘치는 자세로 잘난 척하며 쇠황조롱이를 조롱한다. 두 새가 태양을 향해 빠르게 곡선을 그리며 활강한다. 나는 눈이 부셔 눈을 감는다. 두 새의 비행 흔적이 눈꺼풀에 흰 빛으로 번쩍인다. 나는 눈을 뜨고 다시 집중하려 애쓴다. 다시 두 새를 보았을 때는 둘 다 속도를 늦추며 거의 교착상태에 빠진 듯 상공 60미터 위에서 미동도 하지 않는 것처럼 보인다. 두 새가 다시 맞붙자 종달새가 움직임을 멈추더니 아래로 떨어지듯 내려오고 퍼시벌 경은 몸을 웅크린다. 두 새가 몸을 홱홱 돌려가며 아래로 내려오다가 종달새가 미끄러지듯 몸을 확 피하자 퍼시벌 경이 전속력으로 종달새를 낚아채려 한다. 종달새는 건초더미 사이로 쑥 들어간다. 퍼시벌 경은 멈추더니 작물 밑동들만 가득한 밭을 훑어보다가 스티브가 흔드는 미끼를 보고 돌아온다. 이 비행은 한 편의 움직이는 시였다. 오늘은 이걸로 충분하다. 우리는 퍼시벌 경을 배불리 먹여 보상을 해주고 집으로 돌아온다.

스티브와 홀리는 오두막 생활에 대해 나보다 덜 엄격하다. 두 사람은 다섯 가지 토핑이 올라간 커다란 피자와 돼지 갈비, 닭고기, 작은 병에 든 프랑스산 맥주, 과자와 소스 등을 사 가지고 왔다. 나는 내 식사 원칙을 쉽게 깨트리고 먹는 데 몰두한다. 거절한다면 무례한 행동이 될 수도 있다. 떠나기 전 스티브는 CC가 2차 감염의 그림자에서 벗어날 것이며 아스페르길루스증도 생기지 않을 것이라고 단언하며 이렇게 말한다.

"이것만 알아둬. 이 녀석들은 애완동물이 아냐. 진짜 동물이지. CC는 케스Kes가 아니야. 자네도 빌리 캐스퍼•가 아니고. 사고는 늘 일어나기 마련이야. 그걸 받아들이지 못한다면 양이나 한 마리 사서 풀이나 사냥하러 다녀."

시간이 흘러 우리가 다시 들판으로 나왔을 때, CC는 얽매이지 않은 활력과 강한 욕망, 활기찬 분위기, 놀랍도록 똑똑한 매가 되어 있었다.

아들이 창백한 얼굴로 괴로워하며 침대에서 내려온다. 아들

• 매와 소년과의 우정을 그린 영화 〈케스〉에 등장하는 소년의 이름

은 아까부터 줄곧 토하고 있다. 아들은 핏기 없이 누렇게 뜬 얼굴로 검은 가방들을 내려다본다. 나는 아픈 아이들을 많이 봤고, 아이들이 아플 때면 두 번 생각하지도 않고 바로 조퇴를 시키곤 했다. 하지만 내 아이가 아플 때의 감정은 전혀 다르다. 끔찍하다. 아들에게 동력을 주는 비밀 영혼이 쑥 빠져나갔다. 아들의 이런 모습은 내가 알지 못하던 모습이다. 괴롭다. 방어적인 생각뿐 아니라 무기력하고 쓸모없는 기분마저 든다. 아이가 이렇게 아픈데, 낫기도 전에, 완전히 건강을 회복한 모습을 보지도 못하고 돌아가야 한다.

아들은 꼬박 7일째 계속 앓고 있다. 아들의 어머니는 전화로 아무리 최선을 다해도 헐거운 옷을 입는 수업에는 참석하기 어려울 것 같다는 말을 건넨다. 아들은 만든 옷을 입고 학교에 가지 못했다. 아들은 자신이 우두머리 사냥꾼이 되지 못했다는 사실에 크게 낙담했다. 난 괜찮다. 지금 아들이 이렇게 음식도 먹고 음료수도 마시면서 아무것도 토하지 않는다는 사실이 그저 행복할 뿐이다. 난 아들의 어머니에게 다음에 올 때 아들에게 나무 막대기로 불을 피우는 법을 알려주고 그 장면을 촬영해 선생님께 보여줄 수 있게 하겠다고 약속한다.

토끼를 잡다 거의 죽을 뻔했던 CC는 멀리 있는 토끼가 달아날 때 망설이기 시작한다. 며칠 동안 CC를 관찰하며 울타리에 부딪쳤던 경험을 극복하도록 도와주고 있다. 겉으로 보면 결단력이 더 좋아졌으며 300~400미터 거리에 있는 토끼를 향해 장갑에서 날아올라 비행을 잘하는 것처럼 보인다. 그런데 토끼를 붙잡는 순간 토끼들이 마술을 부린 것처럼 빠져나간다. 도대체 뭐가 잘못된 건지 모르겠다. 마침내 나는 좀 더 가까이서 왜 그런 일이 벌어지는지 살펴보기로 한다.

우리가 산울타리를 빙 둘러 가고 있는데 CC가 큰 소리를 낸다. CC가 소리를 지르고 있고 토끼 한 마리가 귀를 납작하게 접은 채 들판 한복판에 숨어 미동도 하지 않고 있다. 상황을 살펴보며 움직일 시점을 노리던 토끼가 조금씩 앞으로 가더니 멈춘다. 이 정도면 충분하다. CC가 전속력으로 움직인다. 완전히 겁에 질린 토끼는 아예 꼼짝도 하지 못하고 수풀 속에 납작하게 엎드린다. 토끼를 덮치는 찰나의 순간, CC가 꼬리를 활짝 펴고 허공에서 머뭇거리더니 다리를 끌어올린다. 마치 보이지 않는 줄에 튕겨 올라가듯 땅에서 몸을 피해 가까운 나무 위로 간다. 뜻밖의 횡재를 한 토끼는 신이 나서 껑충거리며 들판을 느릿느릿 가로질러 울타리를 지나 자신의 안전한 굴로 들어간다.

답을 알겠다.

사냥을 계속하는 것은 의미가 없을지도 모른다. 오히려 문제만 복잡하게 만들 수도 있다. CC는 토끼와 부상 사이의 연관성을 마음에 새겼다. CC는 토끼를 볼 때마다 매번 눈에 보이지도 않는 울타리와 마주치고 있는 중이다. 등과 꼬리에 위치 추적기를 달고 사냥을 하면서 자신을 추스를 시간이 필요하며 그 사건을 잊을 동기 역시 필요하다. 이후 3일 동안 나는 히블러에게서 힌트를 얻어 방법을 궁리한다. 가급적이면 토끼의 몸을 갈라 CC가 최대한 많이 먹도록 해준다. 넷째 날에는 CC에게 아무것도 먹이지 않는다. 다섯 째 날 아침, CC는 마당에서 4미터가량 떨어져 있는 토끼를 사냥하는 데 성공한다. 두 번째 토끼 사냥이다. 이제 토끼와 부상 사이의 연관성을 깨트린다.

이후 일주일 동안 우린 또 다른 공백을 갖게 된다. CC가 다시 좌절한 모습으로 돌아오고 특히 소리를 많이 지른다. 또다시 나는 문제가 무엇인지 찾기 위해 골몰한다. 정원에 있는 횃대에 CC를 올려두고 개들을 데리고 산책을 나간다. CC가 내지르는 소리가 저 너머 들판까지 선명하게 울린다. 우리를 뺀 나머지 자연 세상은 순리대로 흘러가고 있다. 계속되는 실패의 이유는 CC의 능력 때문이라기보다는 사냥터에 적응하는 능력이 부족하기 때문이다. 토끼들이 우리의 행태를 학습했다. 토끼들은 우리가 움직이는 소리가 들리면 평소 나타나던 곳에서 멀리 떨어진 곳으로 흩어진다. 오후에 하던 매사냥을 이른 아침 시간으로 변경하기로 한다.

여름날 새벽 4시는 거대한 오렌지색으로 불타는 하늘과 초목 위로 올라오는 안개가 어우러진 완벽한 공간이며 잠재성이 가득한 세상이다. 인간이 활동하지 않기에 억제되지 않은 자연의 소리들이 풀려나오면서 야생 동물들이 자유와 풍요 속을 마음껏 누비고 다닐 수 있다. 여름의 새벽은 현대 사회에 깃든 아주 짧은 순간의 선사 시대 같은 느낌을 주며, 인간이 증식하기 전에 자연이 어떤 모습이었는지를 보여주는 것 같다. 오로지 우리만 존재하는 이 몇 주 동안의 아침 시간들은 실로 아름다운 날들이다. 우린 다시 사냥을 시작한다.

CC의 건강, 결단력, 사냥 성공률이 절정에 달한다. CC가 새벽을 뚫고 장갑 위에서 날아오를 때면 안개 한 줌이 CC의 날개 가장자리에서 흩어진다. 이따금 CC가 나를 괴롭게 할 때면 심장이 멎는 것 같다. 나는 CC가 날개를 펴고 네모반듯하게 둘러진 금속으로 만든 양 울타리를 훌쩍 너머 시속 80킬로미터로 비행하는 모습을 지켜본다. CC가 울타리에 너무 가깝다. 또다시 꼬리에 달린 방울이 전류가 흐르는 울타리에 닿는다. 이런 순간이면 너무 두렵기도 하고 두려운 만큼 CC가 사랑스럽다. CC를 보노라면 마치 어린 꼬마 아이가 전속력으로 자전거를 타며 혹은 경사로를 내리 달리며 우쭐해하는 모습이 생각난다. 난 힘껏 소리친다. CC가 내게 친절하게 화답한다. CC는 다른 울타리에 절대 부딪치지 않는다.

이른 아침이다. 난 CC의 새장 바깥에 조용히 서 있다. 새벽의 은색 어둠은 마치 개기일식으로 해가 완전히 가려진 것 같은 질감으로 퍼져 있다. 나는 가쁘고 흥분된 숨을 들이쉬고 내쉰다. 6미터 높이의 전봇대 위에서 암컷 야생 참매가 회백색 윤곽을 드러내고 있다. 저 암컷 참매는 CC의 우리 바로 위에 있다. 영국에서 야생 참매를 본 것은 처음이다. 아마도 일광욕을 하려는 듯하다. 거대한 몸집이 족히 1.3킬로그램은 될 것 같다. 나는 새장을 열고 CC를 깨운다. 우리가 새장에서 나오는 순간에도 암컷 참매는 그 자리에서 꼼짝도 하지 않는다. CC가 암컷 참매의 존재를 알아채고는 고개를 갸웃거리더니 조용해진다. 암컷 참매가 전봇대에서 날아올라 CC의 두 배는 됨 직한 속도로 순식간에 나무 우듬지들이 이어진 숲으로 날아간다.

우리는 어두운 새벽부터 환한 대낮이 될 때까지 사냥을 하면서 음식을 조달하기 위해 여러 장소들을 돌아다닌다. 그러다가 황폐한 모래가 있는 사냥터에 도착한다. 산등성이 꼭대기에 올라가 낙엽송이 늘어선 곳을 지나자 깎아지르듯 가파른 경사로가 45미터 아래로 이어진다. 바닥에는 약 1만 6000제곱미터에 달하는 커다란 분화구가 있다. 20년 전, 이 구덩이에 있던 고운 모래가 거대한 기계에 의해 푹 파였다. 이곳은 그렇게 약탈당해버렸지만, 지금은 아름답게 방치되고, 몇몇 지역 주민들만 아는 은밀한 장소가 되었다.

　　사람의 손길이 닿지 않은, 섬세하고 성긴 빈터. 햇볕에 바랜 마른 나무 뿌리와 울타리들이 기이한 각도로 무너지듯 있는 곳. 이 뜻밖의 장소에는 뜻밖의 생명체들이 살고 있다. 모기와 작은 풀 더미, 땅 위에 뻗은 가시나무와 이끼들. 뱀과 느릿느릿 이동하는 벌레들, 수백 가지의 곤충들을 본 적도 있으며 텍사스의 사막처럼 이곳에도 무수히 다양한 종류의 토끼들이 있다. 달 표면처럼 생긴 사냥터를 이리저리 다니는 동안 땅 위가 새벽 여명에 붉은 핏빛과 분홍 산호색으로 물든다. 긴 그림자가 흙무더기에 드리우며 토성처럼 초현실적인 풍광을 자아낸다.

　　부드러운 모래둑에서 걸음을 멈춘다. 죽은 나뭇가지가 두텁게 쌓인 곳 아래에서 족제비 한 마리가 뛰어나가고 있다. CC가 족제비를 본다. 처음 보는 동물의 낯선 움직임에 CC는 가만히 지켜보기만 한다. 족제비가 엉거주춤하게 다른 곳에 집중하는 동안 우리의 냄새를 실은 바람이 잘못된 방향으로 분다. 족제비가 꼬리를 휙 움직이더니 재빨리 3미터 깊이의 토끼굴로 숨어든다. 우리는 기다린다. 지나친 긴장감이 흐른다. 가벼운 이슬비가 내리면서 분화구 위로 쌍무지개가 뜬다. 갑자기 땅 밑에서 우르릉거리는 소리가 들린다. 이른 가을 낙엽이 발아래로 수북하게 떨어지더니 갑자기 토끼 한 마리가 족제비를 피해 후다닥 뛰어나온다. CC가 짧고 강력하게 날아가 토끼를 바닥에 짓누른다. CC가 장갑 위에서 토끼의 머리를 먹는 동안 나는 토끼 두 뒷다리를 잘라 나뭇가지 더미에 넣어둔다. 우린 조용한 장소를 찾아 축축한 땅에 앉아 털복숭이 사냥감이 다시 우리와 함께하기를 기다린다.

저 멀리서 익숙하지 않은 소리가 우리의 침묵을 깬다. 아침 출근 시간, 따뜻한 여름 소나기를 뚫고 자동차들이 오늘 아침 내가 속해 있던 세상과 완전히 다른 세상의 가장자리에서 휙휙 소리를 내며 달리고 있다. 나도 잘 아는 소리다. 그리고 오늘 내가 어떤 세상에 속하고 싶은지도 잘 안다.

가을

청명하고 서늘한 밤, 빛 공해라곤 전혀 없다. 오두막 위로 달과 별이 마음껏 이곳저곳 모습을 드러낸다. 우리집 정문 바로 맞은 편에는 커다란 오크나무가 있다. 어둠을 뒤집어쓴 나무는 마치 희극 배우 W. C. 필즈William Claude Fields 같은 형상을 하고 있다. 양 볼처럼 불룩 나온 옆 부분과 둥글고 볼록한 머리, 코처럼 불룩 융기된 부분이 영락없이 필즈를 닮았다. 북두칠성이 오크나무 꼭대기 가장자리에 비스듬히 걸려 있다. 북두칠성 별자리가 저 위치에 오면 가을이 다가오고 있다는 의미다. 짓무른 사과의 은은한 향이 풍기고 묵은 나뭇잎들이 길가에 흩날린다. 깍지콩을 품고 있던 빈 콩 껍질이 바람을 따라 왼쪽에서 오른쪽으로 흔들리며 낡아빠진 허수아비처럼 공허하게 부서져 있다. 불에서 피어오르는 연기가 눈에 띌 만큼 짙다. 기온이 떨어지면서 두터운 구름 아래로, 난로 너머로, 오두막 안으로 바람이 불어온다. 낮이 짧아지더니 첫 서리꽃이 핀다.

건강한 참매는 하루 종일 토끼를 사냥한다. 스티브는 수컷 토끼들이 경쟁을 벌이느라 분별력 없이 제멋대로 굴고 있을 때 오후 짧은 시간 동안 토끼 아홉 마리를 잡기도 했다. 마음만 먹으면 더 잡을 수도 있었지만 언덕을 오르내리며 운반하기가 너무 무거워 그만뒀다고 한다. CC도 이젠 잘 적응했고 자신감도 넘치며 똑똑해서 풀어주기만 하면 하루에 여덟에서 열 마리 정도는 거뜬히 잡을 수 있을 것이다.

하지만 지금은 토끼들을 내버려둬야 할 계절이다. 계절이 바뀌면 사냥감도 달라진다. 깃털 달린 동물과 싸워야 한다. 이제는 다른 동물을 사냥해야 할 때다. 한때 영국은 야생 사냥터가 넘쳐났었다. 엘리자베스 여왕 시대의 유명한 참매 사냥꾼 에드먼드 버트Edmund Bert는 하루에 유럽자고새 십여 마리를 잡곤 했다. 버트가 참매를 데리고 무수히 많은 사냥터를 누비고 다니던 시절로부터 300년 지난 지금은 야생 사냥감과 자연 사냥터가 현저히 감소한 상태다. 나도 버트처럼 사냥을 하고 싶은 마음이 굴뚝같지만 CC가 사냥할 유럽자고새가 한 계절은커녕 하루치도 없는 실정이다. 그래서 CC와 나는 누구나처럼 방류된 새를 사냥하기로 한다.

일주일 전, 이른 아침에 쇳소리로 깩깩거리며 우는 꿩 소리가 처음 들렸다. 며칠 사이 소리가 점점 커지더니 꿩들이 보이기 시작한다. 조금 떨어진 숲에서 울음소리가 들리더니 정원과 길가에 떨어진 곡물 부스러기를 쪼아 먹는 꿩들이 보인다. 꿩, 오리, 철새 등은 모든 참매들이 좋아하는 사냥감이다. 더구나 이 새들은 토끼보다 영양가도 훨씬 높고 양도 많다. 겨울철 우리에게 필요한 두 가지 중요한 요소를 모두 갖춘 셈이다.

전날 엄청난 폭풍우가 불어닥치면서 땅이 흠뻑 젖었다. 새벽은 떨어진 잎들로 어지럽고 축축하다. 두텁게 겹겹이 쌓인 안개 기둥 사이로 들어온 햇빛이 공기 중의 수증기 입자에 맺힌다. 비바람에 짓눌린 무성한 유채꽃이 물방울을 잔뜩 머금고 흠뻑 젖어 있다.

　　이틀 전, CC가 비둘기를 잡았다. 처음으로 조류를 사냥한 것이다. 아직 어린 비둘기는 채 몇 십 미터도 날아가지 못하고 공중에서 잡혔다. CC가 비둘기 고기를 최대한 많이 먹도록 해야 한다. 음식과 날아다니는 생명체 사이의 긍정적인 연관성을 강하게 만들어주어야 한다. 그날은 비둘기 한 마리를 끝으로 더 이상 사냥하지 않고 쉬어서 몸무게가 늘었지만 CC의 본능은 억제되거나 충족되지 않았다. 지금 CC는 바로 준비가 되어 있다. 머리 뒤쪽으로 난 깃털이 벼슬처럼 곧추선다. CC는 집중력이 대단히 좋다. CC는 발에 힘을 가볍게 풀고 고개를 앞으로 까닥인다. 그렇게 10분마다 두세 번씩 소리를 낸다. 지금 CC는 충만한 '야라크' 상태다. CC가 야라크 상태가 된 것은 처음 본다.

　　우린 감자밭으로 들어간다. 죽어가는 갈색 작물 아래로 밭고랑이 길게 이어져 있다. 플래시가 십여 미터 앞으로 후다닥 달려 나가자 뒤에 남은 에타가 허둥거리며 산만하게 흙을 파헤친다. 에타 쪽을 보고 있는데 에타가 갑자기 동작을 늦추더니 얼음처럼 꼼짝도 하지 않는다.

　　나는 본능적으로 플래시에게 "가만 있어!" 하고 말한다. 플래시도 최선을 다하고는 있지만 에타가 뭘 하고 있는지 알고 있는 플래시는 초 단위로 몸을 조금씩 앞으로 흔들거린다. 나는 에타 쪽으로 발을 내민다. 내 입에서 명령이 떨어지기도 전에 플래시가 수풀로 들어간다. 가을 첫 꿩이 녹색 풀숲에서 푸드덕거리며 나온다. 그러고는 껑충껑충 뛰다가 허공을 버둥거리며 날아오른다. CC가 이리저리 방향을 바꿔가며 날더니 꿩의 비행 동선을 정확히 가로막는다. 꿩은 더 높이 올라간다. CC가 힘차게 날갯짓을 하며 맹렬히 추격한다. 두 새는 나무 위로 높이 올라가며 멀어지더니 사라진다.

얼마 동안 두 새는 같은 방향으로 비행하며 촘촘한 개암나무 숲과 가시나무 덤불을 지나 물속으로 들어갔다가 다시 반대편 강둑으로 기어오른다. 개들이 울타리에서 짖기 시작한다. 나는 내 발자국을 따라 되돌아가 에타와 플래시를 들어 올리고는 저 멀리 강둑 위를 향해 달린다. 달리기를 멈추고 귀를 기울인다. 새로 찾아온 새벽이 입을 다물고 모든 소리가 안개에 묻혀 먹먹하게 희미해진다. 방울 소리가 들리지 않는다.

원격 추적기로 탐지해보니 강둑 아래로 180여 미터 아래쪽에서 신호가 감지된다. 다시 강둑을 내려와 우리가 왔던 길로 되돌아간다. 신호가 점점 강해지더니 숲 어딘가에서 양철을 긁는 듯한, CC의 소리가 들린다. 위치를 감지하기 어려운 소리다. 훨씬 더 아래쪽인 듯싶다. 나는 냇물 중앙에 있는 작은 돌로 껑충 뛰어 CC에게 다가간다. CC의 날개는 물속 나뭇가지 위로 쫙 펼쳐져 있고 몸은 가슴 깊이까지 물에 잠겨 있다. 차갑게 흐르는 물이 굽어 흐르는 어귀에 CC가 꼼짝도 않고 있다. 난 물속으로 들어가 CC의 몸이 잠긴 물 아래를 더듬어 발과 끈을 찾는다. 손에 비늘 같은 감촉의 발과 젖은 깃털이 만져진다. 그리고 그 아래 불룩한 뭔가가 있다. CC가 처음 잡은 암꿩이다.

마른 땅으로 나와 CC에게 잡은 꿩을 먹인다. 30분이 지나서야 배불리 먹은 CC의 모이주머니가 고기의 무게 때문에 축 처지기 시작한다. CC에게 보상을 주지 않아도 된다. CC가 꿩에게서 물러난다. 아마 당장은 꿩고기는 꼴도 보기 싫을 것이다. 별로 남은 고기가 없다. 에타가 킁킁거리더니 사악하게 고개를 돌리며 몰래 빠져나가 CC에게서 멀찍이 떨어진 곳에서 고기를 와작와작 씹어 먹는다. 플래시는 내 옆에 앉아 잔뜩 기대에 들떠 몸을 떨고 있다. 결국 나는 플래시에게 닭고기 두 덩이를 준다. CC가 다시 장갑 위로 올라오고 나는 떨어진 새 깃털을 따라 원래 있던 곳으로 돌아온다. CC는 육지에서 꿩을 잡아 물속으로 끌고 들어가 익사시켰다. CC의 아비가 수없이 사용했던 방법이다.

흡족한 사냥을 마친 우리는 천천히 길 아래쪽으로 가서 교회 근처 묘지를 지나 에움길로 집에 간다. 저 멀리 크리켓 경기장 한복판, 밧줄이 둘러진 녹색 공간 중간에 흰색의 작고 둥근 것들이 자리 잡고 있다. 곧장 그 쪽을 향해 걷는다. 삼 일 동안 지켜보았던 댕구알버섯이다. 테니스 공만 했던 버섯은 점점 자라더니 축구공과 비슷한 모양으로 거품처럼 뭉게뭉게 퍼졌다. 누가 발견하기 전에 얼른 따야 한다. 난 장갑을 벗고 살며시 버섯 뿌리를 캔다. 플래시와 에타가 수상쩍다는 듯 킁킁거리며 앞발로 퉁퉁 치더니 마치 공놀이하듯 굴러가는 버섯을 쫓아가려 한다. CC는 심드렁하게 보고만 있다. 주머니에 넣어 가려면 버섯을 반으로 잘라야 한다.

긴 빵칼로 버섯을 5센티미터 두께로 잘라 볶은 다음 다 함께 배불리 먹는다. 버섯 크기가 만화 속에서 데스퍼레이트 댄Desperate Dan이 먹는 티본스테이크만 하다. 마시멜로처럼 폭신한 식감으로 갈색과 특이하게도 은은한 레몬색을 띤다. 볶은 버섯의 맛과 향은 마치 숲에서 불어오는 따스한 바람 같다. 나는 토끼 고기 요리와 꿩 고기 요리를 수북하게 쌓아서 CC처럼 게걸스럽게 먹는다.

겨울이 다가오면서 CC는 모든 훈련과 실패, 긁힌 상처와 부딪친 상처, 사냥감을 죽인 경험 등을 겪으며 강해지고 있다. CC는 심리적으로 자신이 움직이는 모든 것을 죽일 수 있다는 것을 인지하고 있으며 여느 조류와는 다른 몸짓과 근육을 갖고 있다는 것도 알고 있다.

지금 CC의 공격성은 오두막 바깥에 있는 사냥터에 집중되어 있으며 나를 향한 공격성은 점차 줄어들고 있다. 이제 더 이상 미끼를 사용할 필요가 없다. CC는 수십 미터 밖에서도 장갑 위로 되돌아오며 위협적이지 않은 태도로 착지한다. 끊임없이 소리를 질러대던 것도 훨씬 줄고 있다. 그보다는 더 친밀한 소리를 많이 낸다. 이따금 모두 다른 크기와 톤으로 '춥춥' 하는 소리와 가볍게 '삐익' 하는 소리, 지저귀는 소리를 내기도 한다.

들판에서 돌아오면 모습이 달라진다. 가는 창처럼 날개를 꼭 붙이고 있을 때도 있고, 몸을 잔뜩 부풀리고 장갑 위에서 느긋하게 쉴 때도 있다. 들판을 걸을 때면 자유롭게 깃털을 고르고 단장한다. 발로도 감정을 표현한다. 저울 위에서 미친 듯이 화를 내는 일도 없어서 별 탈 없이 몸무게를 잴 수 있다. 앞으로 먹이를 불쑥 내밀어주면 어릴 적 버릇대로 내 손가락 끝을 조심스레 쪼기도 하고, 내 머리카락을 잡아당기며 단장을 해주기도 하고, 개들이 마루에 있을 때면 개들 털도 골라주곤 한다.

개들도 변했다. 에타와 플래시는 쉬는 시간이 늘었다. 움직일 때면 각진 다리 근육이 씰룩거린다. 특히 에타의 다리와 가슴에는 힘줄이 불거져 있다. 두 마리 모두 털에 반지르르하게 광택이 돌아 CC의 깃털과 잘 어울린다. 에타와 플래시는 내가 원격 추적기에 손만 갖다 대면 흥분하며 낑낑거리고 몸을 부르르 떤다. 둘 다 아드레날린 냄새를 감지해 밖으로 나가려 한다. CC가 야라크 상태에 접어들 때와 똑같이 에타와 플래시도 몸이 근질근질해 어쩔 줄 몰라 한다.

내 심리 상태도 변했다. 나는 강하지 않다. 키는 180센티미터가 넘지만 남성다움이라고는 조금도 찾을 수 없다. 마르고 동작이 고양이처럼 부드러워 대부분 남자들과 비교했을 때 여성적인 편이다. 몸무게는 69킬로그램에서 57킬로그램을 왔다 갔다 한다. 욕실 거울로 벌거벗은 내 몸을 언뜻 보면 수영을 할 때 혹은 목욕을 하며 '재즈 밴드' 공연을 할 때 아들의 부드러운 몸이 생각난다. 나는 아들과 나의 연관성 있는 차이에 매료된다. 한때는 아들 같았지만 지금은 전혀 다른 사람이 되어 있다는 사실이 이상하게 느껴진다.

산사나무 가시에 두 줄로 긁힌 자국이 눈꺼풀에 있으며 콧잔등에도 깊이 벤 상처가 있다. 나는 풍파에 시달리고 상처 입은 사람이다. 눈은 맑지만 피로 때문에 붉고 좀 부어 있다. 콧등 윗부분은 아버지의 코를 닮았다. 입술은 부르트고 벗겨져 있으며 눈가에는 잔주름이 있다. 목 아래쪽 피부는 투명하리만치 창백하다. 피부 아래를 지나는 혈관들이 보이며 맥박이 뛰는 것도 볼 수 있다. 가슴 털은 얼기설기 불규칙하게 나 있고, 드문드문 회색 털도 있는데 색이 하이더의 참매 깃털 색과 비슷하다. 옆구리에는 지방이 과다하게 축적되었고 가슴은 움츠러들어 있다. 갈비

뼈는 앙상하게 두드러진다.

내 외모는 늙고 추레하다. 몸을 굽히면 허벅지를 가로지르는 V자 모양의 힘줄이 두꺼운 전선처럼 두드러진다. 다리를 쭉 펴면 근육이 마라톤 주자처럼 팽팽하고 단단해진다. 목을 한껏 늘이면 힘줄이 팽팽하게 불거지는데 빨리 원래대로 돌아오지는 않는다. 오른쪽 어깨는 원격 추적기를 메고 다닐 때 추적기 끈에 살이 쓸려 끈 모양으로 부어 있으며 통증도 있다. 허리부터 종아리까지 가시나무와 산사나무 덤불에서 긁히고 벤 상처와 찔려서 생긴 검은 구멍 자국투성이다. 손목에는 멍, 벤 상처, 긁힌 자국이 가득하고 발에는 벤 곳이 벌어져서 쓰린 상처도 있다. 손톱 큐티클에는 검은 때와 검은 피, 붉은 흙이 묻어 있다. 발뒤꿈치는 노란색과 흰색으로 얼룩덜룩하게 갈라지고 각질이 일어나 있으며 그 위로 물집이 잡혀 있다. 나이가 들어서 콧잔등에 주름이 지며 웃을 때는 크게 소리 내며 웃는다. 스트레칭을 할 때면 쇠잔해지는 몸의 가장자리와 깊은 곳의 중심이 느껴진다. 나는 나의 진화와 삶을 거침없이 드러내 보이는 진실을 직시한다. 나는 내가 누군지 안다.

클래식 FM에 맞춰 놓은 라디오에서 '발퀴레의 기행the Ride of the Valkyries'이 흘러나온다. 내 몸을 샅샅이 훑던 뇌가 순식간에 제자리로 돌아온다. 나는 마치 어린 애처럼, 커츠 대령Colonel Kurtz •보다는 찰스 호트레이Charles Hawtrey와 미스터 빈Mr. Bean•• 을 합해 놓은 것에 가까운 내 벌거벗은 몸을 개들에게 자랑하며

• 영화 〈지옥의 묵시록〉에서 배우 말론 브란도가 연기한 인물
•• 둘 다 영국의 코미디 배우

집 안을 뛰어다닌다.

　끔찍하다. 끔찍하다.

겨울

한겨울의 오두막은 가혹하다. 극한의 추위가 무자비하게 느껴진다. 낮은 짧으며, 길고 어두운 시간들만 오두막에 갇혀 있다. 나는 오리털 이불 밖으로 머리만 내밀고는 창밖을 본다. 오래되고 껍질이 군데군데 벗겨진 나무와 앙상한 풀이 보인다. 밤새 습기가 응결되어 물이 얼음으로 바뀌었다. 창문 유리 안쪽이 단단하게 얼어붙어 마치 수정으로 만든 판 같다. 플래시는 내 발 밑에, 에타는 내 가슴과 배에 등을 대고 몸을 웅크리고 있다. 이불 속이 따뜻하고 아늑해서 침대 밖으로 나가고 싶지 않다. 내 얼굴 앞에서 입김이 들어오고 나가는 걸 지켜본다. 몇 초 동안 나는 입김으로 도넛 모양을 만들어보려 했으나 잘 되지 않는다.

　얼마 전에 내가 '미쳐서' 불쏘시개와 장작, 석탄 한 자루를 사 왔던 게 생각난다. 조금만 빨리 움직이면 5분도 안 돼 불을 피울 수 있다. 난 재빨리 아래층으로 내려가 장작을 쌓고 불을 피운 뒤 다시 침대로 들어가 기다린다. 게으르고 영악한 개들은 침대 담요 밑에서 꼼짝도 않는다. 시계를 본다. 아침 7시 38분. 창문으로 서서히 손에 묻은 귤껍질 같은 불투명한 오렌지색 빛이 은은히 빛나기 시작한다. 정원 저편에서 CC가 부르는 소리가 들린다. 평소와 다르다. 혹시 CC가 감기에 걸려 몸무게가 줄지는 않았는지 걱정된다.

최근 우리는 많은 꿩들과 관계를 끊었다. 그 꿩들은 너무 힘이 세거나 너무 높이 날아서 잡을 수 없으며, 신성한 먹이 제공자의 역할을 벗어났고, 나무의 온기로부터 떠나 독립했다. 그 꿩들은 살아남았다. 똑똑하고 건강하며 훌륭하게 비행한다. 그 꿩들은 마치 꿩이 아닌 다른 종처럼 반응하고 움직인다. CC는 다시 학습의 시간을 가졌다. CC는 그 꿩들에 대해 학습하고 또 학습했다.

당연히 추워야 하는 날씨에 따뜻한 기온이 오랫동안 지속되기도 했다. 나비와 청파리도 보았다. 이상 기온에 CC의 컨디션도 나빠지고 있다. CC가 멍하게 있을 때가 많아서 억지로라도 인내심을 갖도록 도와주곤 한다. 사냥에 실패할 때마다 나는 달걀과 생선, 채소에 더 많이 의존한다. 포리지•를 듬뿍 만들어 정원 나무에서 따 두었던 사과와 함께 먹는다. 이웃들이 친절하게도 이른 크리스마스 파티를 보내고 남은 케이크나 음식들을 주기 시작한다.

기분이 가라앉는 날들도 있다. 무겁고 약간 지루하고 따분해지기 시작한다. 날이 추워지자 나는 석탄을 세어보고 작은 삽으로 적당한 양을 나눠 난로에 넣고 실내에서 코트를 입는다. 들판에서 사냥에 실패하고 돌아와서는 실망과 좌절감에 흔들리다가 다시 두 배의 노력을 들여 집중력의 끈을 다잡는다. 자유로운 기분이 밀려갔다 밀려온다. 때론 심리적으로 고갈된 상태를 고통스럽게 겪기도 한다. 나는 내 행동이 정당한지 궁금해하다가 어떤 시도도 하지 않는 나 자신을 경멸한다.

• 오트밀에 물이나 우유를 부어 걸쭉하게 죽처럼 만든 음식

작은 길가와 도로에 버려진 죽은 꿩의 사체를 줍던 일을 중단한다. 그 일이 귀찮지는 않다. 살면서 이따금 그 일을 해왔다. 차에 치어 죽은 동물 수가 CC가 사냥한 동물의 두 배 정도는 된다. 공짜 음식을 무시한다면 낭비일 것이다. 다만 죽은 동물을 보관하고 신선하게 먹는 것이 어려울 뿐이다. 그래서 가슴살과 다리살을 도려내 스튜나 커리, 파이로 만들어 냉동시키곤 한다. 사람들의 무능한 운전 실력에 감사한다.

내 인내심이 드디어 보상을 받는다. CC가 울타리에서 꿩을 사냥한다. 사냥 성공 횟수가 점점 증가한다. 모래채취장 인근에서 또 다른 꿩을 사냥하더니 자연 저수지 근처에서도 또다시 사냥에 성공한다. 사냥에 성공할 때마다 나는 CC를 배불리 먹인 후 다음 날에는 식사를 주지 않는다. CC는 꿩을 잡고 또 잡더니 토끼까지 잡는다. 얼음과 눈의 계절이 돌아오자 CC의 사냥 실력도 갑자기 바뀐다. 추위로 인해 변화할 수밖에 없는 우리는 학습의 최종 단계를 향해 나아간다. 넘치는 사냥 의욕이 진짜 돌아온 것이다.

나는 짧은 시간 내에 CC의 몸무게를 7그램, 14그램, 28그램, 56그램, 85그램, 113그램 증량시킨다. 이제 더 이상 몸무게를 늘리지 않아도 된다. 우린 늘 하던 대로 비행을 하고 식사를 한다. 더 이상 배곯지 않는다. 만약 CC에게 일주일 동안 먹이를 주지 않는다면 굶어 죽을 것이다.

이제 CC는 자연 상태의 본능에 부쩍 가까워지고 있어서 완전히 실현된 매의 상태 즉, 매잡이들이 '만든 매'라고 불리는 상태가 될 수 있다. CC의 외적인 모든 면과 사냥에 대해서는 이제 더 이상 걱정하지 않아도 된다. 우리가 성공하면 그동안 소진된 감정들은 모두 잊어버린다. CC가 아름답고 우아한 솜씨로 날고, 움직이고, 행동할 때 다른 모든 것들은 희미해지고 상대적으로 사소하게 보인다. 시간에서 벗어나면, 모든 날들의 이름은 사라지고 또다시 잊힌다.

모든 것이 CC의 사냥으로 규정된다. CC가 준비되기 전까지는 이 세상이 절반만 존재하는 것처럼, 마치 잠시 쉬고 있는 휴경지처럼 느껴진다. 들판에서 우리 사이에는 깊은 공생관계가 확고해지며 CC가 날 때면 나도 나는 것처럼 느끼고 움직인다. 우리 둘의 유대감은 너무도 강해서 이른 새벽 선잠이 들면, 회색과 갈색, 캐러멜색의 매 꿈을 꾸곤 한다. 꿈에서 어제의 비행 장면이 다시 나오다가 이 장면이 상상의 비행 장면으로 다시 바뀐다. 추상적인 깃털들이 가벼운 램 수면 상태와 내 무의식의 비선형적 순간들을 지나 현실과 혼재된다. 이 두 상태에는 짧은 기간 동안 동시성에서 아주 약간만 비껴난, 최소한의 차이만 있을 뿐이다. 이전에는 이런 형태의 꿈을 꾼 적이 한 번도 없었다. 무서운 기분이 든다.

일반인들의 눈에는 먹잇감을 쫓아 비행하는 매의 모습이 늘 똑같아 보인다. 하지만 사냥감을 놓칠 때마다 혹은 실패할 때마다 그 시간이 아무리 짧을지라도 그 속에는 어떤 내면의 시가 펼쳐진다. 하늘의 화폭과 거기에 그려지는 그림이 달라진다. 포식자와 피식자가 그리는 궤적과 형태는 결코 똑같이 반복될 수 없는 순간의 움직임을 만들며 늘 다른 모양과 형태를 보여준다. 거리와 지속시간을 측정했을 때 평소보다 정말 좋은 비행은 뜻밖의 순간에 나온다. 그런 순간이 올 때, 매가 장갑을 떠나 날갯짓하는 것이 보일 때, 예술이 시작된다.

다른 작품들보다 더 뛰어난 작품들이 나오기도 한다.

나는 모래채취장 근처에 있는 가파른 언덕으로 오르기 시작한다. 추운 아침의 땅이 단단하게 얼어 있다. 태양은 높고, 공기는 얇고, 하늘은 바삭하고 맑다. 들판에 있는 말에게서 연기가 피어오르는 듯 보인다. 말의 옆구리와 말이 덮고 있는 담요에서 빠르게 증발하는 수증기다. 나는 흰 얼음으로 뒤덮인 곳에 녹색의 발자국을 얼기설기 남긴다. 내 부츠 옆으로 꿩 무리가 남긴 삼지창 모양의 발자국들이 가파른 언덕 절반 정도까지 나 있다.

플래시가 냄새를 맡고 저 멀리 울타리 아래를 향해 거칠게 질주한다. 이후 몇 분 동안 나도 힘들게 걸어 언덕 꼭대기에 도착한다. 플래시가 숲으로 들어가 짖는다. 내 왼편에 있는 소나무와 낙엽송에서 꿩들의 날갯짓 소리가 들린다. CC가 그 소리를 듣고 소리가 잦아들 때까지 기다렸다가 한 바퀴 휙 돌아 장갑 위로 다시 돌아온다. 나는 CC를 잡고 기다린다. 안주머니에서 작은 카메라를 꺼내 촬영을 시작한다. 우리 오른쪽 들판 90미터 전방에서 암꿩 한 마리가 전속력으로 튀어 오른다. 꿩은 시속 140~180킬로미터로 곡선 비행을 하며 빠르게 높이 상승해 곧장 우리를 향해 날아온다. 몸을 완전히 기울여 우리 쪽으로 오는 데 3~4초밖에 걸리지 않는다. 마치 유성처럼 우리 머리 위를 휙 지나쳐 미끄러지듯 날아간다. 꿩이 저렇게 비행할 수는 없다.

CC는 장갑에서 떠나 오른쪽으로 돌며 하늘로 날아오른다. 매와 꿩이 거대한 은빛 햇살 속에 어른거린다. 땅은 계곡 아래까지 이어진다. 두 새의 비행 높이는 45미터 혹은 그 이상이다. CC가 몇 초 만에 축구경기장만 한 거리를 일직선으로 가로질러 거리를 좁히고 꿩을 바짝 추격한다. 두 새는 높은 창공을 가르며 계속 비행한다. 어떤 억압도, 통제도, 울타리도, 경계도 없으며 유일하게 보이는 것이라고는 순수하고 자유로운 비행의 광활하고 거대한 움직임뿐이다. 아름답고도 충격적인 장면이다. 두 새가 계속 움직이면서 세상 어디에서도 본 적 없는 참매의 가장 거대하고, 가장 어마어마한 비행이 펼쳐진다. 빛조차 멈춘 것 같은 장관이다.

저 멀리에서 두 개의 작은 점들이 곡선을 그리며 땅으로 하강하더니 시야에서 사라진다. 하이더와 푼할, 구람이 생각난다. 살만이 생각난다. 빅터가, 크레이그가, 히블러가 생각난다. 그들도 인정했으리라. 무엇보다도 스티브가 이 장면을 봤더라면, 자신이 부화시킨 저 매가 지금 해낸 저 놀라운 일을 보았더라면 하는 생각이 든다.

CC가 꿩을 잡았음을 알 수 있다. 굳이 귀찮게 달려가지도 않는다. 나는 가파른 언덕 위를 올라가 자연 저수지를 지나, 가파른 둑을 내려가 두 개의 문을 지나, 길을 건너고 다리를 건넌다. 옥수수 밭 울타리와 나란히 걸으며 원격 추적기의 신호를 추적한다. 죽은 나무 그루터기 뒤에서 댕기물떼새 백여 마리가 내 기척에 놀라 푸드덕거리며 날아오른다. CC가 지금껏 사냥한 새와 거의 비슷한 수의 새들이다. 댕기물떼새 무리는 하늘로 날아올라 흰 점처럼, 검은 박쥐처럼, 마치 채찍을 휘두르듯 곡선을 그리며 비행한다. 댕기물떼새 무리가 크게 부풀었다 가늘게 되었다가를 반복하며 미끄러지듯 휘몰아치더니 침묵 속으로 들어간다. 우두머리 새를 집중해서 보니 그 새가 왼쪽으로 몇 센티미터 움직일 때마다 마치 도미노가 쓰러지듯 새 떼의 흐름이 물속의 고등어 떼처럼 혹은 찌르레기 떼처럼 획획 급속도로 바뀐다. 댕기물떼새 뒤로 까마귀 한 마리가 시끄러운 울음소리를 내며 길 옆 배수로 위로 빙글빙글 돌며 비행한다. 나는 그 새들을 따라간다.

CC는 장갑에서 날아오른 곳에서부터 약 400미터가량 떨어진 곳에 있다. 이미 꿩 한 마리를 거의 다 먹어 치웠다. CC가 더없이 고맙다. "잘했어, 친구." 내가 할 수 있는 일은 없다. CC에게 줄 것이 더 이상 없다. 내가 증명해 보여야 할 게 더 이상 없다. 우리가 해냈다.

다음 날 CC의 몸무게를 재보니 900그램이 훌쩍 넘는다. CC를 들어 횃대에 올리자 CC가 지금껏 들어본 적 없는 기이한 소리를 낸다. 고개를 위아래로 까닥이더니 낮고 부드러운 소리로 '턱턱턱' 하는 소리를 낸다. 스티브에게 문자를 보내 소리의 정체를 묻는다.

'자네를 봐서 좋다고 말하는 거야. 자넬 사랑하는 거라네, 친구.'

나는 크리스마스를 좋아한다. 일 년 중 그때가 가장 좋다. 그즈음의 온도와 냄새도 좋고 그때가 매사냥이 절정인 시기라는 점도 좋다. 나는 카드를 만들고 선물을 교환한다. 거리를 걷는 낯선 이들에게서 풍기는 따스한 친밀감이 좋다. 휴일이 길어서 좋다. 우스꽝스러운 점퍼와 화목 난로가 좋다. 내가 완고한 무신론자이긴 하지만 '고요한 밤'은 모든 종교적인 노래 중 가장 매혹적이고 아름다운 노래라고 생각한다. 그 노래는 내 깊숙한 곳을 어루만진다. 안타깝게도 쇼핑은 좋아하지 않는다.

아들에게 줄 크리스마스 선물을 사려고 고심 중이다. 마을이나 쇼핑센터에 안 간 지 오래다. 그런 곳에 가면 사람들과 부딪치는 것이 싫어서 잔뜩 어깨를 움츠리고는 위를 보며 걸어 다니곤 한다. 그런 곳에 있노라면 제프 쿤스Jeff Koons•가 디자인한 싸구려 줄무늬의 사각형 안에 갇혀 있는 나를 필립 딕Philip K. Dick••이 온 힘을 다해 빙글빙글 돌리는 기분이다. 나는 초현실적인 꿈속에서, 이동식 유원지의 볼품없이 번지르르한 조명과 소리에 둘러싸인 채 홀로 이방인이 된다. 크리스마스가 다가오는 건 이루 말할 수 없이 멋지다. 나는 잔뜩 들뜬 기분을 느낄 수 있지만 즐거운 기대감이 있는 건 아니다. 내가 느끼는 감정의 기저에는 두려움의 냄새와 뒤섞인 일종의 분노 같은 공격성이 있다. 그런 감정을 느낄 때면 학교 운동장에서 싸우던 날이 생각난다.

그런 감정에 압도되어, 쇼핑몰을 걸으며 시간을 보내다 보니 내 불안은 점차 고조된다. 정처 없이 돌아다니거나 두리번거리는 것 말고는 계획도 없다. 이것은 실수임이 드러난다. 나는 오로지 샴푸에만 잔뜩 공을 들인 상점에 마음을 빼앗긴다. 온갖 종류의 샴푸들이 향과 색과 디자인별로 가지런히 늘어서 있다. 마치 앤디 워홀이 디자인한 영리한 상황주의자의 조각처럼 보인다. 그 상황에 대처할 수 없는 나는 다시 상점으로 돌아와 내 장바구니에 담긴 물건들을 각각 엉뚱한 자리에 올려두고는 집으로 돌아간다.

선물을 사기 위해 쇼핑을 할 때 생기는 또 다른 중요한 문제는 아들에게 이미 장난감과 게임들이 엄청나게 많다는 사실이다.

• 현대 미술가
•• 공상과학 소설가

책이며 각종 디지털 제품, 옷도 충분하다. 버릇이 없는 것도 아니다. 오히려 버릇없는 것과는 거리가 멀다. 아들은 받은 물건들을 모두 소중히 여기며 장난감 가게에 가는 것을 무척 좋아한다. 우리는 주로 좋아하는 것을 바구니에 담은 다음 가장 좋아하는 것은 무엇인지, 다음에 받을 수 있는 것은 무엇인지를 결정한다. 아들은 인내심이 많고 사려 깊으며 순간의 만족을 누릴 줄 안다. 아들은 필요한 모든 것을 가지고 있다. 아들이 무엇을 원하는가는 또 다른 문제다.

나는 논리적 사고와 빠른 행동력으로 쇼핑에 부딪쳐보기로 결심한다. 먼저 쇼핑 목록을 쓰고 그에 따른 적절한 이동 경로를 계획해 필요한 물건을 구매한다. 해냈다. 아들이 원하는 물건을 대부분 찾고 거기에 아들이 좋아할 것 같은 물건도 몇 개 추가한다. 아마 아들은 포장지를 찢는 순간 만큼은 모든 선물들을 좋아할 것이다. 그러다 몇 달 뒤면 절반쯤은 잊힐 것이다. 나도 아들과 똑같다. 어린 시절 내가 좋아하던 장난감이며 게임 이름을 아직도 모두 떠올릴 수 있다. 하지만 다른 여느 부모들과 마찬가지로 나는 아들에게 튼튼한 것, 뭔가 오래 지속될 만한 것을 주고 싶다.

봄

지난 몇 달간 느끼지 못했던 온기가 느껴진다. 이제 곧 매사냥의 계절이 끝날 것이다. 매사냥은 본래 자연의 순환주기에 따른다. 만찬 뒤에는 휴식과 변화가 뒤따른다. 봄이 본격적으로 시작되기 전에 우린 사냥을 중단한다. 우리가 찾는 동물들도 번식하고 튼튼하게 성장하고, 개체 수가 늘어나야 한다. 그래야 다음 해 사냥의 계절에 먹잇감과 사냥감이 생긴다.

이 계절은 매에게도 재성장의 시기다. 봄과 여름은 털갈이와 짝짓기 계절이다. CC는 우리 안에서 먹을 수 있는 만큼 양껏 음식을 먹을 것이고, 상처 입은 깃털이 떨어져나가면 그 자리에 성숙하고 새로운 깃털이 생겨날 것이다. 끝이 다가오고 있다는 사실이 무척 기쁘다. 냉동실에 고기를 넉넉히 넣어두었다. 조만간 낚시도 시작할 수 있다.

아들이 처음으로 내 오두막에 올 예정이다. 아들의 어머니가 아들을 데리고 아들이 태어났던 곳에 왔다. 아들은 자신의 과거에 관심이 많다. 아들이 집에 도착하자 나는 정성껏 음식과 음료를 대접한다. 아들은 음식과 음료를 일체 거부하고는 제 어머니가 가져온 페레로 로쉐 초콜릿만 먹는다.

아이가 현관문을 지나 살금살금 걸어 들어올 때 나는 문득 오두막의 몰골이 조금 창피하게 느껴진다. 아들은 '시골스러운'이라는 말을 알지 못하며, 혼자 사는 남자의 삶이란 그리 깔끔하지 못하다는 사실도 알지 못한다. 어쩌면 아들은 그런 것을 알지 못할 수도 있고 아예 신경조차 쓰지 않을 수도 있다. 하지만 아들의 어머니는 눈을 깜박이며 낮은 기둥에 거미줄이 쳐진 작고 따스한 방을 훑어본다. 아들의 어머니는 아무래도 개방된 형태의 난로가 가장 신경 쓰이는 눈치다.

우린 다 같이 정원을 걷는다. 나는 CC를 횃대에서 내려 가죽끈을 푼다. 아들의 어머니가 매사냥에 대해 알고 있는 지식을 아들에게 들려준다. 아들은 열심히 들으며 자신이 미처 알지 못했던 어머니의 다른 모습을 본다. 그녀는 아이가 태어나기 전에 새끼 새매를 직접 기른 적이 있으며, 검독수리를 데리고 사냥을 다녔고, 어둠 속에서 링컨셔의 비옥한 대지 위로 검독수리가 토끼를 쫓는 광경을 보곤 했다. 그것은 아들의 기준에서 한참 벗어난 사실이다. 아들은 자신의 어머니와 매사냥을 연관 짓지 못하고 있다. 나는 아들에게 시간의 흐름을 알려주고, 이 작은 체구의 여성이 6킬로그램이 넘는 검독수리를 데리고 다닐 수 있었다는 사실을 이해시켜주려고 노력한다.

　나는 아들에게 묻는다.

　"준비 됐니?"

　"네."

　개들의 목줄을 풀어준다. 개들이 정원에 인접한 밭을 넓게 가로질러 간다. 아들이 깡충깡충 뛰다가 걷다가 하며 앞서간다. 평소 내가 느끼는 긴장감, 매사냥의 진지함이 증발한다. 자유롭게 흐르는 의식의 흐름을 따라 아들이 온갖 주제에 대해 재잘거리기 시작한다. 아들이 사용하는 어려운 단어와 표현력에 늘 놀란다. 아들에게 '모멸감을 느낀다'는 말의 뜻을 아는지, 아들이 사용한 다른 단어의 뜻은 아는지 묻는다. 아들은 재잘거리며 모든 단어의 뜻을 명쾌하게 설명한다. 아들의 설명을 듣는 동안 나는 아들의 정수리 머리카락을 보며 즐겁게 한눈을 판다.

　우린 작은 호숫가를 걷다가 약간 경사진 언덕을 오른 뒤 울타리 틈을 지난다. 저 멀리 수꿩 한 마리가 가시나무 밖에서 우리 존재를 아랑곳하지 않고 걷고 있다. CC가 조용해진다. 나는 위를 올려다보고는 말을 멈춘다. 꿩은 동작을 멈추고 괴상한 이들의 행진을 다시 확인한다. 그러더니 들판 가장자리를 따라 달아나기 시작한다.

나는 CC를 풀어준다. CC는 내 아들 옆에서 빙글빙글 돈다. 나는 태어나서 처음으로 매를 보지 않는다. 나는 매를 보고 있는 내 아들을 본다. 형언할 수 없는 행복감이 밀려온다. 앞을 보니 꿩이 하늘을 날 준비를 하고 있다. CC가 꿩을 울타리에 짓누른다. 아들이 달리자 부츠 뒤로 진흙이 튄다. 아들은 나처럼, 매잡이처럼 달린다. 나는 아들을 앞지른다. 앞에서 아들에게 따라오라고, 힘내라고 소리친다.

수꿩을 맹공격하는 CC를 발견한다. 마침내 아들이 내가 있는 곳까지 와서 부러진 나무 울타리 사이를 기어올라 내 옆에 쪼그리고 앉는다. 아들이 숨을 할딱거리는 소리가 들린다. 너무 가까이 붙어 있어서 아들의 숨결에 스민 초콜릿 냄새까지 다 느껴진다.

나는 꿩을 죽인다. 꿩이 날개를 퍼덕이는 바람에 죽은 나뭇잎과 나뭇가지가 허공에 흩뿌려진다. CC가 더 세게 짓누르자 꿩이 더 이상 움직이지 않는다. 나는 꿩의 가슴 부위 살과 깃털을 벗겨내고 칼로 가른다. 피가 날카로운 칼과 내 손에 튄다. 아들에게 칼을 건넨다. 아들은 칼날에 매료된다. 아들은 흥분해서 눈을 커다랗게 뜨고는 CC가 꿩을 뜯고, 간을 파먹고, 꿩의 흉강에 난 구멍으로 피가 솟구치는 광경을 지켜본다.

낙엽더미에 버려진 꿩 머리의 붉은 살이 녹색과 반짝이는 은색, 얼룩덜룩한 검은색과 대조를 이룬다. 아들이 막대기를 집어 들고는 꿩의 머리를 무자비하게 후려친다. 나는 웃는다. 아들의 어머니는 아이를 나무란다.

"죽은 동물이라도 존중해야지."

난 웃음을 멈춘다. 그녀가 옳다. 하지만 때가 되면 다 알게 될 것이다. 내가 웃은 건 딱 저 나이 때 내 모습이 떠올라서다. 아들을 보면 부족 아이들이 왜가리를 가지고 서로 놀리던 모습이 떠오른다. 아들은 그 아이들과 똑같이 행동하고 있다. 이는 아들이 본 첫 죽음이다. 아들은 내가 가르쳤던 것과는 동떨어진 데다 전혀 생각지도 못했던 반응을 한다. 도덕적 신념을 가지고 본능적으로 자연 세계를 탐구하고 있다. 아무에게도 묻지 않고 부족의 아이들처럼, 세상의 아이들처럼, 태곳적부터 수렵을 하던 원시인들이 보여준 음식에 대한 순전한 관심을 드러내고 있다.

　　아들의 어머니가 꿩 머리를 때리는 걸 멈추라고 말하자 아들은 호기심 가득한 표정으로 구리색과 금색의 긴 꼬리를 집어 들더니 꽁지깃을 뽑는다. 손으로 몸통을 붙잡고 땅에 털썩 주저앉아 조용히 자기 앞에 펼쳐진 정보를 샅샅이 흡수하고 있다. 다시 한번 나는 CC를 바라보는 아들을 본다. 아들은 CC에 넋을 잃는다. 매에 대한 호기심과 친근함이 묻어난다. 모든 여정과 고통, 잃어버린 매들, 보이와 걸과 CC에게 했던 훈련, 좌절과 실패가 나를 관통해 지금 이 순간에 봉인된다. 꿩의 사체에서 고기를 잘라 CC에게 먹이는 이 순간은 내 존재의 가장 내밀하고 사적인 순간이다. 나는 이 경험을 사랑과 교육의 의미로 아들에게 전달한다.

　　아들은 기대했던 것보다 더 좋아한다. 아들은 본능적인 생명력을 이해하는 듯 보인다. 꿩의 생명이 꺼져갈수록 아들의 새로운 지식이 서서히 차오른다. 아들은 완전히 각인된 참매가 사냥에 성공하는 과정을 함께한 세상에 몇 되지 않는 어린이다. 아들은 자신도 모르게 카자흐스탄의 산등성이로, 부족 매잡이에게로, 모든 대륙의 모든 매잡이에게로 지난 5000년 간 이어져 내려온 그 기나긴 여정의 노래에 가장 최근에 참여한 사람이 되었다.

진심으로 아들이 자랑스럽다.

아들이 매잡이가 될지 안 될지는 중요하지 않다. 내가 씨를 뿌렸고 그 씨를 꾸준히 더 뿌릴 것이라는 사실이 중요할 뿐이다. 나는 아들에게 자연세계를 이해하는 독창적인 방식을 알려주고 싶다. 이 씨앗을 키울지 말지는 전적으로 아들의 몫이다. 아들은 그 일을 스스로 해낼 수 있을 만큼 똑똑하고 영리하다. 나는 아들이 자신의 시간을 정해 자신의 의지로 그 결정을 내리리라고 믿는다. 그때 나도 그곳에 있기를 바라고, 그곳에서 아들의 선택을 보고 싶다. 아들이 어른이 되어가는 동안 아마 나는 더 많은 실수를 할 것이고, 실패할 것이고, 분명 아들을 실망시킬 것이다. 하지만 무슨 일이 일어나든, 아들이 어떻게 반응하든, 나는 두 번 다시 아들을 떠나지 않을 것이다. 나는 늘 내 특별한 인생의 길에 있을 것이다.

나는 꿩의 사체에서 CC를 떼어내어 장갑 위에 올린다. 아들에게 내가 입은 매사냥용 재킷 주머니에 꿩 고기 좀 넣어달라고 부탁한다. 우린 울타리를 넘어 아들의 어머니와 합류해 천천히 오두막으로 걸어온다. 오두막에 와서 보니 아들의 손에 뭔가 들려 있다.

아들에게 그게 뭐냐고 묻는다.

"이건 내 피 막대야."

가까이 들여다본다. 아들의 말이 맞다. 꿩의 검붉은 피가 엉겨 붙은 작은 나무 막대다. 아들은 막대를 불빛에 비춰본다. 기념물이자 기억의 피 막대. 유대감의 피 막대.

피가 매와 인간을 잇는다.
피가 우리를 하나로 맺어준다.

에필로그

나는 어두운 방 뒤쪽 맨 오른쪽 귀퉁이에 틀어박혀 든든한 마음으로 벽에 등을 기대고 앉아 있다. 나 말고도 약 스무 명의 성인들이 모두 불편한 의자에 앉아 있다. 이 모임은 주로 여성들로 구성되었지만 남자도 한두 명 있다.

아이들이 양쪽으로 여닫는 문으로 줄줄이 들어가 군데군데 방수제가 벗겨진 나무판 마룻바닥에 양반다리를 하고 앉는다. 교사가 아이들에게 조용히 하라고 지시하고, 몇 마디 더 한 후 아이들이 노래를 부르고, 다양한 상이 수여된다.

아들이 앞에 불려 나간다. 아들은 커다란 갈색 눈으로 나를 똑바로 바라본다. 나는 웃으며 엄지손가락을 치켜들어 보인다. 부모 참여 수업은 처음이다. 아들은 긴장하지 않고 또랑또랑한 목소리로 자신이 고른 주제를 설명한다. 아들이 커다란 화면에 나온 정지된 동영상 이미지를 가리킨다. 아들이 친구에게 고개를 끄덕이자 친구가 다시 재생 버튼을 누른다. 영상에는 쇠황조롱이 한 마리가 내 장갑 위에서 날아올라 아들에게 다가가는 모습이 나온다. 아들은 미끼를 흔들며 들판을 가로질러 달리고 있다. 작은 쇠황조롱이가 아들을 지나쳐 곡선을 그리며 하늘로 날 더니 다시 재빨리 되돌아와 아들이 들고 있던 미끼를 가로챈다. 새의 아름다운 비행이자 아들의 완벽한 기술이다. 그 자리에 모 인 아이들과 어른들의 깜짝 놀라는 숨소리가 들린다. 교실이 조 용히 웅성거리기 시작한다. 짧은 동영상이 멈추고 아들은 영상 에서 본 장면에 대해 설명한다. 아들이 다시 친구에게 고개를 끄 덕이자 친구가 재생 버튼을 누른다. 이번에는 아들이 쇠황조롱 이 옆에 앉아 방금 전까지 흔들던 미끼용 먹이를 먹이는 장면이 나온다. 영상 속 아들은 쇠황조롱이를 쓰다듬고 토닥이더니 손 을 뻗어 작은 고기 덩어리 한 조각을 내밀어 '팬텀'에게 먹인다. 아들이 자신의 첫 맹금류를 어떻게 훈련시켰는지 설명을 마치 자 선생님이 박수를 치기 시작한다.

나도 박수를 친다.

KI신서 9019
자유를 향한 비상

1판 1쇄 인쇄 2020년 8월 18일
1판 1쇄 발행 2020년 8월 25일

지은이 벤 크레인
옮긴이 박여진
펴낸이 김영곤
펴낸곳 (주)북이십일 21세기북스

정보개발본부장 최연순
정보개발1팀 이종배 이정실
해외기획팀 정미현 이윤경
마케팅팀 강인경 한경화 박화인
영업본부 이사 안형태 **영업본부장** 한충희
출판영업팀 김수현 오서영 최명열
제작팀 이영민 권경민
디자인 형태와내용사이

출판등록 2000년 5월 6일 제406-2003-061호
주소 (우 10881) 경기도 파주시 회동길 201(문발동)
대표전화 031-955-2100 **팩스** 031-955-2151 **이메일** book21@book21.co.kr

(주)북이십일 경계를 허무는 콘텐츠 리더

21세기북스 채널에서 도서 정보와 다양한 영상자료, 이벤트를 만나보세요!
페이스북 facebook.com/21cbooks   **포스트** post.naver.com/21c_editors
인스타그램 instagram.com/jiinpill21 **홈페이지** www.book21.com
유튜브 youtube.com/book21pub

서울대 **가**지 않아도 들을 수 있는 **명강**의! 「서가명강」
유튜브, 네이버, 팟빵, 팟캐스트에서 '서가명강'을 검색해보세요!

ISBN 978-89-509-8701-5 03840

수꿩 위에 올라탄 CC. 캔버스에 혼합 재료. 2018